民国演讲

MINGUO YANJIANG

为什么读书

民国演讲
第七编

胡适 等 著

中国文史出版社

出版说明

本丛书选取的六百余篇民国时期的演讲，来自社会地位、术业专攻、身后评价不同的近二百位民国人物，政界、军界、商界、新闻界、学术界、教育界、文艺界、民间团体等，无所不包，力求全面地呈现多元化的民国风貌。

本丛书涉及史料庞杂，文章取舍与编排依循一定原则，具体说明如下：

一、本丛书收录的演讲稿，时间范围从 1912 年 1 月起，至 1949 年 9 月末止。全套共分为十编，每一编均以时间为轴，依演讲者出生年月排次；以人物为面，按演讲发表时间排序。每位人物均附生平简介。

二、本丛书收录篇目以演讲为主，其他如宣言、广播稿、采访谈话、讲义以及当众宣读的论文、报告、答辩词等，亦有部分收录。

三、本丛书所选资料来源广泛，多为翻阅国家图书馆及各地方图书馆馆藏民国文献，如民国时期出版的各种文集、报纸、杂志等，经重新录入、点校所得。所收录文章有不同版本者，以出版（发表）时间较早或内容较全的版本为主。

四、本丛书所选之演讲者，均为在其所属领域具有代表性或典型性的人物，但限于篇幅、编者知识水平以及其他种种因素，尚有部分人物演讲未能收录。

五、对于生平演讲颇丰的人物，在筛选其文章时，编者在主题不重叠的前提下，尽量撷取背景、场合、受众不同，且较有内容价值的若干篇目，以求多方位地展现该人物的思想和主张。

六、鉴于本丛书的史料性，编者在进行编校加工时，以尊重原作为基本原则，对于严重违背史实、观点偏激、存在不当舆论导向的个别语句，酌情做删节处理，处理后并不影响原文主旨大意的表达。

七、由于民国时期语言文字、标点的用法与现在有所不同，为方便现代读者阅读，编者在尽量保留作品原貌的情况下，做了如下处理：

（一）繁体字改为简体字。

（二）原文竖排均改为横排。

（三）原文无标点或仅有部分标点的，由编者根据文意断句加标点。原文标点有明显错漏的，编者予以修改或增补。

（四）原文有明显错误、漏缺等情况的，由编者加“〔 〕”，并在六角括号中注明正确或增补的字，以供参考。原文有明显衍字的，由编者直接删改，以免造成困惑和歧义。原文不清、无法辨识且难以根据上下文推断的文字，用“□”表示。其他无从判断正误的情况，不妄作改动。

（五）原文不符合现代汉语写法的词语，如“澈底”、“那末”、“罢”（吧）、“底”（的）等，均按现代汉语习惯写法进行更改，并不影响语句原意。

（六）原文中的人名、地名等的译名以及相关专有名称，在不影响读者理解的情况下，原则上不改为现今通用译名；有碍理解的，由编者作注说明。

（七）凡未标“原注”的注释，均为编者所加。

本丛书卷帙浩繁，尽管尽心竭诚，力求取精用宏，然因我们能力有限，亦难免存在缺失疏漏，热望社会各界批评与指正。

编　者

2019 年 10 月

前　　言

民国是新旧思想交替的时代，是中外思潮碰撞的时代，是政治风云变幻的时代，更是文化色彩斑斓的时代。

了解一个人，多是先听其谈吐；了解一个时代，自然也少不得听它的声音。于是，便有了这套“民国演讲”系列丛书——说民国与民国的说；声音的历史与历史的声音。

演讲，即是就某个问题对听众说明事理或发表见解，展示想法或愿景，归根结底是一种交互行为。从某一个角度来说，交互推动进步。人与物的交互刺激发明和创造，比如工具的使用及生产技术的革新；人与人的交互产生人文伦理和传世价值，激发人类去思考良知、理性和社会责任。演讲作为一种人与人之间的交互方式，既能将物质的也能将精神的文明成果集合并发散，承前并启后，抑扬顿挫，精准了当，让讲者内心燃烧，让故事迸溅火花，由是观之，可谓是顶高级的传播艺术。至今为止，这种艺术仍既是经典的，也是前沿的。

我们本着这样的认识和眼光，从瀚如烟海的故纸堆中，拣选出近二百位民国时期来自不同领域的出色人物，收录了六百余篇民国时期的各类演讲。其中一些人物的一些演讲还是第一次进入读者的视野，这样的瞩目当属来之不易。这些演讲作品中，既有关乎济世救国的拳拳之心，或王者之气，或匹夫之责；也有阐述百年树人的教育方略，或家长之情，或师长之意；更有充满文学之妙的作家才情，或指点江山，或陶醉草野。无论是叱咤风云，还是低吟浅唱，无论是逆势反常或是领情会意，无论是节日祝词还是庆生悼挽，都明确无误地引领读者进入了那个年代的景色深处，其中自有仰山之高，悬河之美。

操持数年，自知不免挂一漏万，也还是不肯罢手，一一敛来，旨在使一个时代的演讲作品得以归拢，得以装束，得以排列齐整地成体系地被集结，被收藏，被后人打量、阅读和品味。

既然说的是民国的人、民国的事，自然就回避不了民国的某一些人、某一些事——那些有过态度的和要过态度的、那些受待见的和不受待见的——人和事——也还是听听他们的说。我们通过斟酌与报备，予以选录和保留，以显示这份记载与收藏的确实与丰富。可以说，这是迄今为止收录量最大、编排体系最完备的一套民国演讲作品。

由于对民国时期文化的珍视与体恤，对于个别未能联系上演讲者后人的篇目，我们不忍轻易舍弃，只有将作品先行用之，望有关人士能够谅解，并在见到该书后及时与我们联系，以便奉寄样书和稿酬。

编　者

2019 年 10 月

目　录

CONTENTS

施　洋

生平简介 …… 1

谁是真凶 …… 2

胡政之

生平简介 …… 4

在上海报界欢迎会上之讲话 …… 5

自由与正义胜利万岁 …… 7

对桂林馆编辑部同人的讲话 …… 11

宪政风度 …… 14

世界是进步的，和平必须成功 …… 18

内外大势 …… 20

在上海馆编辑部会上的讲话（一） …… 26

对天津馆编辑部同人的讲话 …… 28

谈民元报业 …… 32

在上海馆编辑部会上的讲话（二） …… 36

认清时代，维护事业 …… 39

港版第一次编辑会议上的讲话 …… 44

王　易

生平简介 …… 46

治国学之基本方法 …… 47

文字与文化 …… 54

张奚若

生平简介 …… 59

奋斗、续学、耐劳 …… 60

石志泉

生平简介 …… 62

中国法律之变迁 …… 63

梅贻琦

生平简介 …… 67

赠别大一诸君 …… 68

就任清华大学校长时的演说 …… 70

大学的意义及学校之方针 …… 73

教授的责任 …… 75

在九一八事变一周年纪念会上的讲话 …… 77

在清华大学建校二十二周年纪念会上的讲话 …… 79

在清华大学 1933 年度开学典礼上的讲话 …… 81

形势与秩序问题 …… 84

在总理纪念周上的讲话 …… 86

在清华大学建校二十四周年纪念典礼上的讲话 …… 88

致新来校的诸同学 …… 90

在清华大学建校二十六周年纪念会上的讲话 …… 92

在清华大学建校二十九周年纪念会上的讲话 …… 95

关于“一二·一”惨案在记者招待会上的讲话 …… 96

附录：昆明西南联合大学校友会为母校遭受枪击屠杀惨案敬告全国同胞书 …… 99

太虚法师

生平简介 …… 105

佛诞纪念会演说 …… 106

人生之苦迫及其解脱 …… 108

在庐山世界佛教联合会上的演讲 …… 111

佛教与吾人之现在未来 …… 112

中日佛法之异点 …… 114
欢送日本佛教访华团致辞 …… 116
来厦门之感想 …… 117
清凉世界 …… 120
庆祝元旦 …… 122
由人至成佛之路 …… 124
中国前途的希望 …… 126
原子时代的佛教 …… 127
中国人口头上心头上的阿弥陀佛 …… 131
黎锦熙
生平简介 …… 135
国语运动小史 …… 136
陈济棠
生平简介 …… 145
怎样去治理行政 …… 146
梅光迪
生平简介 …… 152
女子与文化 …… 153
中国文学在现在西洋之情形 …… 158
中国古典文学之重要 …… 165
英国文人生活之今昔 …… 167
竺可桢
生平简介 …… 173
欧洲战后之新形势 …… 174
青岛接收之情形 …… 179
科学研究的精神 …… 185
南京的天气 …… 188
大学毕业生应有的认识与努力 …… 192
何炳松
生平简介 …… 196

中国学术演化的我见 …… 197
在中国本位文化建设座谈会上的致辞 …… 200
在暨南大学开学典礼上的训词 …… 204
在暨南大学第一次校务会议上的报告 …… 207
校长训词 …… 208
在暨南大学校庆纪念会暨毕业典礼大会上的报告 …… 210
晏阳初
生平简介 …… 213
平民教育 …… 214
赴美讲演平民教育的经过 …… 218
在定县展览会上的讲话 …… 222
在定县全城识字运动会上的演讲 …… 224
在定县学校卫生同乐会上的演讲 …… 226
在平教专科学校开学典礼上的讲话 …… 229
在周会上的讲话 …… 231
中国农村教育与农村建设问题 …… 233
农民运动与民族自救 …… 236
“误教”与“无教” …… 241
邵元冲
生平简介 …… 246
提倡国货与民族独立之关系 …… 247
王世杰
生平简介 …… 251
在巴黎和会上的演讲 …… 252
刘半农
生平简介 …… 254
留别北大学生的演讲 …… 255
陶行知
生平简介 …… 257
活的教育 …… 258

平民教育运动与国运……………………………………………… 267
我们的信条…………………………………………………………… 272
生活即教育…………………………………………………………… 274
国际形势与中国抗战……………………………………………… 281
每天四问……………………………………………………………… 285
胡　适
生平简介……………………………………………………………… 291
少年中国之精神…………………………………………………… 292
女子问题……………………………………………………………… 296
哲学与人生…………………………………………………………… 301
新文学运动之意义………………………………………………… 305
科学的人生观……………………………………………………… 312
为什么读书…………………………………………………………… 316
日本在中国之侵略战……………………………………………… 321
考试与教育…………………………………………………………… 327
吴醒亚
生平简介……………………………………………………………… 333
集中力量来救国家的危亡………………………………………… 334
陈鹤琴
生平简介……………………………………………………………… 336
小学教育问题……………………………………………………… 337
欧洲各国小学教育新趋势………………………………………… 344
什么叫作“活的教育”…………………………………………… 349
欧美教育的新趋势………………………………………………… 356

施　洋

(1889—1923)

生平简介

施洋（1889—1923），原名吉超，号万里，字伯高，湖北省竹山县人。1912 年创办国民学校，任校长。1917 年于湖北法政学校毕业后，在武昌从事律师职业。1919 年加入武汉法政学会，被推选为常务副会长。1922 年6 月加入中国共产党。同年7 月参与筹建全国最早的地方总工会——武汉工团联合会（10 月 10 日改为湖北全省工团联合会），并任该会法律顾问。在此之后，施洋以律师身份支持烟厂工人和人力车夫的罢工。他先后参加并领导过武汉大大小小十数次工人运动。1923 年2 月1 日，施洋以湖北全省工团联合会、京汉铁路总工会法律顾问的身份参加了京汉铁路总工会成立大会的指导工作。2 月 2 日，施洋、林祥谦等人在汉口江岸分工会召开动员大会。2 月 4 日上午，施洋、林祥谦接到总工会关于开始罢工的指示后，立即下达了江岸分工会罢工的命令。后来史称的“二七大罢工”（又称“京汉铁路大罢工”）正式爆发。2 月7 日下午，湖北军阀萧耀南开始采取武力镇压措施。当晚，施洋在家中被捕。在北洋军阀吴佩孚的密令下，湖北军阀未等法庭审理正常结束，便于2 月 15 日凌晨在武昌洪山将施洋执行死刑。1939 年7 月，为纪念“二七”工人运动的伟大先驱，中共湖北党组织和湖北全省工团联合会将施洋的遗体安葬在武昌城外洪山脚下，由江岸铁路分工会立墓碑。1953 年武昌洪山修建了施洋烈士陵园。

谁是真凶[1]

1922 年 5 月

当天下午六时左右，江汉铁路机厂的工头胡大头用威逼利诱的办法，叫黄得发、江有才两位工人去车站替魏处长的父亲开压道车。魏父因急于去新市场看女伶“夜明珠”的上场戏，一路上迫令黄、江二人加紧摇车。这时迎面开来一辆军车，按照铁路行车的规章，压道车必须让火车，所以黄、江二人准备下车让路，但是魏父急于看戏，迫令二人继续向前开车。黄、江二人向魏父委曲陈词，还扶他老人家下车，但这个老人蛮不讲理，破口大骂，说什么“我的儿子魏学清乃是京汉铁路总局的警务处长，手里握着好几团人，任何车辆见了我老太爷一律得让路……”他一面谩骂，一面用手杖猛击黄、江二人，这时眼看着火车已迫近压道车，黄得发不得不跳车逃命，江有才被魏父拖住，一齐碾死在火车轮下。这就是全案的经过，这难道还不明白吗？真正的杀人凶手是谁呢？难道是黄得发吗？当然不是！真正的杀人犯正是魏处长那位已经死去的父亲！工人弟兄们，哪个父亲不爱孩子，哪个儿子不爱父亲？父亲被谋杀了，做儿子的能俯首帖耳不表示抗议吗？不能！但江有才的儿子还未满周岁，他不会说话，他生在穷苦人家里，吃不饱，穿不暖，他现在病在母亲的怀抱里，除了干号之外，做不出任何表示。工人弟兄们！哪位妻子没有丈夫，哪一个丈夫没有妻子？她没有了丈夫，她的丈夫江有才被魏处长的父亲谋杀了，她难道甘心俯首帖耳地不表示反抗

---

① 本文是施洋作为律师在法庭上发表的一段辩护词。

吗？不能！但是，她毕竟不敢有所表示，她从小受尽了有钱有势人的压迫，她从小过着牛马不如的生活；她体弱，她胆怯，她现在除了悲痛啼哭之外，做不出任何表示，这难道是公道的吗？我们难道不应该为死者申冤吗？我们难道不应该要求魏处长父亲的孩子魏处长负责赔偿死难家属的一切损失吗？还有，工人黄得发因为遭受魏处长父亲的纠缠，不得已跳车受伤，请看，他现在的左额上鲜血未干，右腿和左肘都有伤痕。这难道也是要他自己来负责吗？这难道不应该由魏处长——你，负责赔偿黄得发的一切损失吗？

胡政之
(1889—1949)

生平简介

胡政之（1889—1949），名霖，字政之，笔名冷观，四川成都人。民国时期著名记者、报人、新记《大公报》创办人之一。1907年自费赴日留学，入东京帝国大学研习法律。1911年归国。1912年应聘出任上海《大共和报》日文翻译，后继任编辑、主笔，编发专电，兼写社论。1915年被派驻北京，以消息快捷受到业内注意。1916年被聘为《大公报》经理兼总编，开始对《大公报》进行改革，将原有记者开除，同时聘请林白水、梁鸿志、王峨孙等为特约访员，每天以电话向天津发消息，或以快邮寄稿，新闻因此大有改观。同时对版面进行了改革，改用西式通栏，版面设计不断提高。1918年作为该报记者前往欧洲采访巴黎和会，也是与会的唯一中国记者。1920年7月回国后不久辞职，后在上海组织国闻通讯社。1926年9月与吴鼎昌、张季鸾合组新记公司，接办《大公报》。1945年4月，联合国成立大会在美国旧金山举行，以中国新闻界代表和国民参政会参政员之身份，作为中国代表团成员参会，并在《联合国宪章》上签字。1948年亲自主持《大公报》香港版复刊。同年4月突然病发，离开香港飞回上海就医。辗转病榻一年后，于1949年4月14日凌晨在上海寓所去世。

在上海报界欢迎会上之讲话

1920年5月30日

今日过承厚爱，谨先略述所感以答盛情。鄙人此行感触最深者，一为我国人与外国人隔阂太甚，必须注重国民交际。一为外交官之腐败，为吾人意料所不及，必须大加改良。此次欧洲和会，各国人士非常注意报界，莅会者每国多者百余人，少亦数十人，日本亦三十余人，我国除代表外，各界亦间有往者，然皆极少。而以报界名义前往者则唯余一人。余复延生长法国，毕业大学之谢君东发为助，亦唯二人而已。各国唯英美人士稍知中国情形，余皆绝无知晓，即见黄人服装稍整洁者，亦必以为日本人，故余尝谓，能使外人知，中国人亦有服装整洁者，即为不虚此行。虽系愤语，良非无故。我国外交官，平时一无联络工夫，此次和会，吃亏不浅。余与谢君曾用中国报界名义，遍邀各国记者茶会，详述山东问题真相，各国记者始稍稍注意，虽其后仍失败，然（日本不公道，中国吃了亏）之观念则固已印入各国人脑中矣。外交官于此等事全不理会，其所注意者唯今日法郎价目若干，为闭门攒钱之计。因此之故，我国侨外之学生工人受尽艰苦，学生欲入何校肄业，进何厂实习，皆须自行设法，公使领事漠不注意，故有时难于登天。而日本学生无不捷足先登，因日本外交官平时与学校各工厂无不联络有素也。留德学生现困苦已极，每月津贴五百马克，而此时一餐之费且需六十马克，饥寒交迫，不死亦病。查我国官费学生，每岁定给若干银两，今每一百马克仅值银五元，此项磅余不知何处去了，而公使领事皆不屑一顾也。在法华工数万，使馆竟无一名册，有时以一二人之行为失检，累及全队，公使不为申理。某处有华人误毙其所娶白妇，法庭判处死刑，彼国工党亦为不服，而有人告之我国公使，公使反曰此种人该杀。余返国经英，留英华工开会欢迎余，欲余告以祖国实况，余告以去国年余，所知亦与彼等相似，转叩其近状，则自大战停止，战时冒万险之华人水手皆被裁汰，无工可做，欲归无资，赖留英华商捐资度日，而华商亦鲜殷富，一捐再捐，决难为继，现已每日仅食一粥，此后不堪设想。后余见施使，询及华工，彼谓他们很好，都已回国了，竟不知华工处此惨境。外交官腐败至此，深望同业痛加掊击，功德匪浅。如今之华工，直已成为人道问题。

自由与正义胜利万岁[①]

1941年5月15日

本社今日为接受美国米苏里大学颁发1941年之荣誉奖章，特对美国人民广播，谨示谢意，其辞如次：

伟大的美国人民！

米苏里新闻学院将今年的荣誉奖章给《大公报》，今天行赠奖礼。这是赠给中国报的第一次，我们十分荣幸。而中国报界认为这是公共的荣誉，今天在重庆特开盛大的庆祝会。

我们尤其欣幸的是，今天得到机会，可以向美国公众说十分钟的话。

而时间甚短，所以只能简单说几句认为与你们理解远东问题最感兴趣或者最有用的话。但是可用米苏里给的荣誉做保证，凡所说的，都是事实。

现在分两部分说。第一部分：介绍中国报。这因为你们见中国报得了米苏里奖章，一定要知道《大公报》以及一般中国报的真相。第二部分：报告中国抵抗侵略政策的过去、现在与未来。因为这是你们最关心也应当关心的重要问题。

为简单明了，用问答体，假定一个美国人问，《大公报》记者答。

一、一般中国报的情形怎么样？（答）中国报，从事实上说甚落

① 本文是胡政之代表大公报本社对美国的广播致辞。

后，从精神上说却绝不后人。最明显的，上海自我们军队退出后，多数报人不惧威胁，不受利诱，仍始终为自由与正义而奋斗，因而被杀害者很多，但前仆后继，现时还在奋斗中。而在其他被占领地冒着生命危险尽报人职务者也不少。至于在前线危险区域临时刊行的小型报的活动，也同样可感。这种精神，应当是中国报人的骄傲。而说到此点，《大公报》同人反感觉惭愧，因为现在的出版地点在后方或国外。

二、中国报有没有言论自由？（答）有。因为法律有保障。这几年，国家在紧急状态，但法律依然并不禁止批评一般政治。以《大公报》的讨论说，我们在战时首都，每天自由讨论批评一切公众有关的问题，从未受过官吏的干涉。

不过要加一点说明。国民政府在战时所禁止的言论，只有一种，就是破坏抗战的言论。这一点，我们很赞同。因为国家境遇非常严重，不容社会思想感情的混乱，尤其不容有直接妨害军事利益的思想之传播。我们认为这种禁止，是民族紧急自卫的当然措施。凡是负责的政府，一定这样做；凡是爱国人民，一定同情这样做。其次，统帅部现在行着新闻检查，我们在检查的范围与方法上，有时与政府意见不同，但在原则上则认为有检查的必要。同时相信这种战时制度，在战后一定可以废止。

三、《大公报》的言论是不是独立的？（答）是。关于此点，愿特别报告几句话。因为假若《大公报》多少有值得米苏里称赞的价值，恐怕只有这一点。

我们是信仰言论自由的职业报人，最久的有三十年，办这个报十五年了。我们深切认识，要言论独立，必须报社及主持人本身精神上先能独立，因此实行下列两个信条：（一）股本小而简单。《大公报》最初实际资本，只华币五万元，我们向不接受投资，因为怕股东干预言论。（二）同人相约不做政治活动，不求权势财富，亦不求名。若入政界，则辞去报馆职务。我们社长吴君鼎昌，因为国难参加政治，对本社即立时辞去职务。我们多年实行这两点，所以确能保持独立的言论。我们对全国任何个人或党派并无说好或说坏的义务。除遇良心命令以外，精神上不受任何约束。我们在私的意义上，不是任何人的机关报，在公的意义上，全国任何人，甚至世界任何人，只要在正确的范围，都可以把

《大公报》看作自己的机关报使用。举一例说，我们信任的领袖蒋委员长，假若他有重大过失，我们不但没有代他辩护的义务，并且要加以严正的批评，一如美国民众可以批评罗斯福大总统一样。这是中国报人当然的职责，也是在中国法律保障下的权利。

现在说第二部分。

你们要问了：一、中国抗战政策到底怎样？二、期待美国的毕竟是什么？三、中国对于世界前途有什么信仰？

（答）第一，中国抗战，为不愿丧失独立自由，做日本的附庸。我们军事政治经济的自由都必须确保，领土不容侵占。我们不做日本的奴隶，也不做日本侵略其他国家的工具。同时我们并不要侵略日本，不侵害日本人民的自由，我们所求，只是与日本平等。

这种目的，绝对必要，也绝对合于道德，所以中国人民，能以劣势的军备做长期抗战。中国抗战的艰难，美国人一定想不到，而抗战四年，一点不衰，美国人民也定感惊异。

我们相信，道德的力量比什么都伟大，假若中国带侵略性，一定不能这样战，《大公报》就要首先反对战。

因为中国的抗战，绝对合于道德，绝对是人类的正路，所以中国在精神上非常之强，而这种精神一定能永远保持下去。

抗战四年的效果，已达到一种消极目的，就是日本绝对不能征服中国。

我们一定要贯彻最后胜利。怎么叫胜利？就是达到抗战目的——确保独立自由与平等。目的不达，抗战不止。

第二，美国人民对中国向来有好意，我们向来感谢，但在过去，我们对美国并不佩服。因为我们确信世界是一家，利害与共，断不能世界毁灭而一国单独繁荣。但是看一部分美国人，过去好像有这样思想。

世界文明靠什么精神去支持与发展呢？我们以为最要紧是侠义精神，那就是牺牲自己利益以救人。世界值得生活就在此一点，不然，世界要成为沙漠了。

我们反对民族自私。武力侵略，是自私的极端发展。我们亚洲民族中，出了极端自私的日本，真是不幸。他们所谓“大东亚新秩序”完全是侵略欲征服欲的发动，我们实在反对，同时以为一个有力量的大国，坐视许多弱小国家丧失自由而不挺身去救，那也是一种自私。

中国人的世界观，是一元的，看他国同己国一样，因此十分关切世界任何部分的祸福，特别同情于一般弱小国家的命运，但是我们没有力量去救他们，只能努力自救。

美国却与中国不同了，因为美国是世界上最有力量的国家，你们不出来保卫文明，干涉侵略，还等候谁呢？

你们大概记得：艰苦抗战的中国，在这四年中，从没有向美国乞怜，也从未劝过你们参战。你们过去有些经济援助，我们固然感谢，但问题的性质，绝不是那样渺小。

今天的中国，依然是这种态度，我们是愿意互助合作，而绝不是告急乞怜。

第三，但是世界今天从黑暗中发现光明了，这就是美国舆论业已决心担负保卫世界文明、人类自由的责任。

中国人民对这种趋向，非常欣慰，这不是仅仅因为于中国有利，而是庆祝人类侠义精神的发扬。

我们可以奉告诸君：在向后美国为保卫自由而奋斗的过程中，以远东为范围，中国一定永远努力与美国合作。

我们对世界前途是乐观的，相信反侵略的势力，一定最后胜利。因为反侵略合于道德。

再奉告一句：中国将来一定行民主政治，绝不会成一党独裁政治或阶级独裁政治，想来执政的国民党，战后一定履行宪政，断不私于政权，因为孙中山先生的教训如是，因为人民的愿望如是。

不过我们要注意采用欧美民主政治的优点，而去其劣点。鉴于欧洲十余民主国家悲惨的境遇，更不能不有此感。

你们本着道德的命令努力吧！在远东大陆，永远有你们的朋友！

以上演说完了。特别谢谢米苏里新闻学院国际新闻道德的功□，谢谢给《大公报》的荣誉，谢谢美国广播公司给我们便利，谢谢美国人民费宝贵时间听我们广播。

最后高呼：中美报人合作！中美人民合作！全世界爱自由的各国报人与人民合作！自由与正义胜利！

对桂林馆编辑部同人的讲话

1943 年 6 月 13 日

半年来，我一直在半休息的状态中，因之未能与诸同人经常接触。但诸同人之努力工作，我是深知的。要不是报纸在这期间内两次的涨价，我相信桂林版的销路绝不会停留在目前数字上的。同人之辛勤工作，值得欣喜，但新闻事业须不断地求进步，决不能停滞在一个阶段上，而引以自满自足。所以今晚，我就想把对新闻事业努力的途径，对同人讲讲。

首先，我们应该了解报纸的前进性。报纸因为是直接反映社会的，所以成功的报纸必须是领导社会前进。求其次，亦必须随同社会前进。否则这张报纸必遭淘汰。办报与开铺子不同，不能靠着老招牌的原因即在于此。

我们明白了这一点，就知道新闻记者为什么需要不断地进步，无论在学业上以及事业上。

做一个新闻记者，必须认识并实践下列几个基本的原则：

第一，无我的精神。新闻记者是完全为社会，也即是说为他人服务的。所以在执行业务的时候，决不能掺杂一些自私的念头在里面。我们《大公报》一向的传统精神，就是：只求事业往前进，而绝不容许把个人放在事业的前面。例如张先生的一生，辛辛勤勤就是把生命完全灌注在事业中，而绝未计及个人。但是张先生并非一生湮没无闻，终且遐迩知名。所以，一个有志的新闻记者，应该在张先生身上，得到成功的秘诀。有些记者把办报当作升官发财的桥梁，但我敢说，他们财也许可发，官也许可做，但绝不能成为一个成功的新闻记者。

一个良好的新闻记者对自己的事业与工作，有极热烈的兴趣与志向。如果，新闻记者对新闻事业不发生热烈的兴趣，则一定难于成功。因为新闻记者不求名利，不求显达，任劳任怨，为社会服务，个人所得到的，只是菲薄的报酬，则所为何事？曰:为了精神的安慰。物质生活如是之苦，精神无所寄托，因而对工作缺乏热忱，结果枯燥乏味。那么，他怎能成为一个成功的新闻记者呢？所以新闻记者最重要的条件，“热”是缺少不了的。

第二，要注意健康。新闻记者因为起居饮食不像常人那样有规律，内勤常要通宵工作，外勤需要不避风日，跋涉奔波，所以必须具有健康的体格，始能担负这种沉重的工作。但是，反过来说，如果自己生活不检点，浪费精力，纵有健康的身体，亦必断送。所以，新闻记者的生活，应该时时自己注意健康，譬如晚上未上班前，倘利用时间，获得休息，则在精神上，自然大有裨益。新闻记者虽然生活较苦，但假使不做无谓消耗，处处注意日常生活，相信不致影响到体质。人家说做新闻记者会坏身体，那是不能相信的。

第三，爱管闲事的态度。新闻记者见闻要广博，常识要丰富，必如此始能应付瞬息万变的社会。而养成这种能力的不二法门，就是多管闲事。新闻记者需要是一匹猎犬，要有灵敏的嗅觉，不放松任何一个机会。但是除了多闻博知外，还要有精确的判断力、热烈的情绪，才能够在纷乱的麻团中找出头绪，予以正确的记载与评论。

现在我谈谈报馆的组织方面。在民国初年，报馆组织极为简单，往往一个人可兼为经理、发行、会计，以至采访、发稿。但是报纸发展到今天，部门复杂，各个独立，已成为企业化的组织。以本报为例即可看出这个演变的痕迹。但是各部门虽可独立，却必须要有密切的联系，分工合作，才能收指臂之效。例如，我们现在的编辑部，已有五个部门，即是编辑、外勤、翻译、电务与校对，这五个部门必须有密切的合作，我们的报纸才能够完美地编出来。

我现在就对这五个部门，略述我个人的期望：

一、内勤，即编辑。我们报馆往年对于编辑人员的取舍极为严格，往往须经过若干准备阶段，始许担任正式发稿。自抗战以后，一方面报馆组织扩大，同时人才也难于取得，所以不得不权宜从事。但是我仍旧希望做编辑的，随时学习，尤其不要轻视一般基本的知识。例如译电报就是一个例子。编辑必须熟习电码，才不至于在新闻稿里，闹出笑话。

二、外勤。做外勤的人，首先须在社会上建立好多方面的联系。有了这种基础，不但新闻来源不竭，而且有时新闻还会自动送上门来。在记载上，消极方面应不使对方感到为难；积极方面应记载恰当，行文得体，谈话记录稿要能做到比原来发言人所说的还要圆满的地步。这样人家一定会感谢你，而以后必会常常供给新闻材料。此外，外勤在采访上，须随时竞争，要具有猛如虎、贪如狼的精神，才能不至于失败。

三、翻译。新闻翻译与其他译文一样，也必须具备信、达、雅三个条件。本报杨历樵先生从事此项工作十余年，已成为新闻翻译界的权威。我希望从事新闻翻译工作的同人，多多向杨先生学习。

四、收电。无线电报收录新闻，在我们还是一种新事业。在新闻竞争上，已成为必不可缺的一种工作，希望同人多多努力。如有闲暇，关于各方广播也应多多收录，备作参考。

五、校对。一般对于校对的工作，多怀轻视之意，其实大谬不然。我们报馆对于校对一向重视，一个好的校对，常能修正编辑的错误。而且一个有校对经验的人，往往就是一个好的编辑人才。希望校对部同人多做自修工作，力图上进。

我的话到此告一结束，但是临末，我还有一点意思要谈给大家。就是我希望大家重视自己的职业，重视自己。须知新闻事业最能训练头脑，一个新闻记者不但具有丰富的人生经验，且具有敏锐的观察力、判断力。新闻记者多闻广知之外，且能道出一件事物的所以然，又善于应付环境，因此一个新闻记者的能力，远过于任何一种人。外国的名政治家多出身于记者，不无理由。我希望同人珍重自己的事业，努力前进！

宪政风度[①]

1944 年 4 月 25 日

人类是政治的动物，从有史以来，政治制度形形色色，各有短长，不能细述。但从大体言之，多数参政胜于少数主持，公开论争胜于秘密取决。因此，民主的宪政比较上终胜一筹。所谓民主的宪政者，民主而不宪政，则民主是空的；宪政而不民主，则宪政也是空的。但是要做到百分之百的民主的宪政，绝不是一件容易的事情。从政府以至于国民，大家都要养成宪政的风度，然后才能发挥真正民主宪政的效能。各宪政国家虽然同为立宪的制度，但是成绩不一；所以然者，即宪政风度的培养涵育，各有深浅不同的缘故。我现在把宪政风度分四点约略说明：

一、服从法律

要实现民主的宪政，一定要全国上下养成服从法律的习惯。只要国家定了一个法律出来，全体国民在这法律之前，都应该遵守服从，不能够有例外，不容有违法、毁法、玩法、弄法等情形。要整个儿的社会大家都以干犯法律为耻辱，有一个人犯了法，自己即有外惭清议、内疚神明的感觉，这样才可以普遍地养成服从法律的习惯。法律本来是维持社会公共生活秩序的一种工具，只要一般人都有服从法律的习惯，当然亦可养成其尊重秩序的第二天性。譬如在英美的游艺场所，人民买入场券

① 本文是胡政之在广播电台发表的演讲。

时都是依次而前，绝不争先恐后；游艺场所尚且如此尊重秩序，则交通机关更不用说。这样大家都知道尊重秩序，自然而然地大家就都服从法律了。不过服从法律还有应该注意的地方。因为法律既然如此尊严，所以宪政国家对于制定法律的手续非常郑重，对于制定法律的态度更是非常审慎。凡立一个法律，一定求其必行；而法律的内容定要能针对当时社会的情况与民众的需要；否则法律与民众脱了节，必然就要发生违法、毁法、玩法、弄法的事情。因此宪政国家的法律一定要经过国民代表的协赞，或由国民代表自己提出来制定，然后在国民心目中，法律才有它至上的权威。

二、尊重自由

人类之爱自由，差不多基于天性。但假如人人都主张自由漫无限制，则公共生活的秩序且不能保，还有什么进步可言？在古代社会，人类生活简单的时候，只有“礼”同“刑”来限制和节制人们的自由，所谓“出乎礼者入乎刑”。到接下来社会生活复杂了，简单的“礼”与“刑”已经不能限制或节制人们的自由，于是种种法律逐渐产生。在表面上看，法律虽是限制自由的，实际上法律却是保护自由的工具，因为自由是与责任相对待的，要能负责任，才能享有自由。中国古人说：“己所不欲，勿施于人。”这是恕道。其实就是自动地限制自己的自由，而充分地尊重旁人的自由。所谓尊重自由之中，即含有讲恕道的意义。你要能够负得起责任，人家才能尊重你的自由；而责任者即是自己能够节制自己的自由。宪政国家的国民，无论在公法上在私法上都是有责任的，如他自己违反了或背弃了他自己的责任，在法律上他即要发生责任问题。所以凡是宪政国家的国民，一方面固然要宝爱自己的自由，同时也要尊重旁人的自由。再进一步讲，就是以他自己的信念，以他自己的责任，来决定他自己的言语和行为。他不但有“做”的自由，即是凡不违反法律的，他都可以“做”，同时他还有“不做”的自由，只要他的信念认为不应该做的，他即有“不做”的自由，任何强力都不得强迫他去做。所以社会上必须普遍养成尊重自由的风度，宪政才能达到尽善尽美的境地。

三、公道竞争

凡宪政国家的国民，人人都有公私两个资格：私的资格即家庭社会上个人私的地位，公的资格是公民的地位。在公的地位上，他应该以他自己的实在感辨别是非，决定去做，对于政治上的赞成或反对，他都能有自由选择的余地，假如在政治上要发表一种主张，或参加一种政治集团，他都应该根据理智，用光明的态度表示出来。人家要反对他的，也应该用同一种态度来辩论斗争。如果多数人赞成他的意见，当然他算是成功，但是这是很平常的事情，值不得骄傲；如果他的意见为多数人所不赞成，他失败了，这也是很平常的事情，值不得懊丧。如那些宪政国家，大至于总统的选举，小至于地方议员的选举，参加的各党各派，都是以光明磊落的理智的办法来做公开的竞争。当其竞争的时候，双方的态度非常的激昂；但一到有了结果以后，失败者要向成功者道贺，成功者也必向失败者致谢，并勉励他下次再来竞争。像这样大家都以光风霁月的胸襟，从事于公道的竞争，这样才能成为宪政国家的国民。

四、容纳异己

容纳异己与尊重自由及公道竞争是互相关联的。因其非常重要，所以特别列举出来。大凡公共生活最要能够公私分明。在宪政国家里的政党一定不止一个，因为凡事没有竞争即没有进步。政治这样东西，总与权力发生联系。而世界上最有用的东西也就是最可怕的东西。水能载舟，亦能覆舟；火能成物，亦能毁物；金钱是有用的东西，但历史上的富豪受多金之累，不知造成多少惨剧。权力是人人希望有的，但历史上的帝王将相以至于一官之微，或其本人滥用权力，或其关系人利用地位而滥用权力，以至于害事误国的又不知其有若干！故权力越大的个人或团体，越应该时时警惕。其方法就是要虚怀自处，公私分明，容纳异己。要奖励政治上的竞争，随时可以得以闻过迁善的机会。宪政国家每有一种论争，双方唇枪舌剑，无所不至；但到辩论已了，是非已明，从前的斗争如烟消云散，不留痕迹，绝没有因公事而结成私怨的。如此所争的是公是公非，双方都有一定的限度，因斗争而促进进步。甚至诉诸民众公意，以法律形式交代政权，免除革命流血的惨剧。在野党随时有取得政权的希望，在朝党随时有放弃政权的雅量。上下交替之间，各自整理内部，培养新人。政治以竞争而进步，犹之乎流水不腐，户枢不蠹。这样的宪政风度亦是政治可以进步的一大动力。

以上四点谨陈概略。要之，民主立宪，乃简单平凡的政治，既非理想之极臻，亦无神秘的作用。唯国民良好习惯的养成，则非一朝一夕可成。中国在世界现状之下，舍民主宪政另无他道可循。如何学习修养，全国努力，愿国人共勉之。

世界是进步的，和平必须成功

1945 年 5 月 9 日

我参加过 1919 年的巴黎和平会议，所以我这次到美国来参加旧金山联合国安全会议，我个人有特别的感想。我相信世界是进步的，不循环的，换句话说，就是不回头的。我以这种观念来看这次会议，觉得有很多很大的进步。说到这一点，我们不能不想到那个时代，就是巴黎和会时代的美国伟大政治家威尔逊总统。二十六年前他赴巴黎和会，他的演说我曾听过，因为那时我是新闻记者，所以对于他的活动亦所知甚多。前天我在电影院里看到他的影片，又使人回忆起二十六年前的伟大的政治家来，当时看他失败了，替他可惜，现在则知道他还是成功的。他使我们知道要努力，使我们知道改造世界是不容易的。以前美国的伟大政治家是威尔逊先生，此后就是罗斯福先生。这两位伟人完成了世界伟大的工作，是使我们感到尊敬和钦佩的。

我相信世界是进步的，拿这次旧金山会议和巴黎和会比较，很可看到其间的进步。第一，我们要使世界变得更好一点，不是少数人或一个国家可以做成的，要全世界人类联合起来共同努力，才可以成功。从这次会议来看，这方面是很可乐观的。因为巴黎和会时，完全是克里孟梭及劳尔·乔治两人负责，威尔逊的地位虽和他们一样，但开会的时候却对克里孟梭让步。而这次旧金山会议却不是少数人办的，很多人都参加了，不但参加，而且都有发言的机会，这就与前次和会不同了。我很赞成杜鲁门总统的话，他说这次会议几个大国的与会不是为了支配，而是为了服务。我觉得这话极为实际。这次会议，无论强国弱国大国小国，肤色不论黄的白的，都一样在大会有发言机会。一个礼拜以来，我们就像学生听讲似的听了各国政治家的演讲。可见我们已共同负责改造世界了，这就是明证。第二，巴黎和会与这次会议不同的地方是，上次是第一次世界大战以后，仗打完了才谈和平的。威尔逊总统虽然先提出和平十四要点，老实说，这十四要点当时大家都不注意它，直到巴黎和会开会时，威尔逊总统又提出来，这才受大家注意。但因战争刚结束，交战国有许多情感上的问题和利害上的问题，矛盾冲突很多。因情感上有矛盾，利害上有冲突，所以不能以和平为对象。结果第一次世界大战战争虽然胜利，和平却失败了。因为和平失败，所以有第二次世界大战。这不是威尔逊总统个人的失败，我们大家不理解他，不照他的话去做，这是全世界人类的失败。而这次会议却不同了，我们在战争未完以前即谈和平问题了。第三，在第一次起草国联盟约时，理想太多，而战争结束以后碰到实际问题，理想牺牲不少。理想与事实不能调和，这也是上次失败的原因。这次在二十五年中间，我们经受两次大战，生命财产牺牲太多，大家知道这次如果失败，或有第三次大战。到第三次大战时，那时牺牲之大，浩劫之惨，实令人不能想象。我们有此了解，所以希望会议成功。必须努力和平像努力战争一样。所以理想不必悬得太高，要能顾到事实。要求理想与事实调和，我个人的看法就是如此。这不是一个国家的问题，也不是一个国家内少数政治家的问题，而是全世界人类的问题。我们了解这次会议的成功与人类前途有多大关系，有此了解，所以在宪章完成以前，我们希望舆论的指示，希望知道各方的意见。但在宪章完成以后，则宪章并不只是出席旧金山会议代表们的工作，而是全世界人类的工作。全世界人士对新国际联盟要使它成功，使它不致成为空文，使它的精神贯彻到底，使全人类能得此和平宪章的保障，不致再遭残酷战争的牺牲。这是我们所希望的。

总而言之，世界是进步的，不会回头的。我们要好好地做，希望全世界监督她，支持她，赞助她！

内外大势[1]

1946年2月8日

今天能和诸位见面，非常高兴。兄弟离开天津，将近十年。那时正当北方局势最恶劣的时候，个人事业岌岌不可终日。当时已预知北方局势将有大变化，遂将一部分事业南移。在南方一年，北方局面果如预料发生巨变。回想离津时种种情形，并未料及能在不到十年的工夫回来，所以此次返津，十分兴奋愉快。尤其今天亲见市府各局处诸位先生绝早到府办公，充满朝气，可证在张市长领导下，树立了如何新的气象。个人从事新闻事业，在北方时间甚久，回想当年北方政界萎靡不振的腐败现象，觉有隔世之感！

方才市长过奖，愧不敢当。个人多年从事岗位工作，不惯做公开演讲。只以市长一再敦促，而个人在天津居住有十余年历史，亦即天津之市民，市长命令，不敢推辞。唯市长既未指出题目，个人亦毫无预备，只好想到什么就说什么。昔人谓“小题大做”，今天可以说是“大题小做”。

现在一般人所最关心的是第三次世界大战会不会发生。关于这个问题，我们先看现在世界上空中交通缩短的情形。譬如早年上海寄到四川的信件，常要四五十天的工夫，而现在只要五小时，如果航机不停，便只三小时可到。个人近数年来，两度出国，需要时间不过四五十小时，

---

① 本文是胡政之在天津市政府纪念周上的演讲，刊登在1946年2月19日《大公报》津版。

便可到美国或英国。空间交通如此缩短，时间需要如此减少，因此形成天下一家的局面，以后绝无孤立之可言。世界各国彼此均有关联，有影响。我们判断一件事实，应不以地方做判断，要以全国立场为判断，要以世界的眼光来判断，所谓“世界知识”极其重要。

从第一次大战到第二次，相隔不过二十五年，现在大战结束，国际间还有纠纷，还有无穷的问题在发生。许多人关心第三次大战，是不是有再起的可能。我的见解是：第一次大战时，飞机还不曾流行，在军事上还不甚重要。记得第一次大战终了时，个人曾游历到欧洲。那时意大利还在试验飞船（还没进化到飞机的通行），乘坐时要签名，声明公司对“摔死不负责任”，彼时同行的都是新闻记者，个人乘飞船试航了一次，便有几位同伴外国女新闻记者，斥为大胆冒险。这是1919年的事，到现在还不到三十年。

这一次大战怎么样？是以空军为本位。大家都晓得这次大战之得以迅速结束，是在广岛长崎投下两颗原子炸弹促成的。那时候个人正在纽约，消息发表以前三个星期，已经知道了端倪。原子炸弹不是短期间所能发明的，而实际运用，在美国为第一次，因为只有美国财力雄厚。当时研究战局延长不了，如何能在短期间结束。科学家以为原子炸弹的破坏力最大，只是未免残酷。但就全面看来，与其使战争延长牺牲多数生灵，毋宁对于一个区域，一部分人类大破坏一下。牺牲少数人，可以保住大部分人类的安全。只有美国有此财力，罗斯福总统有此气魄。费用美金二千万万，由专家三人从事实际工作。三位专门科学家里面，还有一位对于原子弹要费钱如此多，能否实际运用，根本怀疑，自觉并无把握，知难而退。到后来，专家二人告诉退出的那一位说，实际工作居然成功，彼此都非常高兴。这时个人便听说“战争的一个新发明大怪物要出现”，战争可望在短期内结束。三个星期以后，原子弹投下来，这个秘密才揭开。

原子炸弹投到广岛，结果广岛炸平炸光。这样大的破坏，使用弹药，究竟多少？不过二公分！只二公分药便能结束了全世界最残酷的战争，可见科学力量之大，原子威力之烈！现在坐飞机是一件极平常的事，回想第一次大战后，坐飞船都是冒险的事，把第一次第二次之间情形比较一下，可以想象假使有第三次世界大战，将不知残酷到如何程度。因此不仅我们中国人，全世界人都在关心。从前战争，有前后方的分别，此次世界大战无所谓前后方。后方遭受轰炸之惨烈，我们都亲尝过多少次！

目前世界大势，一般人看来，最有势力的当然是美国与苏俄。为将来局面发愁的不仅是我们中国人，美国本身报纸也不断表示预言。但据个人的看法，并不如此简单。因为：第一，战争破坏力太大，反使大家害怕。譬如原子炸弹虽然猛烈，倘彼此互炸，都将归于毁灭，所以都不敢发难。第二，上次欧战结束后，德国虽然战败，但在德国本身并无破坏。法国北部为产葡萄有名之区，被大炮轰击的结果，土地为铁屑炮灰所毁，要经过多少年才能种植葡萄。彼时而感到德国对各国大施蹂躏，而其本国无大破坏，故德人绝不服输。以后利用战胜国互相猜忌冲突的机会，在夹缝中加强组织，重振军备，终于造成了第二次大战。这一次大战结束后，德国已破坏到底，战胜国也鉴于第一次的错误——不能团结，反而助长德国的复兴，于是决定绝对不许德国再武装起来。

因此若说德国能照上次一样再来发动战争，是不可想象的事情。其他各国怎样呢？

英国原来是个既富且强的国家，现在则很苦，现象是强而不富。战争的结果，使英国在国外的存款用光，殖民地都成了债权人。穷得不得了，发动战争是不可能的。

苏俄此次与德国做生死斗争，牺牲之大，史无前例。物质损失极大，若再事战争，殊无此心思，一时也无此实力。

美国是又富又强，组织上是个真正民主自由的国家。种族复杂，舆论极为有力。而舆论又变幻莫测，绝不是一党或少数人所能操纵。所谓地广物丰，人民安于自由的享受，不愿打仗。美人之酷爱和平，可举一件小事为证。胜利以前，纽约曾传出错误的消息三次。每次传说胜利了，便有一二百万人齐集纽约时报广场前狂欢庆祝。后来发现错误的报道，一直到第三次才证实是真的战争结束。由此可见美国人民不愿打仗，希望和平。在我国生活不安定，对战争的感觉不怎样，但在美国，打仗是真苦痛，和平是真享受。在此种情形下，美国绝不会发难。

其他国家，则不能左右轻重。战后全世界都在感觉经济恐慌，生活压迫，发动战争，并不容易。以我国论，与敌日周旋八年之久，但日本力量远不如欧美，所以在我国的破坏不如在欧洲的惨烈。我国人还不免有幻想战争再起，或可从中找到便宜的，但事实并不如此简单。个人虽不敢断定战争必不发生，也不能不承认国际间复杂情形不容乐观，据我所知，各国一般国民，都是在希望和平，不愿打仗。打仗的兴趣鼓不起来，至少十年八年应该不会有战争，目前是全世界走上和平合作的路途。

第一次大战结束后威尔逊总统主持的国际联盟失败了。这一次新的联合国怎么样？个人虽不敢乐观如何好，但比国际联盟的组织的确完善得多了。报载开会时问题很多，最堪注意的是苏英对立，公开斗争。但这事并不用悲观。甚至毋宁在会场上吵闹，比钩心斗角做外交的斗法好得多。世界上终不免弱肉强食，这是没法的事。几大强国联合起来，牺牲弱小国家的利益以谋和平，这是习见的事，所以一国如果不能自强，绝无法讨着便宜。

远的不要说，近事如日本。日本自明治维新以来，几十年如何努力，科学、工业种种都后来居上。只因当政的一念之差，穷兵黩武，以致一败涂地。再说德国国民能力之强，科学之发明，工业之进步，再出人头地，也只因主政者一念之差，使国家结局如此。所以富而强者尤须充实，何况贫而且弱者，如何能希望天上掉下机会，而期待着第三次大战。自己不努力，而希望旁人有事从中讨便宜，绝无此理。

全世界和平合作，如何才能达到？个人以为在国际间要和平合作，在国内的共同大势便是民主合作。政治制度的良好无绝对的标准，但多数人参加的政治总比少数人主持的好。少数人的政治，效力好，可以痛快彻底，但少数人不能保障不走错道路。德日两国即是前鉴。多数人不但不会走错路，如有危难，全国一德一心共同努力，必可转危为安，转败为胜。美英苏都是这样动员全民来为国效命。所以说全世界国际和平合作，同时须要国内的民主合作。

中国应该怎样？看我国数千年历史，乱多治少，原因何在？因为政治在少数人手上。历史上历朝皇帝，开国之君多起自草莽，深知社会上的情况，对臣下用“威”用“术”，弄尽“手段”，以维持他的“家天下”。到第二三代以后，养在宫中，左右尽是妇辈，无甚知识，以致大权旁落，操纵于少数大臣、外戚、阉宦之手，大家只是伺候“主子”。故“臣妾”并立，大官只守“妾妇之道”，政治不清明，以致乱多治少。

青年们对于现状颇多烦闷与苦恼。但个人常对青年们说，这是不了解现在的地方和时代。中国数千年来的皇帝一旦打倒，民主共和，变更传统，谈何容易。现在要大家努力改造，不能单责骂政府当局。近三十年来中国的进步甚大。最近政治协商会议，在国民政府大礼堂开会，而与会者多是向来批评政府或主席的人们，即在大礼堂上亦同样批评政府，此非民主而何?

个人以为中国进步甚快，尤其八年以来，为着事业每由北而南，由中部而西部，如川、陕、湘、滇，战前皆风气闭塞，四川内战，民国以来曾有四百余次之多！民国二十九年，个人回家祭扫，轿夫为一“军阀通”，历述川省军阀内战如数家珍，娓娓不倦。而最后说现在是好了，我们子弟都在打“国战”。由此可以想见我国人民的国家思想。八年来牺牲的收获，虽五十年教育无此效果。中国在国际和平环境下，有很好机会建设，扫除数千年来腐败政治坏习惯。在国际和平空气里，自己努力，很可能建设新的国家。中国之所以能跻于五强之列，是罗斯福总统的眼光远大，我们要善保这“顶戴荣身”的机会，能不能真的成为强国，要看自己做。利用十年二十年的太平，赶快努力。我国人有两种习气要不得，一是太骄傲，一是太自馁。不要看不起人，也不要看别人如何不可及。我们的始祖原有种种发明，我们至今愧对他们；但后来的祖先腐败落后，我们固对不起他们，他们也对不起我们。我们要有这样的抱负：不甘外国人说我们是几千年的老国，而要做一个新兴国家。外国并无甚了不得，美英学者对于政治一样表示不满。他们也在改良，我们应研究迎头赶上。科学工业虽然落后，但并不是没有人才。战争期间美国大学教授去从军，有些学校甚至靠中国教授支撑。

我国过去是组织太坏，无团体，专制生活太久，自私的家族制度太深，因此对国家的热心不够。几千年的习惯，一下固然纠正不过来，现在实需要创造好风气。天津是过去政府腐败的发源地，正与上海之为经济腐败发源地相同。创造风气，要看有无决心，人人可做主动，绝不困难。诸位在津皆居领导地位，对于精神萎靡麻木的地方，时刻纠正，传达家庭社会，使人心振奋起来，绝对不要悲观。诸位何幸得张市长之领导，个人不久重来天津时，愿意看见天津更大更多的进步。草草陈词，有劳倾听，不安之至！

在上海馆编辑部会上的讲话（一）

1947 年 6 月 18 日

渝粤同人被捕之后的营救问题当然是大家十分关心的。现在有个好消息，就是陈凡同事已经在 16 日恢复自由。最初给广州当局去电要求释放，回电不着边际。后来我径电罗卓英主席的秘书长邱誉先生，声明必要时自愿亲到广州做质保证陈君出来之后，随传随到，□□达到营救的目的。

这次全国大规模捉人，各地方当局虽奉有中央命令，但所谓黑名单却是就地拟定的，这其间真不知掺杂了多少私人间的怨恨嫌隙。据说，只要党、政、军、团任何一方提出要捉某某人，某某人便上黑名单。捉进之后要释放，可就难了，因为党、政、军、团有一方不赞同，执行拘捕者便有所踌躇。

此番渝粤九位同人被捕，迄现在止已有七人恢复自由，希望其余二人不日也可以释放。在这复杂综错的时会，事情的解决总算顺利。这固然由于同人平素注意操守，别人拿不到把柄，但也仰仗了我报的声光和营救的努力。

从今天起，我报的地位更将困难微妙，这是可以断言的。第一，乱局的趋势虽然是延长扩大，决定性的变化仍旧渺茫。换句话说，民主自由根本没有存在，更有待我们的争取。在争取的过程中，横逆之来毋宁是当然的。因此，忍耐的能力和镇静的功夫是必要的。第二，斗争激烈，当局者受情感的支配，“镇压”的手段想见越来越凶。中国政界习惯，官家只有错捉没有错放。一个人一经吃了官司，想要摆脱，便很不容易。俗话说，“一字入公门，九牛拉不出”。这是几千年来黑暗政治的传统作风。第三，由于全体同人的孜孜不息，我报的销路天天上涨。办报纸，自然希望销路涨。不过，在此时此地，我们却不能一味高兴。老实说，我们应当具有“一则以喜，一则以忧”的心情。这可以分两层来说。在座同人都晓得我报所获白报纸的进口配额不够用。因此，多销一份报便得多向黑市买一张白报纸，也就是说得多担负一笔损失。目前的经济情势和政治情势一般严重，黑市白报纸的价格涨到什么程度简直难以预料。此外，近日销路上涨的速度，不但使环伺我们的同道奔走相告，更使得当局者忧惧不安。我们办报决不希望办到只此一家的局面，因为这不但使我们更难发言，而且使我们对外间的忌恨深感防不胜防之苦。

中华民国是在夹缝中讨生活，《大公报》也正是在夹缝中讨生活。我们今日的处境的的确确够得上“孤危”二字。在这“孤危”的局面中，我们做报的人究竟应当如何自处呢？我个人以为：首先，我们应当效法宗教家的悲天悯人。执笔为文，总要言之有物——言之有物就是有诚意。我们应当竭力避免不自觉地陷于嬉笑怒骂。嬉笑怒骂虽然逞快一时，但不合报人的身份，也最容易招忌。其次，我们要对事不对人，主张要有建设性。在今日的乱世，私仇万万不可结。这就是说立言记事，不但态度要严肃，而且不要忘记讲求技巧。我们切不可有丝毫疏忽，以致在处理新闻或是撰写评论的时候不必要地开罪于人，使人感觉到我们故意和他为难，故意要陷他于绝境。假使我们时时牢记上面的话，那么，就是还有人不高兴我们，也不致结下不解之仇，因为不高兴我们的人也自有是非的标准，也能辨别出我们的态度是为公不为私。以上的话绝不是要我们报人去模仿乡愿。我的意思着重在避免不必要的刺激旁人。在最后的关头，报人应当有牺牲的决心，但是牺牲要值得。

最后，我还要重复提醒同人一声，就是我们的时代还没有民主自由。假如中国是英国美国，那我们还用得着“争取”民主，“争取”自由吗？一张报纸应当是一个千秋万世的事业。我们的前途是漫长艰苦，曲折多变的。在前进的时候，我们要有无比的自信，无穷的忍耐。我们要时时牢记着“操心危，虑患深”两句话，谨言慎行，敬业尽职。

对天津馆编辑部同人的讲话

1947年7月21日

诸位新同人在未进报馆之前，一定会炫于报馆的声光而有极大的期待，恐怕在来馆之后，看到报馆的组织不够严密，人事不够严密，督促指导不力，不免大失所望。但是报馆的作风，一向就是自由的、民主的。新同事要求进步和充实，只有自己的努力，不能期待别人来推动。

“自我创之，自我毁之”

本报创刊于清光绪二十八年，至今已有四十五年的历史。我自民国六年到民国八年，以及自民国十五年接办以迄于今，担任报馆负责人的时间，要占半数以上，所以对报馆知之最详。在全国的民营报纸中，真正为国人所创办，事业维持最久，社会基础最稳固，销路普遍到全国，在任何角落都会得到反应的，我报要占第一位。在过去几十年中，清末革命运动，民初军阀割据，内阁屡次变更，本报均有记载。虽然风险重重，幸而应付谨慎，未遭摧残。到“九一八”之后对日关系紧张，而本报适在日租界内，言论不得不力持慎重，致为主张开战者所不满。其后迁入法租界，为商讨以后的态度，我与张季鸾先生绕室彷徨，再三考虑，最后始做决定：估计全国力量，时机尚未成熟，为国家前途计，绝不能做孤注之一掷，所以仍旧主张保持和平，培养国力，而不取激烈态度，虽遭国人之不满，亦不惜“自我创之，自我毁之”。后来果然因此先后曾遭炸弹四五次之多，就我个人记忆所及，除有两次是日本人送来的“警告”之外，其余大概都是东北青年干的。

当时日本人认为本报是最了解日本的，以本报为研究我国对日动向的依据，我们因感责任的重大，在言论上更不能不力求慎重。其时一般舆论，倡言对日作战者甚多，而本报则矢口不言开战，遂使日本人无从判断。这种以国家为本位的措施，竟不能见谅于国人。

到抗战开始，本报随战事的转移，到处疲迁，无异旅行办报。不顾轰炸，仍继续出版，几经患难，以迄今日。经过这八年的困苦，本报的历史，也就更为宝贵。可惜在胜利之后，国内政治纠纷未已，丁此时艰，本报同人更宜谨慎将事，以期事业之能维持于久远。

一份理想的报纸

我国过去的报纸大致可以分为两派：一派专为表达所属政党的政治主张，一派则完全着眼于生意。前者在民国初年为其鼎盛时期，各党各派无不拥有机关报；后则发源于上海，绝口不谈政治，专以赚钱为目的。我对以上两派都觉得无聊，都不以为然。我认为一份理想的报纸，要兼顾营业与事业。营业能独立，始能站在超然的地位，不为他人所左右。本报自民国十五年接办以来，即未曾与任何党派或个人发生金钱上的关系，本报的精神也就在这一点。至于以报纸为一事业，在新闻界中还是一种革命运动，不偏不倚，包罗万象，完全取客观的态度，对任何党派都是一样。我国数千年来都是一个专制国家，经过多年的束缚和压迫，人民对政治不敢过问，因而毫不关心，在这种情形之下，要推行共和民主绝做不好，所以报纸的任务，应该是民众政治教育的工具，但绝不是自组政党来提出自身的主张。

有敢言之名

自清末民初本报即有敢言之名，慈禧听政，本报曾有归政之主张。洪宪称帝，本报都曾予以指摘。抗战军兴，本报与国家义同生死，所以我们拥护国策，支持抗战，对政府帮忙。到胜利之后，形势已变，我们当然也跟着恢复我们民间报纸的身份，但其间绝不含有政治的意味。对政府既没有亦步亦趋的必要，更没有与其必不一致的企图，一言以蔽之便是“是其所当是，非其所当非”，而且是对任何党派，也都采取同样的态度。

但是在党治之下，全国各大报均趋统一，变成清一色，在当局看来唯有本报是个例外，不肯听话。许多不利于本报的宣传都由是产生，于是我们便陷于孤立而危险的境地。凡是我们的同人都要特别小心谨慎，以期永远支持下去。

牺牲必须值得

在目前环境之下，一班青年多感苦闷，很容易在感情上求发泄，从小的地方在字里行间做冷嘲热讽的批评，最能招人忌恨。因为在大的地方外间对本报无可指摘，所以专向小的地方找麻烦。编辑部诸位同人，不可不特别注意。写稿标题，以及个人的行动，务须处处当心，一切向“稳”字做去。本报自创刊以来，历时四十余年，积若干人的血汗始有今日，所以任何人都没有把这个事业牺牲了的权利，便是我也没有这种权利。这绝不是胆小，因为牺牲必须值得。倘使为了言论，我们可以堂堂正正写文章，纵使牺牲了这个事业，我们也心安理得，对过去的同人可告无罪。现在内战正打得火热，报纸已无置喙的余地，但是我总相信终有一天要言和，在国际间也没有不了的战事，何况都是中国人？到那时我们仍旧可以替民众呼唤和平。但是万不可单凭个人的意气，随便发泄，以致累及全体永久的事业。我国数千年来的政治史不外“家天下”，一切都建筑在自私上，要打破这种局面，绝不是几十年不痛不痒的革命而能成功，因此今后我们还需要长期的奋斗，使我们光荣的历史永久保持下去。

多交朋友，少树敌人

本报名满天下而谤毁随之，外间对本报的批评，说什么没有一贯的主张等等，完全是由于不了解。不过社会上究竟还有公道与是非，在平日虽然不敢出诸口，但是到了必要的时候，仍旧可以表现出来。本报在上海出版后，能有今日的成绩，便是一例。

同人与外间接触，一方面由于报馆的声光而受人恭维，一方面由于对报馆嫉恨而被人仇视。这种情形，都应该置之度外。俗称："富贵不能淫，贫贱不能移，威武不能屈。"我还要再加一句："毁誉不能动。"受人恭维，那是尊重你背后的事业，不可太看重，以为自己了不起；受人毁谤亦不可神经过敏，因为有的人是要打击本报的事业而无从下手，于是便用卑鄙的手段，把报馆与个人分开，说我控制不了，然后打击个人，其实还是对付报馆的，这一点不能不注意。

总之，从事新闻事业应该心存恕道，处处要为他人着想。要多交朋友，少树敌人。平日到处结怨，一朝有事攻击全来。对公事的批评还要慎重，对于个人隐私切忌揭发，否则必遭深恨，落井下石更须深戒。以上所谈，外勤同人写稿，应该特别小心。最后一语，仍是希望大家自求进步。

谈民元报业[1]

1947 年 8 月 13 日

我愿把个人几十年来从事新闻事业的经验，向大家来随便谈谈。

民元之前，中国第一大商埠上海暮气沉沉，报业也没有活气。民字头的报如《民立》《民权》《民吁》，销路不过千把份。《申报》是英国人美查创办的，《新闻报》是美国人创办的，中国人汪汉溪和席子佩都是在其中做买办，辛亥之后《申报》被史量才买了过去，而《新闻》仍由福开森经营着，汪汉溪仍为总经理，他的儿子伯奇继续下去。

我那时在日本读书，前后六年之中，每天都要进两个学校拼命读书。回国之后，经人介绍进了章太炎主持的《大共和报》，那时的经理就是王伯群，王是章太炎的弟子。我回国以后，先是找到一个家馆，每天教英文两小时，每月可得十元，进了报馆任务是日文翻译，每月四十元，又找到一个家馆，每月又进十元。有了六十元以后，除了解决我一个人的生活外，还可以接济我伯父的生活。

这一年我二十三岁，我除了翻译日文新闻之外，还兼写评论，那时一切都是白尽义务，后来卖文章，每篇才自十五元，一直卖到四十元，我因为日文英文都能读写，所以材料比一般人所得的都要多一些。

回想当时的论坛，民族意识最强，而民主的认识最差，章太炎就是一个代表。各报都没有专电，所谓专电都发生在编辑的脑海，可以毫无事实，就写一篇骂人的文章。记得《国民日报》由胡英做社长，总编

① 本文是胡政之在北平记者联谊会上发表的讲话。

辑就是后来被枪毙了的詹大悲，也大写文章骂人。那时一切都是乱哄哄的，今天的居正院长，那时也在改编土匪，东设一个司令部，西设一个司令部，当时也在写文章骂人。

我那时做了《大共和报》的总编辑，我总想从外国报上找一点消息给读报的人，官僚政治一天大似一天，民字头的报纸的影响也是一天大似一天。袁世凯提倡军民分治，原来都督分成督军和省长。当两个人不和的时候，督军出钱来收买编辑、主笔，省长就出钱来买经理，使得一个报馆的人都会对立起来。

袁世凯看上了章太炎反对孙中山，收买了《大共和报》。我请求离开，后来他们派我到北京做特派员，那时的薪水每月只有二十元。那正是民国四年“二十一条”交涉的时候，不准发出任何新闻。那时黄远生在为《申报》发新闻，每月的薪水也是二十元，他是个前清没有成功的翰林，在教育部供职，他有一种能力是在八大胡同里一面打牌，一面在清吟小班的票后，写出要发的电报。

我到北京的那一年是二十五岁，袁世凯正厉害，每天都要杀人，我那时住在崇文门内河泊厂，一出门就可以看到杀人的告示。北京报人懒得连当天的布告都不抄，我看见的总比别人早一天，因此四川副都督张培爵被杀，我的电报比别人早一天到上海，很受各方面的注意。张季鸾打了一个电报向我道贺。

当“二十一条”酝酿时，大家竞争新闻。外交部的参事顾维钧那时守口如瓶。日本《朝日新闻》的神田正雄说，中国只有一个像新闻记者的，就是黄远生。另外一个是《字林西报》的端纳，还有《芝加哥论坛报》的 Gillen，后者兼平津《泰晤士报》，他跟我私人关系很好，有时透露给我一点消息。我后来自己打出一个路线，与日本使馆小幡西吉很好，很可以谈出些消息，不幸由于另一位同业汪某，泄露了他在酒后骂美国的话，使小幡大受外务省的申斥，当我再去问小幡的时候，他总在说：“你去问汪某好了。”这一条路也断了。

上海的报纸原是只谈营业，不谈政治。在国民党执政的一个时候，却大谈政治，后来便又恢复营业第一了。当时检查虽严，但还可商量，有了消息还能发出。后来上海的报纸以巨金在平收买供消息的人，使来源更为减少，我们出不起钱的人，路子更窄了。我幸能遇到张仲仁，他是总统府的要人，才透出一点消息。新闻记者生来就有反骨，不能安于歌功颂德，而同情失败者。

袁世凯那时的办法，一方面用钱收买，一方面用手枪。上海的报纸在商言商，只用格言句写文章，过个几十年看看也还不错，这也是一件不容易的事。黄远生这时办起《亚细亚报》，薛大可把它搬到上海，党人大愤（那时所谓党人，即是指国民党而言，习惯如此叫法），那时梁任公已到了广西。这时候，有个人名叫 Y. W. Wang 在南洋在美国替袁世凯活动，而黄远生的名字是 Y. Y. Wang，黄为江西人，且错以江西老表为袁世凯的老表，逃到了旧金山，华侨非要打死他不可（汤化龙就是这样被打死的），他闻到风声本来想立刻上船回国，后来有人劝他何必即走，他只好住下看看，不料就在新中国酒楼被人打死。这次联合国开会，我特别到新中国酒楼去看，一位姓谭的领事谈得十分有趣。

话再收回来，《大共和报》就是因为有“共和”两个字才被袁世凯收买改了名字，生财全给了经理。我那时的薪水又涨到一百元，转到东北去，做了一点别的事。

《大公报》是英敛之先生创办的，他是反对西太后的满洲人。经济上受两个人帮忙，一个姓柴，是位盐商，一个是王郅隆。王是学徒出身，人极能干，善于赌博。后来袁世凯任北洋大臣时，倪嗣冲等人都请他来管私账。他与北洋军阀的关系极深，这也只是个人的关系。他对我极尊重，到我们接办后，他从不加以干涉。但《大公报》却不能说不多少受他一些影响。王郅隆为人很孝顺，说起来笑话：他每年为他婶母做一次生日，老供奉孙菊仙；也亲自去唱戏，每省的军人都送幛道贺，从寿幛上，就可以看出中国是团结还是分裂，如果是分裂了，所缺的督军省长必是成了问题。

当时报馆如衙门，主持人称师爷，全馆为天主教徒，只我一个人不是。访员七个人皆为脑中专电制造专家，我把他们开除了六个，自己动手。留下的一个，他的父亲是总统府的承宣官（即听差头），知道总统派车接谁和谁去看总统的消息，因为他是宣达者，所以不会错的。

天津的消息多靠北平的电话，那时有三个人在袁世凯的《公言报》做事，一是梁鸿志，一是林白水，一是王峨孙。后者曾到英国留过学。他们是一个干一天，我就请梁鸿志给我们发电话。我在那时自己出马采访，督军团开会时，那就所谓杨梆子（以德）常派车来接，就说是“请胡师爷去记”。可是他们开会是大骂一通，出口不逊，实在没有法子记。尤其是王郅隆与他们的关系，当段祺瑞一上台我便不能不出洋了。

到了法国正是第一次和会，中国记者九个人，只有我一个是真的。当开会时，我看到创办台湾银行的添出寿一，六十老叟，在外候着抢旁听座位；路透社全体出动，三分钟换一个速记，随说随发，使我大为感动，归国后便决定办了国闻通信社。

民国十二年孙中山就任大元帅，我便与党人有了接触。到“中央社”成立，我就停办通信社，专心来办《大公报》了。

在上海馆编辑部会上的讲话（二）

1947 年 10 月 22 日

自从 5 月 20 日南京游行学生被打事件发生以来，我报可以说遭逢了多事之秋，这也证明了《大公报》是和国家共利害的。民国十五年我和其他几位同人接办本报，那时不过抱了书生报国、文人论政的志愿。以后的种种变迁和史无前例的八年抗战，在那时是未曾考虑到的。

在八年的抗战期间，大环境（整个国家）固然艰苦，但是小环境（我们自身）倒还舒服。这是因为抗战期间，我们的篇幅小，而且在空前国难的大前提下，当然方针也容易订定。不过，到了抗战的后期，我记得曾经一再提醒同人说我报的困难将随胜利以俱来。

抗战最初发生的时候，大敌当前，情势紧急，我报的方针是唤起民众，抗战到底，因此对政府的措施，拥护多批评少。过了三四年，我在香港和季鸾先生商定要逐渐多替老百姓讲话。不久之后，除了在言论方面依上述决定而行，还开放了“读者投书”。

三十四年 8 月，胜利来临。我们是民间报纸，当然要回到民间的独立的立场，但同时只要我们认为政府的政策是对的，我们仍然拥护它。不幸的是：在我们认为当然的，在政府硬以为我们变更态度。我们对于接收的种种弊端曾经无情地予以揭发。我们的作为一方面帮助了政府，使它明了了接收官员的不法；一方面为民喉舌，的确使老百姓高兴感激。凡事有利便有弊，我们的揭发得罪了一部分有特殊势力的人。适逢其会，南京的《救国日报》出来了，该报主持人也是接收人员之一。如同大家所知道的，《救国日报》是靠谩骂《大公报》过日子的。该报攻击我们，起初还是个人的行为，后来其他的接收人员，见有“纸燃”可以利用，便推波助澜，从而极力支持之。这时候我从美国回来，在南京听说有人向最高当局进谗言……[1]一切的怨毒都证明了我的预料，即胜利之后我报的困难只会加多，不会减少。

对于《救国日报》的谩骂我们不辩。对于外间说我们是政学系的机关报，我们也不辩。这是什么道理呢？这是因为我们的言论要与天下共见，任何巧妙的宣传总归不能改变事实。

近十年来，由于内外环境，我报不但在国内颇著声光，就在国外也薄有虚名。我报国内外的地位高了，同人中便不免有少数不自觉而骄矜。我们平日是是非非，被批评的人已经不高兴，现在同人中既有少数表现出不必要的骄矜，他们便更加觉得不顺眼。另一方面，当局者面临军事上、政治上、经济上种种危机，徘徊歧途，烦恼特甚。眼见别人家的逢迎备至，而我们翘然独异，自然也是一百个不高兴，破坏我们的人见有机可乘，遂进谗言，因此有 5 月 20 日以后的种种。

除了破坏分子和嫉恨我们的同业，我们另外没有仇人。如果我们漫不经心，这些仇人的存在我们竟会不加注意的。在今日的社会里做好人难，做坏人易。一般人不但常常以耳代目，而且专门喜欢揣测背景，研究动机。换句话说，就是不容许有特立独行的精神。譬如说，我们主张一件事，完全因为那件事于国家有益，但是喜欢揣测研究的人们非要做一番推敲的功夫不可。结果，不是说我们动机如何如何，便是说我们背景如何如何。他们甚至于还要做些事不干己、损人不利己的工作。这一点是值得大家警觉的。

被捕的同人现在都已恢复自由，虽然一二人遗留有“帽子”，我以为是不足重视的。我国政界有一恶习，就是官家只有错拿没有错放。假使一顶“帽子”也不留，试问捉人者将如何交代？

《大公晚报》上许多尖锐刻薄的文字，不知有多少人曾经对我指出其不妥，甚至有人说上海不能控制重庆。我也未尝不一再去信重庆，希望改善，可惜同人未予深切注意。从事新闻事业根本是带有危险性的，何况中国还在乱局之中，何况中国还没有民主，没有自由。现在总动员

---

① 此处略有删节。

案已经通过，显出了一个弓上弦刀出鞘的局面。我们全体同人更应小心火烛，一刻也疏忽不得。

然而，今后我们应当如何应付呢？关于这一问题，我想就公私两方面来说。

就公而言，我们的根本方针不容变更。对于内战，我们仍是主张和平。纵使现局之下暂不率直要求和平，三五个月之后——那时候战局一定还是相持不决——我们不仍是可以要求和平？一般民众对国家大事多不关心，我们要肩负起普及政治教育的使命。我们要凭一支笔、一张纸，苦口婆心，启发不关心政治的民众。完成这个使命需时或在五十年以至百年。因此，我们要有信念，要有耐性，要有恒心。我们的事业从来没有接受过任何方面的津贴，从前英敛之先生也是如此。《大公报》到今天，不知是多少人的心血结晶，我们要加意爱护这个事业，使它成为舆论中心。我们要警戒着内部千万不可有对立的心理。要知“左”“右”是相对的，不是绝对的，而且相反适足相成。只要我们遇事求心安理得，一切便没有问题。

就私而言，我们不可结私仇，不可伤害个人，处事接物要谦虚，以免招致同业间或任何其他方面的嫉妒，我们执笔为文，万万要设身处地，切不可使任何人感觉得受我报声光的压迫。立言记事，态度要严肃。批评一件事情要堂堂正正，光明磊落，切忌嬉笑怒骂，逞快一时。我们要牢记八年抗战中我报只受赞扬，不受责难的局面已随抗战以俱去。现在已是平常时代——不，现在比平常时代险恶多多。我们要立得正，能够站得稳，横逆之来既不可免，危险性总比较小些，哪怕个人遭遇拘捕，只要没有党派关系，报馆绝对负责营救，这是可以请大家放心的。

认清时代，维护事业[1]

1947 年 11 月 27 日

我离开重庆虽然很久，人不在这里，而精神却系住这个地方。

追溯《大公报》事业历史，过去对国家曾有两大贡献：一是完成统一。自民十五年我在天津与季鸾、达诠两先生把已关门的《大公报》复刊之日起，正值国民革命军北伐。当时在北方军阀统治下做报不是一件容易的事。尚记出报之后，即招军阀不满，异常专蛮的督军褚玉璞的军法处长曾请我去谈话，经过一番周旋，终于安然出来。在那时一般书生是瞧不起军阀的，因为他们无知识，容易对付，嬉笑怒骂的文章写过不少。北伐将成之际，《大公报》颇尽了一些力，因此有人说《大公报》"坐北朝南"。实则我们在北方多年，亲见军阀统治下人民痛苦之状，希望革命军早日解除人民苦难，故倾心南方。对张学良归顺中央，完成南北统一，就言论机关的表现讲，《大公报》无愧其言责。其次是拥护抗战。对日战争起后，《大公报》发挥的威力可谓已达顶点。我们拥护抗战，坚持到底。《大公报》的事业根据地原在北方，后随抗战形势变化而迁徙沪、汉、港、桂。频年奔波，很像办旅行报。最后据点在重庆，像政府一样，以此为立足点，从此出发以收复失地，力谋复兴。向来中国的报不出国门，但《大公报》却发行了海外航空版，并经印度转播各处，支撑到抗战胜利，各方准备复员。当时我虽还在美国，复员计划却早定。所有去津去沪的同事，全由渝馆派出，如无渝馆，则津

① 本文是胡政之对渝馆编辑部同人的讲话，略有删节。

沪版无法复刊，渝馆之功绩可说极大。照理讲，复员以后，我应该设法多照顾渝馆，实际上却有困难。因为抗战八年，艰苦支持，对人才无力多所培养。抗战期中虽然发展有沪、汉、港、桂各版，但随失土扩大而迫得放弃，报的销行范围也日见紧缩。桂林撤退后，渝馆集中了过多的人，编辑上不得不安排轮流发稿，并非说应该享受舒服。抗战时期办报尚易，大环境虽不好，小环境却还不错，在重庆，《大公报》的销路占第一位。正因为如此，报馆同人难免养成一种惰性，以为不需努力即可把报办好。当时重庆是政治中心，新闻来源不虑枯竭，以为编辑方面亦不必多花时间。我早看到此种倾向，也曾提出警惕，如今遗习尚未尽除，值得我们注意。

就事业上讲，抗战胜利了，我们当然希望国家步入建设，本报得以贡献意见。事实却与愿望相反，内战战火燃烧得愈来愈烈，报业也陷入更艰苦的境地。渝馆曾有大劳绩、大贡献，值得我们永远葆爱。我更有一点私心，因为我是四川人，三十年来在新闻界混饭吃，人到老大，终有一点乡土观念，也希望自己的事业在故乡留下纪念，故对渝馆怀有特别的感情。希望诸同人能保持过去的光荣及声誉。我离开此地虽然很久，渝馆规模尚未大走样，编辑部新人多，惰性还不大，人员减少了，业务还照样进行，这是可引为安慰的。以后我虽不常来，也可放心了。至于渝馆“六一”的不幸事件，我认为并非意外。出事时幸我在南京开参政会，得以设法营救。在当时，我以为同事中有的初出校门，对中国政治认识不够，易出乱子。我在新闻界生活了三十年，是从混乱时代走过来的，我敢说对政治认识比别人较多一点。青年记者初出活动，当然具有满腔正义感，但应该知道自己是处在什么样的国家、什么样的时代。中国数千年来是一个文章国家，人们爱写文章说空话，而不重实际做事。我过去读古人的文章，亦曾表示钦服，及年渐长，才知道有许多属于妄人的话。譬如贾谊上书汉帝，自请典□国谓可系单于之头于阙下。书生把军事看得如此容易，岂非夸大狂妄？这种毛病迄今未绝。记得未抗战前，中国与日本的关系将绝未绝之际，许多人主张立即对日宣战，连负有军事责任的张学良所办的北平《晨报》也曾做同样主张。《大公报》却绝不如此。我们天天骂日本，但最后一句话却从来不肯提出。当时多少青年在责骂《大公报》，甚至让我们吃过中国人的炸弹，但我们执笔为文，对国家是负责任的。我们看透了：一旦宣战，必须打到底。未战之前，须有充分准备，准备不足，不轻言战。我们虽然是文人，与过去文人不同，我们不能受千年传统习惯束缚而媚世取宠，求痛快以鸣高。

抗战胜利以后，国事日非，仍然有许多人发议论，发牢骚，求痛快。我因干报多年，尚为国人所知，近十多年来也尝参与过国家政治，比过去更认清了中国政治问题的特质。“六一”之前，我写信给王文彬先生，即认为有些同事可虑，太爱空发牢骚，未认清环境。其实中国过去几千年的政治，改朝换代，循环起伏，所谓五百年一大乱，五十年一小乱，难得有清明。即有短时期的清明，恐亦多系史家秉承皇帝意旨而写的，因此有人说中国历史有如“断烂朝报”。中国不像欧美，国民有发言权。而欧美国家的自由亦非易得，是经流血争来的，法国就曾经过多次革命。中国过去有皇帝的时代，如政治搅坏了，再加天灾，民不聊生，人民群起暴动，于是改朝换代。头一代皇帝大抵是大枭雄大流氓，起自民间，夷群雄而成霸业。初期政治也许较好，因他来自民间，深知人民疾苦，兼之专横独是，很想把事做好。代代相承，日子久了，皇帝就往往受内外权奸小人等蒙蔽，国事日坏，老百姓受不了，遂揭竿而起，取而代之，故政治长在混乱之中。清末西太后失政，人心日去，辛亥革命差不多是靠文章把清廷颠覆。袁世凯专权称帝，也是用宣传把他打倒的。因为革命成功太轻易，所以人们把改革运动看得很平常。其实现在时代不同了，多少年来在朝者迄无民主政治的习惯，老百姓也还未养成这类知识，然而统治者的能力却比历史上过去的人物强多了。在过去写文章稍会掩护，即可混过。记得北方军阀混战时，我们评山东战局曾以“敌不来攻，防务巩固”为题，暗示讽刺，在当时却未获罪。现在不同了，当权者懂得别人加予他的讽刺，绝不姑容。过去办报专电很少，多凭自己脑袋制造，有时根据假专电发为文章。如今可不行了！我们必须在进步中做领导者，不痛不痒地嘲骂讥讽是阿 Q 的做法。有人说我控制不了渝馆，也有人向最高当局进谗，……最高当局也居然曾为《大公报》解释……我们要知道，他读报十分仔细。最近沪版地方通信中刊载一条开封通信被他用笔圈好，……要求纠正。加上政府中那批以文章起家赖宣传得势的官员们，他们全懂得新闻记者所用的技术，我们怎能一味走偏锋求痛快？中国既还没有民主，自由尚待争取，如何而可预先支取欧美民主国家人民所享受的自由？我知道同事们没有什么党派关系，完全出自一种热诚，但是热诚用错了！

国共决裂之后，本报暗中遭受的压迫厉害极了，举例说：如配给洋报纸，我们就无法获得较多的数量，不得不以高价向黑市买用，这是极痛苦的事。事业是在这样的国家环境里，怎能不细密、谨慎、奋斗？沪馆的青年同事亦常向我发牢骚诉苦，我劝他们不能求痛快。我已是退休之年了，可以撒手，可是过去二十余年来积多少同人心血而成的事业，谁也不能因求一时的痛快而毁掉它！我们必须细水长流，顽强努力。试想《大公报》如垮台，中国可有第二个《大公报》？痛快要能济事，不妨杀身成仁。如其不然，还是往远处看为是！编辑部同人必须认清国家与时代的环境，莫要钩心斗角地应付。《大公报》有坚定的主张，绝不同意打内战，如要我们改变言论方针，附和自相残杀的主张，无异叫我们取消良心，我们是不干的。至于批评别人，千万别太具体，太尖刻，概括笼统一点是可以的。对此道，我们研究有素，最会讲究技术。在天津时代，有人批评《大公报》“藏身甚固，无计可施”，就是指我们在言论上尽管指责当道，抨击时政，但我们字斟句酌，布局周密无懈可击，别人无法抓住错处。我们如此绝非圆滑，我们的言论并非不负责任。因为向远大处看，我们的使命很大，不能随便牺牲。在不离报馆所持大原则之下，应该妥慎应付环境，免于事业有碍。现在说来好听得很，国家要行宪了，政府在表面上也许尊重舆论，报馆记者或有一点保障。但反动力量很大，反动局面依然厉害，希望大家了解时代，认清环境，谨慎工作。

说到这里，让我换一个话题。

刚才王（文彬）先生说我，有如家长回到家庭，我不敢当。提到家庭，我却有些意见。我认为《大公报》实如一家庭，然而必须是新家庭，旧家庭有五世同堂，常会闹出太多笑话。新家庭有它的优点：第一要行小家庭制，自己的事能自了，不倚赖人，而一家事能共同负责。中国的政治离不开裙带关系，这是家天下的家族制度影响的劣习。正如国民党今天有如旧家庭那么复杂庞大，而一切归之蒋先生一人负责，下面的人们只知办党做官，仿佛一切都是为姓蒋的工作，而他们大家都利害无关似的，这可见仍是以往大家庭的作风，去现代化的组织还远得很，这是中国政治不能进步的病根。再看中国的民间大事业，也很少能超数十年而不坠，也是这类旧家庭制度作祟。旧式商店，规模狭小，创出老招牌，尽可用家族制度维持，新闻事业则不然，必须天天进步，专靠老牌可不行。新家庭每一分子都有责任，不应该倚赖在上的一个人而专在下面任意批评。在我们的团体事业中，只要你认真努力，是一个人才，断不会被埋没的。我不是资本家，尤其不愿做资本家。我们从事新闻事业必须有抱负，有远大理想。《大公报》创办时虽是三人，如今扩大了，高级干部都有了股权，连服务多年而有劳绩的工厂同人也不例外，这事业非少数人的。关于这一点，英美的报馆多在资本家控制之下，我们《大公报》却反是。自创办以来，无人怀有别的企图，参加的同事非雇佣可比，大家应当把《大公报》做自己的事业看，然后才有长足发展。

第二，新家庭是整体的，事业也是整体的，经编两部绝不容对立，要息息相通，处在今日营业竞争之下，非打成一片共同努力不可。我是从四十元薪额干起来的，其中酸甜苦辣可谓尝遍。过去《大公报》有一优良传统，经理人才多由编辑部训练出来。李子宽先生至今尚能熟记电码。曹谷冰、金诚夫、王文彬诸先生都有编辑经验，他们了解经编两部工作联系的重要。我们的工作如一部机器，大轮固有力量，螺丝钉也有它配合的力量，我反对虐待学徒，同时也反对编辑自视高人一等的骄傲态度。不要以优越感使人难堪，使工作受到妨碍。做人做事应以人格学养取得别人尊敬。团体事业中不容许有小组织及把自己看成特殊的现象。

重庆今后可能成为重要的地方，渝馆同人责任重大，深望大家努力。

港版第一次编辑会议上的讲话

1948 年 3 月 10 日

廿年来我们因为时局的动荡，办报多注重政治，而没有对社会问题、经济问题多加注意。现在时代不同了，我们的观点应该改变。须知社会、经济等问题如果没有解决，政治亦不可为。中国士大夫阶级一向忽视经济问题，实在是不正确的。现在本报在港复刊，各地青年来此服务，应当虚心检讨，对过去本报的主张、编辑、采访技术等都要力求改进。我已经是六十岁的人了，自信老而不朽，庸而不昏，愿意继续努力。但是这次香港复刊，恐怕是我对事业最后一次开创，今后的责任就要青年同事们来担负了。中国这样大的国家，至少应有十家类似伦敦《泰晤士报》的报纸才够，可惜社会上像我们这样的傻子不多。最使我痛心的是：革命策源地的广东竟没有一家像样的报纸，每份报都充满了色情、侦探之类的文字，无聊已极。所以我们在香港复刊，不论别人如何批评，一定要我行我素，努力干去。《大公报》再有五年就满了五十岁了，我愿意再全力照顾几年。记得几年前卧病桂林时，曾对王芸生先生谈过：我办报几十年，有人说我失败，有人说我成功，实际上我并没有成功，因为这个事业太大，非同人们都成功了，即算是我的成功。我在《大公报》工作二十多年。前十多年可说是我自己在经营，后来的十年已经多放手让同事们干了，今后希望虽不直接负责而能够再看几年。做报需要人格的修养、学术上的修养和整体的进步。每一位同事都要各自负责，不要把责任推给某一个人。中国政治上几千年的坏传统就是互相推诿，不负责，不民主。我们要在自己的团体里把这种坏传统推翻，建立民主的作风，才能进一步促使社会进步。因此我们先要对报纸版面、编辑方针等问题都做彻底的讨论，争执得面红耳赤也无所谓，一个青年参加事业，如能有机会发表自己的意见，并且受到重视，他一定感到非常兴奋，觉得事业是自己的。

香港有香港的风气，我们要求适应这个环境。譬如头条新闻，过去我们太注意，太慎重，以致变化不大，未免呆板。港版复刊后，头条应力求活动，不仅国内要闻，就是国际新闻、港粤新闻如果有重要性都可以做头条。我们的同事有时流于骄傲，看不起人，这点应当矫正。譬如香港各报固然有他们的缺点，像港督日前对我说:香港报没有原则。但他们的新闻网罗丰富，有人间趣味，却是长处。我们固然有原则，有认识，但更要吸收别人的优点，才能做得更好。现在大家集中在这里，可以发挥自己的理想，共同努力。廿年前我们以五万国币打开今天的局面，现在局势虽然不同，我们相信以五万美金总可以奠定我们向海外发展的基础。前途如何，责任在诸位青年同事。

王　易

(1889—1956)

生平简介

王易（1889—1956），字晓湘，号简庵，江西南昌人。语言学家，国学大师。与汪辟疆、柳诒徵、汪东、王伯沆、黄侃、胡翔东并称为“江南七彦”，又与汪辟疆、余謇并称为民国时期的“江西三杰”。1907年考入京师大学堂（北京大学前身）。1912年毕业。20世纪20年代初，与彭泽、汪辟疆同时执教于心远大学。后远游北京执教于北京师范大学。1926年秋进东南大学（今南京大学）任教七年。1934年任教于中央政治大学。1940年到赣南中正大学任教，并出任国文系主任。抗战期间创办《文史季刊》，发行二十余期。战后出任迁校后的中正大学文学院院长。中华人民共和国成立后，在湖南文史馆任职。1956年8月30日去世，安葬于长沙。著有《修辞学通诠》《乐府通论》《国学概论》《词曲史》等。

治国学之基本方法[①]

1942 年 5 月

一、国学之领域

国学者中国之学也。凡所谓“学”包括一切学术知识，故国学实为我国悠久历史诸学之总汇，其范围之广、内容之丰，实非吾人毕生精力之所能尽究者。文史则占国学全部百分之八十。文为一切文章学说典章制度，史则为自古迄今史实之记载，而其余百分之二十，为天文、历数、音律、医术诸学，则太近专门，一般人多无暇兼顾。吾人对于国学，应有一基本认识之二义：

（一）国学为中华民族固有之文化。此文化乃我民族之本位文化，汉魏以后由印度传来之佛法，及近代海禁开后由西洋输入之各种学术均除外。此文化乃我民族性所孕育而成者。盖我国文化发达地区，居北温带中部（北纬三十度至四十度之间），气候温和，物产丰富，人民之生活优裕，以农为本业，故文化之特征即敦厚、优美、周密，实具真、善、美之特质。唯其敦厚，故有忠孝、仁爱、信义、和平诸德性；唯其优美，故有章服、仪节、文艺、美术诸成绩；唯其周密，故有法度、律历、医药、制器诸发明。以是我国文化实非印度地处热带，民性怠惰，消极厌世，或日本地处三岛，民性轻浮，残忍刻薄之文化所可比拟。

① 本文是王易在国立中正大学文史学系民三四级座谈会上发表的演讲。

（二）国学为中国历史演进之事迹。吾人今日文化之构成，实基于吾国历史事迹之演进。吾国为世界文明古国之一。环顾全球，文明古国埃及、巴比伦文化中断，印度文化式微，唯我国圣哲代兴，继续发展，至今仍屹立于世界，此即我文化基础超于他国之实证。虽我物质文明，不及欧美诸国，亦仅近百余年之事，然断不可因此妄自菲薄，便一切舍己从人。须知我民族之命运实系于我悠久之文化，此吾人之所应深念者。倘但持狭义功利主义，舍国学而不讲，则民族精神将无所托，即令事事能学步他人，亦终于逐后尘而已。

二、国学之内涵

《易》曰："形而上者谓之道，形而下者谓之器。"今言国学之内容，亦不可不分形上、形下而论之。

（一）形上。形即现形，上即超越于本位。形而上者属于天，属于天者即自然也。子贡曰："夫子之文章可得而闻也，夫子之言性与天道，不可得而闻也。"故形上之学，可谓天学，包括性道，为《中庸》及《易经》所阐述皆是也。此类学术，含义赜隐，乍难探索，非一般学者所能喻，故孔子不常言之，必待人情物理洞达之后，方能研究，亦犹西洋讲哲学者，当以科学为基础也。

（二）形下。形而下者属于人，属于人者即人为也。形下之学，可谓人学，包括文章。孔子曰："博学于文，约之以礼。"文即一切书策文史，礼即一切典章制度，皆人类之文化也。此类学术，项目纷繁，非博览不能得，然又必按之典章制度，方不落空。故孔门弟子习《诗》《书》《礼》《乐》者盖三千人，而《王制》四术亦以之造士。亦犹西洋讲科学者，当兼重实验实习也。

三、国学之类别

国学之类别，昔人区为经、史、子、集四类。经者常道，史者事迹，子者学说，集者文丛。若再加以归纳，不过两类：

（一）经史可并为一类，即公共之义理事迹。经即儒家之六艺，然非儒家所创，皆为先王之旧典，而经孔子之整理者。其中垂询悬义，皆足以不范后世，而非一人私自主张，故尊而称之曰经。史之所记，虽或分段分人，但合而观之，却为整个民族国家社会之活动影片。吾人虽寻流溯源，固必赖此资料，而行动设施，亦不能不以为借镜。

（二）子集可并为一类，即专家之学术言论。自老、庄、孟、荀以降，所有专家学说尽归于子，史谈分为六家，班固分为九流，要皆个人对于事理之见解。子者男子之美称，盖尊之也。古人无文集，乃不自私其言，章实斋氏常论之。自战国诸子争鸣，始肇著作，汉以后私人文集渐兴，有偏于辞章者，有兼及义理者，并有趋重考据者，要皆个人情感思想所表见。集者荟萃之意，不必拘一贯之系统也。

四、治国学之门径

治周学当知门径，启此门径，当得其钥。国学之钥有三：

（一）文字学。识字乃读书之基本工作。吾人欲真识字，须注意于形、音、义三者。凡字动于义，表于音，成于形，形具而义与音皆立。识字者先睹其形，继呼其音，终识其义，义识而形与音俱明，此一定之序也。形体音貌，不能偏废，而后训诂可得其真。

（二）目录学。研究目录学之目的有二：辨章学术，考镜源流。此学创于刘向父子，向受命校书天禄阁，条其篇目，撮其旨意，以为《别录》，其子歆继之而奏《七略》。班固据之而作《艺文志》，是为目录之开山。汉以前学术书籍，略具于此。自此以后，有郑默《中经》、荀勖《新簿》、李充《四部书目》、王俭《七志》、阮孝绪《七录》等，皆不可见。其后则有《隋书·经籍志》等，皆随时代增益。此外尚有官书之目、私籍之目，皆可参阅，近籍则以《四库提要》为最备。

（三）学术史。记载学术思想之专籍是为学术史。吾人读之可易明其系统，收事半功倍之利。诸史《艺文志》《儒林传》《文苑传》等，固具学术史之性质，但非专著。至若黄宗羲、全祖望之《宋元学案》，黄之《明儒学案》，江藩之《汉学师承记》《宋学渊源记》，朱彝尊之《经义考》，谢启昆之《小学考》，梁启超之《清代学术史》，始为学术史之专书。吾人欲究某学，即当取为参考。以上三类参考书目另详。

五、治国学之目标

治国学者门径既明，当认定二目标：

（一）征实。吾人研究任何学术，均须抱求真之态度。研求国学，尤应唯实是从。吾人不能轻信古人，亦不应轻易攻击古人，唯当按博学、审问、慎思、明辨之态度与步骤以治学，则所得不同浮泛。学而不思则罔，思而不学则殆，多闻阙疑，疑事则质，勿盲从，勿武断，勿以偏概全，勿挂一漏万，庶有真知灼见矣。

（二）致用。凡学皆求其所以致用。吾人精研国学，须使国学发挥其功用于社会国家然后不致徒作蠹鱼。而国学之足以适于吾国民情者，亦必因实用而益显。故宜学古，亦宜知今，宜明体，亦宜达用。若徒记诵其言而不能融会其义，或略明其义而不能见诸实行，皆不善学之过也。例如讲义理者，必形诸修养，讲考据者必施诸事实，讲辞章者必见诸写作，否则皆纸上谈兵之类耳。大抵征实致用，二者有相因之理，其无用者必非征实，如谶纬、象数之学，非不繁富，然无实用，亦即凭虚之故也。“吾生有涯，而知无涯。”区区数十寒暑间，何暇分心于无益者哉？愿诸同学共勉之！

附参考书目录：

（一）文字学

（形）

《说文》学：

许慎《说文解字》（凡五百四十部，九千三百五十三文，为今存字书之最早而最精者。）

段玉裁《说文解字注》（研究《说文》此书最好。）

王筠《说文释例》《说文句读》

桂馥《说文义证》

朱骏声《说文通训定声》（会通声义此书最好。）

丁福保《说文诂林》（荟萃群书五百余种，上列诸家作皆在内。）

古籀文：

庄述祖《说文古籀疏证》（就《说文》内古籀加以考证。）

吴大澄《说文古籀补》

孙诒让《古籀拾遗》（上二书皆《说文》未载之古籀文。）

薛尚功《钟鼎款识》

阮元《积古斋钟鼎款识》（上二书皆古器物铭识多古籀。）

吴大澄《愙斋集古录》

端方《陶斋吉金录》（上二书皆私人藏器备载铭识。）

甲骨文：

刘鹗《铁云藏龟》（为甲骨文最早一批之拓片无说解。）

罗振玉《殷虚书契前后编》《殷虚书契考释》《殷商贞卜文字考》

王国维《戬寿堂殷虚文字考释》

胡光炜《甲骨文释例》

（音）

今韵学：

陈彭年《重修广韵》（陆法言《切韵》、孙愐《唐韵》书皆不存，此书殆皆纳之。）

丁度《集韵》（上二书皆分四声二百六部。）

刘渊《淳祐新刊礼部韵略》（是为平水韵并广韵二百六部为一百七部。）

阴时夫《韵府群玉》（于平水韵一百七部中，并上声拯以入回为一百六部，即近其通行之佩文韵所据。）

古韵学：

吴棫《韵补》《毛诗补音》《楚辞释音》（三书仅存《韵补》，就《广韵》分别注其通转。）

杨慎《古音丛目》《古音猎要》《古音余》《古音附录》《古音略例》（五书略仿吴棫例，以今韵分部而以古音相叶者分隶之。）

陈第《毛诗古音考》（论今人所称叶韵皆即古人本音，较吴氏所见为通洽。）

《屈宋古音义》（取屈宋辞赋用韵与今韵异者各推其本音。）

顾炎武《音论》（三卷十五篇，引据古说，持论精博，为五书之纲领。）

《诗本音》《易音》《唐韵正》（逐字求古音以正唐韵。）

《古音表》（分十部。）

《韵补正》（在《音学五书》外，专纠吴棫通叶之非。）

江永《古韵标准》（分平、上、去声各十三部入声八部，多驳正顾氏《诗本音》。）

戴震《声类表》（分九类。）

段玉裁《六书音均表》（分十七部，补三家部分之未备，厘平入相配之未确。）

孔广森《诗声类》（分十八类，阴阳对转，各九类。）

严可均《说文声类》（分十六类，据许书，以声为经，以形为纬。）

章炳麟《成均图》（在《文始》中发明阴阳、弇侈、对转、旁转、交纽、隔越之敌。）

等韵学：

司马光《切韵指掌图》（据守温三十六字母，科别清简为二十图，独韵六图，开韵七图，合韵七图。）

失名《四声等子》（辨音知、类隔、双声、叠韵、内外转摄、正音凭切、寄韵凭切等。）

刘鉴《经史正经切韵指南》（本司马书而参用《四声等子》说。）

（义）

训诂学：

《尔雅》——郝懿行《尔雅义疏》、邵晋涵《尔雅正义》

扬雄《方言》——戴震《方言疏证》

钱绎《方言笺疏》

程际盛《方言补正》

杭世骏《续方言》

章炳麟《新方言》

刘熙《释名》——江声《释名疏证》《续释名》

张揖《广雅》——王念孙《广雅疏证》

王引之《经义述闻》《经传释词》

陆德明《经典释文》（唐以前经典解释略备于此。）

阮元《经籍纂诂》（以韵分部，最为精核。）

（二）目录学

《汉书·艺文志》（先有刘向《别录》、刘歆《七略》，班固因之而作《艺文志》，分六略即六艺、诸子、诗赋、兵书、术数、方技，总其数要是为辑略。）

魏郑默《中经》，西晋荀勖《新簿》，皆分四部：甲、六艺小学；乙、古诸子及近世子家；丙、史记、旧事、皇览簿、杂事；丁、诗赋、图赞、汲冢书。

东晋李充《四部书目》（甲五经，乙史记，丙诸子，丁诗赋。）

宋王俭《七志》（经典，诸子，文翰，军书，阴阳，术艺，图谱。）

梁阮孝绪《七录》（经典，记传，子兵，文集，术伎，佛法，仙道。）诸书今皆不存。

《隋书·经籍志》（汉以后之书目见此，而经隋乱后书多亡。）

《旧唐书·经籍志》、《唐书·艺文志》、《宋史·艺文志》、明《国史经籍志》

《通志·艺文略》《文献通考·经籍考》

清《四库全书总目提要》（清代官家藏书至富，目具于此，其中提要，皆专门学者所秉笔，至为精洽。）

晁公武《郡斋读书志》、陈振孙《直斋书录解题》，上二书多附己见。

（三）学术史

《汉书·儒林传》《后汉书·儒林传》（以下诸史儒林传。）

《魏书·释老志》

《宋史·道学传》

全祖望《宋元学案》

黄宗羲《明儒学案》

江藩《汉学师承记》《宋学渊源记》

梁启超《清代学术史》

文字与文化[1]

1946 年 12 月

今天春秋新闻学会请我来演讲，题目“文字与文化”是会中定好的，当然我不能却此诚意。但是时间有限，而本题牵涉甚广，实非一二小时所能尽意，现在只能做简略的说明。

大家知道，“文字”与“文化”其间关系是异常密切的，下面我可以历史佐证。文字是文化的根基，无论国家民族都少不了文字，如果一个国家或民族没有文字，便没有文化可言，没有文化岂能望国家民族的昌隆延续？当今，世界上没有文字的必是野蛮民族，而能够跻入国家之林者莫不有其美备的文字与文化。

世界上文字种类繁多，而最大的分两系，一是音标文字，希腊拉丁为其代表，西洋诸国大半属之。如今我们看：英、法、德诸国文字，语基多出希腊，学名多为拉丁。一是六书文字，中国所独有，自黄帝至今沿用四千多年。此外南美、南非、南洋群岛以及其他小国，虽各有他们的文字，但不美备，故文化无甚发展，至今仍滞留于半开化状态中，他们如欲发展文化，必须学习英文，与其他国家发生接触，这是多么困难的问题！现在分三点来述文字的重要性。

① 本文是王易应国立中正大学春秋新闻学会邀请而发表的一篇演讲。

一、文字可以保存文化

西洋诸国以巴比伦、埃及文字发生最早，文化亦最先发达，此为五六千年前事。埃及象形文字乃起源于图画，因其过于繁复，而无书籍流传久远，到现在西洋考古家，还不能寻得头绪；巴比伦楔形文字，见于考古家发掘所得的砖块，其上所刻文字成为上方下尖的楔形，盖为刀凿使然，可认识的很少。虽然埃及、巴比伦、古代文化也有其不可磨灭处（尤其自希腊流传之天文历算，垂功至大），但终以其文字失传，而不得发扬。此外如腓尼基、希伯来等，亦为西方文化较早之国，但其文字不能发达，今日已无从认识，故文化亦因之而泯灭。

在东方，以印度文化发达为最早。印度人民区分四等：一为僧侣，二为贵族，三为平民，四为奴隶。僧侣便是操有大权之特殊阶级，即令王公贵人亦须听命于僧侣，他们的工具即为文字。当时文化仅滋长于僧侣与贵族二阶级，三等以下便无文化可言。到现在印度古史，虽无明白著录，但还遗传“四吠陀”之学：一阿由吠陀，养生缮性；二殊夜吠陀，祭祀祈祷；三波摩吠陀，礼卜兵法；四阿健婆吠陀，技术医方。又有五明之学：一声明，音韵文字；二医方明，医术；三因明，考核名实；四工巧明，制造；五内明，调御身心。印度古代文化赖以部分保留。及后，释迦牟尼创立佛法，印度文化更趋灿烂光辉，所谓佛便是圣人，菩萨则为贤人，佛家经论便是圣贤的论说，其价值至今尚存。佛经之作，文字是赖，若无文字，焉有佛经？

希腊文字盖由腓尼基、希伯来文字演变而成，为一种完备之音标文字。在雅典隆盛期间，人才辈出，建立下科学哲学的基础。大哲如泰理斯、苏格拉底、柏拉图、亚里士多德，其言行著述皆传诵至今，永垂不朽，当然是文字之功。后来希腊民族虽曾为日耳曼及土耳其所征服，但结果土耳其人还接受了希腊文化。至于罗马文化，原比希腊稍晚，其民族知识能力偏重在政治军事，在罗马帝国亡后，被日耳曼人统治了好几百年，唯赖基督教主持文教，只有所谓“经院哲学”。后来希腊学者逃往罗马的络绎不绝，因而罗马文化得以大放光明，一方吸收外来的希腊文化，一方则认经院哲学不足而力求改进，乃有16世纪后之文艺复兴和宗教改革，从此创造了近古以后的文明。

中国文字经历四千余年，虽然形式上甚多变迁，而其本质则丝毫未变。《尚书》《尧典》，即为最古遗留的史文，今日虽有人怀疑《尧典》是否为当时之作，但吾人由其所记天文中星的记录，可断其不出于夏初（说详鄙著《岁差考实》，今不暇详）。1899 年，河南发现殷朝的甲骨文，起初无人认识，但经学者研究，渐即了然。所存王名，与《史记·殷本纪》均可相互印证，并可推知《史记》所传必有依据。东周以后，《春秋》《国语》《左传》《战国策》等及汉以后史籍的勃兴，使吾人今日得以历史为前车之鉴，能不感谢文字之功吗？

二、文字可以推广文化

文化单靠保存而不推广，则势将下坠；推广文化，也离不了文字。单举中国为例吧！中国民族并不强悍，但由于具备了完美的文字，乃得推广文化同化异族。索诸历史，中国在古代四方多强邻，他们虽有武力，能为患一时，终必至为我所同化。

中国同化异族的事实，可说不胜枚举。周朝夷戎，种类甚多，渐都宾服。西晋五胡，与汉族混居，刘渊、石勒辈读书都不差，乘中国混乱，纷纷起事，各立其国，及后元魏统一，渐都汉化。唐朝国威更远，突厥、吐鲁番、波斯诸国人来中国为官者，不久亦多变为汉人。日本在唐时，艳羡中国文化，常派人来留学，僧空海学成归国，仿汉字创造假名，是为日本有文字之始，故日本有文化，不该忘我中国的赐予。以后金为女真，元为蒙古，清为满洲，虽也各有他们的文字，但不能完美，建立不起文化，结果都与汉族同化。凡属中国之文字所达到的地方，都算接受了中国文化。

当今中国文化仍在不断推广中，个人深信，将来中国必成为外国人研究的对象。现在东亚凡带姓或同文者，多少与中国有点关系，不管是血统的抑或文化的，如朝鲜、暹罗、安南人，至今还有用中国姓的，尤其安南在被法国占领后还读四书作八股文。故吾人不应轻视自己的文字，当知发扬中华民族的文化，唯文字是赖，能如此，则三五十年后，中国不难独步东亚，而居领导地位。美国尝有一学者谓：“世界将来有三集团，东亚主人必为中国。”这话颇值得重视。

三、文字可以改进文化

文字源出民间，初以绘画相传，逐渐演为文字，推行既久，遂有智者——圣人负收集整理之责，渐渐使它普及，应用到政治上，是为法令，应用到教育上，是为训言，经过社会多方的发展，是为文化。故实际上，文化非文字无以立，文化非文字无以行。故《易经·系辞》上说：“上古结绳而治，后世圣人易之以书契，百官以治，万民以察，盖取诸夬。”夬卦卦象为泽上于天，犹如水在河中必蒸发为雨，然后能润万物，文字也同于这个方式。

文化之推广，政府负责至大，政府欲使民众明白道理，必须出诸告示宣传，皆须利用文字，如无文字则政府与人民哪能相互了解？故许慎《说文序》说：“夬扬于王庭，言文者宣教明化于王者朝廷。”文字便负了这个使命。

文字改进文化的作用，由于运用文字技术的进步。文字是一种“孳孔而浸多”的东西，在上古必定很少。到东汉时，《说文》只有九千三百五十三字，魏时李登《声类》有一万一千五百二十字，《唐韵》有四万二千三百八十三字，宋时的《集韵》竟多至五万三千五百二十五字。这是发展的事实，也是改进的动力。

文字为人类意识之表现，赖之以记叙事实，抒写情怀。叙事的是历史，先已说过；写情的是诗歌。盖人类为有感情的动物，有时嗟叹，有时欢欣，过而不留，想要留着，须借文字以为表达。凡经文字所表达的感情，虽历千年，亦可想象。吾人观古人“彼候人猗!”“燕燕往飞!”之句，虽仅四字，却可传情。至于《诗经》三百五篇，二千多年后，吾人读之，尚起共鸣，其情其景，犹在耳目。至其“六义”中，赋、比、兴三法，风、雅、颂三体，后世诗歌，永不能出其范围。《诗经》之后有楚辞，楚辞之后有汉赋、乐府、五七言。既而体裁层出，唐有律诗，宋有词，元有曲，类皆随时表达作者的情感，同时可促成文化的演进。文字改进文化的力量，更以论说文为最大。论说文之对象为理，理为一种抽象想念，非借文字不能凝结成体。理之为用，乃是人类一切行为思想的标准。小而个人，大而社会、国家以至全人类，都不能不依靠它来维持。所谓“文明”“野蛮”，便是分别在他们行为思想合理的多少。吾人欲令人明理，必须用文字的组织来表现，使抽象之理，成为条理之文，以树立各种信念。试看田夫村妇，虽能言语，但不能说出道理，即由缺乏运用文字的能力所致。反之，能说理者必懂文字，懂得多的说得更明。譬如公正、诚实、勇敢、慈爱，这些抽象观念，若没有文字皆不知其为何物。至于高深复杂的道理，更须赖高深复杂的文字来表现它。所以欲改进文化必赖文字。唯大家所当注意者：文字可以收善果亦可以收恶果，若以文字做不正当的宣传，便足以扰乱社会安宁，而获致恶果；若以文字做正当之发挥，那么，社会又可蒙其福利。是以文字的运用，为好为坏，在乎人！

最后吾人研究文字，有两点须注意的：第一，必须有精确的认识。文字精确，方可建立其固定性，如果似是而非，便不免令人生出些模糊影响的观念。例如今人写字，多喜简笔，以图省时，殊不知一人省时，多数人或有误会，今日省时，千年后无法辨认，岂不失掉作用？又如有人好说空洞不落边际的话，如“差不多”“无所谓”之类，也教人摸不着真相。故欲保存固有文化，发扬民族文化，乃至改进现代文化，必须注意文字的精确，绝对不可敷衍了事。犹如数学上所用的小数点、括弧及正负号等，其价值之大，岂容吾人省略？其次，必须有丰富的修养。文字丰富，方可运用活泼，抒情说理层出不穷。如果贫乏，便会顾彼失此，词不达意。修养之道，在乎多读、多写。多读则词句愈丰富，思想愈开展；多写则技术愈熟练，情理愈明畅。能运用这种好工具来做文化的工程师，有何难哉！

总而言之，文字之于文化，犹根本之于枝叶，未有根本不固而枝叶茂者。故吾人希望文化发展，不能忘本而逐末。

张奚若
(1889—1973)

生平简介

张奚若（1889—1973），字熙若，陕西大荔县朝邑镇人。政治学家，著名学者，中华人民共和国第二任教育部部长。早年加入同盟会。辛亥革命后，赴美国哥伦比亚大学学习，获政治学硕士学位。回国后历任教育部国际出版物交换局局长、高等教育处处长，中央大学（1949年更名为南京大学）、清华大学和西南联大等教授职位。1949年6月任新成立的华北高等教育委员会副主任，开展大学改革。同年参与中国人民政治协商会议预备会，当选为新政协筹备委员会常委会会员。从1949年至1973年，一直担任中国人民外交学会会长，在推动中法、中日建交等方面做出了积极贡献。1952年11月至1958年2月出任教育部部长。1973年7月18日在北京去世。著有《主权论》《社约论考》等。发表过《法国人权宣言的来源问题》《卢梭与人权》《自然法则之演进》《全盘西化与中国本位》等论文，并有时评、政论若干。

奋斗、续学、耐劳[①]

1932 年 6 月

现在的青年学生最喜欢的是新奇的学说，最不喜欢的是陈腐理论。本人自愧没有什么新奇的学说，只有很少的陈腐理论。今天教授会教本人代表向诸位说几句临别赠言，我想所谓临别赠言，不过是在人家临上路之前，告诉他一点旅途上的经验，并劝他们保重一类的话而已。现在诸位要踏上社会的途程了，我就本着临别赠言的意思，向诸位说几句过来人的经验之谈吧！

我今天要说的共有三点：一、二两点是对普通一般的大学毕业生说的，第三点是特别对清华同学说的。

第一点是奋斗。社会是混浊的、黑暗的、复杂的，诸位在学校里所得书本上的知识，是不足以应付裕如的，将来势必会遇到许多压迫和阻碍的，可是我们不能因此就屈服迁就，虽然在小节上也不妨姑予从权，可是我们的宗旨、正义所在的地方，都万不能迁就，不能屈服。我们必须要奋斗抵抗，否则那就有负我们在校时的修养了！

第二点是续学。学问无止境，我们在校时，尽管成绩很好，但是一到了社会上运用起来，立时就会感觉到自己学问的不足。而且学术是与时俱进的，我们若不继续求学，即使从前所学的没有抛荒，也要落伍的。

---

① 本文是张奚若在清华大学毕业典礼会上代表教授致辞。

第三点是耐劳。这一点是特别对本校同学说的。我们常听到校外人对清华的批评，都说清华的同学，成绩的确比别的学校好些，但是缺点在不能吃苦，不肯吃苦。这种批评，恐怕也不是完全无因。我希望诸位出校之后，抱定为社会服务的宗旨，把个人的享受看轻些。

石志泉

(1889—1960)

生平简介

石志泉（1889—1960），字友渔，号友儒，湖北孝感人。早年留学日本，毕业于东京帝国大学法律科。1905年加入中国同盟会，为做好舆论准备，常在《民报》发表关于政体、国体的文章，抨击清王朝政府。1911年武昌起义爆发后回国，就职于湖北军政司法部。随后，黎元洪调京，湖北实行军民分制，段祺瑞、段芝贵、王占元先后任职，均巧取豪夺，克扣军饷。汉阳发生兵变，石志泉极为不满，辞职去北京政府司法部任职。后复入日本东京帝国大学读法律系，1914年获硕士学位，1916年归国。归国后历任奉天高等审判厅长、北京政府大理院推事等职。1922年调任北洋政府司法部次长，后因不满政府官员腐败辞职。1923年投身于教育界，专心从事法律研究。先后任国立政治大学教务长、朝阳大学校长、北京大学法学院院长、司法储才馆馆长，培养了大批法律人才，亲手送赴日本留学者五十人以上，其中获硕士者五十人。1932年7月再入法界，任国民政府司法行政部常务次长，并一度代行部务。1935年辞职回北平讲学。抗日战争全面爆发后，在重庆大学任教，并从事法律理论研究，著有《民事诉讼条例释义》《新民事诉讼法评论》《民事案例分解》《民事调解问答》等。1944年重新调任国民党军事法庭庭长。1948年6月任司法院副院长。1949年去台湾。1960年病逝。

中国法律之变迁[①]

1933 年 12 月 11 日

各位先生，各位同学：

前天接到罗校长的电话，要我来到这里演讲，固辞不获，仓促间又来不及做准备，因为鄙人在司法界服务有年，对于我们中国的民、刑、商、诉讼等法的沿革，略知大概，现在就把这几种法律的变迁来讲一讲，聊以塞责吧。

中国古代治国临民，都用的是礼教，但是人民有不守礼教的，这种人，既不能用礼教感化他，国家势不得不加以强力的制裁，于是乎才有刑，所谓出乎礼即入乎刑，当时设刑，乃是借以为推行礼教的手段。在唐虞三代时，已经有五刑（墨、劓、剕、宫、大辟）之制，一考古籍，便可知之。《书经》有云“刑期无刑”，就是说刑的目的，在惩一儆百，纳民于礼之正轨，庶可不再用刑，由此看来，彼时是以礼为主，而以刑为辅，可以明了；《论语》有云：“道之以政，齐之以刑，民免而无耻；道之以德，齐之以礼，有耻且格。”也是这个意思。孔子并非排斥政刑，反对法治，不过是主张应置重于礼治德化，以礼治为本，以法治为末。自孔子以后，儒家的议论，都是如此。但是在春秋战国时，已另有一派人极力鼓吹法治，说是维持社会秩序，增进人民福利，须靠法的力量，尤其是要用刑罚来制裁，此派人即是后人之所谓法家。但法家也并非完全排斥礼教，这是要知道的。儒家与法家的区别，可以说即是王道和霸

---

① 本文是石志泉在中央大学发表的演讲。

道的区别。

在法家不用说，即儒家的主张，亦非尽弃法治，所以后来自秦汉以至明清，各朝统治国家，虽然有的是以霸道为立脚点，有的是以王道为立脚点，而一般的都很重视法律。昔日之所谓法律，是以刑事法为主，战国时魏李悝造《法经》六篇，乃最古的法典。原文虽已佚失不传，但观其篇名，一曰《盗法》，二曰《贼法》，三曰《囚法》，四曰《捕法》，五曰《杂法》，六曰《具法》，想大概不出于刑事范畴。秦商鞅变法，袭用李悝的《法经》，不过将原名为法者，改称为律，如原名《盗法》《贼法》……者，伊改称《盗律》《贼律》……汉晋等朝，亦皆有法典，原文均不传。唐朝所编纂的《唐律》，今尚存在，内容也属于刑事法，极为完备。以后宋元明清各朝法典，都是以《唐律》为依据。拿最后的《大清律例》来说一说，其内容几个全是刑事法，虽然有行政法和民法的规定，羼杂其间，但结局大抵系对于违反之人，科以刑罚。例如律文中规定同姓不许为婚，与现行《民法》规定一定范围内之血亲姻亲间不得结婚，性质相同。自系民事的规定，在现行《民法》仅定为违背此项限制而结婚者无效，而《大清律例》则是科以杖六十之刑，虽亦定明应即离异，但究是以科刑为主要的目的。再讲到诉讼法，《大清律例》中，亦有关于诉讼程序的规定，但极不完备，也系专为施行刑法而设，乃属刑事诉讼法。至于民事诉讼程序的规定，简直没有，故谓《大清律例》全部为刑事法，亦未为不可。在当日〔时〕自然不能设〔没〕有民事争执的案件，司法官究如何处理呢？如律例中就此等事件有所规定者（《大清律例》中所谓户婚钱债田土等案），司法官除照律例科刑外，即按律例精神，加以判断，以解决其间的争执；若律例中无所规定者，则按习惯和情理判断之。至于诉讼程序，民刑绝无区别。

从 19 世纪中叶以来，我国迭受外侮——就是帝国主义者的侵略，至前清末季，国势益岌岌可危，于是思变法图强，除仿效外洋军制和学习他们的实料学术外，对于法制，亦拟加以改革，先后设立宪政编查馆和修订法律馆，从事于新立法事业，所有民法、刑法、商法、民事诉讼法、刑事诉讼法等，都是由修订法律馆起草。当时因东邻日本，从前文物制度，全是学自我国，其民情风俗，与中国极相近，到后来受外人压迫，亦正与我相同，嗣后彼国变法维新，历时仅三十余年，遂一跃而为强国，以为日本维新的过程，正好为中国变法图强的借镜。加之日本近在比邻，又属同文之邦，彼时已有在日本学习法政的多数留学生回国，修改法律，取材料于日本，较为容易便利。于是聘日本法学家数人充顾问，与回国留学生共同起草各项法典，而由旧律学者沈家本主其事，至前清覆亡时为止，所有《民律》《刑律》《商律》《民事诉讼律》《刑事诉讼律》各草案，俱已脱稿。此等草案，大部分系抄袭日本法律，而日本法律，大部分又仿效欧洲大陆各国，尤其是德国，所以该草案大部分间接采自德国法律。此项工作，完成于短时期内，一则于中国的国情，未甚顾到；二则于他国更好的法例，以及较新学说，未及参考，所作成的草案，自然不能说是完善，在前清均未经公施行。其中刑律草案，曾提出于当时之资政院，总则部分经修正通过，分则犹未议及，而清亡。民元袁世凯执政时，乃将该总则部分，连分则一并颁布施行，称《暂行新刑律》，直适用至现行《中华民国刑法》施行时为止。

在民国初年，亦曾设法律编查会，其权限与前清的修订法律馆相同，后复改为修订法律馆，其主要的工作，就是改订《暂行新刑律》及其他各法典草案，所草成的《刑法》及《民商法》修正案，在北京政府之下，讫未颁行，唯民刑事诉讼法修正案，于民国十年七月间公布，翌年施行，称为《民事诉讼条例》《刑事诉讼条例》。先是民国十年三月间，广东军政府亦已将前清《民事诉讼律》《刑事诉讼律》草案，略加修正，公布施行，称《民事诉讼律》《刑事诉讼律》，故有一期间，中国同时有两种诉讼法并行。

国民政府奠都南京以来，先后将《刑法》《刑事诉讼法》《民法》《民事诉讼法》公布施行，这几种法典，都系以北京修订法律馆的修正案为蓝本，而参酌各国最新法例，及本于三民主义，加以变更之处亦不少。就刑法说，虽是与旧日的律例，全然改头换面，但其观念多有新旧相同者。从前法律是与礼教的观念，有密切关系的，犯罪应否科刑及科刑之轻重，多以行为是否违背礼教及违背之程度为标准。现行刑法，也甚注重犯人道义的责任，譬如《书经》上说“眚灾肆赦，怙终贼刑”，“眚”为过误，“灾”为不幸之天灾人祸，“肆”乃缓而宥之，“赦”乃免其罪而释之，其意盖谓：凡因过误与外来之祸患而犯罪者，则缓宥以从宽或赦免而释之；“怙”指故意或有所恃，“终”指累犯，“贼刑”为严酷之刑，其意盖谓：故意有所恃而为恶，或屡次犯罪，则从重处罚之。中国古刑之精义，可见一斑。其后各朝法典，亦皆沿袭此主义。现行《刑法》，参照各国法例而为规定，于过失犯以不罚为原则，罚亦较轻；正当防卫紧急避难之行为不罚；以故意为构成犯罪之要件，某种犯罪出于预谋者，特别重罚，累犯加重其刑，即与“眚灾肆赦，怙终贼刑”之义，如出一辙。至于民法，则中国昔日极不完备，律例中有规定及于民事者，大抵系基于礼教的观念，而对于违反者处罚，因而所有民事关系，在一般人民向来皆是从义务一方面看，似现行《民法》着眼于权利方面所设种种的规定，至一千数百条之多。外更有商事法，就是《公司法》《票据法》《保险法》《海商法》等（因采民商合一主义，就商事法不另编独立之法典，一部分纳之于《民法》，其不能归入《民法》者，则另订单行法，即《公司法》《票据法》《保险法》《海商法》等是），虽说在今日之时势，实属必需，而在一般人民，素少此等观念，自然不免有新奇之感。再诉讼法，在从前尤极不完备，迩来仿效外国，编成庞大法典，其内容非常复杂而烦琐，人民当然多感不便。详细评论各法典的内容，非今日时间所许，就此截止吧。

梅贻琦
(1889—1962)

生平简介

梅贻琦（1889—1962），字月涵，祖籍江苏武进，出生于天津，为梅曾臣长子。1904年入南开中学，成为该校第一批学生。1910年以公费留学美国，入伍斯特理工学院，习电机工程专业。1914年毕业，获学士学位。归国后历任清华学校教员、物理系教授、教务长等职。1931年至1948年任清华大学校长，是清华历史上任期最长的校长，被清华人尊称为“永远的校长”。执掌清华期间，他着力推崇学术自由与独立思考，奠定了清华的校格，对师资人才进行严格遴选和延聘，推行一种集体领导的制度。在他的领导下，清华才得以在十年之间从一所颇有名气但无学术地位的学校，一跃而跻身于国内名牌大学之列。他与叶企孙、潘光旦、陈寅恪一起被列为清华百年历史上四大哲人。1949年前往巴黎参加联合国教科文组织科学会议，任代表团首席代表。会后赴美。1950年任华美协进社常务董事，翌年组织清华大学在美文化事业顾问委员会。1953年任台湾当局教育部门“在美文化事业顾问委员会”主任委员。1955年开始用清华基金会利息在台湾筹办“清华原子科学研究所”，也就是台湾新竹清华大学的前身。1958年7月任台湾当局“教育部部长”，兼新竹清华大学校长。由于他一手奠定了台湾的清华基础，被称为“两岸清华校长”。1962年2月当选台湾当局“中央研究院”院士，5月担任“国立中央大学”地球物理研究所筹备委员会主任委员。同年5月19日病逝于台大医院。他一生情系清华，曾用“生斯长斯，吾爱吾庐”来描述对清华的情感。去世后葬于新竹清华大学校园内。

赠别大一诸君[1]

1927 年

诸君不久将在清华毕业，放洋游美，这是诸君在校数年以来所存的一个希望。这希望不久就要实现了，诸君的快乐可想而知，所以凡校中诸校友当然要为诸君祝贺！

吾们祝贺诸君的意思一小部分是因为诸君在校的工作完定了，一大部分却是因为诸君要得到一个大成功的机会。但是这个机会，不过使诸君有求得高深学问的可能，至于实在成功的多少，还要看诸君努力的程度如何，能不能利用这极宝贵极难得的机会到十足的地步。所以吾在祝贺之外，觉着应向诸君说几句劝勉的话。

诸君此去，在身心的各方面，一时都要受非常的刺激；就是衣食住，亦要改变常态。在这种急剧变化之中，最要紧的，是要守住了个人意志的平衡。因为诸君在美国，倘若穿洋服、吃洋饭，不大合乎洋式，是不必太介意的。反而言之，倘若把学业荒废了，终日竟颠倒于新大陆中繁华奢靡的社会里，那便是万分的可惜！诸君以前的同学，曾有过这样的，诸君或不至这样做。然即不至如此之甚，倘不能将轻重缓急，看得十分亲切，照定远大地方努力去做，亦便是平庸一流。不但辜负了国人的资财、师友的期望，恐怕亦不是诸君想去的初衷。

至于诸君到美国求学的方法，当然与在国内是一样的，无须多说。吾只愿诸君在那里，无论研究哪种学问，考察哪种事业，都要保持着科

---

① 本文是梅贻琦在清华大学对游美预备部毕业班学生的讲话。

学家的态度，然后才能得到真实的学问，才能对于美国的事物得到允当的了解。这科学的态度，吾以为应有以下成分：第一要不预存成见；第二要探究事实；第三要根据事实，推求真理；第四要对于真理忠诚信守。

诸君所去的美国，与我们的国家有许多不同的地方。美国的社会里面，有很好的，亦有很坏的；有吾们要极力取法的，亦有我们应极力避免的。在从事于研究选择的时候，就要抛弃主观的思想，务从实际上考察，才能得到一种确当的结论，然后带回国来施用，才能不发生危险。再说诸君在美的这几年，亦正是世界上经受巨大变化的时候，将来有许多组织或要改革，有许多学说或要变更。吾们生在这个时候，不能不受他们的影响，亦不能不将他们看清楚了，好做取舍的决定。这样我们应保持科学家的态度，不存先见，不存意气，安安静静地去研究，才是正当的办法，才可以免除将来冒险的试验、无谓的牺牲。

诸君当临别的时候，预备正忙。赠别的话，不宜太多，所以吾最后只要劝诸君在外国的时候，不要忘记祖国；在新奇的社会里面，不要忘掉自己；在求学遇着疑难问题的时候，务要保持科学的态度，研求真理。

就任清华大学校长时的演说

1931 年

本人离开清华，已有三年多的时期。今天在场的诸位，恐怕只有很少数的人认识我吧。我今天看出诸位里面，有许多女同学，这是从前我在清华的时候所没有的。我还记得我从前在清华负责的时候，就有许多同学向我请求，开放女禁，招收女生。我当时的回复说，招收女生这件事，在原则上我是赞成的，不过在事实上，我认为尚须有待。因为男女的性别不同，有许多方面，必须有特别的准备，所以必须经过相当的筹备，方能举办。现在在我出国的三年内，当然准备齐全，所以今天有许多女同学在内，这是本人所深以为慰的。

本人能够回到清华，当然是极高兴、极快慰的事。可是想到责任之重大，诚恐不能胜任，所以一再请辞，无奈政府方面，不能邀准，而且本人与清华已有十余年的关系，又享受过清华留学的利益，则为清华服务，乃是应尽的义务，所以只得勉力去做，但求能够尽自己的心力，为清华谋相当的发展，将来可告无罪于清华足矣。

清华这些年来，在发展上可算已有了相当的规模。本人因为出国已逾三年，最近的情形，不很熟悉，所以现在也没有什么具体的意见可说。现在姑且把我对于今后的清华所抱的希望，略为说一说。

一、我先谈一谈清华的经济问题。清华的经济，在国内总算是特别的好，特别的幸运。如果拿外国大学的情形比起来，当然相差甚远，譬如哥伦比亚大学本年的预算，共有三千六百万美金，较之清华，相差不知多少。但比较国内的其他大学，清华的经济，总不能算少，而且比较稳定了。我们对于经济问题，有两个方针，就是基金的增加和保存。我们总希望清华的基金能够日渐增多，并且十分安全，不至动摇清华的前途。然而我们对于目前的必需，也不能因为求基金的增加而忽视，应当用的我们也还得要用，不过用的时候总要力图撙节与经济罢了。

二、我希望清华今后仍然保持它的特殊地位，不使堕落。我所谓特殊地位，并不是说清华要享受什么特殊的权利，我的意思是要清华在学术的研究上，应该有特殊的成就，我希望清华在学术方面应向高深专精的方面去做。办学校，特别是办大学，应有两种目的：一是研究学术，二是造就人才。清华的经济和环境，很可以实现这两种目的，所以我们要向这方面努力。有人往往拿量的发展，来估定教育费的经济与否，这是很有商量的余地的。因为学术的造诣，是不能以数量计较的。我们要向高深研究的方向去做，必须有两个必备的条件，其一是设备，其二是教授。设备这一层，比较容易办到，我们只要有钱而且肯把钱用在这方面，就不难办到。可是教授就难了。一个大学之所以为大学，全在于有没有好教授。孟子说："所谓故国者，非谓有乔木之谓也，有世臣之谓也。"我现在可以仿照说："所谓大学者，非谓有大楼之谓也，有大师之谓也。"我们的智识，固有赖于教授的教导指点，就是我们的精神修养，亦全赖有教授的 inspiration（启发）。但是这样的好教授，绝不是一朝一夕所可罗致的。我们只有随时随地留意延揽而已。同时对于在校的教授，我们应该尊敬，这也是招致的一法。

三、我们固然要造就人才，但是我们同时也要注意到利用人才。就拿清华说吧，清华的旧同学，其中有很多人才，而且还有不少的杰出人才，但是回国之后，很少能够适当利用的。多半是用非所学，甚至有学而不用的，这是多么浪费——人才浪费——的一件事。我们今后对于本校的毕业生，应该在这方面多加注意。

四、清华向来有一种俭朴好学的风气，这种良好的校风，我希望今后仍然保持着。清华从前在外间有一个贵族学校的名声，但是这是外界不明真相的结果，实际的清华，是非常俭朴的。从前清华的学生，只有少数的学生是富家子弟，而大多数的学生，却都是非常俭朴的。平日在校，多是布衣布服、棉布鞋，毫无纨绔习气。我希望清华今后仍然保持这种良好的校风。

五、最后我不能不谈一谈国事。中国现在的确是到了紧急关头，凡是国民一分子，不能不关心的。不过我们要知道救国的方法极多，救国又不是一天的事。我们只要看日本对于图谋中国的情形，就可以知道了。日本田中的奏策，诸位都看过了，你看他们那种处心积虑的处在，就该知道我们救国事业的困难了。我们现在，只要紧记住国家这种危急的情势，刻刻不忘了救国的重责，各人在自己的地位上，尽自己的力，则若干时期之后，自能达到救国的目的了。我们做教师做学生的，最好最切实的救国方法，就是致力学术，造成有用人才，将来为国家服务。

今天所说的，就只这几点，将来对于学校进行事项，日后再与诸君商榷。

大学的意义及学校之方针[1]

1932 年

今年吾们欢迎新到校的同学，觉着更有些意义，因为今年新来的一班比往年哪一班的人数都多；还因为当这国家多难的时期，又在一个很有危险性的地域之内，竟有这么多的青年来同吾们做学问，所以吾们这次欢迎诸君亦比欢迎往年新同学的时候，更觉欣慰。

吾们相信一个大学，不必以学生人数的多少征验它的成绩好坏，或是评定它的效率大小，不过在人数还不太多的时候，吾们很愿意尽量地录取，为的是可以多给些青年以求学的机会。所以既本着这个意思，又因为北平几校今夏不招考，吾们这次录取的人数不只是多，实是逾量的多了。吾们那时是鉴于往年录取新生，总有数十人不到校，所以按照宿舍现有容量，多加了二成，作为新生名额，万一诸君到校的超乎吾们所计算的人数之外，吾们当然不能拒绝，不过宿舍一切，大家都要多挤些，暂时从权些才好。

诸君大部分是由中学毕业出来的，一小部分是由别的大学转来的。大学与中学的办法不同，就是同是大学，各校的政策、风气亦有很多不同之点。本校的历史与本校的方针计划不久可以有机会与诸君谈谈，现在当诸君初入这个校园的时候，吾有几句话愿意先同诸位说一说：

、诸君由中学出来再入一个大学，想研究些高深学术，这个志向是可贵的。诸君入了大学，还要父兄供给四年的费用，这件事在今日，

① 本文是梅贻琦在清华大学 1932 年度开学典礼的演讲。

就大多数而论是很不容易的；况且就今年说，诸君每一个人考取了，便有六七个未曾取上，这个机会亦算是难得的。那么诸君到校之后，千万要抱定这个志向，努力用功，不要让这个好机会轻轻错过。清华在中国可以算是一个较好的大学，固然它的不完备的地方亦还很多，诸君到这里，吾们盼望不必太注意风景的良好、食住的舒适。诸君要多注意在吾们为诸君求学的设备，并能将这个机会充分地利用。

二、清华的风气向来是纯净好学的，这亦可以说是因为地势处在乡间，少受城市里的牵动，其实大原因还是在本校师生一向注重学问，顾全大局，所以虽亦经过几次风波，大家的学业未曾间断，这是在国内今日很难得的现象。但是一个学校的风气养成很难，破坏却很容易，诸君现在已是清华一分子，在今后四年内，诸君的行动要影响到清华风气的转移的一定不少，吾们盼望诸君能爱护它，保持它，改良它。吾说“改良”，因为吾们知道还有许多地方是不整齐，或是大家还没有十分注意的。在一个大团体里虽是很小的事（在一个人独居的时候，很不必注意的），倘若随便起来，也许发生很坏的影响。所以如同宿舍的安静，食堂的整洁，以及图书馆的秩序，虽都是课外的问题，亦于大家的精神上很有关系，为公众利益起见，各个人都应当特别注意。

三、吾们在今日讲学问，如果完全离开人民社会的问题，实在太空泛了，在现在国家处于内忧外患紧迫的情形之下，特别是热血的青年们，怎能不关心？怎能不着急？但是只有热心是不能于国家有真正补助的。诸君到学校来正是为从学问里研求拯救国家的方法，同时使个人受一种专门服务的训练，那么在这个时期内，诸君要拿出恳求的精神，切实去研究。思想要独立，态度要谦虚，不要盲从，不要躁进，吾们以前吃亏的地方，多半是由于事实没认清楚，拿半熟的主义去做试验，仿佛吃半熟的果子，不但于身体无益处，反倒肚子痛。古人有一句话说：“七年之病，求三年之艾，苟为不畜，终身不得。”这个意思，吾们可以引用。就是吾们要解决的中国的大问题，并不是一两月或一两年的事，虽然是急难当前，吾们青年人还是要安心耐性，脚踏实地地一步一步去探讨。如果四年之后，诸君每人能得到一种学识或技能，在社会上成一有用人才，可以帮助国家解决一部分的困难，诸君才算对得起自己，对得起社会，这亦就是吾们向诸君所最希望的。

教授的责任[①]

1932 年

今天是本校本学年开始上课的一天，新旧教授及新旧同学到校不久。今天借行开学礼的机会，使师生们大家聚会见面，同时各同学可以领略各位教授的教言，这是我们最可欢欣的事。本校在过去一年间，正值国难临头、风云紧急的时期，但国势虽如此危急，本校校务、功课各方面，均尚能照常进行，未因时局关系，而致稍有停滞，此诚值得我们庆幸自慰的。至于本学年未来之一年中，能否仍照这样安安静静地读书，此时自不可知，此后唯有大家在校一天，各人本其职务上应当做的事，努力尽其责任而已。现在借此聚会，要与诸君略谈几点。因为清华就表面上看去，见其学者来校教书之日众，建筑设备之渐增，似乎大有蒸蒸日上之概，但考诸实际，亦自有其困难，及其危机之存在：

一、本校经费，向来稳固，大家从未虑到有何意外之发生。不意今春政府因财政竭蹶，停付英美庚款一年，本校经费来源，即为美国退还庚款之一部。今停付一年，见诸实行，本校立即蒙受影响。当此事发生后，经本人向政府商榷的结果，在此一年间，借给本校维持费国币一百万元。唯因所入不敷所出，即有种种困难发生，只得将可节减者设法节减；可延缓者暂行延缓。其他仍须按照计划渐次进行，总期必要举办、不可或缓者，不使感受影响。现有唯一之希望，只求满　年后，庚款照常支付，本校始可赖以维持进展。如果不然，则大家殊难抱乐观。因本

① 本文是梅贻琦在清华大学 1932 年度开学典礼上的演讲。

校经费，维持美退庚款拨充，不另受政府资助，已如上言。每月庚款收入项下，除支付学校经费及留美经费外，其尤关紧要者，即此后本校基金之积存，端赖以后数年中之美国退款之余款拨充。倘一年以后庚款再有问题，则基金成立困难，而学校根本动摇，所谓危机即在此。

二、即本校今年收录新生之多，为历年所未有。各地学校或受时局影响，或缘特殊原因，使一班青年求学问题发生困难。故今年投考本校者，亦较前激增。本校尽力之所及，特别增加名额，俾多于外间同学一求学机会。现在新同学，竟占全体学生三分之一，其中因素因习惯之不同，以及所受训习之各异，在团体中难免有参差不齐之处，希望新旧两方面融合起来，共同保持清华以往的良好的学风。我们也相信清华也有很多应行改良之处，我们亦要设法纠正，其固有之优点，大家亦要爱护保持，一方面要靠旧同学随时检点，来做榜样，同时还希望新同学大家多多注意自勉。

三、本校一年以来，有些新的发展。例如法学院法律学系之增设，工程学科之扩充。此外若已进行之各项建筑，不久皆可完成，在外观上看来，总算不错。再加上园内生活之安适，读书研究之便利，大可闭起园门，埋首用功，不必再问外事。但大家不要因自己环境之舒适，而忘怀园外的情形。在中国今日状况之下，除安心读书外，还要时时注意到国家的危难。吾们如果要像欧洲中世纪僧院的办法，是绝对做不到的。但我们要纾难救国，不必专以开会宣传为已尽其责。宣传效果之如何，是大家所共知的。我们应该从事实上研究怎样可以得到切实有效的方法，帮助国家做种种建设的事业。这样才可以把学问做活了。我们的学生将来才成社会上真有用的人才。凡一校精神所在，不仅仅在建筑设备方面之增加，而实在教授之得人。本校得有请好教授之机会，故能多聘好教授来校。这是我们非常可幸的事。

从前我曾改易四书中两语："所谓大学者，非谓有大楼之谓也，有大师之谓也。"现在吾还是这样想，因为吾认为教授责任不尽在指导学生如何读书，如何研究学问。凡能领学生做学问的教授，必能指导学生如何做人，因为求学与做人是两相关联的。凡能真诚努力做学问的，他们做人亦必不取巧，不偷懒，不作伪，故其学问事业终有成就。以后谈话机会甚多，余不多说。现在即介绍去年休假出国、新近回校的各位教授讲演游历各国之感想，以增加我们进取的精神，并请各位新聘教授赐以教言。

在九一八事变一周年纪念会上的讲话

1932 年 9 月

今天此会是纪念东北九一八事变一周年的聚会。当此惨痛的纪念日，至少觉得不是个人说话空谈的时候，不过要大家集会起来，追想一想国难一周年之经过，使吾们憬觉警惕，不致淡忘。再者大家对于某种事实不大清楚者，亦可由此集会得到相当的了解。今天的纪念会，人人充满悲惨沉痛之情怀，实与开追悼会同一意义，故此纪念会虽谓之为国难追悼会，亦无不可。近来满洲伪国已与日本签订密约，互相勾结利用，为我国根本大患。无论现时吾人对此事具有如何的态度，但东北地图已变颜色，已成不可讳言之事实。不过东北人民苦其横暴压迫，不甘沦为奴隶者极众，将群起而图之，则终有规复国土之一日。现在吾人为失东北而悲，吾们中国目前的现象，如患重病之身，不过这病不是立刻就要死的危险病，而患的是血脉不流通，神经麻木，周身不能联络贯气的一种病。行见周身溃烂，体无完肤，不待人之谋我，我自速亡。上年此时，本人尚在美京华盛顿，读 9 月 17 日之晚报，即得日人在东三省将有动作的消息。盖日人之侵略东北，蓄谋已久，非一朝一夕之故，早惹世人注意，只要留心万宝山等次的惨案，处处都可以观测出来。何待九一八事变之实现！当时对此消息异常注意，以为我方总有一点相当对待办法。但过了两天，国内毫无动静，或疑为一时之策略，不意始终未予抵抗。这是最令人痛心的。以拥有重兵的国家，坐视敌人侵入，毫不抵抗，诚然勇于内战，怯于对敌，何等令人失望。是以沈阳既去，吉林、黑龙江、锦州随之而陷。大家不要以为目前尚可苟安。殊不知此时敌方时时可以再有动作，或另有阴险图谋，实则形势非常可危。吾们应当深刻纪念，时时注意准备才是。但是东三省虽亡，东北人心未死，前途尚有一线光明。给予吾人一点安慰者，就是东北义勇军随地进展活动，不时抵抗奋斗。使敌人时起恐怖，有此民族精神存在，则东北或将不致终亡。记得本年 3 月在“九一八”国耻纪念会，曾请阎宝航先生来校讲过义勇军在东北活动情形。今天特请最近从东北义勇军方面考察来平之王化一先生为吾们讲演义勇军最近活动真实状况，尚希诸君特别注意。

在清华大学建校二十二周年纪念会上的讲话

1933 年 4 月

今日是本校成立二十二周年纪念日。现值国难危急的时候，不愿在形式上铺张庆祝，唯以今日为本校历史上最有关系的一天，校中自应略有表示，借以纪念已往，共勉将来；并尤注重在欢迎毕业同学回校，使与在校同学趁机接近团聚。校中有须改良促进之处，甚望毕业同学本爱护母校之怀，多予指导和协助，此即今日举行纪念的意义。

本校于民国元年成立。在民国以前，办有游美学务处，招考学生资送留美。后因在国内准备不足，留学时间至不经济，且幼生思想未能坚定，对于国内观念尤不切实，恐未能造出十分有用的人才。所以在民国元年成立清华学校，培植留美预备人才。十余年后，国内教育渐有进步，学生程度提高，各省考送出洋者渐多，不必一校专做预备。乃于民国十二年停招预备科学生，十四年成立大学部，以应时代需要。俾其毕业后，成在国内继续研究，或出国留学，或在社会服务，均有相当根底。

民国十七年因组织上及管理上均有变更，正式改为国立大学。数年来曾有相当进展，上年因受庚款停付的影响，原定建设计划，未能继续实现，不过建筑之已动工者，势难骤停，勉强维持进行。最近完成者，计有图书馆、化学馆、水力学实验室、男女生宿舍、教职员住宅等。

外间以为清华设备已多，其实不过与设备简单之校相比，较为完备一点，尚不能说已经充分够用。上年遵照部令，注重理工发展，乃于原有之土木工程系外，增设电机工程及机械工程两系，合组为工学院。唯当工学院成立之时，适在庚款停付期间，以致各项设备，均暂从缓。现在学生程度渐高，需要之设备渐多，不能再事延缓，下年内必须设法酌为添置。

目前学校感受两层困难。一因外患加紧，时局如何变化，很难说定；二因经济问题未解决，经费自 2 月以后分文尚未拨到。但吾们虽处艰窘危迫的局面，不可畏难灰心，不可使精神颓唐。还是要特别努力去做，维持艰巨。

在清华大学1933年度开学典礼上的讲话

1933年

今天是本校又一新学年的第一天，新旧师生得以集会一堂，这大概是数月前所未想到的。当外患紧急，北平附近势将发生变化的时候，无论当日身临其境，或远在外地者，恐都未想到本校今天还能照旧向前进，师生还能继续课业。现在我们既然仍得到这求学机会，就应善为利用，特别努力去工作。

今年新同学又增加了二百余人，这是很可欣喜的事。一二星期前本校旧同学为迎新同学，要出一种刊物，请吾在上面写几句，吾因为事忙，未得写出来，今天趁这机会，特先向新同学说几句话。不过今天所要说的话，与去年的今日所说的大致相同；因为吾们所期望于新同学的，所要劝勉鼓励他们的，人虽不同，意思都是一样的。

新同学入校后，即为本校一分子，当然就希望学校好，事事都向顺利方面走。那么新旧同学都一样地负有维护它的责任。因为如要学校好，也一方面要看同学们行动如何；因为每个人的行动，关系学校极大，希望大家遵守秩序，保持良好校风，这是要新同学多多注意的。当然旧同学又负了一部分领导的责任，更要注意。

近来外间对本校常有批评，说是环境太舒适，这恐也是事实。因见有些同学在校四年，毕业后，仍不愿他适，甚或有了事，因为事情太小，或居处不方便，而不愿去就。吾们负教导责任的，听了十分惭愧。虽说本校设备上及卫生方面，或许比较讲究一点，但是吾们的本意，不过为使诸君能借此增进健康，减少疾病。这是我们所希望的。如以为环境舒适在此享受，将来到社会上便不能吃苦，不愿吃苦，则非所望于诸君的。诸君新到校的，特别要认清这一点。

再外间有人说本校“洋气太重”，不知这话究何所指？如仅以洋服洋餐而论，恐未见比校外为重，而且无论多少，吾以为皆无关宏旨。但如吾们认为外国人大都能勤苦耐劳，办事认真，公私清楚，不因循，不敷衍，不拖泥带水。我们如果有这点洋气，那么我们不必惭愧，并且要时刻保持的。

诸君到校后，无论入哪一系，习哪一科，经教授指导途径后，真实的功夫，要自己努力去做。而在自己一方面，尤其是思想上，要具有自动的力量，要用自己脑筋去判别索求。不然教授虽热心灌输，恐亦不能灌入。况且现在吾们耳目所接触的各种学说、各种理论不知多少，在学术的立场上，或都有研究的价值，学者思想尤贵自由，但是青年意志容易浮动，最应在起始时注意，不可操切，不可盲从。总要平心静气去研求，才能真得益处。

还有一点此时要稍为说明的。闻一年级新同学愿学理工者占大多数。自一方面看来，自是很好的现象。这大概是因为社会方面近来注重理工之故。理工为实用科学，固宜重视，但同时文法课程，亦不宜过于偏废。就本校说，最初办理较有成绩的理科之外，文法数科亦并不弱。现在本校工院初创，理工方面固应亟谋发展，但于文法各系也要使它有相当的进展。这一点外人不免忽视。本年一年级新生并不分院系（工院除外），大家在初入校时，可不必即决定入何系，最好在此一年之内细细体察自己志趣所在，性之所近，究习何科较为适当，然后再决定选习，方无匆率勉强之弊。

今天行开学礼，同时为表示欢迎新聘的及休假出国返校的教师，诸位中还有尚未到校的，已经来校今天在座者，稍迟再为诸同学介绍。现在想把关于本校经济方面及新发生的事业，向诸位同人同学做简略的报告：

一、本校经济状况。今年庚款停付的提议，未成事实。不过现在尚未能按月拨付，去年由 3 月起至本年 2 月停付一年。现在本年 3、4、5 月庚款已陆续领到，6 月份的尚未拨付，大约不日可以拨到。至 7、8 月拖欠的，现本校正与中基会设法催财部补齐。将来经济状况逐渐恢复后，则本校事业可以按序进行。

二、增加留美学额。政府及教育部当局前以金价高涨，公家及私人不能多供给学生出洋，很希望有几个学术机关量力选派。本校奉命增加留美学额，选送实用人才，以应国需。但此亦甚影响于本校将来经济状况，因嗣后庚款之余款，应拨归基金。现在余款另有用途，则拨存基金之数减少。唯政府的期望与社会的要求，既如此之切，本校又不好不设法应付，所以暂定考选办法以三年为限。此次考试，已于8月举行，结果尚未揭晓，因有阅卷人前赴四川科学社年会未回，尚须稍待。考选名额定为二十五人，对于成绩经验，特别注重，应抱宁缺毋滥之旨。

三、扩增农科。自从今春农村复兴委员会开会之后，政府对于改良农业，救济农村经济，特别注意。今夏教育部令本校筹办农学院，当时奉令之下，很为踌躇。因为农科大学毕业生之无补于农村改进，几乎是国人公认的事实，况且在清华附近，又已有北平的农学院，及保定的农学院。所以吾们认定了农学院设系招生的事，是可以缓办的。但是政府既要吾们在这方面去帮忙解决，吾们就应该向有切实效用方面审慎去做，然后对于国家方可有点贡献。故现在先办农事实验场，聘请专家研究关于农科之各项重要问题，俟研究得有结果，再行设法推行，使农民得以利用。至于为推行事业，是否需要农科大学毕业人才，尚须将来再定，目前只待政府拨给地方，即可使农场开办。

形势与秩序问题[①]

1934 年

今天是本校又一学年开始的一天，各师长、各新旧同学中有向未晤面者，可借今日集会互相会晤。所以今日的集会，是很有意义的集会，一方面欢迎休假回国及新聘各位教师来校，同时欢迎新入校的同学来和我们共同做学业的工作。

今年收录新生人数较往年为多，是可幸慰的事。近数年来校内设备及师资方面，有可以多给有志向学的青年以求学机会，所以多〔尽〕量容纳。人数增加，固可增进教学效率，但是有时因人数太多，或反使效率减少，这便是我们不能无限地多招新生的原因。各地同学负笈远来，自属可嘉，但一个学校之发展，并不能以人数之多寡为比较，要各个人明白各人应尽的职务，去努力做其应做的工作，则个人前途及学校前途才有希望。

三年前的明天，要算我国最严重一个国难开始的一天，从前常常虑到我们的工作，或要受外界影响，不能安静地度过，现幸尚能照常。虽然华北的危机，是随时可以触发的，但是我们仍然要不畏首畏尾地领导大家去努力工作，要冷静耐心地干。

今秋赴南一行，南中人每嫌华北一带气象消沉，对于国难未有深切表示，这或也是事实，但所谓表示，自不在大声疾呼去做宣传一类的工作，宣传在今日，已不能见其效力，我们所注意的是持久的、树立根基

① 本文是梅贻琦在清华大学 1934 年度开学典礼上的讲话。

的工作。做这种工作，自然不要求速效，不要慕虚名，所以吾常劝大家在现在情势之下，要咬着牙，屏着息去工作，因为张口空话乱嚷，于实事无一些益处。

再有一点希望大家注意者，现在新旧同学已达千人以上，在团体生活中，秩序问题最关重要。大学生已具有自治能力，倘各人知道约束自己，自无特定管理规条之必要。团体中最重要的是法律道德，要顾全公众利益，不但自己要照顾自己，还要处处为别人着想。因为一己的行动，处处足以影响到他人的，团体秩序，是要大家特别尊重才好。

在总理纪念周上的讲话

1934 年

今天所要谈的，没有什么学术上有价值之贡献，只不过个人一点经验，十几年来服务社会所得到的两个教训，在诸同学正在预备自己的时候，报告给诸位，聊供印证参考。

吾人早有一共同感想：以我国幅员之广，人口之多，国人智力亦颇不弱，而国势何以如此衰颓？吾辈在学校时，认为须吾辈毕业后以专门知识改造中国现状，留学者更抱负非凡，然毕业者归国者现已不少，何以中国犹未改造？其症结何在？愚归国十二年余，曾在学校及行政机关服务，与军界、商人，甚至土匪流氓，亦多有接触。由过去服务经验，得两教训：

（一）知人与合作。无论在政界、学界、社会救济事业中，均常感到事事缺人——所谓中国人多仅在数目，而处处缺乏适当人才。故现最急需者即"知人"：知人之能力，知人才之来源。但有时已有人才，而不能合作。考究其原因，据愚服务各种事业之经验及多年观察所得，不外"私""伪"二者——此为缺人及不合作病象之两大原因！所谓私，即只为个人利益着想，忽略"事"及团体利益。政治上、社会上许多问题胥由于"私"。例不胜举，诸君谅能体会。关于"伪"，可举一事：民十九愚赴陕救灾，见华山麓下数十里平原皆植罂粟，而当地政府始终声称禁烟。此表面与事实不符，即是"伪"。此为极大病根。如国家只重表面虚言而略实际，当然造成各种事业不进步、国家危弱之结果。

（二）认"事"与达观。近年人才较多，亦间能合作，但仍无补于国事者何故？即因国人不注意事实本身及事理，专问言由谁发，计由孰出？有人因“私”而忌妒，而颠倒是非，遂阻“事”之进行。现社会最缺乏者为是非标准，如对热河失守，言论尤有分歧，其例是已。一般评论漫无标准，人乃各由己意。私见益深，国事益劣。今后吾人对事，应深深考察，追求究竟，以确立是非标准。切勿一闻恶评，辄灰心或取容易方法与社会同化。应只认“事”理，只为“事”努力，不能顾一般毁誉。是非虽无标准，但浸久自渐确立。

希望诸同学，现在即开始准备：（一）认识人，注意各种专门人才，并如何使大家合作，养成因公忘私精神；（二）认“事”（此点在学校练习为最好机会），对任何理论时事，皆求认识分析事之本身，就事实来下评论。再培植个人志向，同时注意磨炼自己，使有不屈不挠毅力。

在清华大学建校二十四周年纪念典礼上的讲话

1935 年 4 月 28 日

明日——29 日为本校成立二十四周年纪念日，但因今日星期，为校友来校团聚较便，故于今日举行纪念。今年返校校友甚多，愉快之至！诸同学离校多年，此际返校欢聚，不唯吾人感情上为之欣快，于事业上且增加一份力量。兹将一年来校事简单报告如下：

（一）工程设备方面——本校设工程方面课程已七八年，三年前遵照部令成立工学院，包括土木、机械、电机工程三系。工学院系组织稍与他系不同，因性质较异，且设备方面需要较其他门类为大，亦非一时所能完备。自初即与各负责人从长计划，至今规模仅称粗备。机械工程与电机工程两馆建筑，今年始竣工，水力实验馆虽建筑完工在前，内部布置亦于今年始克就绪。兹定今日举行落成礼，诸请指教。上项经费计共六十万，胥由教部核准动支；其中建筑费约占三分之一，设备费则占三分之二。此数目骤闻之似觉甚巨，但按课程性质，确属必要之设备。据吾所知，同人对此项经费之支配，极为经济。

（二）理工以外之课程方面——常有人谈判，学校计划是否平均发展。但何谓平均？因各门类性质不同，需要不同，所谓平均发展之准则，亦殊难确定。吾人仅抱定宗旨，即使具有相当根底之各门类，在国内学术界，能多有贡献。如社会科学各系有关国情之课程，设法增加，虽材料之搜罗整理均费时间，总希一二年内可筹备至相当程度。关于此种图书典籍等之购藏，亦予特别注意。

（三）农业研究方面——复兴农村改良农业，已属近年朝野共同注意之工作。前夏本校有奉令添设学院之议，但就吾人所知大学设学院系办法，似未能解决农村问题，大学所造就之农学人才，多不肯到乡间去做实际改良农业挽救农村工作。兼以北平保定皆有农学院，本校似无设院必要；唯农业研究自属需要，没有成绩，即可补助农村。本校遂成立农业研究所，择他处尚少注意之病害虫害两方面，为第一步研究标的；亦因北平一带富有果产，受病害虫害亦甚多，如能就近解决，亦增加生产之一补。故拟先着手于此。

（四）留美公费生考试——今夏举办者为第三次。乃前年夏间与教部商定之办法：每年考选二十五名，门类每年酌量社会需要而定。第一年二十五名；去年因有的门类考生成绩平平，抱宁缺毋滥宗旨，仅取录二十名；所余名额拟于今年补齐——共三十名。其办法与前不同者，考取后分在国内各相应机关考察或实习，以资彻底了解国情及需要。有的出国较早，而多数则考察近一年，翌年夏始放洋。此后考选问题，以国内各机关派遣办法甚多，出国者甚多，清华考选与否大可考虑。且国内研究宜多注重，期逐渐使中国学术独立，派人出国研究，或不若约请国外学者来华，俾多数人得与共同研究。况美金跌落，恐将影响学校经济前途甚大，大体而论，仍以多请国外专家来华较派遣留学为经济。

（五）毕业同学对学校关怀，热忱帮助母校，特发起捐款建校友楼及清寒同学贷款基金，纪念明年学校二十五周年。数目不大，因同学在社会服务者多，当属易举。学校希望最近办理同学贷款，倘能成功，亦老大哥对小弟弟友爱之表示。尚希努力。

致新来校的诸同学

1935 年

诸君今日新来清华的，大多数是初次投进大学。诸君所来的地方，从东北到西南，差不多各省都有；所毕业的中学，总在七八十之数。诸君各地的习俗不同，方言不同，以前所受的训练亦有差异。但是诸君欲入大学的目的，应该完全相同。因为大学是一个研究高深学术、造就人才的地方，那么诸君来此的目的，当然是为研究学问，将来能为国家社会做些事业。这个目的，诸君在起首时，要认清楚，以后几年之内，亦要确切记住，然后各自依这目的，努力去做。学校以它所有的设备，供诸君利用；以它所请来的教师，做诸君的指导，无非为使诸君达到这个目的，但是成功的多少，大部分要以诸君自家努力的大小为定。

清华在国内大学中，是被认为比较完善的。外人评论之点，有谓地势优良的，有谓建筑宏大的，有谓图书设备充足的，还有谓经费宽裕的，实则就以上各点论，尽有别大学胜过清华的。尤其是经费一层，若就我们所举办的事业做比例，要有好几个国立大学，是短过清华的。但是吾们所最注意的，同时亦愿诸君认为是更宝贵的，就是领导诸君工作的师资。诸君来此，如果为择一个舒适的地方，那不是我们收录诸君的本意。诸君如愿利用这里比较完备的图书仪器，吾们必在可能范围尽量供给。但是诸君在工作指导上，即在人格熏陶上，所最需要的是师资。在现在学校大规模地收纳学生，组织上或者有机械式的现象。这是因为人多，不能避免的。但是教育上的紧要途径，还是在师生的关系。古人谓“教学相长”，现在的教育事业，仍应看作师生共同工作，期达一个共同的目的。但是来求学的人，是要格外多努力，要注重在这个求学。

清华有时受外人的批评，说学生不能吃苦，这一点吾们要尽力去矫正。学校里的建筑整齐些，设备完全些，这不过为使大家工作的便利，食住的方便；为使大家身心同得充量的发育，并不是求大家供应上特别的讲究，特别的舒适。在诸君初入校的时候，更要认清这一点，那么学校在物质上亦还有不周备的地方，不要希望太奢，更不要注重在个人的享受方面。

诸君入大学之日，正是国难加紧的时期，尤其在北方，处在大家认为更紧迫的局势之下，诸君仍肯来学，可见诸君认识国难不是可以避免的，是要为人坚忍地努力去解决的。现在政府当局忍辱负重地去应付，吾们在学校里的，应该各就所能，各尽其责，为国家做一点贡献。但是我们所处的局势既如此，吾们更要埋首去工作。大家对于个人的团体的言语行动，都要特别注意。古人说“危行言逊”，现在要适应国难的情势之下，望诸君三复之。

在清华大学建校二十六周年纪念会上的讲话

1937 年 4 月

今天为本校举行二十六周年纪念之日，按本校纪念日，原为 4 月 29 日。因是日为星期四，时间上与校友来校不便，特提前于今日举行纪念典礼。今天承诸位校友并许多位来宾到场参加，实为荣幸，谨致谢忱。

关于校事近状，当为诸君所欲知者，兹仅就学校在过去之五年及未来之五年做一简单之回顾与前瞻，盖因过去之五年与未来之五年在本校校史中皆可做一阶段言之也。过去之五年适为“九一八”以后之五年；未来之五年在清华历史上属重要阶段，因五年以后，庚款期满付清。将来之进步如何，要看此最近五年中如何计划，如何布置，故均为校友所关心。至在过去之五年，校中事举其大要者约有下列数端：

（一）人数。学生人数在五年以前为七百五六十人，现在增至一千三四百人。教师彼时为八九十位，现在增至一百五六十位。

（二）建筑设备方面。近五年之内陆续添建之新建筑约为：化学馆，图书馆新馆，体育馆后部，土木工程馆之一部，水利实验馆，机械工程馆，航空实验馆，电机工程馆，学生宿舍之平、善、新等斋，大食堂，教职员住宅西院添建者十所，新南院三十所。近来学校建筑增加甚多，校外人士，或不了解。实因清华自改办大学、添办研究院以来，建筑设备以前增添不多，殊不敷用。为适应需要起见，虽在国难严重之际，亦不得不从事扩充，以利课业之进行。

（三）学系方面。本校原有文、理、法三学院，自（民国）二十一年夏起扩充土木系，添设机械、电机两系，成立工学院。法学院之法律系，因政府教育方针关系，已设旋辍。（民国）二十三年夏设立农业研究所。近年来，国家对于农村建设及农业改造极端注意，本校成立此所，先从研究实验方面着手，借以辅助国家农业事业之改进，较之设立农学院尤易收获实效。

（四）图书设备方面。以购置之款数言，最近五年以来用于添置仪器之款为一百二十余万。盖本校之校务进行计划大纲，曾有规定：每年之图书设备费必须占全校经费百分之二十，近来虽因事业扩充，经费支绌，但只竭力于他方缩减，此项始终维持，未尝牵动。此外，在工学院创办之初，电机、机械两系为添设备，用款三十余万。农业研究所设备用款亦有数万元之数。

（五）刊物方面。清华学报出版已十有余年。此外在六七年前添刊理科报告，上年加出社会科学季刊、工程季刊及农业研究所报告三种，皆本校各院系同人出其研究所得以就教于国人而兼以互相砥砺者也。

（六）留美考试。近来举办招考留美学生办法，与前不同。本校初设立时为留美预备学校，此种办法在（民国）十八年以后即已停止。近年因应国家之需要，于四年以前有招考留美公费生之举。以往出国者已有九十余人，今明两年仍继续办理。

以上为物质方面之情形。至关于精神方面，校内同人对于校务，均极努力热心负责，此为学校获得合作，能以发展之一大因素。学生方面，在校对于学业颇能认真，故出校后服务社会，成绩差好，校友闻之当亦欣慰。近两年来，学生举动，因时局关系，有时不免失当。但一经纠正，立能悔改，亦可引为欣幸也。至对于本校未来之五年，拟举三点简述如下：

（一）希望。希望时局无大变化。目下时局已日趋稳定，吾人希望能长在此稳定或更稳定之局面下，合全校师生之努力，共同维护学校，向前进展。

（二）方针。关于学生数量方面，似无再增多之必要，因吾人固不必注重者为在学术研究方面力求进展。对于国内外专门人才，当尽量罗致，研究设备，务使充实。庶将来于学术上多有贡献，以尽大学所以为大学之职责。

（三）计划。对于研究事业，校内现已有十系设研究部，可招研究生，此外各系，仍当相继进展。但即不设研究部，各系如有必要，尚可招收研究助理，帮助某种研究计划之进行。

最近在长沙进行之事业，年余以来，经政府当局之指导，湖南各方协助，该项计划今已大致决定，即在长沙设立特种研究所是也。该所建筑，现在进行，约须秋冬之间方能完成。该所工作约分以下数部。

1. 农业问题之研究；

2. 金属学问题之研究；

3. 电工问题之研究；

4. 国势清查问题之研究。

以上各项所以欲在湖南举办者，一因欲就地方物产之便利与需要，一因辅助国家事业之进行，故皆以设在湖南为适宜。凡此事业，固皆非短时间内可见成效。故本校应于未来之五年努力以赴之也。

与国内学术机关之合作。本校近一二年来，在研究工作上，常能得各方之辅助与合作，使吾等更加奋勉。最近如资源委员会、航空委员会将更予以较多之补助，中英与中法庚款董事会，于下年在本校设理科讲座或更予他项之补助，此外，国内学术机关如中央研究院、北平研究院、地质调查所、中央农业实验所等之合作，本校皆甚欢迎。

关于留美公费生办法，现已招考四年，今明两年仍招考一次。合计前后公费生应共派出一百三十四人之多。回顾以后，对于国家及社会，当有一番贡献。以后对于自国外求取知识之方法应有变更，即不必大批派人赴国外留学，而改自外国多聘专家来华讲学。此举可使国内研究事业益得推行，研究基础已趋稳固。盖国人对于派遣留学政策之应重加考虑，此其时乎。

关于本校基金问题。五年以后本校所领庚款将付清，届时之办法最关重要者，为经济稳固。所幸本校基金付托得人，数年以来经中基会各董事之善于处理，逐年增加，就现在估计，五年以后，倘中途不发生意外，可积有成数，而以其每年利息，足可维持校中各项事业之继续进行。此必亦校友诸君所乐闻也。

在清华大学建校二十九周年纪念会上的讲话

1940年4月

三年前我校由平避难南下，在此地此堂，已举行过两次纪念会。此会为第三次。当此流离之时，本无所谓庆祝，但每年逢到此日，大家思念“水木清华”的校园的情怀倍加殷切，所以有此一会，给吾校同人及校友一个互相慰勉的机会，亦是好的。在去年母校纪念日，曾作了一篇《抗战期中之清华》，简单地报告在那两年来学校状况，今年又续写了几段，略述这最近一年的校务情形，在各位手里的《校友通讯》中可以看到，所以关于校务的报告，为时间经济，即不再重述。至关于校友方面，可以使我们欣慰的，自抗战以来，校友之服务内地各处的，少者数人，多者三四百人，皆有同学会之组织。目前分会已有十五六处之多，各地同学均极关心母校状况，且于工作上均能互相鼓励，互相帮助，更足使我们兴奋。此次在香港，承当地同学欢迎聚餐，到了约六十人，尚有未到的约三四十人，如此盛况，亦是以前所未想到的，其中有两位同学，在这次晤见时，使本人特别高兴的，一为在港工程界极有地位之王长龄，一为在中山领导游击战之某君，此外还有许多位成绩很好的不必一一细说，不过举两个例子证明，我校友努力之精神实足以告慰于吾人，且使吾人益加奋勉。

关于“一二·一”惨案在记者招待会上的讲话

1945年12月26日

昆明各校学生自上月26日起罢课，实为至不幸之事。关于此事经过真相，联大教授会曾经发表声明。其内容追溯事起之初，由于云南大学、中法大学、英语专科学校及本校四大学学生自治会于11月25日晚假本校校址召开时事讨论会。当日上午，本校及云大当局曾特应党政当局之邀约，面告此种开会，过去常有其事，向未发生事端。但在该会开始前一二小时，本校又接到云南省政府及云南警备总司令部会衔公函内开“查目前集会，均须事前请准，始得举行，顷悉云大、联大、中法、英专四大学学生自治会发起演讲会，于本日下午六时半在云大致公堂举行，欢迎各界人士前往参加，此种集会，并未先行请准，应即停止举行，以免影响治安，希即转知贵校学生自治会遵照为荷”等语。本校认为学生在校内集会，过去情形良好，且当日上午曾与当局说明，似无劝阻之必要。不意当晚该会进行中，突有枪声四起，流弹横飞，幸学生持以镇静，未肇事端。及散会后，参加者又为军警所阻，至深夜始得通行。翌日本市报纸载有昨晚联大附近匪警之消息。因此群情愤慨，本市中等以上学校学生遂相率罢课，要求地方当局查办前晚负责开枪之人员，并收回与中央法令相抵触之禁止集会之禁令。罢课后，本校当局一再晓谕学生，劝令复课，预计本月3日可以上课。至30日，复有便衣暴徒闯入云大及中法校内，捣毁校具。当日学生出发，在外说明罢课，呼吁和平，比遭暴徒痛殴及枪击，学生亦有被拘入宪兵驻在所者。当晚学校当局又复告诫学生，以后勿再出校，免生意外。乃本月1日晨十时许，即有身杂色制服者数十人，并有佩戴领章符号者，手持木棍扁担，呼啸冲入云大校门，捣毁器物。少顷，本校新校舍门前，陆续到有百余人，佩有第二军官总队符号，以木棍石子向校门进攻，以致发生互殴情事。暴徒手持手榴弹预备投掷者，为本校教授高崇熙所见，立劝队长加以阻止，该队长颇明大义，即将该手榴弹夺回，掷向南区校舍外。时有南菁中学于再先生，来到本校理发，被阻于门外，先遭暴徒殴伤头部，复被弹片中伤，当晚身死。学生遭毒打受重伤者十余人，本校教授袁复礼适在南区校舍，冒险劝阻，亦被殴打数棍。同时复有暴徒四五十人，或御制服，或穿便衣，由某团部某干事率领，先到本校附中捣毁门窗牌告，并毁坏捐款箱，劫去捐款，中学生见状躲避，幸未伤人。该暴徒继往本校师范学院，强行闯入，先在饭厅前掷手榴弹一枚，学生闻声避入隔壁工校内，初未伤人。及暴徒等已退去，学生反身关门，暴徒复反身将门打破，掷手榴弹二枚，当场炸伤学生多人，内本校学生李鲁连，即时中弹倒地，昆华工校十七岁学生荀极中（即张华昌）头部受重伤，本校女生潘琰，头部胸部受重伤，均于当晚死命。本校员生闻变，前来救护，并将死伤同学抬至云大医院，当时复有大队暴徒跟踪而至，将甫自医院退出之学生包围毒打，其中本校学生高金堂受重伤，该暴徒等更劫去钢笔手表及学生证等物。下午二时许，有身穿灰色制服及便装暴徒六七十人，由一身材高大服黑衣者领导，闯入本校工学院办公处教职员宿舍，任意捣毁校具，破坏门窗。本校教授马大猷、钱钟韩及教员牟光信出面劝阻，即遭毒打，暴徒临去时，复将校警所持之步枪两支带走。早在当日晨六时，即有暴徒六七人，闯入工学院学生宿舍，时学生尚未起床，幸无死伤，暴徒只破坏门窗牌告而去。总计本月1日暴徒在本校散在四处之各学院及附中所肇事端，共有五起，而师范学院所遭事变最为惨重。以上所述多节，为是日惨案经过情况。就调查所及，当日员生被殴杀者凡二十九人，计立时死命者一人，逾时死亡者三人，受重伤住院者十一人，轻伤者十四人。综观惨案经过，自非偶然事件。查当时地方最高当局于惨案形成期内，实总揽当地军政大权，对于学生集会，施以高压，应负激成罢课风潮之责任。事件发生后，本市报纸对于罢课实际情形及暴徒殴杀员生事件未获有正确之登载，学生情绪之被抑，无可告诉，其悲愤概可想见。查惨案发生时，军队有驻扎于大西门城楼者，离本校不过数步，对暴徒之呼啸杀人，达数小时之久，学生等之惨号呼救，绝无不闻之理，而该处军队事实上竟未出而阻止，更无当场拘捕凶手之事。复次，暴徒于分批至各校杀害师生后均高呼口号，游行过市，军政当局对于各校学生校内集会尚加干涉，并颁禁令，何以对于暴徒结队杀人，叫嚣过市，置若罔闻。此种矛盾措施，更足以证明该暴徒闯入学校，捣毁校具，殴杀学生，实为当时军政当局之责任。自惨案发生以来，此间教育界人人自危，觉随时随地均有横被殴杀之可能。本校教授会于惨案发生后，即成立一法律委员会，根据法律，向政府有关部门提出法律上之控诉，以维法纪，并发表事变经过。现在中央对于此次事变负责之当局，已有初步之处置，并经各方面努力调停，学校已渐恢复常态，所以请诸位先生转告社会，以明此次事变经过之真相。

附录：

昆明西南联合大学校友会为母校遭受枪击屠杀惨案敬告全国同胞书①

1945 年 12 月

我们非常骄傲是西南联大的学生——

西南联合大学诞生于兵凶马乱之际，一再播迁，终久停息于西南最大的都市——昆明。它的诞生虽说偶然，但无形中原就有一种传统凑合的力量，没有这种传统，即使能够凑合，绝不能持久。这传统就是北京大学的“自由”，清华大学的“民主”和南开大学的“活泼”。缺乏民主的自由，固然等于具文；没有自由的民主，当然也不可能。民主与自由如果缺乏活泼的精神，必流于消沉松懈；但活泼的精神，假如没有民主和自由的支持，蓬勃热烈的生命力也就无从产生。只有三者融合之后，才能相得益彰，而后有发扬，有创造。

九年了，联大究竟造就了多少人才，究竟对国家有多少贡献，我们实在无法用数字表达出来，也难用世俗的方法予以衡量。但是九年中，她却能维持一个学术的水准，它确实能维护着优良的研究学术的作风，而始终未尝低落或向坏的方面变更，这水准使中国在艰苦的战争中依然在国际上博得不少声誉，这作风保证了中国学术进步的可能。在各个部门都趋于腐化的这些年月里，对祖国的前途，我们永远不肯绝望，就因为有这一座学府做砥柱于中流，它虽然像日食时的太阳要被浮云所掩遮，而光明则始终未曾熄灭，永远保持着它普照的热力——那就是中国

① 本文略有删节。

的希望。

我们非常骄傲是西南联大的学生——

在长期的战争中，联大的师生都生活在苦难的日子里，贫困笼罩着一切，营养的不良，衣衫的褴褛，书籍仪器研究工具以及居屋都是奇特的困难、缺乏，憔悴、衰颓、死亡，世局国难的苦闷，社会的辛酸……这种种人间的不幸，不断地连续地打击在他们的身上，而他们依旧坚贞不易，在继续一个永远不会终止的工作——真理的追求。

我们非常骄傲是西南联大的学生——

多少人误解了联大，联大的外表是多么贫乏和零乱啊！然而，唯其贫乏，才养成一种刚毅自信的精神；正因为零乱，便产生自由独特的思想。这种精神和思想，虽然显得松懈，却蕴含着无比的力量和沉默自动的作风，在沉默中透视了事物的真相，并分辨出是非，益之以自动，所以在不期然之中，几年里曾经干过许多轰轰烈烈的事情——向贪官污吏进攻，向法西斯的恶势力宣战。联大的阵容是整齐而强壮，联大的师生的言行，不但突破了郁积的窒息，而且振奋了全中国的视听、人心。

我们应该骄傲是西南联大的学生——

联大是学术的权威，是民主的堡垒。这是什么力量在迫使？是什么力量在支持？不是的，这完全不是被动的，不是勉强的，而是一种充溢的内在的浩气在警惕在策励联大的师生要去完成一个任务。这种充溢的浩气，正是我们中国文化的精华，它恰像西方苦行修道的精神。我们说:中华民族的伟大，中国文化真正值得推崇的地方，便是这种精神，和对于这种精神的能够吸收和发扬，绝不如世俗所争道的在繁文缛节。于今，当精华快尽，民族活力被遏制得将衰的时候，硕果仅存的契机，是通过这座学府，让精华与活力能恢复而传递于无穷，中国的危机才能因之而得挽救。

我们怎能不感到悲愤，怎能不感到沉痛，面对着垂危的祖国，我们已看够了贪污腐化，看够了人民的苦痛和独裁作风的横行，我们正等待着胜利会给中国带来一些幸运，胜利会使中国走上进步的道路，但是直到今天，我们还没有得到这，相反的只是更加倍的贪污腐化，更加强了人民的苦痛和法西斯的倾向，胜利带来的不是幸运和进步，竟是毁灭！

在这样反动的时代，全中国都已被遏制得没有声音，联大当然也不容许例外，只是为了联大的声名和地位，在重重阻击之下，联大勉强保持了一点呼吸的自由。然而这种自由，也不允许长久，恶势力的魔手，终因向民主堡垒挑战，威胁利诱都宣告失败，集团的屠杀逮捕，便公开地在光天化日之下展开。军阀党棍利用武力和特务的支持，不顾一切法纪舆情，毫无人性地向我们的母校的师生毒辣地进攻。我们找不出任何理由，可以原谅军阀党棍们这种无耻的兽行。这一个具有光荣传统的学府，不被爱护，反被捣毁；学府优良的作风，不受鼓励，反要予以摧残。两三千师生的生命没有保障，民族危机唯一的契机要被消灭，在暴力的前面，学术等于粪土，学府尊严完全扫地。自由研究、讨论被视作反叛。呼吁民主和平被当为异端。在暴力施展者的眼里，人应该都是驯服豢养的畜生，人不应该有独立自尊的人格。暴力施展者希望人只有服从，没有反抗，希望只有盲信，没有怀疑，人顶好都是麻木不仁的动物。于是联大的精神，自然为他们所痛心疾首。他们相信暴力可以统治一切，暴力万能，暴力便依着次序由别的地方移到联大。

然而，联大不是这样驯服的畜生。联大的精神与暴力者的希望完全相反。在联大里，自由研究自由讨论是教育主要的方法；尊重个性尊重人格是教育重要的目标。在联大里，没有强迫，只有诱导，没有盲从，只有信仰。联大存在于现实里，联大的师生绝不能无视现实里一切变动。联大的精神使每一个联大的师生绝不甘于麻木不仁。联大的存在和光荣的获得，既是依靠自由民主和活泼的传统，联大的师生绝不自私独占这全国人民所羡慕的传统，这传统必须普及全中国。联大是民主的堡垒，但这堡垒绝不能长期局限于联大的围墙之内，这自由呼吸的空气，必须散播全中国。

中国人民在痛苦中正在呻吟待救，中国的国运已濒于垂危，联大的师生已无法再沉默等待，对当前的危局必须提出主张，提出呼吁。没有问题的，军阀党棍们不能允许这类声音出现。

就在（民国）三十四年 11 月 25 日，反动者于早晨滥用权力颁布禁止人民集会游行的非法命令，下午武装干涉联大、云大、中法大学及英专四校经常举行的时事座谈会。学生为了减少纠纷，临时把会场由云大转到联大，当晚会正在严肃的空气中进行的时候，联大四周已被军警包围，交通已被断绝，枪炮之声大作，流弹横飞于会场之上，近万的昆明学生在悲愤的心情中，俯地听讲，会议终于在反内战歌声中结束。

26日清晨，昨晚那一群纯洁爱国的青年和教授，在中央社的电讯中，竟被诬为土匪，这种限制自由诬蔑人格的无耻言行，立刻掀起了学生的愤怒，昆明学生以行动争自由，以罢课向恶势力表示抗议。

我们郑重声明，昆明联大校友会站在公正的立场，秉爱护祖国爱护母校之忠忱，完全同意昆明学生这一坚决的措施，并愿政府立即循合理的途径，采纳学生的意见，以谋解决。

然而，昆明军政当局的回答，不是调协，而是更残暴卑劣的手段，利用新闻，利用金钱，进行种种污蔑收买分化的勾当，更进而指使特务沿街殴辱，逮捕为和平民主而工作的学生……

12月1日这批伪善的“革命”军人政客，用了超越一切历史上暴君的凶恶手段，大批军队特务分区地向各个学校同时展开屠杀枪击，我母校本部被手榴弹炸死一人，重伤十余人，轻伤不可数计，袁复礼教授也被殃及，校舍被毁。师范学院被手榴弹炸死三人，轻重伤数十。工学院也被捣毁，马大猷教授因劝阻也遭痛打。附中校舍也于同时遭到同样的命运。

如是一个争取和平民主的运动，在军阀党棍的主使下遂演成为一个惨案，就是“一二·一”惨案。这个惨案之残酷，史无前例。在军阀党棍滥用权力滥用武器之下，法纪荡然，学府尊严、青年的血肉遭受牺牲，中华民族硕果仅存的一点优良传统，也要遭到迫害。

我们，昆明联大校友会，对这一惨案的造成，感到衷心的愤怒。我们绝不容许恶势力继续存在，这种兽行继续滋长。我们悲痛，我们伤感，为了母校师长被殴辱，为了母校兄弟被屠杀。我们特别痛心中国走到民主的道路竟如此之艰难，不见于北洋军阀时代的事件都是今日演出，这充分地证明了没有民主没有法治的流弊，也证明了昆明学生运动的正确和必要。

然而，我们应该骄傲，我们是联大的学生。

母校弟兄姊妹们那种英勇战斗的精神，赤手空拳，不畏武器，不怕强暴，只为了正义和公理，敢于和军阀党棍搏斗，为了民主与和平勇于牺牲。

我们，昆明校友会除了向母校的师长同学表示崇高的敬意之外，我们更增加了自信，我们要为这个伟大运动歌颂，我们也要歌颂母校这种震古烁今的精神。中国一定会进步，中国一定要民主，中华民族的活力依然充溢。联大的精神不仅暴露了反动势力的脆弱，联大的精神也恢复了民族的自信，惊醒了全中国人民。联大的精神已因这一伟大运动的锻炼而更有力量，更显得强壮坚固，一切反动的势力都将因联大精神之发扬而消灭。昆明党政军这次罪恶的行为，只更坚固了我们。他们的暴力，让正义和公理得到伸张的机会，这虽然不是军阀党棍所希望的，但他们的愚昧无知确实造成了这后果。

我们是骄傲的，我们亲逢这一伟大的运动。

我们虽然兴奋，却不能欢欣，只能警惕。

正义和公理虽然已因暴力而得伸张，但这无疑是不必要的。正义和公理应该在和平民主的环境中发育滋长。军阀党棍们的暴力不仅违反了人道和人性，也几乎杀害了民族的生机。

我们爱好母校，爱好中国，绝不忍母校遭受屠杀迫害而不闻问，绝不忍军阀党棍毁灭民族生机而不抗议。我们，昆明的校友会，为了人道，为了民主与和平，我们不能不为“一二·一”惨案向全国同胞提出控告，对于这灭绝人性的兽行一定要予以打击。

联大的师生是坦白纯洁的，他们的要求是合情合理的，所有的呼吁都是一个国民应有的权利，所有的行动都是循规蹈矩的。联大的师生在为民主和平而工作，这是全中国人民的希望……

我们昆明校友会认为党争原是一个民主国家的常规，党争应循适当的途径。一个有自信有前途的政党，应该用成绩的竞争来取得胜利，胜利绝不能自屠杀迫害和诬蔑中得来。一个有自信有前途的政党，应该用工作去争取拥护，绝不能自威胁到利诱中得来。历史已为我们提出了暴力必然失败的无数例证，聪敏的政党绝莫再重蹈覆辙。

因此，昆明校友会谨向全国同胞呼吁援助，援助昆明学生这个伟大的运动。我们首先要求全国同胞能共同支持我们的抗议：

（一）国民政府应该公开严惩肇事祸首及指使者，前任云南省代主席及全省警备司令应负全部责任。

（二）国民政府应该切实保障人民集会结社游行言论及民主国家人民应有之权利。

（三）我们要求政府应该确切保障学术研究的自由及尊重学府的尊严。

（四）我们要求新闻自由，对中央社一再蒙蔽事实，混淆是非，诬蔑学生运动等等卑劣电讯，实深愤慨。

（五）为了使党争导入正轨，内战能早停止，建设能早开始，民主政治的施行，已经刻不容缓，执政党应竭诚还政于民，用行动来实践诺言。

能这样，昆明学生的鲜血才不是白流，中国才有希望。

我们，昆明校友会谨以至诚向全国同胞致最大的敬意。为了民主和平的实现，我们愿与全国同胞共同努力，誓做昆明学生运动及母校的师长同学的后盾。

太虚法师

(1890—1947)

生平简介

太虚法师（1890—1947），原名吕沛林，出生于浙江海宁县长安镇。著名佛教僧人、哲学家。1909年随寄禅和尚参加江苏省僧教育会，并在南京从杨文会居士学《楞严经》，后又就苏曼殊学英文。1910年赴广州弘扬佛法，被推为白云山双溪寺住持。1912年返南京创立中国佛教会，第二年并入以寄禅和尚为会长的中华佛教总会，被选任《佛教月刊》总编辑。1914—1916年在浙江普陀山闭关于锡龄禅院。出关后赴日本、中国台湾和东南亚考察当地佛教，回国后主张佛教革新，创办《觉社书》杂志，后改名《海潮音》月刊。1920年前往武汉讲解《心经》，受到当地僧众拥戴，成立汉口佛教会。1921年底受私立武昌中华大学之聘，讲解哲学和因明学。1922年任武昌佛学院院长，次年创建世界佛教联合会，任会长。1928年出访欧洲，传播佛教教义。抗日战争全面爆发后，前往东南亚各地组织当地华侨募捐，支持抗战。1943年和冯玉祥、白崇禧等人成立宗教联谊会。抗战胜利后，被国民政府授予宗教领袖胜利勋章。1947年3月在上海玉佛寺圆寂，葬于浙江奉化雪窦山。

佛诞纪念会演说[1]

1913 年 4 月

“佛身充满于虚空，而恒处此菩提座”，佛果有生灭乎哉？“如来者，无所从来，亦无所去”，佛果有去来乎哉？众生有生灭去来之情，斯佛现生灭去来之迹；众生之情尽，如来之迹亡；净法界身，固未尝有出没也。然佛既循众生之机，示生灭之迹，吾亦安能遽破人类之执见，而衡于般若之真理哉！

顾幻娑婆世界中，幻阎浮提之幻众生，以幻演幻，幻幻不同，而今古俗殊，东西时异，于世尊诞生示灭之迹，遂传说纷歧，莫衷一是。或谓佛生于此方夏桀时，商末武乙时，西周昭王时、穆王时，东周平王时、桓王时、庄王时，二十九主贞定王亮时。佛灭或以穆王壬申，敬王庚申；西藏则以灵王乙卯；锡兰则以景王丁巳。甚至有谓佛生于汉文帝时者，上下相差之数，不下千载；各信其说，共有七十余家之多，可谓极支离奇幻之大观也。由是观之，可见众生迷昧之情，无所不至。天地人物，无非幻之表示，历数文言，无非幻之现象，益可晓然也。但由于异方殊俗，历学未能统一；洪荒草昧，史学未能完善，亦一大原因也。然苟无一定之说，不足以起人之信仰。宗教以得人信仰为妙用，于前诸说孰是孰非，将乌乎定之？是诚一最有研究价值之问题也。

虽然，佛既以循众生之情，示现生灭之迹，今亦唯循众生之情，以人类最多数所信仰之说而定之耳。佛教之流行，以中国为最完全。法琳

---

① 本文是太虚法师为清海讲演所作。

法师既尝考定周昭甲寅诞生，周穆壬申示灭；今复依琳师推定者，开佛诞二千九百四十年纪念会于中华民国首善之区，大多数人亦已奉之无异说，则佛诞之纪年，不定于是而又将谁定哉？但古今历数，沿革实多，震旦建正，三代有异，而西竺则以寅月十六为岁首，寅月十五为岁终，欲断定佛生于何月何日，盖亦未易措辞也。唯民间既以四月八日为佛诞节，已成不可转移之俗尚，则非四月八日是定又复谁定哉？顾兹者民国成立，改用阳历，至阴历四月八日，阳历已 5 月 24 日也，何适何从，将谁是决？须知民国之所以改用阳历者，乃迫于世界而不得不然者也。中华民国既迫于世界之趋势而不得不然，则佛教亦处此趋势之中而有不得不然者，特阳历改用伊始，民间未能普及。窃谓自今年以往，当遵用阳历 4 月 8 日为佛诞日；而乡曲僻壤未能遍知者，不妨循用阴历。庶于世界之趋势，国民之风尚，两得允当。此征之日本，有前事之可鉴者也。

呜呼！吾今为斯说，吾知自是其是食古而不化者，必将以吾说为大不韪；然余亦无暇与之辩也。当更进其论曰：佛既应机示迹，众生之机感无常，佛之示迹亦复不一。故释迦实成佛于无量无数劫前，仍不碍于三阿僧祇中，现比丘身、现居士身、现农工身、现帝皇身、现六欲天身、现四禅天身、现声闻身、现菩萨身，乃至现龙神修罗身、外道梵志身、羽毛鳞甲身、饿鬼地狱身，及夫现丈六金身、现千丈卢舍那身；或示寿千劫万劫，或住寿刹那一念。法华云："三千大千世界，无芥子许不是释迦舍身命处。"即可知三千大千世界，无处不是释迦示生处；即可知自有三千大千世界以来，无年无月无日无时不是释迦降诞示灭之期，又安知今日之人类中，无释迦示现乎？又安知今日之畜类中，无释迦之示现乎？夫释迦固常作是好梦，而年年月月日日时时刻刻念念刹那刹那降生、出家、成道、转法轮、入涅槃也。吾人果欲纪念之乎？则亦必日日时时刻刻念念纪念之乃可。吾人果能刻刻念念为佛诞纪念，则吾人方且念念皆佛，念念即佛。佛身充满于虚空，佛身亦充满于吾人念念也。佛身充满于吾人念念间，吾人之念念亦充满于佛身。念念乎，佛身乎，吾人乎，心佛众生，三无差别，尽法界皆成一大光明藏，于是乎吾中华民国二年佛诞二千九百四十年四月八日，灿烂庄严之纪念大会，斯真成其为佛诞纪念会矣！

人生之苦迫及其解脱[1]

1922年4月

吾人因何而讲究佛法耶？因吾人既已受得人身，常遇困苦拂逆之境，若欲解脱出离，则有讲求佛法之必要。此不但讲求佛法为然，凡吾人所云为动作，皆因解决现前困境而发动，如饥求食，寒求衣，住求房屋等。又因求食遂连带求谷米而讲农作烹饪等事。

人生之苦多矣！自呱呱坠地后，必有生活之能力乃能求得衣食住，故幼年必须研究种种学问，学习种种技艺；又有老病衰弱等苦，此属于自身者也。又天灾水旱、猛兽毒蛇、瘟疫、饥馑、险巇坎坷等，此种种苦恼属于自然界者也。人生不能单独生活，必赖群众共相维系，乃能共同生活；因此需要，遂又发生种种盗贼战祸、制牵连累、妒忌毁辱、争夺谋害等等苦恼，此属于人为界者也。

婴儿出胎即哭，可见人生忧苦与生俱来；此一声之哭，即表示其当时所感最为痛苦，且似自知后此之苦方接踵而俱来者，此为生苦。童年时代种种生活皆不能完全自主，故一般童子之心理，多以为迨我成年便觉快乐。及至成年，则由壮而老，遂又感受种种痛苦，如六根渐坏，身体衰弱不能享受人生圆满之幸福，此为老苦。若壮年时四大轻安，环境顺适，似足称为乐矣，乃忽焉疾病发生，身体上感受种种痛苦，而与老年、童年时无异，此为痛苦。吾人有生必有死，此死之一关为人人所不愿到，而又为人人所不能免。及至大命将倾，莫可奈何！最后一棺附

---

① 本文是太虚法师在黄陂木兰女学发表的演讲。

身，万事皆已！面对此死魔终无术逃避，此为死苦。

生老病死四苦固为人人所同具而不能免，此外则恩爱者欲求其常聚，乃事实之结果往往而有生离死别等事发生，而演为爱别离苦。又人所爱护之物而终久不能保持存在，当其损坏亡失之时，则对于所爱之物亦感受一种爱别离苦。恩爱之反面为怨憎。吾人对于所怨憎之人，或厌弃之处所事物，常不欲其聚会；乃事实往往不然，如冤家聚头，仇人见面等事，此为怨憎会苦。

前说人生在世因欲维持其生命，及发展其种种乐欲，故有衣食住、名誉、光荣、威势、权力等等要求，人人如是向前驰求，不能无冲突制限，所以往往求而不得；此求而不得之情事，亦能使吾人感受苦恼，是为求不得苦。

求不得之反面尚有所谓舍不得苦者，如人因饥寒而求衣食，倘有人知求食之苦由于饥饿，而欲将此饥饿舍却而卒不可舍，推而至于生老病死等皆欲舍而不得，是为舍不得苦。

总之，吾人既落形气之中，头出头没无往非苦，总前八种痛苦观之，可知吾人之一生无时不沉沦苦海中，故欲求出离解脱此各种苦恼，而须研求佛法。盖纯正之佛法，乃可以指导吾人出脱苦海永得安乐之方法也。何则？前之诸苦非是天造地设，亦非自然化生，且非绝不可出离，乃由因缘聚合而成之果。故欲免除苦果，须依佛法上所说苦果之因缘，而不再做此能感苦果之因缘，则可免苦矣。

吾人若能确信万法皆由自心所造，万法又不能超出因果律，故从此一心自造善因则可不感恶果。盖前说种种苦痛乃由自心所造成，非从外来；仍可由自心改造而出脱也。吾人灵明之心以向来未觉故而起贪、嗔、痴等惑，复由此迷惑而起种种行业，行业既起自然而感受苦果，故欲免苦，须先将此一心上所俱起之根本无明及三毒烦恼磨治尽净，方能断惑止业则苦免矣。此贪、嗔、痴之三毒，不但能使吾人生时发生现行之惑业，倘不磨治尽净，虽色身死灭而此心中之三毒，仍能起惑造业而为苦果之因。

三毒既为众苦之因，欲免苦须断三毒。然则何法以对治三毒，断除三毒乎？佛法一大藏教，法门无量皆为演说戒、定、慧三德以治除贪、嗔、痴三毒；即戒以治贪，定以治嗔，慧以治痴。然戒定慧之理，非一二言句所能宣说，佛有方便法门，即以念西方阿弥陀佛名号为方法，念念相续，勤行精进，信愿往生极乐世界，此念佛之念头即是戒、定、慧，即能治除贪、嗔、痴，若念到一心不乱乘愿往生之时，即是真正永久越出苦海之时也。简便易行，愿听众谛信之！

在庐山世界佛教联合会上的演讲

1923 年 7 月

今天是世界佛教联合会成立之第一日，亦即为开讲佛学之第一日，于此庐山牯岭最清凉之所，得与诸公济济一堂，畅谈妙谛，亦实为难得之盛况，大好之胜缘！但常人以研究佛法，实践梵行，专属诸出家之和尚、尼姑两众，于在家之只求耳闻，未必心念贯通，身体力行者，遂置之不讲；而近今西洋文化盛传时代，又以为东方佛教是古旧的、陈腐的！民国十二年来，学潮澎湃，国人咸惕然兴起，始研究实学，考求真理，乃克知佛学为一簇崭全新之救世大法，不限于古代，不局于东土，尤不拘于出家之僧尼，而确有遍及现代世界各国永久不替之可能性，与现在世界上各色之人众，皆具有密切之关系焉。约其要点言之：擅文章者，广通内典，可益见淹博闳肆。修道学者，全明佛理，可更资策励精进。以故佛教中人，欲普宣法化，当参照基督传布之方式。耶教中人，欲精益求精，亦当研究三藏十二部之玄理。世间各类人等，若能互相联合以祈共进于至善，方知大觉世尊为一大事因缘故出现于世，所谓如理而证，如证而说，绝非东方古旧之陈腐，而实可以通行世间、宏济群品之至道要术也。盖根本之义既经决定，则世间一切善业，与佛法不相背谬者，均可于佛法中得有相当之利益；若由之深造而自得，又无一非得达彼岸之通途者。如是，则安得不以一闻佛法为快哉！矧庐山系中外人士暑期避暑之良所，今兹适逢其会，发生此世界佛教联合会，若得中西人士共资探讨，以为佛教传布世界之媒介，何幸如之！现分为十讲以说明之，俾见庐山真面目于佛化世界云。

佛教与吾人之现在未来[①]

1925 年 11 月

今天得到有名之名古屋市，又得到市议会来与诸君聚谈，荣幸何似！而见诸君之踊跃欢幸，则又征诸君对于佛法之精进。未讲佛法与吾人之关系以前，且先谈佛法大旨：

佛法是觉悟的而非迷昧的，是平等的而非阶级的，是慈悲的而非暴力的。以正觉之智慧，与平等之大悲，为佛教根本精神，发而为救世利人之事业，此为学佛者之正当生活。佛法建立于正觉、大悲上，故其施设亦不离正觉、大悲。吾人生于人世，当谋人世幸福，人世的幸福，当于正觉、大悲中求。

夫人之所以为人，即有超过非人之特点，即佛教所谓之大智大悲。故忿争、愚痴之心，非人类所应有。人能本此超非人之特性而行，则不良之行为可以除，人类得以安宁，而人格亦以完备。佛法中首先戒杀，以残杀有失人德，人能不杀，则人世间之战争可弭。然而人生之保持者为衣食住，而人世之攘夺者亦唯衣食住，当知衣食住三，各有分齐，不可以强盗之手段而侵夺之。各安其分，勿事争执，此佛法所以有不盗之戒。以之而行，则人格之安宁，得子孙之继续；盖人伦存于夫妇之道，此我佛之所以戒邪淫也。人各有志、有心、有思想，彼此不知而能表现其志其心其思想者为言论，故所发之言不可虚妄，此佛法谓不两舌、不妄言、不绮语、不恶口，此之四戒，为佛法人乘正宗，此吾人之所当注

---

① 本文是太虚法师在名古屋市政会上的演讲。

意，盼诸君实行之，而高尚之人格可以养成。但人以食色为性，若不克除其贪心、嗔忿争斗心，则发必扰乱社会。最先尤应戒除痴邪心，而后方可去种种过恶，恶既除，善斯生，此即佛法与吾人做人之标准，亦佛法与吾人之现在关系也。

人格既成矣，而人生不过百年，纵可一生幸福，亦是转眼空花，所谓幸福，等于痴人说梦。能与吾人以究竟幸福者，唯我佛法。立吾人之真生命，非父母所生，亦非现在而有，所谓前前际，后后际，无始无终，而现在生存之色身，殆业力之暂现耳。若能豁通三际，则人生之大可以证，而真正究竟之幸福以之得。然以心若猿猴之人类，更以外境之牵缠，引发业力，以之而变化流动——所谓眼随色转，耳随声转——倘无主宰于其中，则危险滋生，而真人生之幸福亦不可得。佛法有救脱此危险之方，曰一句弥陀，染念俱净，能行斯坐斯而念到无所念，与弥陀之愿力相接触，引生万善，脱离众苦，而人生之究竟幸福以之永存！

以此观之，佛法能与吾人以道德之标准，永久之幸福，于过去现在未来获福无量；祝诸君精进，获此无量之福！

中日佛法之异点[①]

1925 年 11 月

现在将应南禅寺晚斋之请，不能与诸君详谈，谨将中日两国佛教异点，略举数条，并盼诸君指教！

一、日本佛教初由朝鲜传来，旋即消灭。后经圣德太子之经营，渐次派遣贵国高僧留学敝国，而敝国之大乘各宗斯传贵国。中国佛教虽由汉明帝夜梦金人于前，而摩腾、竺法兰以后，传教之梵僧大都自动而来。内求与外来不同，此中日佛教之异点一。

二、日本佛教，起初由圣德太子个人之深信与提倡，后又由大多数贵族之继承维持，并有出家而维持佛法者，在中国则与异也。中国佛教，纯由深山大泽之高僧住持，历朝佛法虽由当朝保护，出家住持佛法者，大都以隐逸为高。朝贵与野逸之不同，此中日两国佛教之异点二。

三、日本佛教经圣德太子提倡之后，国民能领受佛法，并各自努力提倡；而中国由汉时排百家而尊儒，而以神仙惑世之道教亦同时成立。至佛法之到中国，初经五岳道士之排斥，继以三武、一宗之摧残，全国佛法几经绝续，而唐、宋后儒者排佛之风亦盛。在贵国自圣德太子而后，蒸蒸日上，维新初虽经神道教之妒诟，然于佛教之大体无损。承受与排毁之不同，此中日两国佛教之异点三。

四、日本佛教自传来之后，一皆能保存持久，如天台，真言均发扬光大，至今未衰。在中国，则以朝代之变更、国内之战争，有明德之帝

---

① 本文是太虚法师在日本京都市政公所发表的演讲。

主，则佛法兴；遇横暴之君王，则佛法毁。唐而后各宗之式微以此。保持与流变之不同，此中日两国佛教之异点四。

五、一国有一国之国民性，而国民之性，寄于宗教学术。贵国固有之教为神道教，故贵国国民心理，近于神秘，而佛教密宗之能在贵国特放异彩，此为一大原因。而在敝国则人心趋重性理及自心之修养，古文化之诸子百家，与佛法之大小乘经论皆不甚融洽。逮唐朝慧能大师，直下明心之禅宗始兴。推原佛教之所自，流出于佛陀之大菩提心，禅宗在直下印证自心为与佛无二之觉心，一方既穷佛法之根核，一方又适应华人之心理，遂打入华人之心理深处，发舒为宋、明儒者之理学。故隋唐后之佛教，当以禅宗为中心。密与禅中心之不同，此中日佛教之异点五。

六、日本现存佛教之各宗派，大率由高祖传来如何，即保存与传授如何，故各宗派皆有独立之精神。此精神之目的，即在尊传来之祖，日本佛教，大都如是。中国佛教，对传来之祖，虽有相当之尊敬，而实际上则尤推重于释迦牟尼为唯一无二之所尊，以祖传之法亦出于释尊故。尊祖与重佛之不同，此中日佛教之异点六。

七、日本佛教之能有进无退之原因，则在圣德太子宪法之制定，而政教一致，故能以佛法施诸朝野，充满全国。至中国治国之责，向为儒家所专有，佛教不但不愿加入，纵加入亦必与儒者冲突，故佛教徒率以闭门自修为职志。化群与修己之不同，此中日佛教之异点七。

八、近代日本佛教，于古代所传保存无缺，适应现代由西洋来之新文化，渐变其古风而期普及民众。至近代中国佛教徒之努力者，在恢复隋唐间佛教之古风，以隋唐光明灿烂之古风复，则佛法之胜以彰，故为复古思潮之运动，校勘经论而从教理之整顿。适今与复古之不同，此中日佛教之异点八。

前来八条，不仅说明而已，是希望中日两国之佛教徒，相互了解而取长去短，互谋东亚佛教进一步之发达。前来所举，挂一漏万，盼诸君纠正之！

欢送日本佛教访华团致辞

1926年10月

去年我们在贵国时，蒙各方面之欢待，至今铭心不忘！此次诸公来临我国，万事不周，甚为惭愧！太虚当诸公渡华之时，各方面之种种事情冗繁，须说明者，尤以南洋方面之招请为要；出发时，举凡一切，均托王一亭居士办理。凡所不到之处，诸公万勿置于中怀也！诸公至上海时，余遂急欲归来，轮抵福建，又引留数日，昨始归社，未得与诸公久谈，洵为遗憾！今日在此，得欢送诸公，喜为遗憾之中一好因缘也。

语云：有志者事竟成。余三年前，欲联络中日两国之佛教，发始于庐山，得佐伯僧正、木村博士之来华，引起去年东亚佛教大会。我国二十余名之佛徒，偕赴贵国，今又得诸师来华考察佛教，今后扩大宣传，使两国之佛教直接结合，研究佛学，宣扬佛法，以期引起世界佛教徒之活跃，教化众生，实利无量矣！

余此次到南洋去，于新加坡设立南洋佛教会，第一步工作，使佛教文化，得便流通于南亚细亚，从此能扩大进行，引起教育事业，由是非推行佛教大学与图书馆之建设不可。就两者之前途观之，经营上、在南洋佛教开发上，为何等之必要！希我佛徒共力为之！照南洋现状考察所见，略叙如此，祝诸公健康，同声呼佛教万岁！

来厦门之感想[①]

1926 年 10 月

太虚此次由星洲返沪，经过厦门，因南普陀为名胜之区，地方信士亦多，故抱参学的观念来此。今承各团体及佛界同胞聚集一堂，得与胜会，非常欣幸！虽是无何可说，但对之顿使发生三种感想，今略提出与诸君一谈：

一、因地感想：厦门于中国向谓之大厦国，厦门即是大厦之门户也。现在中西交通，中国有两个大门户：一是广东香港，一是福建厦门。而香港自开放以来，为西方生存竞争、物质文明输入中国之大门户，虽未尝不因之使生活丰富，但中国枪炮、轮船、火车，及种种害人杀人之具，亦无不由香港输入，使我东方民族受种种迫害，得种种不安宁而痛苦的结果。欲去除此种种不安宁之痛苦，须将东方固有的最高尚、最和平的道德文化，从此厦门大门户输出，照破西方的黑暗，方奏神效。然所以能如此者，一为厦门大学新创设国学研究院，一为南普陀寺已成立之闽南佛学院。盖近年来中国的少数学者，渐窥得东方伟大性之文化，如考古发现地下之古迹，或察先民之遗籍，推验到古代伟大民族之精神。然欲重新发皇此精神以应现世之潮流，而唤醒科学万能之迷梦，厦门大学之新建国学研究院应负此重大之责任。且厦大为华侨所设，易由南洋以及西洋也。而南普陀之闽南佛学院，为近时国内各佛学

① 本文是太虚法师在厦门南普陀寺发表的演讲。

院中之比较良好者，地方信士亦有从之研究者，若能将此佛学精神发扬以渐达南洋，则可普及世界。故厦门为发扬中华国学、提倡道德文化、输入西洋之大门户也。

二、因教感想：南普陀寺是佛教机关，今天来会者，一部分是佛教徒，其余亦大都与佛教直接间接有因缘关系者。然对于教之感想，盖有二说：一是随宜之教，一是大乘之教。这两种性质，自释迦牟尼时已有之矣。因地方民族希望不同，随宜施设，所谓随顺众生而为说法。或设人天教理，使作人天业果；或设小乘解脱教理，适应印度外道心理，使进一步得证解脱；若依真正无上正遍知者所证诸法实相之教理，即大乘佛法。此就佛教有两种性质而言者。在中华佛教，经过六朝至隋唐时，佛教大盛，在学理思想多属大乘；然唐后一班信徒往往趋向小乘，对于自己修证切实注意，倡明佛法于社会，则不关心！士大夫信佛者，多出晚年发心，名利心消，但求自身清净，依从佛法为归宿而已！其余一班无学识者，为求人天福报发心信佛，在当时政治上，确有使人改恶行善之重要关系，而在佛教上，不过一种人天因果而已。以前两种，一为人天，一为小乘，皆非真正大乘佛法也。现在厦门佛教，非畴昔可比，我觉得厦门佛教，很有大乘的气象，许多青年学子，组织佛教团体，能做种种宣传佛事，又能兼行种种教育公益事务，借此弘扬大乘佛法；出家徒众，除自行修证外，参加宣扬宏化者亦复不少。以此观之，厦门佛教，不唯不是以上人天、小乘之佛法，实为真正大乘佛教之真精神也！

三、因人感想：佛说法的法会大众，自帝王以至苦力之种种人众皆有，且种种灵兽奇鸟及非人类等亦参与其会。中国向来旧习，以佛法但为出家人的，其余皆非佛法中人，岂不谬甚！原来佛法为一切大众公有，非出家独有，今天来会大众，非唯出家一部，即士、农、工、商，男、女、老、幼，以及其他民族宗教之徒亦欢聚一堂，以此推想当时佛说法时的大众，恍然复现于今日矣。可见佛法已成社会化，而将原有大乘佛法，恢复如初，足为佛法前途之光明也。

上来三种感想，归纳言之，东方道德文化，必有复兴之机会。一面倡明佛理，使人人了解真实意义，然后将佛教大乘真义，普及世界，使佛化成社会化。一面将佛法真正救世利人的事业，实行做出。近来中国内乱，无岁无之，战争相续，兵匪相攘，十五年来仍无休息之希望，天灾、人祸，惨之极矣！故我们须一方面本佛慈悲济世利人之心，认为自己之责任，将灾区难民竭力救济；一方面将大乘佛法真理，发扬光大，普及社会，使一般人民自心觉悟苦痛之根本，从自心根本解决，如此乃真为学佛之人也。

清凉世界[1]

1932 年 6 月

今天在此风景幽静的处所，大家又都是能深入佛法而融洽的，因此到了宾主浑然、心境双忘的不可思议境界，尚有什么可说呢？但刚听到抱冰堂这几个字，当此六月灾天的时候，一闻着便觉得心意清凉，何况悠悠宴息其间，真不减三禅天之乐！然而想想现在的湖北与现在的中国及现在的地球，佛说“三界无安，犹如火宅”的情况，又都涌现到心目前了。我们暂时能在此得着人境浑忘的超然之乐，仿佛在“三界火宅中”抱着了一块冰似的，何等的怡快啊！但各位不可沉醉于此，应推此乐以公之一切众生才好！不然，境变情迁，不免依然堕落到苦海中去。所以我们需要发大菩提心，将所有众生的苦恼，成为自己的苦恼，由此同体大悲以兴起平等大慈，就是佛教所修的慈悲观，就是菩提心的根本；从这慈悲心要去做拔苦与乐的事，乃自然非求得成佛果不可了。若无这种慈悲心，纵然永得清凉，亦落于二乘境界，何况自度度人上，皆以慈悲为要？因为现今人世许多的灾难和苦恼，皆由无慈悲心造成功的，所以彼此互相斗争，互相杀害，国家、社会、个人，弄到都变成狰狞可畏、爪牙锋利的东西一样。在佛法中多嗔众生应修慈悲观，在这斗争的世界，苦恼的人间，要将嗔恚的火焰息下去，使成了清凉的乐境，那么修慈悲观就不可少了。

---

① 本文是太虚法师应武汉政法学界之请在抱冰堂发表的演讲。

我们要救自己，以及世界人类，要先从慈悲观修起，然后才有慈悲心肠去体贴众生的苦乐，深深地感觉到与自己息息相通，则自然能发生大勇大用去救世人。所以，慈悲观之在现今的人世间，真不亚这抱冰堂在炎夏的武汉中，别开一清凉世界啊！

庆祝元旦[①]

1933 年 1 月 1 日

今天是中华民国二十二年的元旦，在这一元旦中，我们于正在讲《大乘本生心地观经》的法会中来庆祝元旦，因有其特别的意义二种；此二种意义，却合着近几天所讲《本生心地观经》上的意义。一、此经报恩品中所谓第三国王恩者，这国王二字，不过在君主国的时候，是以“王”来代表国家罢了；切实地说一句，国王恩就是国恩。我们所以能在世界上安居乐业，就是曾在世界中有国的建立之故。对于外来的种种强暴以及侵害人们资生、修道种种恶势力的破坏，都要靠着“国”去克服之或抵抗之；对内亦有国的建立的必要，以国的建立是依道德规范，使人民都处在相助相利中，而离去残忍痛苦的相扰相害。人类的幸福，乃至种种的事情上，皆仗有国的政治、法律、道德、教化等等来保障，人人才能处于安全的生活上过活。这就是《本生心地观经》中所谓国恩。我们所以要报答国恩者，也就是在这点的意义上而说的。

且于现在种种的安乐上，而更求其进步，亦要有一种国家正法教化的建立起来。这种正法教化的建立，不但使没有了残害，而且还能使世界进步，乃至使人类向上发达而到于得证出世大菩提果。现在的中华民国，实际上还没有成为良好的安全的国家，但这不过是时势上一种的过程。我们要知道在过去二十一年前元旦的这天，就是中华民国成立之日；所以我们就依据这天为成立中华民国之纪念日。平常都以为“双十

---

① 本文是太虚法师在厦门南普陀的演讲。

节”为国庆之纪念日，其实，那天不过就发动的一日而说，成立的纪念日的确是元旦。依《本生心地观经》上所谓第三报国恩者，我们是应当在元旦做庆祝的，这是第一点。第二点，是为弥勒菩萨诞日的纪念。弥勒菩萨降生的日期，本无一定，不过为使人类的信心提高和增上起见，所以不得不有一种共同的纪念日以为依托的境缘；倘使从真正考据起来，那么就难一定了。

在印度所用的古历，是与中国不同的，就是他以十六日为初一，十五日为月底的。律仪上所谓黑月白月为行“布萨日”，其所指黑月，就是中国的三十日，所指白月，就是中国的十五日。印度所谓初一，即中国之十六，印度所谓三十日，在中国即十五日。由此各地各处所定日历不一，所以今就用中国阳历元旦为弥勒菩萨降生的纪念，亦无不可的。近来已有人提倡孔子诞生的纪念日改用阳历，我们佛教中也有议到这一点。这样，今天我们所为纪念的，第一，诚为中华民国成立的纪念；第二，就是为纪念将来弥勒佛龙华初会一种的胜因。

现在所讲的《大乘本生心地观经》中释迦佛云：“我之弟子付弥勒，龙华三会得解脱。”这就是说:凡是释迦如来遗教中的弟子，与弥勒菩萨都是有大因缘的。不但曾于佛法中具受大戒的如此，就是五戒、三皈，乃至一称“南无佛”的人，也都与此弥勒佛有大因缘。盖释迦如来将遗教中所有的弟子，乃至一切善信人等，都咐嘱弥勒，所以弥勒菩萨与我们是有大大的因缘，于龙华三会皆得解脱。所谓龙华三会者，就是说将来此秽浊的国土，变为净善庄严的净土，而弥勒菩萨就为此严净国土中之教化主，我们同会集在此净善的国土中修行、证果。在这种意义上，我们今天讲《本生心地观经》的法会中，而来做元旦的庆祝，所以就格外地有意义了。

由人至成佛之路[1]

1934 年 9 月

今天承赵典狱长招待参观，看到狱内各处清洁整齐，而每一块土都能变作有用之地，每一个人都能习做有用之事，并且大家都知道念阿弥陀佛，虔诚行合十礼；可见典狱长及教职员的教化，已经灌输到各个人的心中，而发为身语上的行动，故有此良善的表现。人生能得到如此优良陶镕之教育，是很难得的机会，这是今天参观所感觉到的。

佛法的道理，就是把身心世界从众生变成佛的。此身心世界生佛不二，即众生亦即佛。然何以有佛与众生之区别呢？众生与佛，虽同此身心世界，但众生的心迷惑颠倒，故由身心向世界所起之行动是错乱扰害的，而结果成为困厄痛苦的身心世界，即所谓劫浊、见浊、烦恼浊、众生浊、命浊之五浊众生的身心世界。亦只佛是身心世界，如禅宗的即心即佛，净土宗的是心做佛，密宗的即身成佛，维摩经所谓心净则佛国土净。世界为身心所依，即就众生之身心世界转变为佛之身心世界；将污秽的转为清洁，乖戾的变成和善，紊乱的整成条理，散漫昏浊的变为严肃清明，从日常生活行为上转变到最深处，即达到心的转变。使此心变为清净光明之心，即时心为佛心，身为佛身，世界为清净安乐之佛世界矣。

转变之功用如何着手？即从吾人身心行动及于家庭社会国家世界。如此处为大家所共住之所，即是大家所依之世界，而表现在此世界上之

---

① 本文是太虚法师在湖北第一模范监狱的演讲。

身心行动，应养成清净的、严肃的、规律的、和善的习惯，使身之行动、口之言语，皆合于理。久之，由此善良习惯改转内心之七情、六欲、三毒等，使心意上也成为清净纯善的，三业都成为清净化。则心身清净一分，即世界清净一分；心如镜子，镜子清明则所照之境物亦清明。佛界是众生所成，只要有修学的机会，将身心世界整理改转一番，即人人皆有成佛之可能，故佛经云一切众生皆可成佛。

今天见到大家都能依照改转身心世界的程序而行，且已经做到头一步，能有这样好的成绩，又能由外而内地受到佛教的教化，这是很难得的。大家在此中不要做烦闷苦恼的观念，应当视为是受陶镕教化的好机会，实在这就是已走上做圣做佛的大路了。佛弟子有在家出家两种，出家弟子，古时初出家时须以五年为期受学佛的戒律；即现今虽没有五年之久，亦要有一二月。在此期中完全是整齐严肃勤苦之团体规律生活，每日不得多睡，或礼拜，或读诵，或学习规矩威仪，出入举动皆有一定之时间和法则。在此期间将我见私欲完全破除尽净，成一清净和合整齐严肃之僧团中的一分子。平常所谓我执法执，但不经过此种时期，尚不能说有法执，本来不知法故，要将身心行动依法改转以后，则转身心之法则不过是治病之药，病去药亦不需要，是名除法执。现在大家在此守法，亦如佛弟子之守戒，由此优良之行为习惯，而达到心地的清净光明，则禅定智慧生而贪嗔痴毒尽，即可成佛。

中国前途的希望[1]

1939 年 12 月

今天蒙贵社的招待，与诸位在此相叙，对本人及佛教访问团提倡赞助，非常的感激！上楼的时候，就听到很好的音乐；前日在缅人演讲会和昨日印度圣法会，均有音乐，有音乐故能生起和谐的心情。贵社称为乐天，在平时的职业之外，能有高尚的音乐，使精神得有休息的机会，把一切烦恼都消除干净，如屋子中打扫清洁一样，觉得另是一种好的世界。

中国人口非常多，地非常大，虽然受了古远的文化，但是一般劳农、小工商人，未受到教育，不知以音乐调养心灵。故中国虽礼乐之邦，但仅是士大夫阶级，而一般劳苦的人，在劳苦之外，再没有时间做研究音乐等高尚娱乐，仅是粗劣的快乐，成种种不良的嗜好，如赌博、闹酒、吸食鸦片等。在中国内地这种不良习惯，近已厉行改除，然云、贵等处尚未尽除。这次到仰光，前次到青年佛学会、华侨联合会，今日又来贵社，觉得青年都受教育，成年的都有职业，余暇的时候，有团体互相切磋学问，锻炼身体，将不良的嗜好、不良的习惯除去，并能接近向上的佛法，关切国家，这是一种很好的现象！

中国抗战胜利，极有把握，但是建国的成功，尚待青年人不断地努力。这是我对于中国前途的希望，今天特别提出来贡献各位，互相勉励。

---

① 本文是太虚法师在仰光乐天社发表的演讲。

原子时代的佛教[1]

1946 年 5 月

中国抗战胜利了，世界和平了，全世界人类一致地希望着同享胜利后的世界永久和平。可是，胜利后的世界怎么样？人心全非，世风日下；各国人民却又为着国际间的局势又在动荡入于紧急阶段而沉闷，而忧虑，还是渺茫的前途，希望成了泡影！我觉得：世界战争，像这样一次二次接连地打下去，又有什么意义呢？我惊讶！我不解！

一、进步的科学须配合进步的佛教

这次，世界战争结束很快的原因，由于原子能发展的结果——原子炸弹的威力所致。以发明与使用原子弹的美国科学界，的确是进步了，我们是很羡慕的。然而，原子能发展的前途是怎么样，这话很难说。这很需要宗教家崇高的道德，负起责任来共谋人类的幸福、国际的安定。不然，原子时代已面临吾人之前，再来一次原子战争将使人类世界整个儿毁灭！故原子能用之于战争，殊为失当。

我以为：今日世界的形势，欲永远防止战争，这正需要各种宗教家一致联起来，共同努力，发大善心，运大智慧，以慈悲博爱的精神来挽救浩劫，控制原子能的运用。其实，原子能的本身不成问题，故吾人期

① 本文是太虚法师在上海静安寺发表的演讲。

望原子能供用之于交通器具方面的力量使它扩大，领导人类走向幸福而繁荣的世界。如果原子能用于战争，不但破坏了物质建设，并且冲毁了人类道德心理的堤堰。在应用方面要有适宜的配合，这只有向佛教学理去探求。

二、佛教是科学的宗教

世界各宗教，在人类社会中，其活动力是相当普遍；而于科学生活中最适宜的，唯有佛教。故近来欧美人氏说佛教是科学的宗教。因为佛教教义通得过科学的，因为佛法是理智的，其他宗教都是以感情来接受的。

所谓“佛法”者何？佛是觉悟者，其觉悟的法——宇宙间事事物物因果法则，对于宇宙人生如何发生变化，都有周详的指示，故科学所发明的，不出于因果律的范围。功利主义的科学，是佛法中因果之一部门；佛说因有十，果有五。科学是物质现象的一种，他是变动的；而佛教的教理是不变的。故说佛法是理智的，是现在的、将来的原子理论。

前次，在重庆，有美国记者来访谈，他要以佛法的观念来维持人类幸福与和平。就是说:要使人类不毁灭，还要有更伟大的繁荣，无有间断，那唯有阐扬崇高的佛教。

佛教不主张万物有主宰者，万物的转变，原来都是因果关系。佛说众生的生，是有生命的有情众生，根据他的行为、动作、思想、进展之状态，虽演变纷纷，要在其动机如何，都逃不出佛家的因果范围。例如：

一、利他的因，结果自他两利，如同盟国的美国参加领导世界大战，其动机为救世救人而战，为自由博爱而战，为民主而战，故造成最后胜利之果。这就是善因得善果。

二、自利的因，进而侵犯他人，这与利他相反的，如法西斯、纳粹主义者侵略国，他侵犯他国的利益，结果，他国固然受害匪浅，而自己则遭遇到更惨的亡国的绝途。这就是恶因得恶果。人类一部演变史，将佛法的善恶因果律，明显地表露出来。

三、胜利后的中国人民痛苦反而加多了

其次，抗战胜利后的中国人民情形，有说不尽的感慨！

本来国家胜利了，人民备觉光荣而兴奋，以为我国列在四强之一、五强之一，大小都市歌颂胜利，愉快情绪，口难尽述。大家都在忙着复员和建国的工作，精神格外兴奋。可是，不久之间，这兴奋的情绪消逝了！人民大失所望。看！党派的斗争，把中国的弱点暴露出来了！交通不能恢复，人民不能回家，颠沛流离，生命毫无保障。在抗战期间，各党派勉强地结合，不问有否诚意；于今由局部的冲突而有演成全国内战的趋势，情形非常严重了！

自日本投降之后，收复区的民众一致地想象着，在抗战期间所受的痛苦可以解除了。但是，胜利后的收复区的情形却悲惨异常，政府一再申令免征粮款，但粮款不但没有免除，反而加多了！催粮派款，急如星火，派兵下乡，捉人抵押，这样将占全国十分之八的农民，个个都做了他们的俘虏了！欺骗如聋如哑的无知乡农，奸淫掳掠，无所不为！人民所遭遇的痛苦，且尤甚于日寇侵占之时代。吾人本着道德的精神，不忍坐视，向全国同胞呼吁，向政府诉愿！

四、中国佛教整理工作逐步完成

在重庆，我曾发起组织宗教联谊会，希望世界上各种宗教徒一致联合组织起来，由中国发动，挽救人类之浩劫，特向全世界呼吁。中国佛教，应以民族国家利益为前提，在不损害他人利益原则下，多多服务国家社会，尤为今日所需要。

今日之中国佛教情形太散漫了，以没有组织的僧团，焉能负担此重大责任！就在这个时候，我们有个中国佛教整理委员会的成立，展开整理全国佛教的工作已开始了。由内政部、社会部会同呈请行政院的批

准，颁布了整理佛教组织的规程，经过各方面的协助，整理工作逐步完成。这是发扬中国佛教真理最好时机，而世界永久和平得以此奠定其基础，尚有赖于中国佛教徒共同奋斗！希望能健全这一个合法的僧团而能发生力量，完成我们的责任！

中国人口头上心头上的阿弥陀佛

我中国有眼耳口鼻心思的人，没有一个不知道阿弥陀佛的，也没有一个不曾念过几声阿弥陀佛的；那二万万的妇女们，至少也有一万万的人常念着阿弥陀佛，更不消说得的了。照这样看起来，这一句阿弥陀佛，岂不是我们中国的人连着眼耳口鼻心思同有的一件东西么？我们既然每日同这阿弥陀佛在一起，这阿弥陀佛到底是个什么道理，又岂不可考究考究么？

前几年，有一位学校里做教员的朋友，那日遇着了我，突然向我道:到处看见老太婆们口里喃喃地念着南无阿弥陀佛，恐怕这些老太婆们未必能懂得念这南无阿弥陀佛是什么意思吧？我当时答他道:这一句阿弥陀佛，原是不很容易懂得的。不曾读书识字明理的老太婆，口里喃喃念着，心里不知道这阿弥陀佛是什么道理，为什么念这阿弥陀佛，又何足为奇呢！即在一班号称读书明理的人，又有几个能懂得呢？足下若知道时，这南无阿弥陀佛六字，到底是什么道理，念这阿弥陀佛，到底是什么意思，倒要请教请教了！哪知这位先生竟找不出一句回答的话，便低着头讪讪地去了！我看同这位先生一般的人，恐还不少呢！

有的说:南无阿弥陀佛，是说这个佛单是西方有的，我们南方是没有的意思。有的说:阿弥陀佛，是人人堂上的阿母，是寺院里的大佛，合拢来便是阿母大佛。把音声稍微读别，又接着把字写错了，遂成了个阿弥陀佛。我有时也曾去问问那念佛的老太婆们，你为什么要念这阿弥陀佛？念了这阿弥陀佛有何用处？她便回答道:念一句阿弥陀佛，是死后做鬼时可当一个钱用的，我们为着死后要钱用，所以念佛的。这种影响模糊的解说，她们也未尝不以为有来有历，很有道理，但未免与南无阿弥陀佛的道理，念阿弥陀佛的意思，相去得太远了！

有人说：你道没有人不念过几声阿弥陀佛，这话恐不对吧！中国人口里头念佛的虽多，也不过斋公斋婆罢了。我答他道：这是因为你没有在我们中国人心头上、口头上，极平常的时节细细体察体察，所以不大觉得；倘能够细细体察，不但能够觉到个个都是念过几声阿弥陀佛的人，而且阿弥陀佛的道理，念阿弥陀佛的意思，也就能够见到几分呢！

有的时候，听见或看见人家杀猪啦，杀羊啦，杀强盗啦，杀鸡，杀鸭啦，杀得怪凶怕的；打贼啦，打丫头啦，打养媳妇啦，打小孩子啦，打得怪凄惨的；骂天啦，骂家里人啦，骂亲眷邻舍啦，骂得怪刻毒的。又见那种种劳苦穷急的人，劳碌辛苦到了不得的时候，饿煞、冻煞的时候，家败人亡的时候，投河、上吊走投没路的时候，救又救弗得，劝又劝弗信，心中一阵难受，堕着洒下几点同情泪，便不知不觉口里念着阿弥陀佛，南无阿弥陀佛！这一种景况，大概在有点天良的人，十有八九是经过了的。就此，可见这阿弥陀佛是慈悲的道理，念这阿弥陀佛是恻隐的意思了。

有的时候，遇着了大水啦，大火啦，兵勇啦，强盗啦，种种的急难；遭着了官司啦，牢狱啦，种种的横祸；又有那身体病痛啦，家产倾败啦，亲爱的生离死别啦，怨憎的对头会面啦，种种的苦恼；兜到心上来躲不脱的时候，心里头便自然不歇气地默念着阿弥陀佛，南无阿弥陀佛！这岂不是拿阿弥陀佛来当作一个能够救苦救难的人，念阿弥陀佛就是恳求他救度的意思吗？

有的时候，看见或听见十恶、五逆没有法子奈何他的恶人遭报应死了；又看见或听见那指天画地、赌咒发誓惯冤枉人图赖人的人，这一天忽然统统宣露了出来，当场受万人唾骂；又有时见自己的冤家对头的人，死了或吃了苦，心里头一爽快，又喜又惧，亦往往把一句阿弥陀佛，信口念出。这岂不是把阿弥陀佛当作因果报应？念这阿弥陀佛，就是常常记着因果报应，不敢为非作歹的意思么？

又有那羡慕别人家富贵荣耀有福气的，或者受了人家极重的恩惠自觉今生不能报答的，便也不知不觉在心里头口里头念着阿弥陀佛，岂非阿弥陀佛是个福最大、恩最深的人，所以念着阿弥陀佛求福报恩吗？

又有那一班普通社会的人，与那些吃洋教的人，学堂里的学生，滑头滑脑、油口油腔的人，逢着了和尚啦，尼姑啦，斋公斋婆啦，朝山进香诵经拜忏的善男信女啦，便口中称着阿弥陀佛以代招呼，或为调笑戏弄；或者如叫花子等，有所求乞。无论出于何种，总是认阿弥陀佛是佛教的符号，称念阿弥陀佛是表示佛教的意思了。

照上面所说的种种事情看起来，慈悲恻隐是阿弥陀佛，所以念阿弥陀佛。救苦救难是阿弥陀佛，所以念阿弥陀佛。因果报应是阿弥陀佛，所以念阿弥陀佛。赐福施恩是阿弥陀佛，所以念阿弥陀佛。佛教的符号是阿弥陀佛，为表示是佛教，所以念阿弥陀佛。岂不是各个人皆念过几声阿弥陀佛的么？岂不是阿弥陀佛的道理，念阿弥陀佛的意思，就此也便可以明白了几分么？

但是这阿弥陀佛真正的道理，念这阿弥陀佛真正的意思，究竟还是没有明白呢！我们中国的人，既然个个已经同阿弥陀佛结了深不可解的缘，岂可不快快明白明白它么？若要明白，听我慢慢道来：

南无阿弥陀佛是一句天竺国里的说话，变成我们中国话：南无就是恭敬、皈依、信仰、服从；阿弥陀，就是没有边际的智光，与没有限量的福寿；佛，就是圣人、神人、天人、全人、至人、有道德的人、觉悟了的人、智慧才能最伟大的人等；合起来就是："敬从那无边无量智光福寿的圣人"。这阿弥陀佛不是我们这个世界里头的，我们这个世界，唤作忍苦的世界。在二千九百多年前，有一尊释迦牟尼佛出现在我们这个世界，为我们说了阿弥陀佛与那个极乐世界的历史状况。我们遂知道阿弥陀佛在未成佛未有极乐世界以前的时候，本是一个皇帝，当时也有佛住世。这皇帝极其信崇，后来也从佛出家做了僧人，修行不久，便成了罗汉。重发大菩萨心，立愿要在将来由他及同着他发愿修行的人，修成一个极乐世界，思衣得衣，思食得食，想到哪里便到哪里，想有什么便有什么，一切的安宁快乐无不完备，一切的危险苦恼无不离脱，同住的人统是好人，既无恶人，亦无恶事，自然骎骎乎日进于善，直至成佛，更无退转。既修成了这个极乐世界，复要将此极乐世界的名字，十方世界无不闻知，使闻知者皆生欣慕，但念阿弥陀佛的名号，便可于转生的时候，由阿弥陀佛前来接引，生到极乐世界里头去。到后来，果然成了个极乐世界，这世界在我们这世界的西边。成佛名阿弥陀，与许多的菩萨、罗汉同住其中，常常说法聚会，时时到十方苦恼的世界去接引救度众生，使他们生到极乐世界里头去。那释迦牟尼佛，因为见我们这个世界是极其苦恼的，住在里头又是极其危险的，因为虽做了个人，能活几年是没有一定的，一口气不来便死了。就在活的时候，病啦，老啦，冷啦，热啦，种种说不尽的苦痛围绕着身心，无法离脱，所以教我们各个人心里头口里头，常常念着阿弥陀佛，使我们到了临终转世的时候，便可由阿弥陀佛救度到极乐世界去，永远享安宁快乐，更没有一点儿危险苦恼。这才是念阿弥陀佛真正的意思了。

这南无阿弥陀佛的道理，念阿弥陀佛的意思，既然完全明白了，而且我们中国的人，先天上已经有了这个阿弥陀佛，念佛的功夫是很容易做的。大家能时常地念阿弥陀佛，便可与阿弥陀佛的心愿互相感应，犹如无线电机一般，自然常常有超出世间的志量，不致埋没在这个忍苦的世界中了。

有的人说:如此说来，这念阿弥陀佛，实在是件很有意思的事情，我也想时常念阿弥陀佛了。但是我们为人在世，未免都有家庭的、社会的、国家的关系，不能就抛弃了去当和尚，这又如何是好呢？我答他道:你这又错了！当和尚是一件事，念阿弥陀佛是一件事；做事不做事是一个问题，念佛不念佛是一个问题，都是各不相关的。所以念佛与在世做事毫不相妨，且一念佛便能使世间的人做世间的事更做得好了。何故呢？因为这阿弥陀佛就是慈悲恻隐故，就是救苦救难故，就是因果报应故，就是修福报恩故。所以有父母的不能孝养，必不能念阿弥陀佛，能念阿弥陀佛，必能孝养父母；有子女的不能慈育，必不能念阿弥陀佛，能念阿弥陀佛，必能慈育子女；乃至为国民办事的不能忠其所事，必不能念阿弥陀佛，能念阿弥陀佛，必能忠其所事；所以我们中国人只要把心头上、口头上、本来有的阿弥陀佛时时提醒着，自然不愁不一日日地好起来！

黎锦熙

(1890—1978)

生平简介

黎锦熙（1890—1978），字劭西，出生于湖南湘潭。汉语言文字学家、文字改革家、历史学家、教育家。1911 年毕业于湖南优级师范史地部。1912 年开始编辑小学教科书，将《西游记》收入课文，包含了改革教育、废除八股文、学作语体文的思想，引起保守人士的惊骇。1915 年受聘为教育部教科书特约编审员。1916 年发起组织中华国语研究会。1920 年起促成教育部陆续改定小学、初中、高中的国文科为国语科，以白话文取代文言文。1923 年促使国语统一筹备会设立了国语辞典编纂处，任总主任，并兼任北京大学、北京女子师范大学、燕京大学等校的国文系教授，又与钱玄同、赵元任等组成国语罗马字拼音研究会。1928 年任国立北平大学第一师范学院院长。1937 年随北平师范大学迁往西安，后来又辗转至汉中、兰州等地，任教授、系主任、西北师范学院（后更名为西北师范大学）院长等职。1944 年 5 月，在他的倡议和推动下，西北师院（兰州）、女子师院（白沙）、社会教育学院（璧山）创办了国语专修科，为在台湾推行国语预先培训人才，对之后在台湾推进国语的普及起了巨大作用。1946 年参与创建九三学社。1947 年起历任北平师范学院（后更名为北京师范大学）国文系主任兼教授、文学院院长，中国文字改革协会（中国文字改革委员会的前身）理事会副主席，中国大辞典编纂处总主任，中国科学院哲学社会科学部第一届学部委员。1978 年 3 月 27 日于北京去世。一生从事语文教学工作六十余年，发表研究论文三百多篇，出版专著三十余部。其主要著作有《新著国语文法》、《国语运动史纲》、《修辞学比兴篇》（与刘世儒合著）等。

国语运动小史[①]

1928 年

国语运动在今日，似乎入了倒霉的时期，虽不至一落千丈，但最少也是一落五百丈。这大概是因为我们国民性，遇事热烈而不能持久的缘故。常言道“五钟的热度”，这实在是社会的童性之表现，并不关乎反动方面势力。

说到“国语”两字，须知有广狭二义的分别。现在所讲，以狭义的国语为限。至于广义的国语，是包括古今一切用本国语文字所发表的东西而言。如用英文来表示：广义的国语，便是 Chinese；狭义的国语，便是 Spoken Chinese，但还嫌范围太大，须加上一个 standard（标准），把各地的方言土语除外，这便叫“国语话”；将国语话写在纸上的，便叫“国语文”。现在全国小学校用的教科书，就是这种狭义的国语文。中学以上，自民国十一年公布新学制后，国文科也多改称国语科，但此是广义的国语，古文、方言都包含在内，从来就没有单用白话的。至于“运动”，便是说“有意的宣传”。假若是无意的，那种事虽忽然风行一时，也不能说是“运动”。假若是有意地从事于研究、调查、实验等等事业，而没有宣传的形式，也不能说是“运动”。凡运动都有一种简单的口号，一名“标语”，从前讲学家就叫作“宗旨”。国语运动的口号是：“国语统一，言文一致。”现在所说的“小史”，便是简单地报告这八个字宣传和实行的经过状况。随便谈谈，不拘体例，故名“小史”。

---

① 本文是黎锦熙于 1928 年寒假在北京平民大学的演讲。

国语运动究竟起于何时？并非这几年才闹出来的，而且并不始于民国，前清末年，便已成了有意宣传。再说远一点，应该上溯二千二百年前，那时有一个国语运动大家，便是李斯。谁都知道李斯这个人是帮助秦始皇焚书坑儒的一个罪魁，然而却没注意他国语运动的功绩。假使没有他那样热烈严厉地来提倡国“字”统一，恐怕国语统一的运动，到今日还说不上来。李斯以前，文字极不统一：只看许慎的《说文解字》序中，说那时“言语异声”之外，还说了一句“文字异形”；春秋战国诸侯，每在钟鼎彝器上镌刻文字，后来陆续出土的，异文极多，便可做证。到了秦始皇时，用李斯之言，才利用国家的威权，实行文字统一的政策。只看《史记》的《秦本纪》和《李斯列传》中，常有“同文书”“书同文字”的标语。又，李斯常跟着始皇巡狩名山大川，到处刻石做纪念，写作都由李斯包办。如现在山东胶州南日照县属的琅邪台，他们也有刻石，上面就有“同书文字”的标语。《中庸》里边“车同轨，书同文，行同伦”的理想，秦时的确实现了。那时的“国字”，自然是李斯审定的小篆，但这是正体，还有一种别体叫隶书。隶书可说就是现在楷书的同体，不过写的笔势不同罢了，所以小学家叫楷书作“今隶”。那么现行的“国字”，可算是从那时规定的统一的了。李斯自己编了一部小学识字课本，兼做小学习字帖用，书名叫“仓颉篇”（现在亡佚了，孙星衍有辑本）。因此中国语言文字学就叫“小学”。他们所焚的书，乃是“罢其不与秦文合者”；所坑的儒，其中一部分也许就是不遵用“国字”的。古籍遭殃，罪在楚霸王的火烧咸阳，这是稍有历史常识的人都可辨别的。李斯统一一切的手段，未免太严酷了，然而其功究不可没，尤其是厉行“国字统一”这件事。经过二千多年的训练，“国字统一”十分成熟了，我们才进一步而谋“国语统一”。“国字统一”，要算国语运动的历史上第一件大事。

后李斯百余年，又出了一个专制魔王，就是汉武帝。这个人于国语运动上也很有重大的关系。那时很可笑：做官吏的多看不懂皇帝的诏书和政府的律令，小百姓们更不用说了。如《汉书·儒林传》载丞相公孙弘奏称“诏书律令下者，文章尔雅，训辞深厚，小吏浅闻，弗能究宣，无以明布论下”云云。我们读过汉初诏令文的，觉得虽雅而并不古，虽厚而并不深，实在不难懂，可见那时候吏民对于文事，程度实在太浅，也就因为应用的文体太无标准之故。文体没有标准，大家便无从得到一种共守的文法，用词造句，各凭自己的习惯，大文豪司马迁尚免不了这个毛病（金朝王若虚《滹南遗老集》中，举发《史记》虚字用得不通的至数卷之多）。要规定标准的文体，更须选定标准的读物，单把识字的课本如《仓颉篇》之类教学生是不行的，单教预备做官的人读律令，也没什么心。公孙弘一班人把这种标准读物想出来了，就是经书，那时还叫“六艺”，可不是从前孔门诸君要实习的“艺”了，只是几部书。这几部书，来头大，内容富，文章雅，最宜于做标准读物。于是他们定了一种“功令”：凡官吏通“艺”最多的，尽先升补，外放优缺（详细办法，可参考《儒林传》原文）。在首都传习这种“艺”的教员，就是士官，学生叫博士弟子，那时学生不过五十人，后来加到三千人。总之，这几部标准读物，经这么一提倡，不但全国的思想文化都入了儒家的范围，就是标准文体也因之确定。这就是科举制度的起源。历隋唐宋明到清末，二千年间，中国社会一切活动、习惯，乃至迷信等等，都是以科举制度做中心的。直到距今不过二十年间才废止。标准文体借科举的力量，真弄得规模大定，而且势力雄厚，推行甚远。这就是现在所谓“文言文”。我们不能说文言文是活的，因为它与语言不一致，说话不适用。但也不能说文言文是死的，因为它也和“国字”一样，经了二千多年的训练，于不统一的语言之外，得到一种特别的统一，就是上层阶级彼此通行的一种超语言的文体。自然，这种标准文体，只能谓之“文体复古”，和现在国语运动的“言文一致”，恰相反对；但汉武帝那时，何以不编定一种“言文一致”的读物，来做文体的标准？此是事势上的不可能。那时我国版图扩大，而交通不便，方言不齐，无法使国语统一。既无标准的语言，将使文体与何种语言一致？若各与方言一致，那更糟了，各讲各的方言，各写各的文字，彼此相隔数百里，就不能通词达意了。所以那时只得规定一种超语言的文体，用科举制度做有力的永久的宣传。那时不是不要言文一致（如《公羊》以齐人语释经，扬雄作《方言》之类，学者们都是注意当时语言的），乃是不配讲言文一致。到如今，交通发达，印刷进步，教育普及，国语统一，有了标准的“国语话”，才可以大胆地提倡“国语文”，才配讲言文一致。所以国语运动这两句标语，“国语统一，言文一致”，正如车之有两轮，鸟之有双翼，合则双美，离则两伤。秦皇汉武办不到国语统一，他们是明白人，所以也不敢办言文一致，只得把超语言的古体文定作标准文体。现在我们才进一步而谋“言文一致”，这是时代进化，虽相反而并无冲突，用意更属相同。所以“文体确定”，也是算国语运动的历史上第二件大事。

以上秦皇汉武关于国语运动的两件大事，都远在二千一二百年前。这二千多年间，文学界也时常有这种运动，汉魏的乐府、唐诗、宋词、元曲、明清小说，实在都是属于这种运动的范围。为时间所限，一概从略。前年为美国开国一百五十年纪念，应费城万国博览会的征求，曾制了一张简明的《国语四千年来变化潮流图》，意在表明历代文学界这种运动，可做参考，以弥本讲之缺憾。本讲从此就度到清末了。

清末甲午战败、戊戌政变、庚子拳乱，国人连受了这三次大刺激，有识者都感觉到民智不开，难以立国。便一面主张兴学育才，一面主张启发民智，于是发生一种“字母运动”。他们唯一的宗旨只在“言文一致”，却不甚注意“国语统一”。他们是受了日本假名和西洋拼音字制的影响，加以本国连打几次大败仗，割地赔款，激发了爱国的天良，于是推究原因，以为船坚炮利，我固远不如人，而识理知文，民智民力，人亦大胜于我。一班人便想对于繁重难学的汉文汉字，谋根本的改良。第一个字母运动家要算福建厦门卢戆章。那时他著的《切音新法》，早已推行于厦门等处，不识字的，学半年便可随意通信。戊戌年，就是光绪二十四年（1898），他的同乡京官林辂存，替他运动都察院上了一本奏折，大意是字学繁难，请采定切音新字颁行天下。居然于七月二十八日奉了上谕：“着总理各国事务衙门，取卢戆章等所著之书，详加考验具奏。”总理各国事务衙门，就是现在的外交部，这种事情，于外交毫无关系，乃着外交部去办，要是在现在，真算公文上的笑话，政府公报一定又要声明更正的。但那时这个总理各国事务衙门，实在是总理一切新政的衙门（又简称总理衙门，其中流品最杂，所以以历史菜著名的广和居，现在还有一种菜叫总理衙门的，乃浑蛋汤也）。而且那时并无所谓教育部，学部也还未设，只有礼部，也无内务部，即民政部也未设，只有户部。这种关于国语运动的事，礼部户部自然觉得不伦不类，不愿意管，只好以“洋务”论，交与总理衙门。不料一声霹雳，政变发生，这事搁浅下去。

同时造新字的人，还有福建力捷三的切音字、江苏吴县沈学的盛世元音、福建龙溪蔡锡勇的传音快字、广东香港王炳耀的拼音字谱等。这些都是用简单符号，如弧形线、圆圈之类，来表示声母韵母的，渐渐衍成“中国速记术”。如蔡锡勇（戊戌前做过海关道）的儿子蔡璋，就是家传速记术专家，自前清资政院到民国历届国会，都用他的速记术做议事录。近几年我的朋友汪怡才改造了一种国音速记术，但他也是蔡锡勇的私淑弟子。速记学上的东方建设，也算国语运动的副产物了。戊戌政变以后，新学新政真入了倒霉时期。反动派势力大振，不过两年，闹成庚子事变。辛丑和议既成，新事业又兴起。乙巳年（光绪三十年），卢戆章奉诏入都，学部仍旧叫他钦遵前旨，赴外务部呈递他的切音字母（外务部即总理衙门所改，载在《辛丑和约》，定为各部院之首。直到现在，外交部仍居国务院之首席）。外务部又往学部推，学部又延搁起来。害得他在北京守候了差不多一年之久。后来学部用三千字的公文给批驳了。

以上是戊戌前后一批国语运动家的故事。他们大都是福建广东人，所宣传的只是拼切语音的工具，故谓之“字母运动”，但他们却大胆地叫作“新字”，继此就是直隶宁河王照，和浙江桐乡劳乃宣。王照的《官话合声字母》，正是庚子那一年（光绪二十六年）在津成书的。书中隐去姓名，自称芦中穷士，完全模仿日本的片假名，采取汉字中的某一部分，作为字母，例如现今注音字母的“ㄆ”他作“扌”，是采取“撲”字的偏旁。注音字母的“ㄇ”，他作“⼄”，是采取“五”字的下部。注音字母的“ㄚ”，他作“了”，是采取“阿”字的首笔。凡声母五十，就叫“字母”。韵母十二，名为“喉音”。合共六十二个字母。第一位实行宣传这官话字母的，是天津严修（那时他做翰林院编修），他家里人人都练习得很熟，其次便是桐城吴汝纶，他以桐城派古文老将的资望，很热烈地宣传这种字母，自然影响很大。他宣传的理由，却是偏重“国语统一”。“国语统一”这个标语，可以说是他叫出来的。那时赞成这种字母的，大都因为目不识丁之妇孺，兼旬即能学成，即能彼此通信，真是神速。如光绪二十八年宛平生员王璞呈请管学大臣张百熙奏准推行这种字母的呈文中，说这是使人人能读书，人人能看报，人人能读诏书示谕的便捷之法。大家只注意“言文一致”的好处，还没有打起“国语统一”这块大招牌。及到吴汝纶上书张管学大臣，才说“此音尽是京城声口，尤可使天下语音一律”。吴先生这种感想，也是他游日本时得到的。日人伊泽修二极力劝他提倡国语。有一天在席上指着一个萨摩人阿多对他说：“三十年前，我们对面不能通姓名，犹如贵国福建广东人之见北京人也。然今日仆与阿多君说话已无一点差异。这不过是在萨摩地方设立师范学校，教师范生学习国语（东京语），归而传授，得此效果。”所以吴氏归国后，便非常注意这件事。果然，张管学也具有同感，光绪二十九年，他和荣庆、张之洞奏定学堂章程，其学务纲要第二十四条，“各国言语，全国皆归一致，故同国之人，其情易洽，实由小学堂教字母拼音始。……兹以官音统一天下之语言，故自师范以及高等小学堂，均于中国文一科内，附入‘官话’一门”。那时中央威权甚大，部章必须遵守。虽没规定把王照的书做课本，但官话字母因此就有不胫而走之势。光宣之交，我在湖南优级师范，要遵章传习官话，也用过这种字母。同学的多以为怪异。也就因为部章没有规定课本，致各省于官话一门，多不一律，不免发生笑话。例如福建各学生教这门功课，一律要请驻防的旗人做教习，大约是沿袭他们从前官话学堂的旧法吧，开首几句话，一定是“皇上，朝廷，主子的家，我们都是奴才”。有一个姓林的起而反对，便捉将官里去了。

给王照的官话字母做护法的，除严修、吴汝纶两君外，还有一个力量更大的，便是太子少保北洋大臣直隶总督袁世凯。光绪二十九年，直隶大学堂学生何凤华等，向他上了一个四千来字的呈文，请他奏明皇上，颁行官话字母，设立国语学科以开民智，而救大局。他虽没有据以入奏，但即刻饬督署的学校司妥拟推行办法。他的批词中说：“人情可与乐成，难与虑始，高明者狃典雅之文而訾为无用，愚蠢者本无普通之识而骇为创闻，必先引其端倪，而后可收成效。”癸卯迄今，经过二十五年了，不想“人情”犹尚如此！次年，直隶学务处通令全省蒙学堂传习，又专设许多义塾，又派了专员经理，又拨了官款拼译书报，又定了奖励办法，又由督署扎〔札〕饬直隶提学司将官话字母加入师范及小学课程中，并在天津设立大规模的简字学堂，辗转传习。于是两江总督周馥，盛京将军赵尔巽，也各在省城设立简字学堂。传习官话字母，奏明立案，这都是光绪三十一二年间的事。那时由京津而奉天而南京，官话字母传播很广，到现在还有许多人没有忘记的。

劳乃宣是王照的“同志”，他的《简字全谱》是光绪三十三年在南京出版的。京音一谱，全依王氏。于京音五十母之外加六母，十二韵之外加三韵，为《宁音谱》。两江总督所办的简字学堂，就是用他的《宁音谱》。又加成六十三母、十八韵，为《吴音谱》。又加成八十三母、二十韵，为《闽广音谱》。合共一百十六母、二十韵，为《简字全谱》，包括全国各地的方言。因为他是一位讲等韵学的专家（他的《等韵一得》，可以说是集等韵学之大成的书），所以头脑较复，规模较大，主张也就和王氏略有异同。他把“言文一致”搁在“国语统一”之前，主张南人先就南音简字各谱学习，以便应用。学成之后，再学京音，以归统一。这在北方自然不成问题，而在南方便出了激烈的反对派，上海《中外日报》便是反对派的代表。这报上常有人骂劳氏为分裂语言文字的罪魁，说照他的办法，“将使中国愈远于同文之治”，若要统一语言，即当“强南就北”。劳氏通函辩护，说照他的办法，用不着强南就北，自能“引南归北”。因为无论宁音吴音各谱，其中都把音一谱嵌了进去。所谓“以随地增撰通其变，而仍以有增无减统其同”。现在看来，劳氏这种办法，实在不错。何者？“言文一致”，为的是普及国民的教育，“国语统一”，为的是便利国民的交通。人人是要教育的，可不能说人人是要交通的，农夫樵子实在无打官话的必要，却有读书阅报增加智德之必要。后来注音字母，以国音为主，也要随地添加“闰音字母”。一来便利平民，使能就方言拼字。二来便利学者，可用以调查语音，采访方言文学，旨趣和劳氏相同。劳氏于光绪三十四年被召见，他面奏西太后，宣传简字的用处，太后叫他呈进。那年他恭缮一部《简字谱录》，凡五种，世呈御览，请旨颁行天下。并请于初等小学以前增加一学年，专教简字。先各习本地方音，以期易解，次通习京音，以期统一。一年毕业之后，再教汉字。并请实行强迫之令，全国人民凡及岁者，皆必入此简字之学一年，不学者罪其家长。并请预颁定制，将来实行立宪，凡不识汉字而能识此简字者，一体准做公民。又勒定五年之后，官府出告示，批呈词，皆参用此字。现在看来，那时的国语运动家，比现今实在干脆得多了！简直就在汉字之外，另造一种“言文一致”的文字出来，远承秦皇汉武之规，更开新局，何等淋漓痛快！此折上后，奉旨：“学部议奏。”（所以这部御览的缮进本，现还存在教育部的文书科。）谁知学部竟置诸不议不奏。宣统元年，清廷已经筹备立宪，劳氏乘势又上一折仍是学部议奏。学部还是不议不奏。劳氏两次上书学部，请其从速集议，他可赴部备询。学部又置之不议不答。他于是联合一班名流，如赵炳麟、汪荣宝等，在北京发起一个简字研究会做社会的宣传，这可以说是后来中华民国国语研究会的先声。延至宣统二年，他的朋友唐景崇做学部尚书。他写信促其速议速奏。信中说“中国于汉字之外，别用一种主音简易之字以为辅助，可信其必有此事”。唐景崇是一个极端守旧的老先生，更置诸不议不答了。那时学部中人反对简字，也是以分裂语言、有碍统一为理由，其实是怕简字一行，汉文危险。

劳乃宣的“简字运动”既厄于学部，他便改从议会下手。那时资政院成立，这就是清朝预备立宪时代第一届变相的国会，他自己是一个议员。前说王照得到两名名流做护法，曰严修，曰吴汝纶。这时劳乃宣也得到两个名流做护法，曰江谦，曰严复，这两位也是议员。江谦著了一篇《小学教育改良刍议》，开口第一句就说：“初等小学前三年，非主用合声简字国语，则教育断无普及之望。”这也是句很直截了当的话。那时清廷立宪，定期筹备九年，从光绪三十四年起，到宣统八年止，命各部奏报分年筹备事宜清单。学部清单中列有国语教育事项五条，要紧的是：宣统八年，检定教员须考问官话；师范、中学、高小各项考试，均加官话一科。宣统八年就是民国五年，清廷是预备那一年普及国语的。岂料那一年竟只忙着洪宪皇帝的大典呢！不过学部只标明官话字样，总不提及简字；江谦便在资政院提出质问的说帖，质问学部此项官话课本是否主用合声字拼合国语，是否标准京音，是否正名为国语。说帖的末了还有这么一个结句：“毋使人谓学部空言普及教育，统一国语，区区国语教育之消息而不之知，而俨然握全国最高教育机关也！”此项质问，有议员三十二人联署。同时有畿辅、江南、四川各地学界和京官等三百余人向资政院请愿推行官话简字。于是院中推严复做特任股员长，从事审查。审查的结果是“谋国语教育，则不得不添造音标文字”。“将简字正名为音标，由学部审择修订，奏请钦定颁行”，“音标用法有二：一、拼合国语，以开中流以下三万九千万不识字者之民智，而合蒙藏准回二千万里异语民族之感情。二、范正汉字读音，学校课本每课生字，亦须旁注音标”。“请议长会同学部具奏，请旨饬下迅速筹备施行。”严氏将此审查结果在议场报告，大多数赞成通过。这么一来，学部还要想法子延宕下去，便把此案推到中央教育会议去公决。这个会议，正会长是张謇，副会长是张元济和傅增湘，宣统三年（即辛亥年）六月才开幕。刚把这统一国语办法案议决，不料又是一声霹雳，武昌起义，中华革命，国体改变，“以前种种，譬如昨日死”，什么事都不能继续有效，于是庚子以来十年间之“简字运动”，便也戛然中止。

以上是清末二十年间国语运动的概略。各家所著的书和当时提倡的公牍文字之类，我将来有一部较详的记载出版；但劳乃宣以后的，已编了一些在拙著《国语学讲义》的下编内，这书是十年前在商务书馆出版的，要查这些掌故，还可参考，以补本讲语焉不详之处。

至于民国初元到今日的经过，诸君耳闻目击，讲不讲倒也无甚关系。总之，中国的国语运动，除那些文学界的小小波澜不计外，其具有大刀阔斧的资格者，秦始皇时为第一期，汉武帝时为第二期。统一国字，规定文体，所谓东方文化，都积蓄在我们中华这种国字与文体之中，形成二千余年以来的国民性。直到清末，受亘古未有之环境的压迫和刺激，才入国语运动的第三期。以上所说清末的情形，不过是第三期的开始，其运动并未成功。即到如今，大家请注意，距成功之日还远着呢！

陈济棠

(1890—1954)

生平简介

陈济棠（1890—1954），字伯南，广东防城港（今广西防城港）人。粤系军阀代表，国民党陆军一级上将。1907 年入广东陆军小学。次年春由陆小教官邓铿介绍加入同盟会。辛亥革命后，转入陆军速成学校步兵科。之后任粤军军官，从排长累升至团长。1928 年任国民党军第四军军长。1929 年任广东各部队编遣特派员、第八路军总指挥。主粤期间，政治上与南京中央政府分庭抗礼，在经济、文化和市政建设方面则颇多建设，有“南天王”之称。1931 年参与宁粤之争，反对蒋介石，所部扩编为第一集团军，任总司令。1932 年任国民党西南执行部和国民政府西南政务委员会常委。1935 年被授予陆军一级上将。1937 年任国民政府委员及最高国防委员和战略委员。1940 年春更任国民政府农林部长。1942 年又被任命为国民党中央执行委员会常务委员会委员。1945 年奉命为两广宣慰使，由重庆回到广州，和一些文武旧部共同创办了珠海大学、海洋渔业公司和一个供失业的中上级旧部居住的新村。1949 年任海南行政长官兼海南警备司令。1950 年海南岛解放，移居台湾，任台湾当局“总统府”资政、战略顾问委员会战略顾问。1954 年在台湾去世。

怎样去治理行政[1]

1933 年 11 月

这次的会议，可说是开广东行政界的新纪元。广东夙称为革命的策源地，但是所谓革命，不单是破坏，是兼指建设。因为旧的破坏了，便须代替以新的；劣的破坏了，便须代替以好的。我们欲求名实相副，不愧革命策源地这个名称，便应该在建设上特别的努力。兄弟有见及此，所以在去年的时候，便提出三年计划来，做广东施政的准则。这个计划的真精神在什么地方呢？可说是用政治力量来建设三民主义的政治。政治和经济是有很密切的连锁关系的。三年计划系以经济为重心，一方面建设国家经济，一方面同时建设国民经济，以国家经济力量发展国民经济。在国民经济方面，则以农村经济为重心，兼注重商品经济。由这样达到总理所说的造产政府、人民政府，而发展我们的国家经济和国民经济。这是三年计划的主旨。这次省政府召集全省行政会议的目的和期望，刚才林主席在开会词中已经说得很详尽了。现在我们要明白的，在行政方面，整理与建设要同时并重。所谓整理，是指最重要的澄清吏治和廓除积弊等等而言。这是用不着金钱的。如果整理二字尚办不到，那么建设方面也就不足观了。因为凡百建设，都要运用相当的政治力量方能日起有功。若政治本身不能廉洁，对于人民疾苦不能理会，更何有建设之可言。关于这一点，各县市长官是要特别注意的。

整理和建设，千头万绪，详细讲来，断非一二小时所能言完。兄弟

---

① 本文是陈济棠在广东全省行政会议上的讲话。

今天因为时间所限，只好将其最重要的分条摘言大意吧。

一、改造心理。过去二十年间，政治上因何有种种不良的现象呢？因为人人的心理都有一种牢不可破的症结。这症结何在？就是自私自利、畏难苟安。所以今日要改造社会，改造政治，非先改造心理不可。譬如现在推行三年计划，公务人员才不免有怀疑的，以为计划好是好，但是处处需款，谈何容易。这种心理就是畏难苟安的心理。要知道，事之应做不应做，视乎情势上的需要如何。所谓难易，不过比较上的名词。如果认为这事是一定要做的，就是千难万难，都要求其做到。凡事只肯去想办法，肯去奋斗，愈难的事，愈要去想办法，愈要努力干去。我们革命者做事，是为解决艰难困苦而来。能够有这种认识，有这种决心，相信什么困难都可以战胜。如果因循不振，过事敷衍，那就最容易的事，也觉得为难了。兄弟任县善后委员的时候，办理交通及其他建设事业，所需的款项，年达六七百万元。骤观起来，这笔数目何尝不大。但是取之于民，用之于民，政治绝对公开，还不是做了一件又一件吗？凡事只怕没有决心，没有公心。不下决心，是心理的衰弱；不有公心，是心理的私慝，非急加改造不可。现在的三年计划，是达到三民主义的政治和经济的阶梯。因为这里头的原则和纲领，都是从建国方略、建国大纲和三民主义及总理一切遗教熔化出来的。我们照这样做去，便可实现总理所说的造产政府和人民政府。

二、注意人才。若要建设三民主义的政治，便须集中人才。在省的中枢如此，在各县市方面也是如此。从前许多县市长，往往因贪污节省经费起见，身兼数职，以致精神不贯注，措施欠灵敏。无形之中，行政便见弛废。即如财政局要找到一个正确数目，亦找不到。要晓得，县市长是亲民之官，疾痛疴痒，息息相关。凡所举措，无一不是直接关系人民休戚的。在旧时所谓县政，大部分只是管理人民的诉讼；现在诉讼尽归司法。所谓县政，是要积极为人民做事的。以今日事务纷繁，万端待理，不特各县市长要有相当的人选。即县市所属各部分，如无相当人才，试问哪里能够应付得来。须知县是省的单位，一县不治，影响便及于全省。莫以为区区一县之小，用不着什么讲究人才，如古人所说的割鸡焉用牛刀。甚望我寅僚虚怀吁俊，对于此点加以充分之注意。

三、改革公安分局。各县市公安分局普遍有两大毛病：一是罚款的不明白，一是把公安局当作应酬品。公安局的罚款积习相沿，大多数是漫无标准的。更有因经费缺乏，全靠罚款来维持。因此，鲁莽灭裂，过案苛罚，不唯虐民，抑且违法。至于罚款的用途，不明不白，因缘为利，任意中饱，更成司空见惯了。窃愿各县市长此后对于所属公安局，应严格监督。除情节重大案件及应属司法案件分别解办外，其罚金案件，应饬一律以违警律为根据，不许违法滥罚，并将罚款悉数补充地方公益事业，按月分别呈报公布，不许虚报一点。大家是要特别注意的。至于朋情请托，把公安局当作交际应酬之品，不问人才贤否，不恤民间疾苦，因而敲诈细民，鱼肉良懦，贻害地方，何可胜道。切望各县市长轸恤民隐，锐志更新。关于公安人选，务须加意慎择，勿徇情面，勿用私人。如因某一区域经费缺乏，宁可裁撤勿设，民众受福不浅了。刚才说县市长是亲民之官，其实这个还是旧话。依现在政治的现象视察，公安分局长乃是直接最密切的亲民之官，人民耳目所最接近者，是公安分局。如果公安分局不好，人民便说整个政府不好。这种影响是很大的。尤其在革命的政府之下，并在实施三年计划时期。如果公安分局听其腐败，尚不能加以整顿，试问更有何建设可谈呢？

四、废除苛税杂捐。苛税病民是人人知道的。政府因种种关系，一时未能积极整理，原是一桩极痛心的事。但各县地方除呈奉核准各捐税外，更是五花八门、形形色色，层出而不穷。语其种类，则穷形尽相，几乎无奇不有。论其数量，一则利尽锱铢，多有年仅一二十元者。总之，如县市每举办一事，便新发明一捐。一经发明，纵使所办的事停止进行，而所抽的捐还是继续抽去。各区各乡尤而效之，更复巧立名目，自行征收。于是层层敲吸，非剥至人民体无完肤不止。嗟我小民，何能堪此。我敢说一句，披阅各县市种种税捐表册而不下泪的，必非人类。我们试想想，看这样对待人民，简直把人民当作鱼肉，怎么能叫人民和政府合作呢？我们又试睁眼看看，世界文明国家，哪有这样乱七八糟的捐税呢？大凡文明国的捐税，总有一个正确的标准和统计，断不能见一样抽一样，漫无标准，漫无统计，如吾粤现在状况的。前者兄弟出巡东江的时候，曾将各县苛捐取消四十余种。弟仅限于东区各属，其他各区属之感受同样苦痛，辗转憔悴于虐政之下者，殆十县而九。自应逐加审查，分饬撤销，以苏民困。我们要知道，现在建设万端，事事都要办，事事都要筹款。但须通盘筹划，或移缓就急，是为挹注，或裁节支出，务祈集事。即万不得已而抽捐，亦要有整个的计划，权衡审慎，力戒骚扰。时时存着恤民之心，方不致流为虐民之政。

五、教育经费须有标准。举办教育固是要政，但是筹起款来，便增加人民负担，也是一种困难的事。嗣后各县市长筹措教育经费，纵使不得已而抽收捐项，但须详慎规定税率及抽收手续，总以不扰民为主。并须呈奉省府核准，始可举办。各校有可合并的便须合并，以节靡费。

六、行政经费须节省。所谓节省，是说节便节，可并非谓当用不用。兹举一例如左，当兄弟在梧州的时候，区厅长芳浦任梧州市的市长。兄弟嘱他把市府的各局改设为科，于是每月即节省万余元，拨来做建设经费。改科之后，不特无绝窒碍，而且办事上种种手续，减少许多，一切进行都感觉更为敏捷而便利。可见事固要办，经费有可节省的还是要节省，并非节省经费，便不能办事。如果事事铺张，浮沉太多，结果未有不公私交困的。

七、监狱须改良。中国旧时监狱纯然以报复为目的，与文明国家之采取感化主义者绝对相反。是以监狱的腐败黑暗，几致惨无人道。民国成立以来，法律虽有修订，但是内地监狱的黑暗腐败仍然如故。这是一种极堪惋叹的事。我们现在不说别的理由，只讲人道主义，也就不能不把恻隐之心，来求改良监狱。固然，建造新式的监狱非钱不行，当此民穷财尽的时候，筹款实非易事。不过拿人道主义来讲，监狱经费的来源，也不妨出之以募捐。只要府官吏确有矜恤庶狱，己溺己饥之怀，诚感所孚，群情自然踊跃。古人说："人之好善，谁不如我。"一般慷慨解囊的人，正是不少。那么，集腋成裘，办成一件改革的事体，想也不是难事吧。

八、应培养正气。天地间的事，总不出邪正两方。唯其崇正，乃能黜邪。自古君子小人，互为消长。只看风声所树，感召的力量何如耳。是以我们在这个缺陷的社会里，只有扶正抑邪，培养元气，使风俗日趋于淳美，人性日趋于向上。在政界服务的人，因为手握政权，随时随地都具有一种观感的能力。故关于此事，更负有重大的责任。各县市长官，身任地方，为民司牧，关于地方一切争执及其他纠纷，固不可过于优容，也不可过于操切，总要平心静气，细心体察。善的方面扶持之，恶的方面抑制之。孔子说："十室之邑，必有忠信。"可见就是极小地方，也不会没有好人。只要为长官的能够把他抬举出来，加以奖拔，社会上的步趋，自然就会随之而变了。旧时说县官是父母官，这句话是很有意思的。因为做父母的，没有不公平的，没有不希望子弟好的，且没有不勤勤恳恳肩负着教养的义务的。现在广东的县长，十之八九是本省人。我们不说别的，只就这种意味来说，各县长的立场，一方面是地方长官，一方面又是本地的绅士，当然处处要有公正和蔼的态度。予民众以观感，这比通当所指父母官的意味又更深一层了。

九、财政应绝对公开。所谓公开，并不是随便列成数目按时布告就算了事。应该把款项的用途，使人民深深地了解，以引起人民的信仰。现在虽有好多县市已经注意这点，但是兄弟以为还未达到绝对公开的地步。民国二十年以前，各县政府的报销很是隐便，不问上级核准与否，报销后便算了事。且有县长交替后，即行离开，始终没有把数目弄个清楚。一直到了现在还是交代未清的。又有些县长在任时，呈报为地方办事，垫支款项数目竟有达至数万元之多的。这种情况，揆之情理，亦殊欠通，且难征信。总之，我们对于财政应绝对公开，点滴归公。如果能够拿出良心为人民做事，对于款项绝不中饱，那么人民自然会信仰政府，来和政府合作。譬如一家股份公司，如果理事的人糊糊涂涂，自然难免股东的责言，难得股东的信任。如果生意盈亏，均有切实清楚的报告和证据，那就过了拆阅，股东也无话可说。这是财政公开对人民的信仰及行政的效能极浅显的理解。

十、应注意公路的开展。各属多有因河道交通便利，对于公路的开发，便不注意。这是极错误的。我们要知道，交通便利与否与地方上之治安、经济、文化等等都有很大的关系。交通便利，调动灵敏，警卫容易。又农村经济是要靠交通来发展的，如果只有生产，没有运输，试问经济从何发展。一个文化闭塞的地方，要求风气开通，便须有接触，多广见闻，有图籍，有师资，方能将种种文化尽量灌输。然非交通便利就办不到。交通的脉络，有水上有陆上，乃至有空中。人家的进步，已推到空中去；我们的陆路交通，还是停顿不前，这是未免太落后了。要晓得，各个系别的交通，各有各的用处。水陆两方，绝对不能有所轻重。如县市长官对于这点，应该善为宣传，使人民明白了解，并应使人民对于公路的开发，切实与政府通力合作。

十一、应注意户口调查。户口调查是内政上一桩很重要的事，但是过去虽有调查人口之举，都不过有名无实，虚应故事罢了。譬如我国号称四万万人，究竟是几时统计的，数目是否精确，又其中男的有若干，女的有若干，那就得难解答了。要知道，户籍的统计，与教育、自治、警术及地方行政均有很大的关系。将来为巩固国防，实行征兵时，尤需要有确实的调查。这一点各县市长官也须特别注意，不可随便敷衍的。

十二、须廓清县市衙门的积弊。旧时的衙门堂廉高挂，除审犯以外，人民是不容易见到县官的。有些因为事务要和地方官接洽时，亦必饱受吏胥种种的婪索。通传要茶费，入禀要公礼。因此，官民隔阂上下乖离，而豪绅蠢胥，遂得因缘奸好，施其朋比蒙蔽的伎俩。这种情弊，真是言之可恨。嗣后各县市长官务须尽力除去旧官僚深居简出的习气，把旧时衙门的种种积弊，摧毁廓清之，并随时下乡劝求民隐，总要使官民相亲相爱，方足以言治理。

梅光迪

(1890—1945)

生平简介

梅光迪（1890—1945），字迪生，一字觐庄，安徽宣城人。学者、西洋文学家。出生于书香世家，宋代梅圣俞、清代梅文鼎等为其先祖。1911年考取第三届庚子赔款留美生，同年赴美入威斯康星大学。1913年夏转入芝加哥的西北大学。1915年夏转往哈佛大学深造，专攻文学。1920年夏自美归国，应刘伯明邀，到南京高等师范任教。1921年在国立东南大学（南京大学前身）创办中国第一个西洋文学系，并和胡先骕、吴宓、柳诒徵、刘伯明等人以“论究学术，阐求真理，昌明国粹，融化新知”之志创办《学衡》杂志。1924年到美国哈佛大学任教。1927年归国，担任国立中央大学文学院院长，注重通才教育，提倡人文修养，使学生能闳中肆外，笃实而有光辉。不久，再往哈佛大学担任汉文副教授，于1936年夏自美回国，应浙江大学竺可桢校长聘，任文理学院副院长兼外国文学系主任。1938年当选为国民参政员。1939年浙大文理学院分为文学院与理学院，被任为文学院院长。1945年12月27日在贵阳病逝，终年五十五岁。

女子与文化

此为文学题目之一种。盖文化为研究文学者所最宜注意，而为人类高尚精神之所表现。夫研究文学者，必研究人生，乃及乎文化，此盖普遍之知识也。今兹所论，根据于历史及环境，而分为三层述之于后：

女子之智力

一、多直觉（Intuition）而少理论（Reason）

人类之天性有二：一则长于直觉，一则偏于理论。长于直觉者，可以为美术家、文学家。偏于理论者，可以为科学家。直觉者，于一事之来，立加判断，而即与以结论；理论者则反是。科学家之在试验室也，步步试验，步步推论，以至于得结论而后止。此理论之所以殊于直觉也。男子天才，亦有偏于或一项者；唯女子天性之偏于直觉者，则较多焉。偏于直觉者，脑筋则灵敏，判断则迅速，故往往有不合于理论（inreasonal）之流弊。然直觉亦自有其优点，未可厚非也。

女子既多富于直觉，故从事文学美术者居多。实际状况，已属如此。今后中国富于民族性之字画，将尚赖女子之延传维系而不绝也。然女子之研究科学、哲学者则较少，历史上女子为著名文学家则有之，科学家则甚少见，此亦由其天性使然欤！

二、缺乏创造天才

在昔中国以刚柔、阴阳别男女，近代欧西亦有谓女子为被动、男子为主动者矣！自来女子幽居阁内，此固环境所使然，然亦唯其缺乏创造之天才故也。夫中国男子须读书，能服务于社会，能为领袖，而素来女子之地位则反是。欧西一二百年前女子亦有为文学家者，然以受环境之牵掣，虽有文学之天才，除仍尽女子之天职外，往往唯于灯阑人静，或读书，或著述，即书成付印亦甚困难，故有冒男子名而出版者矣。此毕竟为例外之天才，实不可数数观。近来西洋之环境变迁，中国之情形亦渐异矣。前途如何，正未可量。然西洋近代报纸，往往注意于研究男女天赋之优劣者，有人以为女子绝无创造天才，以有史以来女子即无一为大文学家之故也。此虽不足为定论，然女子创造力弱于男子，固无容辩矣！

三、理事天才

女子理家极其透彻，男子服务于外，家庭琐事决难料理，唯女子善处理之。此为通常之事实。故可决知女子有理事之天才，盖其脑筋细密，善于实际的（practical）也。

四、交际天才

此为女子之特长，因其脑筋细密，人情世故得知之最晰也。女子善辞令，长于男子多多，西洋有谓“女子绝不能守秘密”，此谚之极言女子之多言，可谓甚矣。故交际场中，女子之谈吐特多。夫言语原所以发抒情感，颇有关于文学，故英国十八世纪伊利沙伯及十九世纪维多利亚之时，文学之风最盛。法国当十七八世纪之时，义学亦最为发达。盖以女子社交甚广也。巴黎富美之女子，多遍交文学家；交际宴会，皆所以促进文学家之天才，相延及今，法女尤最擅交际，而女子实为社交之领袖。

总之，女子之智力，近于文学与美术。欧西之文学、美术，赖女子之陶融者，又复不可胜量。女子爱观剧，爱展览，又常喜宴请名歌者、美术家、文学家，以作种种之娱乐。女子既缺乏创造之天才，于文学上直接之贡献甚少，然长于感受，每以鼓励他人之创造。则其与文化之关系，岂浅鲜哉？

女子之德行

一、富于情爱

女子富于情感，人尽知之，家庭之内苟无情爱，则家庭冷寂，形且感及于人生矣。社会上慈善事业，亦多赖女子之经营。故女子之情爱，有如春日之阳光，普照大千，即足以诱万物之更生，化严冬之余烈，人类万物，遂俱赖之欣欣以前进。纵观历史上之文学，多描写女子之情爱。中国优美之文学作品，更以形容女子之情爱为最多。“美人香草”“思妇劳人”在在多是。有为地方文学家特欲为女子写说而作者，有借女子面自说者。总之，唯女子为多情爱，唯女子之情爱足以为文学之精髓，而深映入于人心。中国写女子情爱最深之文学，莫《石头记》若。而《石头记》一书之影响于社会何如耶？故女子之情爱，实为最上之善德，大有贡献于文化者也。西洋有谓“情爱为女子之生命”者，女子一生之生活，未可或离于情爱。解决婚姻则根于情爱；处理家庭亦根于情爱；为社会贡献服劳亦莫不根于情爱。以其以情爱为根据也，则家庭之幸福见，社会于以日进，而文化彰矣。

二、道德较纯

世间作恶犯罪之徒，男子实居多数。稽古以来，或谓女子为罪恶之种子者，实则非是。女子天性娴雅，心地柔洁，其本身不足以作恶而为非，唯无良好之环境以范铸之，故其良好之天性有未尝或以得显耳。即就事实而论之，近代西洋女子之服劳社会者亦已众多，然其犯罪作恶究居少数，而男子之不道德则如故也。尚得谓女子为罪恶之种子乎？道德之裁制女子者素极严密：女子当守贞操，男子则否；男子以重婚为荣，女子即以再嫁为辱。如斯片面之道德，实不能任其长在也。

三、尚虚荣

此为女子之恶德，然亦环境之罪恶有以使之然也。女子之生，不与以教育，不与以知识，则自无怪其目光短浅。彼因无事业之可操，无精神上之愉悦，故不免喜外表重形式而尚虚荣（person vanity）以求人之注意。唯男子则反是，盖彼曾得社会之优遇耳。男子生而受教育，与以充分之知识，则其生活有事业，有目标，唯欲致力于其目的而不暇，不遑及于形式矣。唯社会之不许女子以独立，故不得不重妆饰而尚虚荣耳。有史以来，已尽如斯，然今日解放之声浪弥高，深愿社会之觉悟，能予女子以自立之机也！

四、美化

上次余曾论及真善美为人生之鹄的、文学之津梁矣。今兹所谈，亦宁外是？女子富于美化，尽人而信之，西人竟有讲上帝创造女子时，特意细心修理；至于男子，则粗造以挥之去。此虽未可征信，然用意亦微妙矣。唯女子之富于美化，有审美之天才也，故喜研文学、美术。彼以审美观察万物，则以为万物皆美，世界一美观之乐园儿。观夫受过教育之女子，一言一动，均带有审美的意味。其发言之委婉，实有文学上之价值；其理事之周密，亦颇有关于文化。男子之粗鲁，实宜有女子之天然美以化之！

女子解放之利益

一、增加人生兴趣

中国社会以素不承认女子社交故，乃甚偏枯。女子生活只限于家庭之内，男子又日唯奔波于外务，因是而两性日益隔阂，有造成社会上种种之罪恶者矣！西洋社交多以女子为领袖，以女子之长于交际天才故也。社交若能解放，则女子必更发展其天才，于社会必多方以引人入胜，其足以活泼身心，增加人生之兴趣，岂浅鲜乎？

二、提高道德程度

世人以中国人颇有礼节，此实非确。吾人之曾受教育者，固能保守礼节，然一般低级平民，方其群居燕处之时，曷必以礼节相持乎？通常见夫男子之聚处，诟詈粗鄙，有不堪入目者矣。然有女子当前，则未尝敢也。西洋社会虽在下级平民，亦颇考究于公众之礼节，公众处所，讲礼尤严。盖彼自谓我自为人，若无礼貌，实所以降低我之人格。故能觉礼貌之重要，而有 mannerly 之态度焉。曩者西人亦尝有争论文字而及乎意气者矣，故攻击私人及肆口谩骂情形，亦与今日之中国类似。然法自十八世纪以后，女子之势力渐大，于是礼貌渐重，所谓 gentleman 之风乃日甚。中国今日 gentleman 之风，固所在多有，但近亦常见有做野蛮之行动者，乡曲则有穷酸之习气，文人则有名士派之习气。此皆未尝受女性之熏陶也！

三、发展美化

女子之富于美化，前已言之矣。故女子解放之后，必能收发展美化之功效。今日之社会，吾人不觉其粗鄙而简陋乎？吾人之生活，不干枯而萧瑟乎？苟吾人欲其进而至于优美者，则将唯女子解放之是赖！

此问题之内涵极广，今兹所论，颇为空泛。然深愿诸君能于此问题加以注意，俾女子发展其所长，弥补其所短，以福社会，以益人生，以促进人类之文化！

中国文学在现在西洋之情形

一、引　端

欲研究此问题，必广加参考，而后能详备无遗。今兹所讲者，特其梗概耳。西人称我国学问为汉学，所包极广，一切经子文史之书，莫不毕具，与国人自称之汉学颇有别。然其偏重古代，取径考证，又支离破碎，漫无统系，则诚无与我之汉学有足比拟者。其称为汉学家者，不外两种人物：一者为外交官，一者为宣教士。久寓我国，娴习华言，涉猎古籍，贸然著述。既非卓绝之天才，又不得老师宿儒为之指导，无以窥见学术之源。更挟其成见，有为而作，无传播文化之精意，不过侈陈闻见，以博雅誉耳。以故浅尝辄道，谬误尤多。噫！以彼中人之资，持破残之学，欲使欧西之士，闻风倾慕，消其落寞之心，以深致信仰，岂可得哉。其昧于我国文化，固其宜也。

西人以汉学名者，英之牛津大学昔有 Legge 教授，精中国古文学。剑桥大学则 H. A. Giles 著书三十余种，为汉学教授。近年法巴黎大学有 Chavaunes，立志译廿四史全部。美哥伦比亚大学有 Hirth 为汉学师。然一则逝世数年，一则老病而退谢矣。日者哈佛大学欲设汉学系，将筹款二十五万，延法人 Auroussean 氏（旧为安南河内法国学院教授）主讲，而以我国人副之。卒以老宿不习西文，不谙近世方法，新进洞晓之矣，又不习国故。迁延数年，无能膺此席者。是则所谓汉学系，宁有昌大之望耶。

诸人视汉学无异于埃及、阿拉伯、印度诸古国之学，故能于考古学多有发现。如 Paul Pelliot 之于山西。汤阴县之殷墟甲骨，Sir Aurel Stein

之于敦煌石室之流沙坠简是也。近又与吾国考古学家互通声气，孜孜不倦。然非研究文学也。Legge 教士也，Pelliot、Hirth 皆外交官也。类不能专心致志，为统系之研究。至普通教士，更意存敛财，侈言布道，不惜诬造丑语，暴人之短。是则污蔑有余，宣扬不足，尤卑卑不足道矣。

二、翻译事业

十七、十八世纪间，西人之流寓我国者，多旧教士。承中古教会之遗风，学术根底颇厚，精研汉学，著述甚富。惜皆以拉丁文写，今多淹没不彰矣。新教徒之学术精神，远不如昔。Legge 氏可称翘楚矣，而其翻译经籍，类逞其臆说，崇耶稣而卑孔子。其翻译目的之不纯，于此可见矣。综其翻译之书，可分左之三项：

（一）哲学

所谓哲学，包诸经、诸子而言。Legge 专译经书，如《诗》《书》《易》《礼》《左传》，及四子书皆译全本。东方丛书中有德人 Forke 之译杨朱、L. Giles 之译《论语》及老庄列诸子，与 Cranmer-Byng 之《诗经》、M. Gom Old 之《书经》、辜鸿铭之《中庸》、陈某之《孝经》诸书。重译本甚夥，而以老庄为尤甚。盖老庄主自然，有类于浪漫派，是以喜之者多也。印度哲学近亦为所重，有名大学多授梵文，所译佛经亦众。其研中国佛学者，有 Johuston（今为溥仪师）与 Rockhill（仍为美国驻华公使），著书言中国与西藏之佛学颇知名。

（二）史学

西人研究吾国史，有偏于古代之弊。Chavaunes 立志译廿四史，成《史记》四十七篇而死。Hirth 著《中国古代史》，颇滋遗误。近 Cordier 著《中国通史》，伦敦《泰晤士报》谓此书之弊，在偏于古代，又内部史事殊略，四裔事特详。揆厥著书之旨，不在中国史事，而在中西交通之迹。故凡有关于欧洲之事者，乃考之至详。记匈奴始末甚悉，为其有关于匈牙利也。西域诸国事亦详，将以求汉与罗马交通之迹也。非是则虽为文化之大源，社会之事业，亦概付阙如焉。其稍涉概略处，率皆抄自法人 De Mailla 于 1734 年所著之《中国通史》。即其稍详之最近百年史，亦不过罗列报纸公文而已。由此观之，则西人之研究国史，类谬具臆见，转相抄袭，昧于精粹，滥摭糟粕而已矣，尚何望哉。

（三）诗文

昔旧教士有以拉丁文译诗者，今其书多不传矣。近人 Giles 著《中国文学史》，内容殊欠完备，又复偏于古代。盖古代书籍少，更经前人整理，掇拾尚觉易易。至于近代则浩如烟海，又乏统系，茫然无从抉择也。观其于有清一代文人，仅载蓝鼎元、袁枚二人，书籍仅及《红楼梦》《聊斋》，其浅陋可见矣。译诗之可观者，有 Judith Ganthier 女士于 1862 年出版之《唐诗》。女，法国人，其父为大文学家 Theophile Ganthier 君，喜研究东方文学，与华人 Ting Tungling（译音今不识为何人）为友，于汉文研之颇精。女士家学渊源，能多译李、杜杰作，故其书颇有名。近年译诗之最有价值者，为英人 Authut Waley 于 1920 年出版之 *170 Chinese Poems* 及 *More Chinese Poems* 二书。氏服务于博物院，专掌东方书籍，日事披览，闻近方研究赋体云。又去岁美国有 *Fir Flower Tables*（《松花笺》）出版。书为 Flovence Ayscough 与 Arng Lowell 二女士合译而成。Ayscough 与 Lowell 为同学，居华甚久，娴于华言。Lowell 则美国形象主义诗派（Imaglism）领袖。Ayscough 以华文直译为美文，Lowell 润色之，使成音节谐适之诗，历五六年始成，颇可观采。然究不若 Waley 书之善也。西人喜太白之诗过于工部，盖太白天才卓越，近于浪漫派，杜则学者之诗，典实绝多不易解也。尤喜白香山诗，以其明白浅显，且富人道思想也。Waley 谓研究华文一年，即能通晓白诗，亦未免言之太易矣。

Waley 之第一书别为二卷，前为古诗与唐诗。后为白居易诗，译笔颇佳。若所译陶潜之《归园田居》一首，可谓纤密无遗矣。然究以汉文程度未深，不能了解国人之思想习惯，每致丧失原意。如《行行重行行》一首之末二句，竟译为“我不念君，我只加餐”。温柔敦厚之旨，完全剥丧矣（二诗附后）。

三、汉学家之论我国文学

国人受古大家之熏染太深，每尊古逾恒，不能脱略陈言，发抒己言。西人则以崭新之头脑、自由之眼光，衡量其间，而无牵拘之弊，颇能出其创见，为国人之考镜。如 Giles 之认《红楼梦》为文学，即前此国人所不敢言者也。西人尝谓“中国文人少宇宙观念，乏哲学思想，故如荷马、莎士比亚等第一流之文学家者实无其人。其所为诗多发于人生感触，反躬自省，形于篇章。惮言男女之情，笃于朋友之爱，故以朋友酬酢伤别之诗为多。性恬淡，与世无竞，而好交游、美酒，则中国诗人之特色也。又谓中国诗人生活，可分三时代：始以考试，群集京师，饮酒赋诗，以成其学，即或居官，亦清闲无事；继则得罪远谪，至于荒徼，穷愁无聊，鲜可共语，乃赋诗怀友，自鸣其苦；终则年位既高，退休林泉，以娱暮景，亦颇能得其大概。Giles 论中国文学，载在大英百科全书，谓：“中国文学有四大特色：（一）古学渊源，中无间断。（二）文学之材料与范围极广，尤能发挥尽致。（三）史书记事，详悉而正确。（四）文学思想甚高，不涉淫秽。”多发国人所未发。然以不睹文学全体，不明背景，终不免于一偏之论也。

四、文学宣传之必要

文学之所以必宣传者，有三道焉：一者国与国之了解，必资于文学也；二者增国家之尊荣，使人消其轻视之心也；三者己有美物，宜公之于世也。国人昧于此道，莫或注意宣传。Giles 尝为之叹曰：“中国有若斯之文学，而不欲自显于世，其赋性之特异，诚使人百思而不得其解也。”噫！不能自扬其善，而日以推倒固有文化为事，而外人乃为我惜而保存之。事之可耻，孰甚于是。彼日人则不然。兢兢然保存其固有文化而宣传之，谓彼虽源于中国，实已青甚于蓝。转缘是而启西人研究我国美术之心。今西人已赞我美术之高且美矣，盍不乘此而自宣传之乎。

宣传之法有二：一则国人自以西文著述，一则西洋汉学家著述。前者须先于本国文学有精微之研究，而又有西文著述之才，非兼人天资不能到。后者只需于中国文学明解无讹，已足优为。其事虽不能咄嗟立办，然较之吾人之以西文著述，固已有难易之殊矣。今日所当为者，在互通声气，培养人才。与汉学家通力合作，则西洋学术之信仰日隆。做育人才，则世界大学之师资不乏。两者办，则国光播于宇内，一洗从来汩没之耻矣。非然者，则中法政府虽有中法文化运动之举，欧洲各大学虽有中国学院之设，亦不过使一知半解之辈，厚诬吾国文学而已耳。犹不若绝无此举之为愈也。然则谋所以宣传文学，诚当务之急矣。

附：《行行重行行》与《归园田居》第一首之原文译文如下：

（1）

On and on, always on and on,
Always from you, parted by a life—parting.
Going from one another ten thousand "li",
Each in a different corner of the world.
The way between is difficult and long,
Face to face how shall we meeting again?
The tartar horse prefers the north wind,
The birds from yuch nests on the southern branch.
Since we parted time is already long,
Daily my clothes hang looser round my waist.
Floating clouds obscure the white sun.
The wandering one has quite forgotten home.
Thinking of you has made man suddenly old,
The months and years swiftly draw to their close.
I'll put you out of my mind and forget forever.
And try with all my might to eat and thrive.

（一）

行行重行行，与君生别离。
相去万余里，各在天一涯。
道路阻且长，会面安可知。
胡马依北风，越鸟巢南枝。
相去日已远，衣带日已缓。
浮云蔽白日，游子不顾返。

思君令人老，岁月忽已晚。
弃捐勿复道，努力加餐饭。

(2) Returning to the Field

When I was young, I was out of tune with the herd:
My only love was for the hills and mountains.
Unwitting I fell into the web of world's dust,
And was not free until my thirtieth year.
The migrant bird longs for the old wood:
The fish in the tank thinks of its native pool.
I had rescued from wildness a patch of the southern moor,
And, still rustic, I returned to field and garden.
My ground covers no more than ten acres:
My thatched cottage has light or nine rooms.
Elms and willows cluster by the eaves:
Peach trees and plum trees grow before the hall.
Hazy, hazy the distant hamlets of men.
Steady the smoke of the half-deserted village,
A dog barks somewhere in the deep lanes,
A cock crows at the top of the mulberry tree.
At gate and courtyard - no murmur of the world's dust:
In the empty rooms - leisure and deep stillness.
Long I lived checked by the bars of a cage:
Now I have turned again to nature and freedom.

（二）归园田居

少无适俗韵，性本爱丘山。
误落尘网中，一去三十年。
羁鸟恋旧林，池鱼思故渊。
开荒南野际，守拙归园田。
方宅十余亩，草屋八九间。

榆柳荫后檐，桃李罗堂前。
暧暧远人村，依依墟里烟。
狗吠深巷中，鸡鸣桑树颠。
户庭无尘杂，虚室有余闲。
久在樊笼里，复得返自然。

中国古典文学之重要

在开始讲中国古典文学之前，我必得要解释，什么是古典文学。我所说的古典文学，就是指那些标准的，用最好的文字写的，从古到今堆积而成的一切文学作品。荷马的纪事诗，莎士比亚的戏剧，是古典文学，密尔登的《乐园的失去》，也是古典文学，虽然时间上后者比前二者较近些。所以我所指的中国古典文学，是指一切最好的中国文学，时间的古今，没有关系的。

因为时间的限制，我只能说几点最概括的话，来说明研究中国古典文学的重要，其中有许多意念，也许诸位初听了，不表赞同，必得解释后方可了然的；有的，也许要深思之后，才能发现我论点的正确。但是，无论怎样，我只能说几个扼要之点的：

第一，研究古典文学，就是一种普遍教育（liberal education），因为古典文学，是过去一切经验、生活、智慧堆积而成的蓄水池，普通的人读了，可以扩大他们的心灵，提高他们的道德，教他们如何做一个完全的人（perfect man）。现在的中国，科学就是一切，试问一个科学家，能否终身埋葬在实验室里？在几小时的实验工作以后，他一定要回到家里，也许要访问朋友，这里就会用着古典文学了，这是很危险的，就是那班从事科学的人，只知道他们择定的事业，而完全忽略了古典文学。要晓得科学给予吾人的是自然定律（natural law），而没有人的定律（human law）——伦理学、神学、社会学等除外，此处只限于自然科学——它只能给人以智识，不能给人智慧（wisdom）。智识和智慧，当然是两件绝不相同的东西，所以不论你对于某种科学有专长（specialization），它是不能帮你许多的，还是做人要紧，专工在后。同时，古典文学，是用最好的语言写成的，它不仅给你以教训，且给你以快乐。

第二，古典文学是永久的存在（everlasting），因为古典文学是最好的文学，所以它有不朽的价值。譬如，莎士比亚几百年前是最伟大的一个，现在仍然是最伟大的一个，也许将来永远是最伟大的一个，你不能对莎士比亚有所改进。世界好像是一个牢狱，只有古典文学，给你以智慧，从这世界里超脱出来，如果你不研究它，你将永远像一个囚徒，困在牢狱里，没有精神的扩展。同时，进步的观念也不能应用到古典文学，整个的精神文化，和完美的人性，只有发扬而无所谓进步，一切日常事物的进步，只是一种肤浅的表面而已，假使真有所谓进步，那么你今天研究之所得，到明天已成为不进步了，谁还肯去研究呢？所以，只有在这永久存在的文学之中，你反能得到鼓励和慰藉。

第三，古典文学是真正的民族性（true nationality），中国人所信的，是一种历史的不朽（historical immortality），所谓“慎终追远，民德归厚矣”，就是这个意思。我们相信，我们的祖先，不论已如何久远，依然生存在别一世界里，随时能同我们接谈，并且随时能提醒我们他们过去的、光荣的、吩咐我们的事业和名言，既然一个人，对于过去是那样崇信，因而才会生出敬爱的感情来。许多人，对于中国的现状，感到悲观，以为中国是无可救药了，于是他们也随着这恶劣的环境变坏起来，原因很简单，就是他们已经忘了我们的过去，曾经有过一次比现在更真的、更好的、更美的中国社会。所以，如果要得大家都有爱国心，第一，必得大家先要晓得我们的过去，然后同一的感情才会产生出来，那班研究科学的人，只知专工，各走各的道路，哪有互相了解的可能呢？

总之，要救中国，唯一的途径，须从研究古典文学着手不可，它可以增加你的智慧，供给你的快乐，扩大你的感情，把中国能复兴到一个最真、最善、最美的境地。

英国文人生活之今昔[①]

1942 年 11 月

今天中央文化运动委员会要兄弟到这里来演讲，我所要讲的题目就是“英国文人生活之今昔”。在旅居中没有什么书籍参考，找不到材料，所以只能大略地讲一讲。

所谓英国文人生活的今昔，包括上下古今。今就是现在，现在很复杂；昔就是从前，时间很久。不过英国的文化史很短，我所讲的从前，主要是从十八世纪起，所包括的不过是二百多年。

英国文化与中国文化有相同与不相同的地方。相同的地方，例如中国文人与政治关系非常密切，所谓“学而优则仕”，英国文人与政治关系一样密切，但这不是现在，是十七、十八世纪。英国文人很规矩，道德观念很深，否则社会舆论就很不好，这也好像中国文人必须道德文章都很好，才能被人推崇一样。不同的地方，就是因为民族性的不同。英国宗教与政治的关系很深，宗教与学术的关系亦很深，在中国历史上则不然。

不仅英国，可以说整个的西洋，在以前完全受宗教的支配。教皇是最高的权威，他可以统调一切。那个时候是神治时代，人类生在这个世界是预备将来的，此生并不重要，所以有天堂地狱的说法，这个思想深入在一般人的脑筋。那时除牧师外就没有学者，老百姓一天到晚只知道祈祷做礼拜，所得到的都是些《圣经》上的传说。

---

① 本文是梅光迪在中央文化运动委员会发表的演讲。

那时只有拉丁文，写东西都是用拉丁文，一直到现在教皇公文还是拉丁文，因为只有一种文字而且受宗教的支配，所以政治思想社会改革等就讲不够了，只知道《圣经》上的话是不错的。十四五世纪，意大利开始文艺复兴运动，希腊罗马文化重行〔新〕出现于欧洲，为思想解放的先声，到了十六七世纪科学萌芽，思想解放的潮流，更加剧烈。宗教与科学是两个极端，不能相容，便压迫科学，很多人为思想牺牲。科学最大的贡献就是打破宗教家天堂地狱的说法，哥白尼解说地球是动的，地球并不是宇宙的中心，这点对于思想解放功劳非常之大，思想解放了，就证明《圣经》上讲的话不对。

十六世纪产生宗教革命，新教起来了，新教是抗议教，我国译旧教为天主教，新教为耶苏〔稣〕教，根本不通。近来改译旧教为公教，好得多。新教当改译为抗议教，以个人良心为基本，近于民治主义。那时罗马教皇仍然高于一切，约束人民的自由，所以欢喜新教者多，就此政治与宗教冲突起来了，闹了好久，北欧人多用于新教，南欧人仍多保持旧教。直到如今，南北分作两派，由宗教革命而演变到十八、十九世纪的政治革命，其主要原因是由于思想的解放，而后才有宗教和政治改革，在这个时期英国当然受着很大的影响。

在十六世纪意大利是欧洲文化的领袖，十七八世纪法国是领袖，先从意大利传到法国，以后又传到英国，从意大利传到法国经过一百年，从法国传到英国又经过一百年，所以英国的文化相比较而言要迟二百年。

旧教主张君权，新教主张民权，十七八世纪英国王党主张君权，议和党主张民权，查理斯第一于 1649 年上断头台，就是两个党争最激烈的表示。宗教政治问题还没有解决，一直到 1688 年在英国史上成就了“不流血”革命，后来又在 1701 年定了一个条文，英国国王不论男女是要新教的人，从此英王与国会的争执才解决，这是世界上最光荣的革命，英国人很自豪地说：1649 年的革命不好，1688 年的革命好。国会的地位也提高了，立法政治也稳定了。以后英国有两派：一是保守派，一是自由派。现在有了三派，多了一个工党，从十七八世纪到最近，英国一直是两党政治。

现在讲英国文人日常生活与著作生活。我前面已经讲过英国文学史很短，从安特洛沙克到诺门征服时代，英国文学没有人注重，因为英国文学还没有成熟。英国诗祖，乔索〔叟〕，是在1400年死的，当中国明朝初年，今人读他的文章，要用字典。中国文学久已到了最高峰，而他们才启蒙，可见其文学史的短了。

他们只有三种学问在社会上有地位，有学问的人都归纳在这三种里面，一是神学，一是法学，一是医学，除开这三种没有出路。牧师是很高的地位，做了牧师还可以干涉政治，英国历史上有主教而做首相的，中国完全没有这种事。

英国牛津、剑桥两大学是中世纪创办的，就是研究神学的中心，他们大家都是不结婚的，一直到现在还有一部分教师不结婚的，在英国文学史上许多文人做过牧师的，现在还有做牧师的。政权在贵族手里，宗教与政治分不开，有学问的人都与宗教有关系，宗教又可以干涉政治，到了十七世纪的末叶，政治宗教问题解决，助党政治成立了。

到了十八世纪报纸也出来了，那时报纸很简单，一篇文章五六百字，所有新闻都很陈旧，普遍都是一星期以前的消息，广告毫无，组织很简单，只有主笔一个人，或者约几个朋友帮忙。报纸与政党发生了关系，多成了机关报。十九世纪以后，不属党派的报纸，始渐渐出现。

十七八世纪政党与文人联络。在英国有个“恩主制度”，在这个制度下，一般有权势有政治地位的人，需要别人来捧他，于是就罗致很多文人在他的门下，等到他的一党成功，左右的人便都做官，做官以后有许多权利就可以享受，或者到外国去游历，恩主给他旅费。英国那个时候看意大利、法国了不得，少年学者谁都想到欧洲大陆去看一看，好像中国人现在出洋留学一样。又有一种养老金办法，所谓养老金并不是专门留待老年文人，就是二十几岁的青年，也可以领取。这不过是恩主给予他的门下人一种津贴而已。文人游历回来还可以做官。这种恩主制度在十七八世纪前后很是流行。

在文学史上讲，这种恩主制度是由约翰生博士打破的，博士少年时很穷，他不愿意奔走于大人先生之门，他到伦敦报馆里和书店做事，生活非常的苦，冬天的时候，他晚上若是没有钱住寓居，就在街上走来走去，走到天亮，以免冻死。后来他一个人编字典，将要出版的时候，名声已逐渐地大起来。吉斯特菲尔公爵，以前本看轻他，到那时候公爵忽然用化名在报纸上写了两篇文章，把博士着实恭维一番，他的意思要想博士把字典贡献于他，承认他为恩主。博士本性高傲，又曾被轻视，到这时名誉已成，用不着恩主帮忙，就写了封信给公爵，指明他过去对他所加的白眼，我自己努力奋斗而至今日，用不着别人帮助了，从此恩主制度被打破。文学史家每称博士的信，为文人的独立宣言，其重要可想而知。

这班宗教贵族领袖大都很有学问，至少对希腊罗马和法国文学有相当研究。吉斯特菲尔公爵，尤是第一流的散文作家。一般文人与这些大人先生们的关系怎样表现呢？就是自己作的书贡献给恩主，将恩主恭维一番，有的是这样说：我认为你是一个了不得的人，学问也好，道德也好，与古代某某政治家可以比，这些话你不要人家讲，然而人家不得不讲，因为你实在太好了，人家一定要讲的，这书就是为你而作。

除此外还有其他的方法，如作文作诗歌戏曲来恭维他的恩主。稿费一项，以前文人因读众太少，书籍销路不广，自然难靠它来维持生活，十七世纪密尔顿的杰作《天国的丧失》，只得了稿费五镑。十六世纪的诗圣莎翁，便不听见其得了多少稿费。到了十八世纪情形就不同了，蒲伯的荷马两大史诗译本收入了八千镑，使他个人生活问题解决。约翰生博士本来不曾打算，然而他的早年所得，《英文字典》亦得一千五百七十五镑，晚年成名后的《英国诗人传》得了三百一十五镑。同时苏格兰史家罗普生斯著的《查理斯王第五传》得四千五百镑，一种著作而得这笔大稿费，在十八世纪算得打破了纪录，在英国文学史上，亦至今传为美谈。

以上皆指成功的文人而言，其他少年落魄的，或终身潦倒的，则亦不可胜记。这些人住在“顾罗布”街，蜷伏斗室，衣衫褴褛，形容枯槁，又因拖欠房金，常有“捉将官里去”的危险，其境况实在悲怆万分也。

十九世纪以后，著作更盛，杂志书籍更多，工商业发达，教育渐广，读众从此增加，文人有稿费，有版税，更可以维持生活，用不着依靠政治活动。十九世纪之初，三大杂志，最有权威，即是《爱丁堡》杂志、《四季》杂志、《鸟本》杂志，稿费大约每页一镑，一篇文章可得二十余镑。文章多而刊成书，又可得版税，所以文人有终身依靠杂志卖文为生活者，如大散文家第昆西、韩特立等都是如此。

现在一般版税，普通自百分之十至百分之十五或百分之二十，看文人的地位而定，最多的不超过百分之二十五，以后加印再加版税。

十八世纪一般人爱好戏剧，戏剧的条件是头几夜卖票的收入给剧本作者。十九世纪以来小说的销路比剧本强，此外还有传记游记等书，亦可风行，若现在风行的小说，改编为电影，则收入更多。

百年以来，小说家最赚钱，司考特、迭更司、莎克雷，现在的威尔斯，皆一生收入至数十万镑。

还有种预约写稿的办法，由书店老板给钱，指定作家到什么地方去写作。另外还可卖票讲演，由经理人请你来讲演，大号的广告登起来，今天在这里，明天在那里，英国文人总是到处去讲演。美国晓得它的文化比英国落后，爱请英国文人讲演，迭更司、莎克雷在美国讲演，一晚可以卖票四五千元，英国人有个老脾气，对美国演讲，美国人恭维他，花钱去听，他回去还要做事讥笑美国人，所以有人说美国人出钱买人骂。

若马考莱所著《英国史》版税也极多，有一次书店给他两万镑的支票一张，也为当时一般作家所艳称。

再讲到英国文人的平常生活，十八世纪以前，材料不多，我们知道的很少。在十八世纪的时候，文人差不多都集中在伦敦，文化政治中心是咖啡馆，文人政治家以及商人大都是在咖啡馆里谈话消遣，咖啡馆是分开的，文人归文人一处，政治家和政治家一处。

约翰生博士中年丧偶，又无儿女，成名后二十几年，就在咖啡馆消磨光阴，常是下午一两点钟才起来，家里不开伙，一起来就到咖啡馆，朋友一齐来了，开始谈天，晚上两三点钟才回去睡觉。所以在文学史上十八世纪的文人谈话是最出色的。谈话的时候大家参加，约翰生博士的弟子鲍斯威尔，每每执笔劳侍，暗中把老博士的谈话或和别人的争辩忠实地记下来。老博士死后，写了一部《约翰生传》，不但博士起居行动、声音笑貌，写得活现，即整个十八世纪后半的英国人生活，都在其中，这一部传记，比最好的小说还有味，大家公认是世界上第一部传记作品，因之博士也成了英国历史上第一模范人物。

这种谈话的风气是学法国的沙龙，沙龙是以女子为主，要必须有相当地位，而且好客，才可以招致许多名人，唯一的宗旨就是谈话，这种交际生活，富有趣味，仿佛我国魏晋时代的清谈。

那时英国交通不便，除了到欧洲大陆去，到了伦敦就住下来了。伦敦交通工具是轿子，男子都戴假发，文人爱吃茶吃酒，也有衣服不干净，一件干净衣裳穿上身就弄脏了，住的房子大都很旧，十八世纪大都是这样的。

十九世纪以后交通发达了，伦敦虽仍然是中心，可是不一定住在伦敦，大都搬到郊外去住。晚上还可以在伦敦吃饭或者看戏后再回去，家中养花种菜，以及各种健身运动，而伦敦则近在咫尺。现代欧美各国生活方式，就是城市山林，兼而有之，文人生活，自然不能例外也。

以上讲的很简单，因为材料无法搜罗，文人生活为一般人所知的比较多，因为文人生活有趣味，文人的传记也特别丰富，特别写得好，英国最好的三部传记，都是文人的传记：（一）约翰生博士；（二）司考德；（三）卡莱尔，都是文学杰作，读之使人兴味淋漓。文人传记一方面可以看出文人的生活，一方面可以反映时代和民族性，这也是我今天所要讲英国文人生活的理由。

竺可桢

(1890—1974)

生平简介

竺可桢（1890—1974），又名绍荣，字藕舫，浙江省绍兴县东关镇（今上虞县东关镇）人。教育家、地理学家、气象学家，中国近代地理学和气象学的奠基人。1908 年毕业于澄衷学堂。1910 年赴美学习，1913 年毕业于伊利诺伊大学农学院。同年入哈佛大学地学系研究气象学，1918 年获博士学位后回国。1918—1927 年历任国立武昌高等师范学校（今武汉大学）、南京高等师范学校（后改为东南大学、中央大学，现为南京大学）、南开大学教授及商务印书馆编辑。1928 年后任中央研究院气象研究所所长、浙江大学校长。在他担任浙大校长的十三年之中，浙大从原来文理、工、农三个学院十六个系的规模，发展到文、理、工、农、师、法、医七个学院二十五个系（最多时达三十个系）、十个研究所，教授也由原先的七十余名发展到二百余名，先后成为国家高级专门人才的浙大学生也达三千五百余人。换言之，这些人才后来几乎全是新中国科学教育事业的骨干力量。1929 年起连续当选为中国气象学学会会长、理事长、名誉理事长。中华人民共和国成立后，任中国科学院副院长，兼中国科学院自然资源综合考察委员会主任、生物学地学部主任、中国自然科学史研究委员会主任等。1955 年当选为中国科学院学部委员。1974 年 2 月 7 日因肺病在北京去世，享年八十四岁。

欧洲战后之新形势

1921 年

欲明欧洲之新形势，当略知近百年来欧洲之历史。兹故先叙战前，自维也纳会议至大战之发生，再论此次和会与战后之境状。

溯自拿破仑一世以迄此次大战之初生，中经百年，几无宁岁，各国外交，时生轇轕。察其原因，不外两种主义之冲突而已。二者云何？帝国主义与民族主义是也。意大利语有 Italia Irredenta（即意大利人之意大利），爱尔兰有新芬（Sinn Fein）党（新芬意爱尔兰人之爱尔兰），皆含民族主义之思想。英法德奥俄意立国既强，处优势而所握厚权，以凌制弱小民族。弱小民族，屈于其下，心实未甘，日常思逞。故自拿氏以迄欧战，无一宁岁者以此，一方力谋压制，一方力谋反抗。帝国与民族两主义之不相容，非止一日矣。

维也纳会议与此次和会，有相同之处：一由联军之败拿氏，一由联军之败威廉也。维也纳会议所注重者，厥有两点：第一欧洲势力之支配，战胜国得利益均沾；第二压制弱小民族，弗使民族主义之实现。然自 1815 年以来，其第二目的，实未能达到，帝国主义之势力，反形退步。则欧洲民族主义思潮之渐膨胀，有以致之也。罗素谓帝国主义（Imperialism）及民族自决主义（Self-determination）。皆系国民主义（Nationalism）之变相，二者异流而同源。所谓国民主义者，即各人对己所属之民族，视为己群，而视己群较视其他均占优胜之习惯也。此种主义，行于势力强大之国家，则成帝国主义；行于弱小之民族，则成民族自决主义。其言诚然。但帝国主义与民族自决主义，根本上实有区别：一无限制，一有限制也。帝国主义者，专顾己之民族主义，而弗顾他人之民族自决主义者也。忆自欧洲各国，注重教育，使爱国之心日进，民族自决主义之势力，亦日益以大。独立小国，因逐渐增多，此实与我国春秋战国时代异状。我国自春秋战国至秦，由分而合；欧洲近百年来，则由合而分。计欧洲自维也纳会议至此次大战百年中，新产之国有八（比利时希腊罗马尼亚保加利亚塞维亚孟的尼革罗）。此八国者，皆因其民族自决主义，日渐发达，卒能打破其压制国之势力而完成其独立。即论此次大战之近因，亦由帝国主义与民族自决主义之相冲突。试观南斯拉夫人刺奥之太子，即可知矣。先是僕斯尼亚（Bosnia）、海尔士可福拿（Herzegovina）两省，属之于土，而民族则为南斯拉夫种。奥于1909年，用武力得其地。南斯拉夫人不服，常聚会密谋革命。1914年6月，奥太子亲临其地，原为慰问起见，不料忽遭南斯拉夫人之暗杀。从此烟雾迷天，大战之局顿开。推究其根，是大战之生，亦由二主义之不相容也。

此次和约，威尔逊总统首倡人道，高揭民族自决主义，风声所播，日扩以大，似可永除两种主义之冲突，而长奠世界于和平。但究其实，所谓民族自决者，不过行之一部而已。然虽未全行，而欧洲受其影响者已巨。当维也纳会议时，欧洲仅十二国。至此次大战以前，已增至二十国。今又由二十国变至二十有七国。计由俄分出者，有芬兰（Finland）、爱沙尼亚（Esthonia）、拉脱维亚（Latvia）、立陶宛（Lithuania），由奥分出者有捷克斯洛佛（Czecho-Slovakia）、巨哥斯拉夫（Jugo-Stavia）、匈牙利（Hungary），此外尚有波兰（Poland）、阿尔巴尼亚（Albania）。除塞维亚孟的尼革罗合并于巨哥斯拉夫外，较战前尚多七国。此其产生，无不受自民族自决主义之影响。

以上所述，为1815年至此次战后之情形。帝国主义与民族主义之冲突，可告一段落，似乎民族主义，渐占优势。然按之实际，殊为未然。即因民族自决，未能悉举。凡有利于战胜国则行之，不利于战胜国则否也。

亚尔萨（Alsace）、劳运（Lorraine）二州，历史上久成争点，或曰应归德，或曰应归法，议论纭歧，莫衷一是。若以历史观之，二州最初属于德者也。大抵定国界者，其法有三：（一）依人种定界。谓若奥归奥人，芬兰归芬兰人之类是也。中国大部分之境界，均为人种之境界。但严论之，中国之疆域，应比现在犹大。（二）依地势定界。此如印藏之界，非依人种，乃以天然形势之喜马拉雅山定也。以形势分，不如以人种分者为正。山川形势，易有出入，难深辨也。（三）以经济定界。此如中国各处之租界，英之有香港，日之据青岛，亦属此类。三者之中，盖以此为最坏。凡以经济定界者，乃帝国主义，非民族自决主义也。今欧洲各国之定界，则三者咸备。

德之二州，姑不论其历史。以人种论，百分之九十操德语，百分之十操法语。和会既揭民族自决为帜，于此二州，威氏独徇法请，否认其有自决权，宁符初旨。再以地势论，法国与亚尔萨间，原有瓦斯高山（Vosges）为天然界线，似当依此为定。而今者乃远在其东，既不凭人种，又不论形势。今兹所定，纯以经济为其主因，即由二州有极佳之铁矿而已。

德之西南境如此，试再观其东陲。旧日波森（Posen）一省，就民族言，归波兰宜也。西普鲁士（West Prussia），德人占人口全数百分之七十五，乃亦畀之波兰。既弗系于人种，又非因有天然形势也，徒为波兰谋一海口，使其商业得发展已耳。此全基经济以定界，极不允妥，终必发生问题，为异日之导火线也。

奥与德皆战败国，大战以来，奥匈分离，昔日奥匈所管辖者，今皆各树一帜。计现时匈国面积人口，仅当战前七分之一；奥国面积人口，仅当战前八分之一。国削之亟，令人心惊。夫匈奥昔以异族强合为帝国，其瓜分固宜，但匈牙利平原，论民族与地形，皆应完全归诸匈牙利而和会独否之。又如匈国与捷克以塔大山脉（Tatra）为界，与人种及天然形势二者俱合，和会处置，亦不如此：割塔大山（Tatra）以南平原之一部以归捷克，因捷克农业不丰，故特割此。此亦缘于经济者也。匈国之南与南斯拉夫间，不以多瑙河之天然形势为界线。凡此种种，皆与民族自决相背驰也。奥之的罗尔（Tyrol）省内有不利那关（Brenner Pass）（阿尔卑斯山间三隧道之一）今归意有，亦不合理。因以民族论，Trentino 之全部，均为奥人，而非意人也。徒以意人涎之已久，和会猥以此归之耳。

奥在战前，强国之一；今则矿产地归捷克，农产地归匈牙利，海滨复为意大利巨哥斯拉夫所瓜分。矿产农产既失，工业更无从兴起；计其农产，仅足供给本国人民四分之一。除唯仰人哺济，奥人殆成欧洲之乞丐矣。英法向德索赔款，而独不敢以问奥者，职是故也。为奥之计，唯有与德合并，稍可自救。或谓德亦穷迫，宁能纳奥，不知纳奥则人口面积加多，可以互助兴工业也。奥愿入德，原不悖乎民族自决之旨，而法国则竭力阻止，于和会上先声明不许德奥合并，此其有悖于民族自决主义，尤显然矣。

布加利亚（Bulgaria）亦系战败国之一，其国界之定，揆诸民族自决主义，殊欠公允。北方与罗马利亚（今译罗马尼亚）以多瑙河为界，而多瑙河南之多布鲁杂（Dobruja），实为罗马利亚所有。布加利亚因有塞拉斯（Thrace），故能出多岛海，今乃割取之，使归希腊。夫于波兰，则夺人之海口以畀之；于布加利亚，则夺其海口以畀诸人。事实相戾，理宁谓平。故此次和会，不唯有悖民族之旨，且为后来开纷乱之端。举凡欧洲今日之糜烂，无不受自和会余毒之影响，此实不幸之大者也。当民国五六年时，虽两方胜负未决，世界人士，咸抱有希冀，以为此次大战，庶为世界最后之战争。美人望之尤切。所以加入欧战者，谓定此最后之一战，世界将可从此太平也。以今视之，直同呓语。盖今日情势，且有不逮战前者，诚不禁令人神沮。和约之不公允固也，然使签订和约各国，即安然依此不公允者以行，犹有说焉。今观列强中，愿遵守此和约者，直无一国尔也。

按国际同盟组织，系分两部：一为议会（Assembly），一为行政会（Council）。行政会以五强国及巴西、比利时、西班牙、中国（希腊内乱未得入，中国遂得代之）之代表组织之。诸国虽有代表，而行政方面，唯五强国之命是从。行政会具有左右议会之权，其不列席行政会诸国代表，徒为偶像而已。关于欧洲形势之讨论，五强中美不愿过问，而日则不能过问。所除唯英法意三国，此三国者，又忘和约，视和约如废纸，绝不肯降志守约。例如上西莱西亚（Upper Silesia）问题，和会主自决为断，依本年三月之结果，大部归德，小部归波，斯已定矣。而波仍抱帝国主义，欲悉有其他，因往侵之。德亦举兵相抗。英法对此，各怀意见。法袒波兰，由于畏德，盖法与德为世仇，德强法必不利。使德之工商业一蹶不振，永无再兴之望，法之私心也。法颇不愿德有上西莱西亚之巨矿者以此。英人则若袒德，而抑波兰，然其所以袒德者，非果主持公道也，实亦由于自私之心耳。盖欧战以前，英亦畏德，因其商业勃兴，将与英争雄于世界商场中也。今德骤改昔观，迥非前比，战败以来，商业大衰，海外殖民，无复寸土，谅其绝不能与英对抗，故亦不之忌也。但英德两国间，进出口货，为数极大，殆与英美相埒，故英昔忌其过强，今亦不愿其过弱，以其有影响于英本身之商务，故急望其恢复也。英法之各愿私利，即此可见，其蔑视和约，尤彰彰矣。

土耳其之瓜分也，亦为和会所规定，但瓜分未匀。法忌英之得美索不达米亚（Mesopotamia），意忌希腊之得士麦拿（Smyrna），各国意见横生。意法两国撤退戍兵，还交所割之一小部，欲买好于土耳其。英亦恐领地中回教徒之怀恨，因亦赞成修改对土和约，以示与土结欢。唯希腊尚欲根据和约，以争士麦拿。协约诸国，袖手旁观，弗之过问。英法意之不能一致，和约之不能实行，此又其一端也。

意与法意见亦有冲突。法畏俄德复强，故极力扶助波兰捷克巨哥，使成俄德之劲敌。意则反是。意原为奥之一部，与奥为世仇。奥既瓜分，南斯拉夫新起，密通意境，一旦强盛，亦将不利于己。意国贸然欲取阜姆（Fiume）者，职是故也。然美国反对于前，法国弗助于后，而阜姆卒归独立。综上以观，可知英法意各国唯利是图，苟与本国利益有冲突者，虽破坏和约，亦在所不恤也。

和会之上，五国雄长。欧人冀美之来，而美弗愿。日本纵思参问欧事，亦不之许。欧洲形势既为三国所把持，而三国者，又各不同其旨趣，欧洲将永无宁日矣。民族自决，既未全行，国际联盟中各国，又不能同等待遇。和会大权，唯操在少数国之手。外观美日若英，竞施军备，复无已时，世界永远和平之望，殆将绝矣。夫真谋世界永久和平，有三者最不可缺：（一）完全民族自决；（二）和会上各国平等；（三）消除兵备。观今之势，皆大相反，故绝无可冀。然吾闻地质家言，世界有冰河时期，地球上温度之减增，如波浪递相起伏，今后应渐归于冷。得毋下次冰河期，乃观和平欤？

青岛接收之情形

1922 年 12 月

此次应召赴青岛，往还凡四日，经程三日，寓居青岛者，仅日有两夜，约计三十六小时耳。青岛收回情形，头绪纷繁，以余一日内之所闻所见，自不能十分详晰，以报告于诸君。其接收手续，于本月 10 日上午十二时正式举行。但实际上之接收，乃在 10 日以后。余适于 10 日晚抵埠，故得观实际接收情形，兹所欲言者，亦但据亲身目观与夫友朋辈谈论所及之资料而已。

收回青岛小史

未言接收情形以前，尚需略述收回青岛之历史。案此次胶澳之接收，纯根据前年华盛顿会议之山东条约，尔时我国不费一兵，不折一矢，而得良好之结果者。其因有三：

（一）一班国民奔走呼号之激昂。

（二）我国国民代表之据理力争。

（三）美国上议院佥谓须俟山东问题得一解决方法后，始愿通过华会各议案。休士氏观此景况，欲保其体面，故不得不将此问题实行解决。

三者之中，实赖美人之助为最多。逮本年 2 月 4 日，中日两国，曾在华盛顿签订山东悬案条约，决定两国各派代表举行联合会议，磋商一切。6 月 7 日，我国政府派鲁案善后督辦王正廷氏为委员长，日本则以小幡公使为委员长。于6月26日在北京开第一次联合会议，商酌让渡办法，其移交手续，约分两股。

第一股公产问题（如盐田、矿山、邮电、码头、学校以及各机关、工厂之类）。

第二股收回胶济铁路问题。

第一股每逢星期一、四为开会日期，第二股以星期二、五为开会日期。计第一股开会次数凡四十有七，第二股次数较少。迨11月杪，两方乃始决定于12月10日正式移交。铁路问题，亦经决定，于明年1月1日让渡。公产方面，以盐田、矿山为最要。日本既为岛国，雨量极多，不适制盐，故盐之需要甚亟。青岛地气高燥，多鱼盐之利。自归日人经营以来，盐务甚为发达，一旦收回，颇感苦痛，故关于盐务有于收回后十五年内，我国至少须供一万万斤之约。至公产自应无条件收回，而此次估价，合盐田总计华币一千六百万元。其中二百万元，规定在接收后一月内一并交清，余则由国库券。胶济路之估价为四千万元。其间估价之多少，实难定划一之标准，弄法作弊，曷可胜道。兹以余所亲观者为佐证，如测候所增筑之塔，直径仅十五尺，周亦不过二十五尺，估价三万元。此区区者，尚贸然定价三万元，则其他之估价，可推而知矣。

收回青岛之现状

余在青岛，为时甚促。而以个人之观察所得，约有三项感想：

（一）我国政府之冥顽不灵。

（二）青岛附近之风声鹤唳。

（三）日人处心积虑及其手腕之强暴。

自济南至青岛，行程约十小时。余自本月10日至济南，即转车往青岛，于即晚七时左右达埠。铁轨两旁，响时碧瓦黄砖，层楼叠阁，其建筑之宏壮，风景之佳丽，素为中外人士所称道。余此次经其地，则气象迥殊，通衢各肆，强半闭歇，夜无灯火，行客寂寥。即以胶济路而论，二等车中之乘客，亦复稀若晨星，可见其萧条景色，有非言语所能形容者。实由土匪骚扰所致。是故百业停顿，居民他徙，风声鹤唳，一夕数惊，入夜稍深，即投宿求食而不可得。余抵埠之时，幸有委员会备汽车时候，招待者并告余曰："沿途匪类甚多，设非汽车之疾驰，恐遭匪类之劫掠也。"既至寓，始知青岛除兵士日人土匪外，唯谋事者或官僚等，羁寓旅馆。殷实之富户、客商，早已迁徙一空。余等寓所之左右，尚有军士驻扎，昨犹与土匪鏖战云。最可笑者，余抵青岛之晚，公寓中有一仆夫，夜半梦呓，声达户外，旅客闻之，仓皇失措，竟有拥被而出奔者。余所居之二层楼，尚稍镇静，而楼下之旅客，更不知若何惊悸矣。夫青岛陷于恐惶地位，于此可见其一斑焉。然按诸土匪之所以如此猖獗者，非为无因，实由日人之暗相勾结。日人曾与该匪订约，于接收时行抢掠，唯以不妨日商为规。据谓日警察长大桥氏，每月收匪之私贿若干，以为代价者。故日前虽有招抚之法，仍未见效。青岛商会会长隋石乡氏至为土匪所劫。此种骚扰，于我国前途，大不利焉。今推测日人用心，厥有数端。

（一）青岛被我收回，日人心有所不甘。乃私结土匪，滋扰地方治安，以观中人是否能整理之。否则彼或乘间而复取之。

（二）青岛接收，实动全世界人士之听视。美邦某报馆，且特派访员，以侦此事。故此次接收青岛事情，于我国国体上，有极大之关系。日人故意骚扰，虽不能将胶澳再归彼统治权之下，亦将辱我国体，以骂笑全世也。

先是青岛在日本治下，有警察凡二百七十名。自接收后，因外来之警察，为数业已不少，故仅留日警六十名，其余二百一十名，则业已形同匪类矣。且驻埠之日人，往往无故启枪，以骇人心，以扰吾地方治安。政府昧于此事，事前既无充分之预备，临时又乏应付之方法，其冥顽不灵有如此者。且此项接收，如盐矿、邮电等，皆须经费为之整理。当局既未预筹此项款额，临时但支码头税项（每日得二千元）下应用。王正廷自卸任以来，一则为迩来组阁问题而晋京，一则鲁人方面又不甚满意。故于本月 2 日，政府复委熊炳琦氏为会办，以代王职。夫以极繁复之接收事情，于 8 日之内，委　不熟悉之会办以董治之，欲望其措置裕如得乎。且熊炳琦曾自言"对于此事头绪，不甚明了"。此实非熊氏之无能，实由冥顽不灵之政府有以致之耳。且接收盐矿、邮电等项，非用专门人才为之整理，鲜克奏功。而此次接收胶澳，专门人才固有，而专恃大有力之后援者，亦不乏其人也。兹将接收各项情形略言之。

矿山　公产中矿山一项，最要者。煤矿二，即坊子煤矿与淄川煤矿也。铁矿一，即金岭铁矿也。此三处矿产，昔属于德人，后为日人所侵占。其余矿山，尚有为日人所启掘者，今则均移交于我国。日人新建筑，共估价五百万元（不在一千六百万元之内计算）。此三处矿山，议决由中日两国合股筹办。而五百万元之估价，即做日人股份。筹办之理事共九人，中国五名，日本四名，表面上虽我国占优势，其实有一日人，即足为害。盖日本人之资本既雄厚，则将来公司之组织上，必发生极大问题也。

盐田　盐田之规定，每年须供给日本食盐至多三万五千万斤，最少一万万斤。唯此项供给以十五年为限。

邮政　邮政移交与我国管理，殆无异议。余起程往青岛时，人谓邮局一切事务，正在移交之际，故余欲递一快函经青岛而不可得，迨余抵青岛后，邮局移交之手续，业已告竣矣。

电报　胶澳无线电台，已定归我国。海底电线，自青岛至上海烟台各路，亦将收回。唯至日本佐世保一线，则由两国均分云。

气象测候所　测候所之接收，关于商舶进出之利害甚大，此台为德人所经营，其规模极大，足与世界著名天文台相颉颃，其情状略似徐家汇天文台。台长名入间田毅（Jrumata），此台自归日人掌管以来，仪器并无增添，而地震机为彼所坏。书报之存者，仅数百种。案之账目，则估价达一万余元之多。测候台于十日中午正式接收，不过落日本国旗，而高悬我国国旗而已。初北京中央气象台蒋君，已与日人接洽，唯蒋君操法语而不谙英语，日台长操英语而不谙法语，故不能确切交涉。余抵埠后，先与蒋君磋商，知日本管理此台者，共十二人。我侪接收此台，至少需十人。当时曾拟电我校同事鲁君，召集地理系同志，抵埠襄办一切。但余以初抵埠，情形尚未熟悉，故决定俟次日往测候所观察后，再定进行方针。不知事竟有出吾人意料之外者，翌晨往测候所与该台台长谈判，其人操英语，极为支离。且言仪器可还，而房屋则属于公产委员会，当由该会接收，此时则不能归还。须知有器械而无房屋，何以贮藏，此拮据之事也。谈判至二三小时后，入间田毅始以王正廷在北京与日人所订条约提示，大意谓中国接收测候台之条约照下：

1. 中国接收测候台后，所有旧管理员，得仍留该地照旧观测，不受中政府报酬。

2. 至中国将来人才养成后，再行接收。

条文上所谓“将来养成”等字，俱无着落。所订约全出日人意旨，其处心积虑，诚难以忖度。且日本保管此台之十二人，实无高深学识，仅技师耳。余与彼等言谈时，已察知其蕴底。然则所谓“养成人才”者，果何所据乎？中国虽无人才，然如彼十二人之技术者，尚不乏也，焉得谓“待诸将来”耶？虽然，此种情形，实足为中国羞。王正廷结约时，不与委员会中专家预先商酌，实为大误。余等观此情形，知大错业已铸成，与日人谈亦无益。迨下午往见接收副主任汪六桢，始知此中颇有隐情。盖非人才问题，实为经济问题耳。盖测候所纯为支出机关，办理此台，每岁须费自三万元至五万元。我国接收青岛无分文之预备，极不愿增此负担。然我国不愿耗此款项，而日人愿代我办理，且岁费此款者，岂无故哉？

1. 此台办事十二人，除薪水外，各有西式住宅一所，由公家供给。测候所既暂时保留，则住宅亦不能交还。

2. 此种合同，彼可在各报纸上宣布，示其雄长，而谓我国无人才，以蔑凌我国体也。

3. 日本冬季风景，多起源于我国，故欲测天气，非知我国气候情形不可。故留此以为通声息之机关。且测候所地极形胜，为接收无线电报最适宜之地。

余观此情形，知目前事无可为，因即于次晨离青岛。以余个人之意见，我国如不欲收回测候所则已，否则其经费必须独立指定，于埠头费项（每年九十万元）下年拨五万充用，则将来庶无中辍之虞。至于人才方面，就目前而论，立即可办到。接收手续，以余之观察，不出十日可了事也。

铁路　铁路方面，尚在日人管理中，明年1月1日接收。但规定二年后（?），我国始得派副工程司参理其事。正工程司车务长等，仍用日人。现在二等车内容商，几皆日人，操日语，入其内，如入日人之境。即膳车仆役，均操日语。余与之言中文，彼即答以英语。夫以我国人在国内而不喜用国语，亦奇事也。

胶济路之金融状况，宛如日本境内，不用我国国币而用日币。且必得正金银行之钱钞，始得通行。若以国币兑换日币，每百元贴银二元。而彼兑换我之日币，难用高丽钱币。余在胶澳时，欲购一地图，亦必以国币兑换日币，始得偿其物价。逮至济南，日人金融之势力顿减。以日币兑换国币，每百元中，亦必贴银二元云。

自济南至青岛车中，欲购中国报纸一份，竟不可得。日文报则固随处有之。三等车中，我国乘客甚众，由此可观其沿途居民教育程度之浅劣也。

胶济路一带，匪类充斥，曾驻扎警士，以资防范。青岛附近有名四方者，闻该日官军与匪开战，击毙匪徒一名。则匪之狂暴，岂独青岛已哉。

要之，此次接收青岛，以余个人之观察，约有三点。即所谓政府事前无充分之准备，青岛住民之饱受惊慌，与夫日本人之用意太深是也。

科学研究的精神

1933 年 11 月 15 日

今天承罗校长要我来报告一些到欧洲和北美洲去的见闻。这一次到欧美共计四个月，但在路上已经费去五十六天。实际在欧美考察的时间不过二个月，到过加拿大、美国、英国、德国和诺威（挪威）。所谓走马看花，所得极少。所见到的只是欧美各国经济衰落的现状。譬如德国汉堡从前是商输出入，络绎不绝的地方，现在几十万吨的船停在那里没有用。在英国有许多大工厂都关门。美国旧金山、支加哥（芝加哥）失业工人，在饭厂里等吃饭，这食物是政府所供给。可以见得各方面经济恐慌的现象。

科学研究机关自然也是感〔到〕困难。美国标准局是很有名的研究工业、物理、化学的机关，本年度经费减少了百分之四十。华盛顿司密松社预算减少三分之一。学校经费的困难也是如此，如支加哥大学是素称富足的，近年基金的利息减少百分之二十五。至于省立学校如倭海倭（俄亥俄）等大学一年前就打折扣发薪水了。

不景气的现状所以造成功，原因很复杂，但其中最重要的一个是供过于求。这次在欧美考察的历程中有二个地方可以见到过度的机械化。在加拿大落机山（落基山）Trail 地方参观一炼铅与锌的工厂，这厂从1907 年冶金学家 Braylock 发明了浮起法，很能赚钱。到如今算是世界上顶大炼铅锌的工厂，每日可以出铅锌各三百五十吨。但厂中一切均用机械，全厂只用六七个人而已。世界著名的尼亚格拉（尼亚加拉）瀑布，供给电力，在美国方面已经可发五十万匹马力的电，在加拿大方面也是五十万匹马力，但美国方面发电厂只用二十个职员。所以到这种大工厂里只听见机器隆隆地响，看不见人们的只影，安能怪几千万人的失业呢？但最矛盾的现象是欧美各国失业人数众多，物价低落，而同时在斯丹林（斯大林）下的苏联，希特拉（希特勒）下的德意志，穆索里尼（墨索里尼）下的意大利，统在竭力提倡应用科学，来提高工厂能效、农业生产。这样不顾世界的需求而只顾目前利益的生产，结果一定是经济衰落要变本加厉的。于是就有许多人把现在经济衰落的状态，归罪于科学的过于发达，这是错误的。因为科学可以为善，可以为恶。我们利用科学来祛除迷信，延长寿命，便利交通，减免灾荒，是于人类有益的。但军事家利用以制毒气炮杀人，就是作恶。一班商人、政客不顾世界的需求，只图目前的利益，无限制地利用科学来生产，亦是有弊的。

我们中国近五十年来醉心西洋，就因为一班人震惊于西洋军事的利器，和商品的精巧。曾国藩就提倡制枪炮火轮之类。张之洞在《劝学篇》主张“中学为体，西学为用”，最近的摩托救国、飞机救国等等口号，也是提倡应用科学。我以为只讲科学的应用，而不管科学的研究是错误的，这样的错误，是应该矫正的。

譬如飞机救国，不是只买一千架两千架飞机就可以救国。美国三家飞机公司的经理，想和中国订合同，美国出资本在中国造飞机厂，但是所造的飞机的图样，一定要先得美国政府的允许。这样的飞机要想和别国抗衡是不能的，因为所造的飞机的式样，一定不是最新式，飞机的速度、升高的极点等一定赶不上人家。而且自己要造飞机，就牵涉到原料问题，造飞机需要铝。若和别国开战的时候，我们不能向外国去购铝，要铝的原料，就需要地质学家。铝是不甚硬的金属，要它和钢一样硬，须变成合金，这又是要问冶金学家和化学家。改良飞机，需要风道（Wind Tunnel）做研究的实验。英美德各国不但政府研究机关有风道，甚至大学中亦有风道的设备。美国麻省理工专校，加省理工专校均有风道的设置，用这种工具可以来研究风对于飞机有什么影响。飞机的发明全靠几个科学的研究。用两手持一张纸的两角从纸的上面一吹，则对方两角不但不下降而反升上，升上的力和吹的速度二次方成比例。这条定律发明以后，人才能飞，发明这定律的人是美国司密松社前任总干事蓝格莱，他是物理学家，到如今我们要改良飞机的构造，还要靠学理物〔物理〕的人，尤其是学大气力学（Aerodynamics）的人来研究。欧美所有最大的飞机场和气象台是有极密切的联络的，驾驶飞机的人在空中维续不绝地可以得到气象台的报告，知道要去的地方的天气。所以飞机造成以后，气象测候所完密的组织也是不可少的。照这样看来，我们要讲飞机救国，就得要从研究地质学、冶金学、物理学、化学和气象学着手不可。

但应用不是研究科学的最重要目的，科学的研究，一方面在求真理，一方面在求如何征服自然，开白儿（开普勒）（Kepler）仰观宇宙间众星的运行，觉得太阳绕地说不可靠，遂毅然附和哥白尼地球绕日之说，当时的人以为大逆不道。开白儿说，真理必能得最后的胜利，百年以后，我道必有大白的一日。果然六十年之后，出了牛顿，阐明他的道理，演成科学上第一大革命。现在电灯的应用，视为家常便饭，饮水思源是法拉第发现电磁感应现象。法拉第幼年是一装书学徒，他到 Royal Institution 听达孚（戴维）的演讲，后来到达孚的实验室做事。1831年，法拉第表演磁绕电走的实验，成为电工业的发展的基本。达孚年老时，人家问他一生的发明中什么是最重要的，因为达孚也是一位发明家，如他发明平安灯一类。达孚说，他一生最大的发明，就是法拉第。法拉第的发明不但和应用方面有关，和相对论也有关。因为法拉第力线磁场之说，才有麦克斯威磁电力场方程，到 1908 年明懋斯基（闵科夫斯基）（Minkowski）依据二人学说阐明空间与时间为二而一，此说一出，世人对于宇宙的眼光就与前不同了。

法拉第对于世界贡献很大，但他本人终生安贫乐道，临卒时家徒四壁。他的门人丁台儿（丁铎尔）（Tyndall）说他很有机会可以坐拥巨万，但是为富不仁，为仁不富，富与仁二者不可得而兼，他情愿终生研究科学，贫亦不减其乐。

今天特别提出开白儿和法拉第二位，是想把两位来代表研究科学的人们应持的态度。不但他们研究的成绩值得我们钦仰，他们的人格更值得我们崇拜。现在中国正当内忧外患、天灾人祸连年侵袭的时候，我们固然应当提倡科学的应用方面，但更不能忘却科学研究的精神。他的精神就是孟子所谓“富贵不能淫，贫贱不能移，威武不能屈”，而开白儿和法拉第就是这精神的榜样。

南京的天气[①]

1936年3月5日

天气这个问题是人们三句不离口的东西，而也是人们最难了解的东西。这种只会谈而不能了解的现象，中外皆然。的确！在中国拿天气作为谈话的资料，已经谚语化了。你瞧！中国“谈话”俗语叫“谈天”，它的意思就是闲谈天气；中国“问安”或“致意”是叫“寒暄”，意思是问问“冷热”或谈谈“天气的状况是否适宜于对方的起居”。

如果你知道中国的天气是极容易转变的话，那么人们每日里谈天，就不足奇了。中国随便什么地方，除去极南端而外，在二十四小时之内温度的变迁很可以达到华氏表30°至40°。中国有96%的领土在温带里，可是中国的天气绝不能称为温和，显然名不符实的。

诸位之中，如果近四五年住在南京的，一定还记得1931年7月里是何等的寒冷而潮湿，但是三年后的同月，却又是何等的炎热而干燥。1931年7月的平均温度是华氏77°，雨量是24.7英寸，而1934年7月的平均温度是华氏88°，雨量不到1.5英寸。南京冬季里天气的变化，较之其他各季还要大，前年的冬季，温暖的天气是多么的值得留恋，正月里，人们还可以打网球；但是今年差得多大，现在3月初，地面还冻得挺硬！最近四天里，平均温度还在冰点以下4℃左右，按照常态，温度是应该在冰点以上11℃了。这样惊人的温度和湿度的变化，年年岁

① 本文原为竺可桢在南京扶轮社的英语演讲，题为*The Nanking weather*，译文刊载于《气象杂志》1936年第12卷第4期。

岁，暮暮朝朝，当然使中国人“永远忘不了天气”。中国的天气既变幻无常，南京的天气又岂能例外。

现在我们来讨论一下南京各季的天气，且让我先从春天说起。在未谈到本题之先，我得离题说一点别的事情，就是先得决定一下四季的起讫这问题。照天文学上说，春季是从春分到夏至，夏季是从夏至到秋分，秋季是从秋分到冬至，冬季是从冬至到春分。而气象学家是用三、四、五三个月算作春季，六、七、八三个月算作夏季，九、十、十一三个月算作秋季，十二、一、二三个月算作冬季。这些不过是通常的分法，并不是专指一地而言的，像南京就不能完全适合。

比较合理的分季法，是用温度来做标准。耶鲁（Yale）大学亨廷敦（E. Huntington）教授证明最适合人类生理健康的温度是华氏64°，如果为理智上的活动，温度似乎最好还要稍微低一些；不过当平均温度低于华氏50°时，五谷就不能生长，而平均温度高过华氏72°，在温带住惯了的人，又会感觉到太暖了。因此任何期间，平均温度高于72°的就叫夏季，平均温度低于50°的叫冬季，而平均温度在这二者之间的，却是春季和秋季。

气象研究所张宝堃先生，本着这个原则，求出南京的春季是从3月17日起始，夏季从5月21日起始，秋季从9月23日起始，冬季从11月27日起始，这样分析的结果是：南京的冬夏两季各占四个月，而春秋两季则仅各有两个月了。

南京的春季，是冬季风和夏季风更迭消长的一个时期，风向自北转南，天气立即变异。南京北风通常是阴寒刺骨；而南风则日丽风和。冬季风在没有遇到对手的时候，是不会有声有色的，可是在春季里，那南下的寒流和北上的暖流，彼此却互有消长，冲突得很激烈，结果遂使天气成为极不稳定的局面。阵雨是常常有，风暴在一年中此刻是最活跃。风暴的形成，多半是在两种温度和密度不同的气流辐合线上，彼此激荡而成的，用专门的名词来说:这种辐合线是叫作不连续线或是极面。

因此南京的4月和5月，比较冷而且多雨，所谓“清明时节雨纷纷”。春天从平津来的旅客们，常时埋怨着南京的春季是凛冽非常！这在统计上很可以证明。南京在这两个月里，温度要比平津低三四度，原因是很简单的，因为我们这里所得的阳光，不能像北方那样丰富。

一年中，风刮得最厉害的月份是3月和4月，自古以来，下江一带年青的人，只在春天才放风筝。因为经验告诉我们，如果没有相当的风力，风筝是再也放不起的。通常放风筝所需要的风力是每秒3米。人们常以为：在狂风怒吼的时候，空气一定很混浊，而风平浪静的日子，空气一定很清新。可是实际上则大不然，如果我们用仪器去测量每单位体积空气里所含有微尘的数目，则适得其反。北极阁气象研究所每日都要测定1立方厘米空气里所含有的微尘数，它告诉我们的结论是：风力愈强空气愈清明。这里，它又很明显地告诉我们，春季里风力愈大，空气越比较清新。近五年来，南京的人口是有了显著的增加，而微尘数量的增加更可惊人。南京的人口在最近五年里增加了一倍，而南京空气里的微尘，因为人烟稠密的缘故，最近三年里就增加了一倍。

夏天初来的时候，东南季风渐盛，可是它的势力并不强，而且也不稳定，难以阻止东北寒流的南侵；因低气压还常常发现，在这时期我们称之曰“梅雨期”。梅雨，就是两种来源不同的气流互相接触后的产物。一直到7月10日以后东南季风才到了极强盛的时期，残余的冷空气，都被赶回老家，长江流域很少再有机会见到低气压的踪迹了。从此以后，太阳一天天地酷热起来，农人一个月以前渴望天晴，这时又要求雨了。这炎威肆虐的盛夏，除非雷雨时兴，台风入侵，才可以解脱了这干旱的灾象，市民和农人才可以舒一口气。在1934年7月里，南京的温度曾到华氏109°，到如今南京的市民谈起那时的酷热还是谈虎色变。

“三时已断黄梅雨，万里初来舶艞风”，这是宋朝苏东坡的名诗。在这首诗里，他告诉了我们：东南季风的来临，是预告着梅雨期的终止。这首诗是东坡住在湖州的时候写的，可是对于南京也正适合。在长江下游东南季风兴盛的迟早，可以影响到天气的旱潦。过迟，那么夏季一定是多雨而且有水灾，过早，夏季却又有干旱的危险。1931年南京东南季风在8月初才盛，而1934年却早在6月23日就来了。因此与普通的观念正相反，东南季风倒是一种干风，虽说是饱含着湿气，但却不能成雨，在南京下雨大致是低气压、台风或雷雨所酿成的。

到9月里，东北风在南京又占了优越的地位，它报着秋的来临。这过渡时期的情形，与春季不同，东北季风入侵，与夏季风的冲突为时颇暂。南京秋季自9月起讫11月，天高气爽，为一年中最平静、最可爱的时期，风力微弱，低气压也比较来得少，台风的活动是远在南方，阳光普照着大地，温度常在华氏 60°左右，这是郊游最好的天气。

南京的初霜期，平均是在 11 月 8 日，比上海早两星期，比汉口约早三星期，但有时南京在霜降（10 月 24 日）的前后也可见霜。

秋季太阳是渐渐地移向赤道之南，白昼短得很快，夜里的辐射渐超过太阳所供给的日射量，温度因以下降。近地面的温度先降，空气下层较重，所以很稳定，因之南京这时期天气特别来得好，成为一年中的黄金时代。

温度的下降，在不同的地理环境里，自然也各个不同，内陆如蒙古、我国新疆及西伯利亚等地，温度下降最快，而在南京这样的纬度则较和缓。11 月里，西伯利亚、蒙古的温度和中国东南部的温度可以差得很大，有时竟会差到华氏 80°或 90°。因为南北温度相差得太悬殊了的缘故，所以影响到天气的转变。这就好像水一样，密度大而冷的空气，有向温暖轻浮的空气侵袭的倾向。当这现象发现在南京时，我们就有所谓寒潮，凛冽的北风猛袭长江流域，雨雪也就随踪而至，天气可以阴雨两三天，等到大部分的中国领土都受到北来的冷空气的洗礼时，天气才会放晴。天气晴了，南方阳光又增高了大气的温度，再等到南北空气温度的坡度又悬殊得十分厉害时，寒潮又刻不容缓地自北南下。

南京冬季的天气因此是这样周而复始循环不已，起初是寒潮南侵，于是阴雨，风雪，然后转晴，等天气晴了不久，接着又是寒潮，每一循环大约要七天。这种循环不息的寒潮的南侵，一直要到春季里才会结束，因为那时亚洲的内陆是渐行温暖了。

南京最冷的冬季，常常就是气压最高的冬季，上年 12 月南京的平均温度，要比准平均低华氏 6°，开近三十年来空前未有的新纪元，同月的气压也高过往日所有的纪录。今年的 1 月和 2 月，平均温度比常年低华氏 2°至 3°。最近的四五天内，虽然已经开春了，天气还是非常的严寒。今年的冬天，在南京三十年的纪录里，确是又开始了严寒的新纪元。

我们知道，这次的严寒，并不是局部的只限南京一处，华北和长江流域，都深切地感觉着今年冬季的整个的酷冷，可是原因何在，现在尚没有充分的材料，可供我们做详细的检讨，有一点我们所知道的就是今年冬季，长江以北各地东北风则确较往年为盛，至于实在原因，必须等待东亚各地的报告到齐以后才能明了。

大学毕业生应有的认识与努力[①]

1938年6月26日

诸位同学：

今天是本校举行第十一届毕业典礼，正值倭寇猖獗万方多难的时候，诸位毕业生初入社会，就遇到国难，因此诸位的责任就格外的重大。我们晓得范文正公为秀才时，即以天下为己任。现在诸位离校以后，每个人也应该以使中华民族成为一个不能灭亡与不可灭亡之民族为职志。目前虽然敌人炮火飞机连续地天天轰炸，我们前方将士们仍能奋勇杀敌，前仆后继，这种精神，就是我们民族的新精神，这新精神是铁血铸成的。从前战国的时候，秦国是有名强暴的国家，他把韩、赵、魏、齐、楚、燕一个一个地并吞。当时有句童谣，叫“楚虽三户，亡秦必楚”。据《史记》太史公的解释以为秦灭六国，楚最无罪，怀王入关，为秦所杀，楚人哀之，故亡秦必楚。这话是不对的，国之兴亡不能以其君主之如何被杀来断定。楚之所以能复兴，乃是因为当时楚之民族奋发有为，自强不息，有以促成之。只要看当时几个伟大人物如汉高祖、楚霸王、韩信统是楚人。巨鹿之战，各国诸侯兵皆作壁上观，唯有抱破釜沉舟之楚兵，始能以一当十，击败秦人。这都是表示楚之民族是可有作为的民族，不是一个堕落的民族。所以中华民族只能自强不息，奋发有为，日本虽如何强暴，如何诡计多端，亦徒见其心劳日拙，而不能成功。我希望诸位到社会做事，能够把这自强不息、奋发有为的精

① 本文是竺可桢在国立浙江大学第十一届毕业典礼上的演讲。

神，传播于各村乡、各城市、各机关去。

其次，诸位在校四年，所得于学校及诸位老师之益不少，但同时不可以不知中国现行学校制度之缺点与优点，而对于缺点尤其应该知道，唯知道缺点方能谋补救之方。许多人常以学校培植学生和工厂制造物品相比，毕业生没有出路好像是工厂出品无处可销，这比喻有很重要一点根本不合。工厂出货无论是一部汽车、一只表或是一个铁钉，总是出厂的时候最适用。等到旧了，表会停，汽车会抛锚，铁钉会生锈，毕业学生，可不能一离校就天天腐化下去。他必得在学校的时候，已经有一种内在力，使其出校门后能利用其思想以增加智识经验，锻炼身体品性，使学问道德又日日新。有若干教育家以为现代的学校，是教而不育，即是专重智识的传授而缺乏道德的修养，因此也就有许多人赞成恢复从前的书院制度。但即以智育一端，现行制度亦有重大缺点，即专重智识的传授而不注重训练智慧。过重于用授课方法来灌输各国学者已发明的事实，而对于思想的训练方面全未顾及。《中庸》有云："博学之，审问之，慎思之，明辨之，笃行之。"宋程伊川说道："为学之道，五者缺一不可。"但实际现在大学能行到博学、审问已经算好的了。现在各大学统以读满多少学分即算毕业，这种制度的弊端到了极点，变了北京填鸭式的教育。孔子教人"不愤、不启、不悱、不发"，程子解说道："学者须是深思，思而不得然后为他说便好。"伊川大弟子尹彦明见伊川半年，方得《大学》和《西铭》看。这好像新生到校第一学期，不叫他上课，先看其人志趣如何，到第二学期方给他两本书看。有人问朱子此意如何，朱子答道，也是叫他自就切己处思量。在杜威（John Dewey）所著的 *How We Think*（1933 Ed. p. 257）讲到如何能使学生接受各种知识不像囫囵吞枣地咽下去，他的第一个条件是教师所供给的材料必是学生所期望而切实有需要的，第二是能有刺激性而使学生觉得尚有改进之可能的。若是老师铺陈事实时使学生得一印象，以为这个问题已经许多学者的研究，已如《吕氏春秋》一字不得增减时，其结果学生但可接受而无自动思想之能力。所以程子说学者要先会疑，他又说"学源于思"。二十年前有一次哈佛大学校长 Lowell 召集一年级学生讲话，他说你们不要过信老师所讲的话，以为金科玉律不能变动的。这话初听很是惊异，但其实理由是很明显的。以物理学而论，四五十年前当 Lord Kelvin 最有权威的时候，那时物理学家以为所有物理学上重要的学理已经发挥无余，但不久Gurie镭的发表、Roentgen X光的发明，使物理学上思想大起变化。从前所谓能量不灭（Law of Conservation of Energy）、物质不变（Immovability）诸定例，到现在统须加以重新估计了。所以现在我们教科书上有许多定例，安晓得二三十年以后，不被推翻吗？

中国古代虽无近世的实验科学，但是南宋理学家的思想却是很科学的。近世科学均推培根（Francis Bacon）为鼻祖，培根距今不过三百年。他和明朝徐光启是同时，小徐光启一岁，世人之推他为科学鼻祖，是因为他是第一人提倡归纳法（Inductive Method），同时注重实验。程子的格物致知其实也是归纳法，如——他问："格物须物物格之，还只格一物而万理皆知？"答曰："怎得便为贯通，须是今日格一件，明日格一件，积习既多，然后恍然自有贯通处。"又道"一草一木皆有理，须是察"。这所讲就是归纳法。察就是观测。所谓归纳法也者，无非从许多观测的事物，寻求一个公共原则，是为定例。这例既立，然后由定例以推同样事情的归宿，是为演绎法，如Euclid几何定例的推演即是。或问程子曰："如何是近思？"他答道："以类而推。"就是演绎法。宋代程朱之学确有科学见地。朱子对于进化论，对于化石，对于雷雨的解释，与近代科学的解释甚相吻合，但是所差有一点，就是并无所谓实验。据杜威说，实验者乃是依据一种理论而设计之观测，近世科学以实验为最要之工具。陆九渊、王阳明嘲笑朱子的致知格物，说他照朱子办法，坐在竹子旁边去格竹子的物，结果坐了十天，人几乎病倒了而不能格得一个道理出来，这就是因为不知实验的缘故。广东岭南大学的植物学教授Prof. Miclure，他花了十几年工夫，把世界所有竹子五百几十种，统种在岭南植物园里，天天观测，数年以后，竹子的性质统被他弄明白了，这才配称格竹子的物。所以实验是近世科学的特长，为中国所无的。至于科学方法即是归纳法与演绎法，以及学者之须善疑，之须深思，则程朱既已倡之于千年以前矣。七八年前国际联盟派了几位教育专家，法国的Langevin、英国的Jawney、德国的Becker和波兰的Falski等来华考察教育，回欧以后，出了一个报告：*The Report of the League of Nation's Mission of Educational Experts of China*。其中，有一句话很值得我们注意的。他们说中国一班人士以为欧美的文明是受近代科学发达之赐，所以中国只要应用欧美的科学技术，就立刻会把中国跻于欧美文明的水平线上，这种观念是错误的。欧美的科学技术，并不能产生现代欧美文明，倒是欧美人的头脑，才能产生近代科学。换而言之，若是一班国人无科学头脑，则虽满街引擎，遍地电气，科学还是不能发达，好像沙漠里虽移植新鲜茁壮的果树，其萎谢可立而待。我们用许多金钱去买飞机、无线电、电机引擎到一个没有科学头脑的国家，正好像移植果树到沙漠而希望其蕃生。我们一班人的无头脑，可以从一班人的轻信和盲从看出来。民国二十年，山东乡人梁作友冒称富翁，欲捐巨款与政府，一时社会人士多以上宾相看待；“一·二八”事变日本白川大将被击死的谣言，更轰动一时，甚至各地结队游行，放炮庆祝。到了去年卢沟桥事件发生，神圣抗战开始，各种无稽的谣言更是层出不穷。一班没有受过教育的人的一味盲从，尚无足怪，所可痛恨者，就是许多受过高等教育自命为知识阶级的人也毫无常识地一唱百和，这是中华民族前途最危险的一桩事。推究原因，大学里专重传授知识而不训练智慧是最重要的一个。诸位毕业离校以后，若要发扬光大你们的学问道德，必得能深思，能善疑，利用实验方法来解决问题，要晓得天下事不进则退，不能发扬光大就是腐化。

最后诸位毕业以后，就得寻一个职业，在这国难严重的时候，许多工厂学校已被毁于敌人炮火之下，机会比平时尤难。望诸位就事，不求地位之高，不谋报酬之厚，不惮地方的辽远和困苦，凡是吾人分内所应该做的事就得去做。新毕业的人一进社会，就一跃而做一个机关的最高职员，不熟悉机关的内容，不能与下级职员同甘苦，则日后必致失败。俗语有句话说道：“吃得苦中苦，方为人上人。”孟子有曰：“故天将降大任于斯人也，必先苦其心志，劳其筋骨，饿其体肤，空乏其身，行拂乱其所为，所以动心忍性，增益其所不能。”（《告子》篇）现在救国的责任，已在诸君身上，希望大家能担当起来。

何炳松

(1890—1946)

生平简介

何炳松（1890—1946），字柏丞，浙江金华后溪河村人。史学家、教育家。1906年入浙江高等学堂预备科学习，后升入正科，于1912年毕业。同年以第一名的成绩获省府公费赴美国留学，就读于加利福尼亚大学，次年考入威斯康星大学，学习历史学和政治学。因成绩优异，第二年已成为该校的兼职助教，负责收集有关远东及中日关系的资料。1915年大学毕业，获学士学位。同年又转入普林斯敦大学研究院，专攻现代史和国际政治，1916年获得硕士学位。归国后历任北大史学系教授、北京高等师范学校英语部主任兼代史地部主任、浙江省立第一师范学校校长、武昌师范大学校长。1926年到上海商务印书馆工作，先后任史地部主任、国文部主任、编译所所长、大学丛书委员会委员等职。主编《中学史学丛书》《教育杂志》等书刊，兼光华大学、大夏大学教授。1934年被选为中华学艺社理事长。1935年受聘任国立暨南大学校长，后期曾兼任东南联合大学筹委会主任。1946年6月调任国立英士大学校长，却因病未能到任。同年7月25日于上海中华学艺社去世。一生著作甚丰，撰有《历史研究法》《通史新义》《程朱辨异》《浙东派溯源》，译有《新史学》《西洋史学》《历史教学法》，并编译了《中古欧洲史》《近世欧洲史》等，其中不少被用作大学教材。他的著述融会古今，学贯中西，曾被誉为“中国新史学派的领袖”。

中国学术演化的我见[①]

1929 年 12 月

在上一个星期，欧先生曾约过我到此地，要我说一点什么，我实在当不起。然而，转念一想，义不容辞，欧先生同我很相契，而且大夏大学又和我有历史的关系，因此，我不能不来。

今天所谈题目，我自己也觉得未免太夸大些。中国学术有千余年的历史，为历来学者所竭尽心力去解决而未得解决的大问题，现在我要在极短的一二小时内有相当的贡献，实在是一件不可能的事情。不过，我对于这个问题，已经很有兴趣地研究了许多时候，今天我很感谢欧先生及诸位同学，给予我一个机会，报告我一年来读书的心得——中国学术演化的管见。

我觉得中国学术（或者说中国文化）有三个元素：即儒家的思想、道家的思想、佛家的思想。这句话并不是我个人的创见，南宋陆象山曾经说过，这是中国学术的三大总论。我以为这句话，很可以概括中国的学术思想。一直到现在，中国的学术仍然接受这三个思想的支配。

譬如：我们生了下来，父母却要去找一位星相者，排算五行八字。订婚的时候，又要烦瞎子拣选一个黄道吉日，这都是道家的思想。又譬如：我们熄灯睡了，听说有鬼叫而心里起着害怕的感觉。夏天时候，雷听响了，引起自己的反省："曾否为恶？"顿生疑惧。这简单些说，也可以说是佛家的思想。至于我们对于亲族的感情浓密，以及民族的思

① 本文是何炳松在上海大夏大学的演讲。

想，这又是儒家的思想了。

现在我们每自命为新时代的人，受过西洋文化的洗礼，实际却还不能完全摆脱这三个思想的权力，所以中国的学术中的这三种元素（不论物质的、精神的），它的势力是深入在我们整个的民族中。

现在，我把这三个元素的演化情形略略说一说。

儒家的思想，可以说是我们中国学术固有的思想。假定它的思想在周秦时候做出发点，“三纲（君臣、父子、夫妻）五常（兄弟、朋友、合三纲而为五常）”为儒家最重要的中心思想。

道家也可以假定出发于周秦之交，它可以划分为二：高尚的一派，是“养性寡欲”；卑劣的一派，是“阴阳五行（齐鲁哲学）”。这二种思想，是道家的骨子，是道家的中心思想。

佛家是东汉时候开始才来。佛家的思想（在我们中国的所谓佛家思想）禅宗上说是“顿悟”，意思说是“放下屠刀，立地成佛”，更推论到“轮回”“果报”。佛家的思想是如此。

上面这三个思想：在中国学术中是三大潮流，并行不悖，从东汉起，一直到北宋为止。这一时期，大约有一千五百年历史，而在这一时期中，三家文化，（学说或思想）互相排挤，却也互相接受。

到了北宋和南宋之交，中国学术思想上起了一个革命运动。这一班学术革命者，即是宋代的理学家周敦颐、张载、程颐、程颢、朱熹等，他们将儒道佛三家思想，融会贯通，再加以发扬光大。一方面把以前的中国学术思想，暂时告一段落；另一方面，又开了中国学术思想的一个新纪元。

这一个纪元，虽说是经过他们一班理学家把三个思想融化过了，然而，原来的三大学术思潮，依然分列门户，没有根本地彻底地合并。南宋以后，至多这三家的思想，在外表上同样地罩上了一件儒家的衣服罢了。这三家的三位领袖是：一位程颐，他是仍旧能保存中国固有的儒家的庐山真面目，所以程颐可说是南宋以后的孔夫子；南宋以后穿儒家衣而实则道家的乃是朱熹；儒衣佛身的，就是陆象山。

因此，南宋以后的中国学术思想，外现一体，核心各别。

这三家思想的不同之点，依我个人的意见是：

儒家的思想，注重“格物”（唯物的）。程颐主张“无恶”，不必讲

“正心诚意”乃是科学家的态度，是客观的。道家的思想，朱熹是主张“一方面格物，另一方面养性”。而他的结论是“养性重于格物”，养性是道家的思想，所以我说他是脱不了道家的思想。佛家的思想，陆象山可以代表，“只要养性，即是格物”。所以南宋以后的儒家是“一元哲学”，万物一理。道家是“二元哲学”，朱熹是主张“有天有地，有己有人”。佛家当然也是“一元哲学”，所以中国固有的学术，是“唯物的”（和马克思学说近似），道家是“唯物又兼唯心”，佛家是“唯心的”。

南宋以后，程颐所领导的一脉，就是浙学派；兴盛于浙江，递变而为史学派。但在朱熹的道家思想立场上，竭力批评史学派为“功利之说”，不讲道德，深恶而痛疾，攻击不遗余力。（但是我个人的意见以为：程颐是站在唯物的立足点上，无所谓功利。）陆象山一脉的承受者，即是明朝的王阳明。这样看来，中国的学术思想，在南宋以前是分流三派，但是南宋以后，还不是仍旧三派吗？

进一步说，儒学是“史学”，道学是“伦理学”，佛学或者可以说是“心理学”。

在中国过去科举未废去以前，非常地尊敬朱熹，竟说他是孔子以后第一人。这原因又为了什么呢？依据我个人的猜测，朱熹（道家）的二元思想，正配合于阶级制度思想。他说“上智下愚，是天赋的；富贵贫贱，是命运的”。他是要维持社会秩序，是〔使〕大家乐天知命，不起来革命。儒家的学说，就是“大同思想”。所以史学派始终主张井田制，达到“耕者有其田”的原则，封建可废，井田不可废，我想元明清以来历代王帝倒很聪明，都赞美朱熹集群圣的大成（其实何尝是）。朱熹的学说所以独能垄断过去中国的学术思想，因其便利于阶级制度呀！

中国的学术思想，在世界上不足够应付这个目前的新时代、新潮流。于此，我有个感想——纵使我们来把中国的学术精究而发挥光大，亦不足以适应时代的要求。近百年来欧洲的学术程度，实在有长足的进步，我们跟他差得太远了。所以我的意思：其一，西洋社会科学，应该尽量地介绍过来，去改进或补充我们的不足。其二，中国除了一些天文，算术以外，简直没有什么自然科学。这也应该介绍过来研究，提高我们的物质生活。这是最正当的态度。

在中国本位文化建设座谈会上的致辞

1935 年

一、开 会 词

诸位先生：

今天承诸位于百忙之中，拨冗惠临指教，我们非常感谢。同时我亦很荣幸，能够代表十位朋友先向诸位说几句话。

在本月 10 日，我们在报纸上正式发表一个《中国本位的文化建设宣言》，诸位先生想都已看见过，我们宣言的意思，就是要怎样会同全国的同志来合力建设中国本位的文化。我们所以要发起这个运动，原因是因为中国正在过渡的时代，它的种种思想和习惯，因受外来势力的影响，一时起了一种激烈的融化和混合的作用。正好像气候剧变时，忽然起了一阵暴风大雨一样，无论在精神生活上或物质生活上都发生一种混乱不堪的现象。怎样在这种混乱状态之中去打出一条出路呢？难道当此国难严重，其他各国都正在勇往直前、突飞猛进的过程中，我们还可以袖手旁观，听其自然，让大家再去浪费精神么？这是很值得我们大家严重考虑的问题，我们觉得有提出来和全国同志商讨的必要。

现在中国多数人的心理，好像有下述这种情形。一部分人觉得电灯电话很方便，就想连中国原有的茶饭亦都可以不吃，而用咖啡和面包来代替它们。同时另一部分人以为我们原有的茶饭也不错，不一定要吃外国的面包和咖啡。茶饭既然如此，那么电灯电话也不一定要采用，原来的菜油灯和民信局传递消息的办法也未始不可维持我们的生活。结果这两部分人都是各走极端，而全国多数人则大都是徘徊歧路，无所适从。在物质生活上已有这种种是非各执、无可折中的情形，精神生活的苦闷和矛盾，更是一言难尽。有的想返诸唐虞三代之盛，有的想立刻去实现那不可能的乌托邦。我们十个朋友，近来常常谈到这种问题，觉得非常严重，有集思广益，寻求新路的必要。所以不揣冒昧地，把我们初步的愚见，发表出来请全国知识界同志指教。

记得从前有一位美国人问日本的大政治家大隈伯说："日本究竟有什么一种文化?"他说："我们有我们日本的文化。在19世纪以前，我们全部接受中国儒家、道家和佛家的文化。19世以后我们又接受西洋的全部文化。但是无论中国的和西洋的文化，一旦到了我们日本人的手中，我们就立即使得它们起一种特殊的作用，这就是'日本化'。这种种外来的文化，经过'日本化'的作用以后，我们已认不出他们是中国的或西洋的了。所以我们日本的文化是集世界文化大成的文化，高出一切文化之上。因为我们最大的特色就在能够接受外来的文化，加以一番融会贯通的功夫，使之变成日本的文化。"他这番话很足以代表日本民族善于接受外来文化不肯生吞活剥的那一种特性。我们觉得中国文化在这样一个青黄不接、新陈代谢的时候，我们应该替它找出一条不守旧、不盲从、光明正大的出路。

自从我们十人宣言发表之后，我们已得到全国各界不少的指教。有的我们已经看到，有的还没有看到。我现在摘要地把我们已经看到的许多指教分别提出来，供诸位先生参考。当我们的宣言于1月10号表于《文化建设》月刊上时，同日的上海《晨报》上就有许性初先生发表一篇文字，希望我们的宣言能够发生一种普及全国的影响。12日杭州《东南日报》的社论，讨论到我们的宣言，说我们只是提出一种方法和一种态度，而没有触着问题的中心；据他们的意思，问题的中心就是三民主义的文化。13日上海《申报》有一位署名恒先生做了一篇批评，他说我们要建设中国本位的文化，最要紧的是要恢复民族的自信。他又讨论到中国近年来留学政策的失败，并主张中国应该多设研究院，或扩充原有的中央研究院，以谋中国文化的独立和创造。14日上海《时事新报》也有一篇社论，赞成我们宣言的主张，希望我们的主张能超过十教授，透出知识阶级而深入一般的社会。他的意见和《晨报》许性初先生所说的话完全一样。15 日上海《新闻报》上有一位天放先生，做了一篇社论，提出许多高见。他说，第一，中国本有许多高尚的道德、伟大的思想和优美的科学技术亟待整理，叫我们不要自暴自弃；第二，我们要认清国际文化的对象，确立“搬场”工作的计划；第三，中国到处都是文盲，我们应该先将一般文化的水准提高。同日上海《晨报》上又登有李绍哲先生的一篇文字，大意赞同我们的宣言，叫我们大家不要食古不化，不要生吞活剥，不要忘却自己，不要忘却环境。16 日商务印书馆总经理王云五先生在上海各报上发表一篇极有趣味的谈话，引出了两件浅显的故事：一是宋朝名相赵普所说的“半部《论语》治天下”那句话，他根据这句话来发挥他那赞成我们宣言的意思；二是商务印书馆的复兴，他说就源于他自己能够把从外国带归来的科学管理“中国化”了，或竟可说是“商务印书馆化”了。来表明外来文化到了中国之后必要先加上一番融会贯通的功夫，才能显出它的功用极大。同日南京《朝报》的社论发表一篇赞同我们主张的文章，不过他希望我们第一要能够认识中国，指出需要；第二要赶紧去做“去渣存精”的工作，把实际的货色拿出来给大家看，不要再蹈“能言不能行”的覆辙。同日杭州《东南日报》又发表一位平林先生的文字，他的意见和《东南日报》的社论一样，主张我们应该以三民主义为依归。17 日南京《中央日报》上庄心在先生发表一篇文字，希望我们先去突破帝国主义的羁绊，获得民族的解放，才能建设本位的文化。今天上海各报上又载有中央研究院院长蔡孑民先生写给我个人的一封信，他说我们应该把中外文化做一种比较的研究，具体地列举出来，做成具体的方案，否则我们的宣言就要等于空话。

就我们见闻所及的看来，在这几天之中，我们得到各方面的指教已是非常之多。但是我们对于上海的许多友好，觉得还有多多请教的必要，所以今天特劳诸位先生到此地来给我们指导。当然我们自己也知道，诚如蔡孑民先生所说，我们应该提出一种具体的方案，方合我们发表宣言的初意。因为只有一纸空文，原是没有用的。同时诚如南京《朝报》和杭州《东南日报》所说，我们自己当然也想到孙中山先生的三民主义，是很值得做我们最高的指导的。据我个人的愚见，三民主义中所提到的固有道德、考试制度和监察制度以及国家社会主义和各种经济上合作的办法，都是解决民族、民权和民生问题的根本原则。我以为我们大家都应该加以严重地注意和细密地研究。但是我们想要继续规划一个具体的方案，非事先请教国内的先进和同志不可，所以今天特请诸位到此地来，很诚意地请求诸位给我们许多有价值的高见，使得我们在规划具体方案时，能够得着许多宝贵的参考。这就是今天开这个座谈会的宗旨。

现在为节省时间起见，恭请诸位先生尽量指教。

二、闭 会 词

诸位先生：

今天我们得能拜领诸位的指教，都是崇论宏议，我谨代表我们十位朋友表示诚意的接受和感谢。今天我们原请的客人，有的因事未到，有的到了而因事先走，有的因病虽到而不能说话。好在他们有的已有书面的意见给我们，有的答应我们将来再给我们指教，我们亦都同样地感谢他们。

我们刚才听到诸位先生的高论，有的指导我们要做实际上“干”的功夫，有的警告我们不要再犯议论多而成功少的毛病，有的指示我们应该走上科学化、标准化和大众化的大路，有的指示我们应该以三民主义为我们行动上最高的标准。我们以为都是极有价值的意见，足供我们此后进行的参考。尤其是孙中山先生的三民主义，确是兼采东西文化之长而参以特殊心得的一种东西，我想我或者可以代表十位朋友表示诚意的接受，当作我们建设中国本位文化运动上一种最高的标准。至于新生活运动亦可说是孙先生在民族主义中主张的一种，当然可以包括在三民主义中。

现在时间已不早，我们可以散会了。不过在散会以前，仍请让我代表十位朋友，再谢谢诸位先生的光临和指教。

在暨南大学开学典礼上的训词

1935 年 9 月 12 日

诸位同事先生，诸位同学：

今天是本学年举行开学典礼之日，在未报告之前，本校长应代表暨南大学感谢诸位同事先生，肯来本校任事；同时有可为诸位同学贺者，即诸同学得许多著名学者为师；而亦可以为诸位同事先生贺者，即诸位先生得许多优秀青年为学生，所谓得天下英才而教育之，亦为人生一乐；最后更有可为暨南大学贺者，本校虽经过许多波折，经过不少困难，而仍能按常轨进行，照章开学。本人今天第一次与诸位同学见面，特略述本人长校之经过。

我个人之志趣，已见于本年 1 月号之《东方杂志》，为随遇而安，不思升官，不谋发财，只求有事可做，努力本分之职务，并无非分之想。如服务北平教育界以及后来任职商务书馆，均抱此种主张，职任之升迁，均系被动，自己毫无野心。即此次来做校长亦系被动。暨大校长问题，教育部本已筹议甚久，在今年春间，王部长雪艇即已向本人征求同意，迭婉辞数次，均未获允，后又经校董陈立夫、吴铁城诸先生劝勉，上海市党政当局潘公展、吴醒亚、吴开先诸先生督促，本人以情有难却，义不容辞，遂勉担任校长职务。明令发表以后，又承蒋委员长电嘱上海市政府协助。本人鉴于各方面愿望之殷，不得不竭其绵薄，以尽国民为国效劳之义务。再暨大近年来名誉日堕，吾人亦不应袖手旁观，只加批评，而不负责任。现在既已奉命来校，自不能不凭良心之主张，而使之改良进步，否则不但与中央整顿本校之意旨不符，即与个人所以主任校长之初心亦不相合了。我想诸位同学亦绝不希望我来敷衍。因为要改革，不得不开罪于人，因此近几天还常有种种谣言的发生。我对于此种谣言，毫不动心，因为根本上我并不是一个患得患失的人，来去都是很光明的。现在国势阽危，国难严重，许多人已经无书可读，在国家尚未灭亡之时，我们应如何发愤图强，努力奋斗，以拯救国家，以复兴民族！我们在有书可读之时，应努力读书，不要只在无书可读之时，空自追悔。国家办学之本意，原为造就优良人才，以挽救国家之危亡，促进国家之振兴，我们不可忘记了责任之重大。

过去以本校办理不善，凡是在本校毕业的同学，均不敢承认是暨大出身，同学在社会之地位，可想而知。我们不可不努力使暨大改进，使之获得应有之地位，使之享受应有之荣誉。我们要造成复兴民族之斗士，不要造成争权夺利的政客，况且暨南比其他大学另有其特殊之使命，将来本校毕业同学必须能向海外发展，能在外界立足，而不专在母校争地位。如何可以达到此种目的，我们一定要有适当的规划，来办理本校，现在说明我们所已定的三个方针：

一、学术标准化。提高程度，课程合理，不能因人设课，须为课择人，教授须请专门学者，不要政客，更不要流氓；次则充实设备，无论房舍、图书、仪器，均须尽量扩充；再提倡研究风气，组织团体以研究各种学问。

二、财政合理化。此次所以引起许多误会及扰乱，均由于求财政合理之故，学校经费必须多用于设备，少用于薪俸，始为合理。以前每月五万余元之经费，用于职教员薪俸者已四万余元，故设备毫无，校舍不能建造，图书仪器不能添购，而年工加俸亦不能实行。现在将人事费尽力缩减，虽较前稍佳，然尚未达到理想之目的，希望同学以后对于校款方面，不可再有无理要求，以浪费公款。如浪费公款，则本人不但无以对学校，亦无以对国家之付托。以后经费如有余裕，如奖学金及清寒学生补助金等等，有利于同学的措施将尽量举办。

三、团体生活纪律化。在一团体之中，生活非有纪律不可。在职教员一方面，要奉公守法，不缺席，不旷职，不迟到，不早退。关于职教员另有统计以考勤惰，力矫以前拿薪水不办公之恶习。在学生方面亦应属守校规，在上课之时不缺席，不迟到；在集会之时，守秩序，不吵闹，养成优良之习惯。暨南运动本甚有名，唯以运动道德不佳，故名誉甚劣，甚望全体同学有则改之，无则加勉，以后如军事训练及新生活运动，均须切实遵行；并且大家相见须有礼貌，校中则信赏必罚，一切照章办理，绝无通融之余地。如有害群之马，不守规则，则本人亦只有秉公办理，不稍姑息。

从此以后，全校职教员及学生，要一心一德，以发展校务为前提，改良环境，捐弃旧习，剔除积弊。全体学生努力用功，则课程可以提高，程度可以增进；减少无理要求，则可以助学校财政之合理化。大家如能放开眼光，为复兴民族着想，为海外华侨发展着想，必然要加倍努力用功，以求造成将来有益于社会、国家之人物。本校办理既善，则扩充自易，向各方请求补助，亦易为力。如研究院、体育馆之添设，亦将不成问题。学校名誉既优，则学生之出路自更不必忧虑，将来毕业同学不但不以暨大为辱，而以暨大为荣。事在人为，只须全校同事同学共同奋斗，自有达到理想目的之一日。

在暨南大学第一次校务会议上的报告

1935 年 10 月 8 日

今天本校举行第一次校务会议，本人谨代表本大学表示欢迎之意。我们知道一个大学绝非一二个人所能办好，必须群策群力而后可。校务会议就是一种表现群策群力的机关。现在本校同人极富有一心一德之精神，原有的行政会议，就是一例，当会议之时大家常常有激烈的争论，但都以改良校务为目标，故私人感怀仍极融洽。古人所说“公则一，私则万殊”那句话，在我们同人的经验中可说业已完全证实了。我们为公家服务，一方固属一种责任，但一方亦属一种权利，所以我们除尽责外，还须切实行使我们的职权，才算尽职。我希望本校负有专责的同人，都能时时用积极的态度，去行使他应有的职权。前天报载蒋委员长在四川大学讲演上之“知止而后定”一节，非常明确。我以为这几句话在本校尤为切合，本校经全校同人两个月来的努力，可说已达到安定的境地了。我们又怎样去虑而后能得呢？这是一个应该立即解决的问题。本校校务会议，似乎应该负起解答这个问题的责任。我竭诚希望大家能够竭心尽力以谋本校积极的发展，充分发挥专门研究的精神，使本校对于整个社会国家有所贡献。至于校务会议的性质实为本校一个最高的议事机关，凡本校一切大政方针，都应由本会议决定。会员中如有意见，当然可以尽量发表。不过凡议案已经多数通过的，则自应全体负责，并绝对服从，对外亦应保守秘密，以免外人造谣中伤，或挑拨离间。我始终希望大家本“公则一”之精神，以本校整个利益为前提，破除一切私见，本校自不难日臻发达。

校长训词

1935 年 12 月 9 日

诸位同事、同学：

今天，本人有几点意思向诸位报告。关于华北问题，就报纸上所记的看来，可望暂时告一段落了。但我们要知道这是中央一种委曲求全的不得已办法，华北问题并没有根本地解决。我们更要明白中国自“九一八”以来，国难是一天一天地紧迫，民族是一天一天地垂危，在这种情况之下，我们便要时时代我们国家的前途担心，我们对于自己的职务更要格外地尽职，以期促进国家的自力更望达到救亡国存的目的。

其次要报告的——前几天我遇着几位由南京来的朋友，他们都是在华侨教育界与实业界有相当地位的人物，我曾请他们到校参观，他们告诉我许多有价值的意见。有一位对我说，本校在过去名誉似乎不大好。当“一·二八”时，本校学生回到南洋去的有一部分；每到一个学校，总要闹一点风潮，常常弄到侨民学校停办。所以海外华侨父老，对此非常痛心云云。

由他们的话中，我们便可知道他们怎样关心我们的学校。又有一位对我说，本校教师，不但是要注意学生的学业，同时也要注意学生的品行。对于侨生的中文程度尤有竭力提高的必要。

他又说:他听说从前侨生在学校里往往不愿说国语，仍多说南洋土话，这点很不好，希望学校要矫正，叫学生多多学习国语云云。

后来我请他们来校参观，他们看见课室的秩序很好，同学又多在图书室用功，他们以为是完全出于他们的意料之外！今天特将这件事报告给诸位做参考，今后我们当然要更加努力。希望诸生在学校中不但对于自己的学问要加倍努力，同时对于自己的品行也要加倍修养。如果品行好了，就是学问差点，将来在社会上也还可以立足。所以希望诸生在求学时期，对于自己和国家，都应当负起责任。这样中华民族前途才有希望。

在暨南大学校庆纪念会暨毕业典礼大会上的报告

1937 年 6 月 14 日

诸位来宾，诸位同事先生，诸位同学：

今天是本校创校三十一周年，大学完成十周年纪念日，同时举行大学部第九届毕业典礼，暨海外师资进修班第一届毕业典礼。承我们的常务校董陈立夫先生，百忙中自南京特来参加，并承商务印书馆总经理王云五先生、上海党政军各机关长官、各大学校长、暨校董郑洪年先生代表、京沪杭各地毕业同学会代表惠临参加，我们觉得非常荣幸，非常欢迎，同时又承校董孔祥熙先生、吴铁城先生，各省政府主席韩复榘先生、赵戴文先生、冯治安先生，以及国内各大学校长罗家伦、蒋梦麟诸先生，南洋各地校友，江西、苏州等处的同学会专电赐贺，并赐厚贶，我们亦非常感激。此外本校大中两部集训的同学，曾来函请求回校参加，共申庆祝，我们虽已去函告以军训重要，不必回校，但他们那种爱护学校的热忱，亦至堪嘉慰。

本校创立既已有三十一周年，大学完成亦已有十周年，在这最近十年来，本校常处在风雨飘摇的境遇中。尤其是“一·二八”的沪战，本校适在火线之下，损失极大。最近我们仰承中央的指导，暨上海党政机关暨各方面之协助，以及全体师生的合作，本校已逐渐走上复兴的大道，此实可以告慰于中央及爱护本校者。

近几年来本校师生所做的工作，不论在物质方面或精神方面的，都有相当的进步。在物质方面，上年度新建了大门、实验学校校舍、教务处办公室、附中图书室等，所费共在五万元以上，此项经费完全由本校原有经费内撙节开支。至于图书仪器的添置，亦已在五万元以上。在近两年来，图书册数的增加，据统计等于二十余年来的总量，这是因为过去图书在“一・二八”时损失很大未曾补充之故。同时校债的亏欠，亦已设法偿还了一部分，数目虽不很大，不过在经费不充裕的本校，实在已左支右绌了。所以仪器和图书添置的数量，自问实难满意，须待我们继续努力，并希望中央多多帮忙。

本校现在的教职员同人对于学校的改进确都非常热心。所以专任教授，已都不在校外兼课，就是兼课也都已绝对遵照部章的限制办理。他们都抱为暨南服务的精神。因此全校学生非常安静，学风亦随之改变。例如去年春间的爱国运动，本校同学始终服从学校指导，绝无越轨行动，当时中央与上海各方面，无不认为奇迹，就是一种证明。现在全校同学无不安心读书，全校同人亦无不安心服务，校局安定，日进光明，此亦足以告慰中央社会及诸位来宾的。此外全校同人对于学生人格的陶冶，学业程度的提高，考试的严格，无不遵照部章，尽力推进。去年夏季因考试作弊而受严重处分的学生十余人之多。本学年不论月考期考，即如此次的毕业考试，成绩和秩序都较前进步了。此外本校同学的运动道德和军事训练亦均有相当进步，备受各方的鼓励。

近几年来暨南大学的校局确已安定了。师生之间确能一心一德为校谋进步。最近附中部分，因主任得人，同学又能服从纪律，爱惜校誉，亦已显然著有成绩。校局安定，实为进步的基础。本校现在既已有了安定的基础，自当更进一步，努力去实现中央设立本校的初意，尽量培植海内外子弟，使能从事于海外文化事业的发展，和南洋华侨问题的研究。我们以为要做研究的工作，必须具备了研究的工具，所以我们从去夏起就着手筹备南洋文库的设立，希望在本年暑假中能获得相当的基础。我们去年曾托牛津大学的朋友在英国各图书馆中代为搜集关于南洋的书目，去年本校的图书馆主任林促达先生根据这种书目编了一种西文的南洋图书目录，包有英德荷法诸国文所都有的图书，今年文学院长郑振铎先生亦主编了一册中国人所著的南洋图书目录。日本的亦已着手调查。所以现在关于南洋研究的中西文的书目都已有了相当的头绪。拟在本年暑假内先行购置一部分，以为南洋文库的基础。去年夏天本校曾派俞君适先生特赴南洋各地搜集各种标本，以便设立南洋博物馆，引起国人的注意。现在对于南洋研究工具的筹备，既已稍具眉目，那么对于南洋问题研究工作的推进，自当积极进行。本校因此决定从下学年起聘定若干有研究兴趣的教授起来领导，借以提起全校学生研究南洋问题的兴趣，把研究的心得时时发表出来，作为本校对于国家和社会的贡献，务使暨大成为一个真正南洋问题研究的机关。我们以为只有这样做，才能不负中央设立本校的初意，完成本校应有的使命。同时我们当然亦不忘记一般大学生应有的训练。今天因为来宾很多，仅将本校最近拟做的工作，择要报告，希望诸位加以指教。

现在先介绍本校常务校董陈立夫先生向我们训话，陈先生的道德学问，全国青年无不敬仰，用不着我们介绍。陈先生关心本校，非常殷切，亦向为本校同人所钦佩。他贤劳党国，事情很忙，今承拨冗莅校致训，尤为感谢。就我个人所知，陈先生在中央主持党国大计，虽是很忙，但他对于国家的生存、民族的生命、国民的生计，无不时时刻刻念兹在兹。他那一种公忠体国的精神，实在叫我们敬佩。他近年来并创造一个有体系的“唯生哲学”，作为建设中国新文化的一种基础，想大家都已领教。今天有机会来向我们全体同学训话，我们非常感激。现在欢迎陈先生训话。

晏阳初

(1890—1990)

生平简介

晏阳初（1890—1990），原名兴复，字阳初，四川巴中人。平民教育家和乡村建设家。中国平民教育的先驱。被誉为“世界平民教育运动之父”，与陶行知先生并称“南陶北晏”。曾被联合国聘为终身特别顾问。1913 年就读于香港圣保罗书院（香港大学前身），后转美国耶鲁大学，主修政治经济。1918 年毕业，获学士学位。1919 年入普林斯顿大学研究院，攻历史学，获硕士学位。1923—1949 年长期担任中华平民教育促进会总会总干事。1926 年在河北定县（今定州市）开始乡村平民教育实验。1940 年创办中国乡村建设育才院（后名乡村建设学院），任院长。1943 年被美国“哥白尼逝世四百年全美纪念委员会”评为“对世界文明贡献较大的十人”之一。1944—1945 年，被美国锡拉丘兹等三大学授予荣誉博士学位。1945 年 11 月 13 日被美国旧金山市授予“荣誉公民”称号。1950 年离台湾赴美国。20 世纪 50 年代以后，协助菲律宾、泰国、危地马拉、哥伦比亚及加纳等国建立乡村改造促进会。1967 年 5 月 2 日被菲律宾总统马科斯授予最高平民奖章“金心奖章”。20 世纪 60 年代在菲律宾创办国际乡村改造学院，任院长及该院理事会主席。1987 年 10 月 15 日美国总统里根在总统办公室授予其“终止饥饿终身成就奖”。1990 年 1 月 17 日病逝于美国。著有《平民教育概论》《农村运动的使命》《十年来的中国》等。

平民教育

1923 年

今晚鄙人有至好机会与诸位先生讲述平民教育，至为荣幸。我想诸位先生对于平民教育甚有研究。自“五四”以后，全国都有义务学校、半夜学校、补习学校。这些学校都带有平民教育的性质。今晚将我几年对于平民教育的微微研究，向诸先生讲述，请诸位指教指教。

一国程度就看国民的程度。自 1917 年至 1918 年，华工到法国服务有二十多万人，其中差不多有百分之九十是目不识丁的。他们在那里做出许多有失国体的事，例如到火车上食花生，弄得满地皆皮；车上吐口水；法人风俗，男女携手而行，华工指而笑之之类。法人初未见中国人的，便把这些华工当作中国人，彼此相告说：“哦！这就是华人！”他们就是拿些未受教育的人去代表中国。中国程度与对于中国的态度，全以此为标准。中国人见黄发虬髯的，即称为外国人。华人至美做小工的，洗衣的，也被美人看为是代表中国人。其实上流社会的人，才能代表中国。但是上流人不往外去，因为这些人不往外去，往外国去的多是下流，所以代表中国的就是此辈。鄙人到法，乃知所谓真正的中国。

从前我以大学生自豪，那时往来无白丁。中国是怎样，自己以为知道。那时拿少数大学生代表中国，而不知有平民。中国贫苦，但是怎样的穷苦，我国人无知识，但是无知识是到什么地步，我们知道不知道？中国人必知中国，然后能救中国。兄弟有一特殊机会到法国去，与平民接近。诸君要知道“民为邦本”的古训，人民是代表我国家，可是人民居下流的有百分之八十。我国文化发达最早，物产最丰富，人口最多，但是现在三等国也占不到，现在弄成无等了，弄成下流的国去了。我们想把中国弄成上流，非我们具有牺牲的精神、服务的精神去提高下流的程度不可。否则缘木求鱼，必不可得。我在法有人对我说：“你知小中国在法国，但你须知大中国是在中国。你仅知在法一部分的华工，不要忘了其余大多数的国民。”我当时听见这话，受了无穷的感触。我能力一点没有，但是我愿意鞠躬尽瘁去做这桩事。

做这事先要调查，先看病症如何然后发药。因此我游历十九省，调查各省平民教育现状如何，将来希望如何。从前兄弟回到四川巴州，看那里高小设有两个义务学校，可知青年对于义务教育之热心。但是招牌挂得很好，成绩甚少。开始有许多人，到后来就无人了。其失败的原因有三：一、即教员无经验。教目不识丁的比教大学生难得多。办学的人都是学校的青年，他们无经验，无时间，所以失败。二、即无好课本。办平民学校不能拿几年的国文课本去教的。但是他们拿高小的课本去教。三、即无组织。彼此所办的不相联络，无经验上之交换，不明白优劣之点。像这样是很难奏效的。

今欲补救，有两要件：第一，即要有教育的工具。工欲善其事，必先利其器。平民教育的工具即好课本。工具应按照两原则。（一）即在最短时间得最多知识。因平民在衣食上奔走，无时读书，必须于最短时间得最多知识。（二）所学即所用，所用即所学。五年前余对此稍有研究，课本根据应用之字，毕业之后又修改之。一方根据教育原理，一方根据经验。陈鹤琴先生归国，以科学方法将古今白话文字搜集，逐字统计，看字之次数，以定其通用程度，共得三千多字。与我在法研究结果相较，千字中相同的，有八百多字。一方根据经验，一方用科学方法去研究。据研究结果，知道“的”这个字最通用。将这些字编为“平民千字课”，拿这些生字编成课文，都是平民应用的知识。第二要件即推行的方法。有了工具就要想推行。其法即将热心平民教育的人，集合起来进行。因为这事非一人所能办的，要全城热心的人群策群力，实行全城平民教育大运动。譬如在北京办，不是拿到哪个机关去办，是要把全城热心平民教育的人招集起来，组织全城平民教育委员总会。内中又分各委员会，分头执行。

工具有了，方法有了，但不知适用与否，所以先要实验。此运动发动在上海，但上海不能代表中国，所以要找一个能代表中国多数城市的地方实验。因此找到长沙。我去年2月去，3月开学。其办法即召集各界开全城大会，组织委员会。委员七十多人，分五委员会，即经济、教员、学生、公布、校舍五委员会。分全城为五十二队劝学所，以十五岁以上学生组织之，每队四人，分队进行。初招一千人，在一百班，读一千字。三日之内，共得学生一千九百余人，男的有一千四百人。教员得一百二十人，男的有八十人，女的有四十人。地点有七十多处，在学校、公会、庙宇等。教员系纯尽义务，每月数元夫马津贴。每晚教二小时，星期日不教，共九十二次，读一千字之课。3月15号开课，7月15号举行毕业试验。上课的学生共有一千三百人，应考的有一千二百人，考取的有九百六十人（男生）。由省长发文凭，其目的为使全城的人识字。去年9月，长沙又招两千学生，有一千毕业，现仍继续进行。这学生的年龄从十九岁起到四十二岁，百分之八十是十五岁到二十岁。这一千多人的职业共有五十六种。

我除了到中央城市而外，又到山东烟台。一切仍如长沙的办法。共召集两千学生，其中男的有一千六百人，女的有四百人。为期也是四个月。从3月起到8月1日行毕业实验。今晚的影片就是烟台平民教育的状况。他们的年龄是七岁到六十七岁，大多数是十五岁至二十五岁，多数为工人。这是华北的平民教育运动。

诸位恐怕要发生两个疑问。在大城市办是容易的，但是小城市与乡间识字人少，能教的又少，而且经费又不足，将如之何？所以要收好结果，就要教者少而被教者多。因此我想及在法可用幻灯教授，或者我们也可以用之于中国，在浙江嘉兴我们试办幻灯教授，一个教员可教二百学生。中国人不识字的，相聚时每好谈话，若用幻灯，则可使他们集中注意。用幻灯教授，有两原则：一、引起兴味；二、给学生甚多的影响。在用课本之前，先用图画。课本分三层，即图、课、字。图为已知，课、字为未知，故合原理。此种教法有许多益处。第一，即在图画能引起兴味。又幻灯白布上的字甚大，人所得的知识，百分之八十五是自目入，所以影响大。如使学生口念，则目能受影响。幻灯之后，叫学生习字，又受一种影响。有眼、耳、喉、手、口五种影响，则无不能学的人。

我相信天下无不可教的人，现在已稍有成绩，还正在推行试验。故三年中重行试验，研究如何可有科学的平民教育。现在平民教育稍有成绩，如熊夫人、陶先生，皆有研究。一方研究，一方推行。一方根据研究态度，一方推行城乡。不数年之后，必可使全国人民都能识字。

末后有一句话，现在中国闹到怎样状况，我们不可不研究。研究之后我们不可不去实行。现在中国害了三种病，即瞎、聋、哑。国民大部分不识字，不能读书报，非瞎而何？不受教育的不知社会情形，所以有耳也等于无耳，非聋而何？社会弄到这样，发言的是何人，大多数是不作声的，非哑而何？别人还说我们又老，这样的国家何以能造成国家？现在的万灵丹就是在读书识字。现在的一线希望，即古风犹在，人人都承认读书是好。这是中国的救星，我们应该保存。若过十年，旧道德推翻，则难救了。吾人若趁此时设法，那聋、瞎、哑的三种病还可愈。这个责任完全在教育界，望诸君回省，多在平民教育做功夫。既称为同胞，则当视平民如兄弟，他们不识字，我们要引以为可耻。有一未受教育者，即教育者的责任。否则不堪设想。中国有3.2亿人不算得是国民。美国一亿人，人人都是国民。所以从事平民教育，我们当义不容辞。

最后我向诸君下一个“哀的美敦书”：凡社员当立志必于五年内使中国人人能识字。否则主权旁落了。八千万当中，除了老的四千万，小儿两千万，不愿做教育事业的两千万外，仅有二百万人可做此事。此中一人担任一百六十人，一人教二十学生，四年其责可尽。四年内教育可望普及。故此“哀的美敦书”并非武断。事在人为，抱了拼命进取的精神，则敢说五年以内必能普及。否则不特没有民国，并且没有国民。

我希望明年年会，至少有一万平民能识字，各位来报告成绩。中国不必亡，亡不亡全在教育界。教育界可以支配中国，支配前途，改造社会，有史可证。事在人为，望诸君勉力，兄弟也勉力。

赴美讲演平民教育的经过

1929 年

主席，各位男女同志：

平常我有话，就可以顺口说出来，今天好像是有话说不出来似的。所以这样的缘故，恐怕是因为我今天感觉得无限的快活，又有深厚的情感的冲动，于是把我所要说的话都压服住了。我去年末出国之前，曾与董事长商议过，同时同志们也都认为我这次有出去的必要，所以在这次国外推广平民教育的成功，只可说是熊太太的精神与人格，和各位同志努力工作的成绩而已。

我最初是到西雅图，这个地方事先已经知道我要来了，所以就有六个机关派人来欢迎我，第二天又赴欢迎会，讲演一次。

其次，到耶鲁大学领受学位。所谓学位，并不是给我个人的，是给中华平民教育促进总会的，我当时不过是总会的一个代表。以前外国人士只知道平民教育，有一种千字课的工具，现在经过我把平教的真精神与实在的工作，如文艺、生计、公民等教育，原原本本通盘说出来，美国人才知道平民教育的真相。与我同受学位的，有一个是意大利的公使，有一个是英国的大诗人，这次学位的授予，是一件很荣誉的事，所以平民教育便在学术上，位置增高起来了。

再次到美国全国教育会去讲演。我们在这个地方，就可以知道美国教育真是发达，当时各大学校长、各州教育厅长以及中学校长到会听讲的，有一万两千多人。正好我这天嗓音非常好，说话很响亮，也就没用他们平常所用的发音机，他们都听得非常明白。我讲完了以后，他们都极受感动，并且有几个大学校长要我给他们二小时的谈话。

又次到旧金山工党去讲演。这个工党，很有势力，美国的移民律，就是他们主张通过的。我们知道平常美国人讲演的，只限一刻的工夫，至多也不过二十分，因为他们说："时间便是金钱。"所以他们对于时间上是很讲求经济的，不过我却是讲了一个多钟头。据他们说："我们从来没有听过这样有价值的讲演。"如果我们没有这活泼泼的平教的精神与工作，我的讲演也是不能得到这样一种结果的。

以上这样的讲演，一年之中我不知道总共讲演了几百次，每天都在车上跑来跑去地过日子。美国人请我讲演，多半在吃饭的时候，午饭晚饭都可以，因为吃饭总要费时间，在这个时间讲演，总算最经济了。我每次吃饭的时候，都要答复他们的问讯，饭后又要讲演，所以饭总吃不好。

还有几次讲演，值得报告的。有两次是为美国全国人民讲演，他们都是用无线电话传出去，说某时有某人讲演。无线电话在美国是一件很普通的东西，每一家都安置一个。所以我这两次讲演，差不多已把平教传扬到全美了。

有一次，是为旧金山全省人民讲演。这个地方的人，向来很讨厌东方的人，尤其是藐视中国的人，这次也请我去讲演，但只限于二十分钟。我把新中国的真精神，尽力地发表出来。这次总算给了中国在国际上帮忙，我觉得这次帮中国的忙，比帮平教的忙还多。以前政府所派去的人，因为是个国家代表的资格，说话时有许多的关碍，我只以国民的资格，可以任便地说了。

有一次是纽约城的大商家开欢迎会，所欢迎的主要是孙科，我只是被请的一个。在这次讲演，只有半点多钟的工夫，孙先生讲演后，已把全部时间占去，主席没法儿，便向大众发言，说："是否愿意听晏先生的讲演?"大家却已首肯，于是我登台说话。这次先帮孙先生说话，因为孙先生专为接洽借款而来的，帮孙先生忙，也就是帮中国的忙。至于我讲平教的时间只有十分钟的工夫，但这十分钟的讲演，已很受听众的欢迎。

以上所说的，是我在美洲各地的讲演的情形，美国重要的城市，差不多每处都去讲演过了。我到各处讲演的时候很想有一个秘书能帮助接洽一切，但是在美国找一秘书，至少要用六百个美金，从我们办理平教的本身设想，是不能用这些钱请一位秘书的。后来有一位青年叫费尔德（Field）听到我的讲演以后，但便找到主席那里说，很愿意有一些机会能帮我的忙。这位青年，是哈佛大学毕业的，曾到英国留过学，又要到奥斯马加研究历史。他用全时间来帮助我，纯尽义务，打电话，招呼栈房，全是他做，一切费用，都是他自己预备。

我们这里各处奔走已整整六个月了，这位青年，看我非常的辛苦，于是引我到他的家里休息一两天。他家是在一带山的地方。我待他的父母，就如同我的父母一样，在这儿居住也有多少日子，很受他们的优待。

我的讲演所以能够打动他们，使他们自己表示若不帮助中国平民教育发展，仿佛有点抱歉。这是什么缘故呢？第一由于本会董事长熊夫人的牺牲精神；第二由于各位同志工作的表现。在美国的人，都是说中国女子没有出息，在他们的眼光里，只是看到大多数的缠足女子。所以我无论是有二十分钟，或是十分钟的工夫讲演，必要把中国的一位女英雄说出来，就是说我们全国平教事业的董事长不是男子却是女子，他们都鼓起掌来。再有就是同志的心血，辛辛苦苦，做到这个状况，这是很不容易的事情。熊夫人及诸位同志，有这种精神，有这种成绩，我便能说得出来。

总而言之，这次在外国讲演的结果，虽是我们团体的光荣，我们的精神虽是有的，至于说到成绩如何，现在还差得远啊！今天大家都在这里，我只希望我们比从前还要虚心，因为这件事，是非常重要，我们应当把旧家风旧精神，以身作则继续下去。百年大计，非在这几年努力奠下基础不可。在平教做事，无论做哪项工作，总先要有人格，有高尚的人格，能够躬行实践的人格，才算真同志。

方才我只说了各位同志的努力，还没有说到各位同志的太太们，我们平教之有今日，各位太太的功劳，亦不可磨灭哟。因为我们的家庭里没有太太，我们男子，又要对内，又要对外，一定是做不好的。夫妇如果不能合作，那是人生最大的痛苦。我们平教的成功，都是各位太太与她们的丈夫合作之力。

我这次回来，有说不出来的幸福。有这么多的好同志，把对内对外的一切办法，做得齐齐整整，使我多大的欣幸。我自旧金山上船，经过日本、奉天，以至达到正阳门时，看见诸位同志高高兴兴，还是耳朵长在耳朵上，鼻子长在鼻子上，我的快乐，还要在陈先生之上。今天讲话非常匆促，又因为我昨晚做一夜噩梦，精神很不好，这个梦是忽然喊起来，以致惊醒，这是我从来没遇到的事。

最后只有几句话，开饭馆的离不了两件事，一是人才，一是本钱。要叫馆开得好，除有相当本钱以外，总还要几个好厨师、好伙计。何况我们这大的事业，现在定县与北平两处共有七八十人，虽不算多，但都是经过战事，有经验的。好，我们只有谢天谢地谢三光。现在钱也没有多少问题了，在最近五年之内，我敢大胆说，经费绝对不成问题，只要我们努力去做就是了。我很相信，我们大家都愿意牺牲的，都愿意奋勇去工作。当我在美的时候，只和人说我们的精神很好，工作不过方才开始，假使我们几年后，还只是精神很好，那便没办法了，因为精神应当有实现的时候，老是空空的只有精神，那有什么用啊！五年之内，我们应努力做出具体成绩来，使我们的精神在事业上表现出来。此刻所认为急需的，就是人才。我们希望平教在世界学术上占重要的地位，还须个人有专长的工作，将来我们一定设法使个人都能专精一门成为专门人才。

我自己从事于平民教育，已占十年了。自信还可以拿二三十年的精力，来办平民教育，兴致勃勃地办平民教育。以前经济困难时，我都努力干去，上刀山，下油锅，我都要去，何况现在最低限度，还有饭吃么？平民教育促进会，已经成立五年了。以前五年的成绩，就是现在的状况。今后五年的计划，我还要同董事长及各位同志商量干下去。我们准备再牺牲十年。

在定县展览会上的讲话

1930 年

读书的要做工，做工的要读书，这才是整个的新民！

今日是厂会农业教育部开第四届农产展览会的日子。鄙人在未讲为什么要开这会的理由之先，有一个问题要向诸位讲，这个问题是人人都知道的，就是中国的穷。我国有了五千年的历史，有了四百万方里的土地，有四万万的人民，文化开通很早，物产也很丰富，何以我们有了这样美好的自然和环境，还是天天闹穷呢？这个原因是很简单的，就是人民虽多，没有多大用处，不能够利用自然以图生产，去适应环境，尤其不能够继续增加生产，所以越闹越穷了。

中国人大概可分两部分：一是受过教育的读书人，一是没有受过教育的农工们。可是读书的不做工，做工的不读书，所以都成了“半个人”。像读书的不过养成一个读〔书〕呆子，不能生产，从社会上来看，多一个读书人，就是多一个寄生虫。做工的因为不读书，所以只知道死守旧法，一切旧技能，还是用两三千年来的老法子，天天干和牛马不甚差别的工作，而没有知识继续增加他的生产，不但不能征服自然，还受自然的支配，不但不能适应环境，还受环境的压迫。在社会上还幸得有了这班做工的，赖以维持，然人口日日增加，在从前吃得有余，到现在感到不够了，这就是穷的病根。

现在要不穷，只有读书的要做工，做工的要读书，使教育与生活打成一片之后，人人既有了科学的头脑，又有农工的身手，这才是“整个”的人，这才是平民教育运动所要做的“新民”。中国必须多得这种新民，前途才有希望。今天之所以开这个会的意思，就是要把科学的知识，贡献给诸位农民们参考，希望诸位既有了农工的身手，借以此机会才得了科学的头脑，二者连锁起来，打成一片，做了中国的新民也不辜负诸位远道而来的苦心啊！

在定县全城识字运动会上的演讲

1931 年

今天开会的目的，刚才吴主席已经说得很明白了。中国教育不发达，一百个人中有八十五个是不识字的。古人说：“人不学，不如物。”像这样不如物的人民有这么多，以言外交，外交安得不失败；以言内政，内政安得不紊乱。现在全国大多数人民都在求生不得，求死不能的当中那是当然的。我们可说是个有国家而无国民的国了。现在为我们教育坠落的危险与可耻，请诸位看一看这台上红黑布五个国家识字教育比较的标本。红布表示一国的识字的人数，黑布表示一国的不识字的人数。德国人民百分之九十九是识字的，所以红布长，黑布很短等于没有。英国百分之九十五是识字的，所以红布长，黑布也很短。美国百分之九十是识字的，所以红布长，黑布短不及一寸。我们中国人民呢？识字的只有寥寥百分之十五，所以红布短，黑布就有几丈长。诸位父老兄弟姐妹啊！天下的大耻奇辱还有比这个更厉害么？我国的国耻很多，我看都没有比这个更厉害的，言之真是痛心啊！中山先生遗嘱里说：“予致力于国民革命凡四十年，其目的在求中国之自由平等，积四十年之经验，深知欲达到此目的，必须唤起民众，……”刚才大家循声诵读了。中山先生惨淡经营革命四十年，深知道要我民族在世界上得创自由平等，不是靠军阀，也不是靠政客，乃是靠着我成千成万的民众。无如这成千成万的民众还在梦中，没曾醒觉，我们怎样能够唤起他们呢？贴标语吗？他们不识字。呐喊么？他们听不见。知其当然而不知其所以然，是毫不发生效果的。据我看来，这些“不识不知，顺帝之则”的民众，非给他们以普及教育，是不足以唤醒的。教育二字包括得很多很泛，一部二十四史，从何做起呢？提纲挈领说来，我以为识字教育是最基本的，是唤起民众初步的工作。识字教育若普及了，一切都容易有办法。自由平等必须要建筑在人民的教育程度上。目前我国民众的教育，并不是程度高低的问题，简直是有无的问题。漫说国际上不以自由平等待我们，即使国际上以平等自由待我们，我们的处境就能够保证比今天更富强么？因为成千成万的民众，还不曾受过最基本的识字教育，所以不自由平等的缘故，是在我而不在他人。到了成千成万的民众有了知识能力之后，我们要自由便自由，要平等便平等，谁敢再以不自由待我？谁敢再以不平等待我？所谓“夫人必自侮，而后人侮之。国必自伐，而后人伐之”。也就是这个道理。此次识字运动，诸位都知道先从全城做起，既有学术各机关提倡和县政府赞助，尤要人民为彻底的觉悟。时乎时乎不再来，没教育，不识字，是一国国民的奇耻大辱。我们必须为自己为国家争此体面，雪此耻辱。据我们调查，全城不识字的青年男女在十二岁以上二十五岁以下的，共有一千五百人。我们必先普及此一千五百人的识字教育，然后再谈到全县，然后再谈到全国，也就都有办法了。

在定县学校卫生同乐会上的演讲

1931 年

今天在这里开会，赴会的大多数都是青年男女学生及师长。我每次看见青年男女，就有无限的感慨。看到中国这样的穷、弱、愚，在外交上受国际不平等的待遇，现在社会上的人是没有希望的。照这样下去，非亡国不可！好在有一班青年男女，中国前途的希望就靠着他们了。所以不靠年长的缘故，因为年长的受了老方帝国传下来的恶习，希望他们去改良，是很不容易做得到的。我们的国家从帝国变成民国，现在虽是民国，实与帝国没有什么区别。所不同之点不过在皇帝时代，人民是穷的，是弱的，是苦的！现在是更穷、更弱、更苦了！因为现在虽然号称民国，一般人的思想，还是受了封建的毒，所以希望他们在二十年短期改良，根本是不可能的。因此，中国前途一线的曙光，只有靠着将来的国民了。这就是十岁以上、三十岁以下的青年男女和儿童，儿童就是今天到会的小同学。说话容易做事难。看到现在中国社会的现状，所有的青年及儿童是处在什么环境之下呢？现在的环境，是很恶劣的。青年们处在这种环境之下，容易沾染恶习，那么，将来就没有希望了，因为大多数的国民，都是受环境的支配，只有很少数的几个人，能够超过环境的，所以俗语说："近朱者赤，近墨者黑。"青年儿童在这种恶环境之下，根本上很难希望养成好国民。以现在没有希望的中国，将来的希望，既然都靠青年儿童，而青年儿童，又受这样恶环境的支配，那是更没有希望了。所以环境不改良，就没有办法可以希望青年儿童养成好国民。我今天看见小同学们，使我心里十分难过，你们是很可爱的，务必使你们能够处在好环境之下，将来才有希望养成好国民，这都要靠我们年长的去改良环境。若是将来不好，这些罪恶，应该归我们担当的，因为你们年少不懂事，所以这个责任，应该由我们年长人去负担。造了好环境、好社会、好家庭、好学校，使你们有好习惯，在二十年后，可以做好国民。如若不然，你们在二十年后，就可以诅我们，骂我们。小同学们呀！我知道我有责任，你们的父母，你们的师长，也都有责任的。

从前的教育，只管读书，就算好人。小孩子会读书，就算好孩子。像从前那样光管读书，是不妥当的，因为读书不过是做国民的一端，一天到晚尽读书，不讲卫生，所以身体不好。像这里本来是考棚，是为考试读书人用的。就说有好的读书人，考试入学了，可是身体不好，或是病，或是死了，这人就算白读了书。俗语说“文弱”，就是对这样读书人说的。我们所说的卫生，是要养成强壮的身体、圆满的精神、伟大的思想，不单在很胖很大的。遇着困难的事体，能够解决它。所以从前的教育，光读书，不讲卫生，现在要读书还讲卫生，必须二者兼备，才算好国民。学校注意卫生，就在这里。现在的学校，并不讲实在的卫生，从小学至中学大学，所提倡的卫生，专在书本上。若要人人有卫生的好习惯，靠书本是不行的。必须先有好环境，而后才有卫生的好习惯。学生时代，不光是在学校，还要在家庭，所以在学校方面要有卫生的环境，在家庭方面也要有卫生的环境，专靠学校是无用的。还有社会的卫生环境，也很要紧。要家庭、社会和学校连锁起来，而后学生处在各种卫生环境之下，不知不觉地才养成卫生的知识、技能、习惯。不然，光读卫生的课本，是无用的，教育就是生活，要家庭、学校、社会合成，才有用处。所以要改变学生的环境，不能专靠学校，必须联合家庭、社会，才能做成。如要养成好青年的教育，不是简单的狭窄的，因为教育是整个的生活。

本会同人到定县来，要研究的是农业、教育、公民、卫生四项，一方面学习，一方面研究。希望少有所得，帮助定县和全国的同胞。为什么不在北平上海呢？因为大多数的青年儿童，都住在成千成万的乡村里头，要为中国四万万人打算，非注意大多数农村的青年儿童不可。教育是整个的，不是窄狭的。今天说卫生，不过是初步，也不是开个会就完了，要脚踏实地去做。今天不过做了第一步，还要一步一步地做下去，希望大家注意。要中国有希望，必须靠着青年儿童，还要做了好环境给他们，否则将来一定亡国。若是三十年前亡国，是我们的责任；三十年以后亡国，就是小孩们的责任了。现在我一方面爱你们，一方面我勉励自己，希望有好环境给你们。

在平教专科学校开学典礼上的讲话

1931 年 9 月 21 日

普通机关的弊病，就是好为空洞的宣传，不求实际的工作。当机关成立的时候，就由几个会做文章的，把一些好听的名词，应有尽有地写出来，在报章或杂志上发表，就算尽了最大的责任。这种举动确能轰动一时，可是不到几个月，所谓机关，便无形消灭，同时大家也就把它忘掉了。本会不愿几个月就无形地消灭，便不去宣传，只愿埋头工作。所以本会成立了十二年，外面知道的很少。这是本会和其他机关不同的地方。

我们觉得中国今日的青年，实在可怜极了。一方面是无人领导，让他们自己随波逐流，终归堕落；一方面虽有自命为领导的人，试问他们的学问，他们的人格，谁配做青年的表率？结果，把一班有希望的青年，陷入堕落的深渊。你看这可怜不可怜！还有那些有志的青年，尤其可怜。他们本是怀着满腔的热血，要拯救危亡的国家，新兴衰老的民族，无奈四顾茫茫，无路可走。好比一人坠入大海，行将灭顶的时候，水面上有什么他可以抓着的东西，他就要拼命地抓着，因为一发千钧，急不暇择了。所以无论什么主义到了中国，都受青年的欢迎，就是这个道理。至于这个主义，能否在中国行得通，对国家是否有利，他们都无暇去研究。然而他们这种要救国家的热忱，是不可抹杀的。我常说：先知先觉，我们够不上，后知后觉，是我们应当做的。所以我们不愿办学校来训练人才，也不愿标榜某某主义，自命为青年的领袖。这是我们和普通的学校或团体不同的地方。但是现在我们为什么办学校呢？这是因为工作的需要，并不是为办学校而学校的。而且我们的教法，也和普通学校不同。因为在这个穷乡僻壤之中，既无名教授，也无丰富的图书馆，只有四十万人民。这四十万人民，就等于四十万册的活书。这种活书的读法，就是要攒入人民的生活里，先了解他们的困难，再想出解决这些困难的办法。我们这里的导师，只是引导诸位去做这种工作，并不是把所得的东西来传授给诸位的。我们是注重教育的生活化和实际化。

为什么要诸位亲身到人民生活里去求学呢？因为平教运动，既不是仿照东西洋的成法，也不是我们祖宗先人所固有，完全是重新创造出来的。我们觉得要创办一种人民生活的教育，非先了解人民生活的实况不可。因此我们就跑到乡下，从人民的实际生活去找。结果，觉得一般人民最感困难的四个问题：一是愚，二是穷，三是弱，四是私。同时，我们又想出四种解决困难的方法，第一，用文艺教育攻愚，培养知识力。第二，用生计教育攻穷，培养生产力。第三，用卫生教育攻弱，培养强健力。第四，用公民教育攻私，培养团结力。这就是我们的四大教育，也就是平教运动的目标。

我们认定平教运动是救国救民的唯一方法，并非一切头痛医头脚痛医脚贴膏药式的方法可比。因为在全国人民没有知识力、生产力、强健力和团结力以前，随你用什么主义来号召，都是不成的。所以只有平教才是根本，其余都是枝节。譬如日本现在已经占领沈阳，如果单求枝节的对付，纵令退一万步想，他把沈阳明天让去，但也许后天云南又被别国占去了，这就是因为不是根本办法，只是贴膏药而已。如果现在全国人民，人人都有知识，能生产，身体强健，精神团结，那不但区区日本不敢侮我，就是欧洲列强，也要来特别尊敬我了。无奈我国三万万以上的人民都在睡梦之中，我们只有实施平民教育，来唤醒他们。

再说，本会这个“平”字的精神，诸位也当深切地了解。“平”字的意义，就是人格平等的平，机会平等的平。因为我们认为人人的人格平等，觉得人人都有无限的潜能、无穷的价值，应当给以平等的教育机会，使他们尽量发展，自由创造。但是现在世界不平之处很多，我们就当要平社会之不平，平天下之不平，而后才能平天下。这便是平教运动最后的目的，愿诸位共同努力！

在周会上的讲话

1931年12月14日

我两次往南京，火车上起居不适，因患牙痛，不得已于旬日前赴平就医。牙医拔去一牙，刻幸痊愈。牙医未取费，据云，同情平教事业，得为我拔牙，实属荣幸云。我尝谓：有病莫讳医，冯主任瞿主任的病，我都劝以先行医好，才来继续工作。平教工作是百年事业，病好以后，继续努力十年二十年，比起一面病一面工作效率大得多。郑主任不幸殇九岁爱女，我亦劝其多留平两日，安慰安慰郑夫人。从前十分钟健身运动，自明天起恢复。

识字运动是我们基本的工作。国内外人，大都以为我们在定县工作，定县一定没有文盲了。目前定县确比他县文盲少，但究未除尽。因此，我们应加努力。这事由汤主任负责主持。

此次日本侵略东省，我们利用这种刺激，有所谓“文艺运动”，以诗歌故事戏剧图画等等来激励我们同胞，唤醒他们自省自觉自强。现在，即应加紧进行。此事，由霍陆亭同志负责主持。

一事成功，自然要遇着许多困难。我们从事平教工作，不要怕困难，遇着困难，只好战胜困难；遇着问题，只好解决问题。我们想想：美人华盛顿所领导的复兴事业，其所依据，不过几百亩荒地，其助手卒能利用所出产之白薯，而制成食料六十余种。丹麦被普鲁士侵凌，国亡无日，丹麦人在困难临头，普及了农业科学，至今为世界唯一的农业国家。日本立国至为困难，地狭人稠，且有地震之虞，日本人不以为难，努力奋斗，至今为世界一等强国。反之，黑人睡醒有的是落在口边的香蕉可吃，谋生该不困难了，但是，终是黑奴。我国承五千年的文化，地广人众，物产又丰富，目前尚受区区日本的欺凌，假使再不努力不长进，中国人不做亡国奴，谁做亡国奴呢？我们生活方面，比上不足，比东省被压迫的同胞，武汉被水灾同胞，总算舒适一些。同时，本会经费不生问题，本会事业又为各方所欣赏，那么，我们是不是因为一切不成问题，便慢慢堕落起来呢？我们以前已努力培植成美丽的花朵，致人欣赏，目前似渐就凋谢，将来只好夸耀以前的历史了！静言以思，诚觉前途黯淡，来日大难，卧床牙痛，实不胜此心痛也！愿与大家共同凛戒，共同勉力！

中国农村教育与农村建设问题[1]

1935年3月25日

敝人久不做讲演，因自民国十二年以后即努力于平民教育工作，近五六年来，在定县研究实验农民教育与县政改革，既无宣传之必要，故亦不做公开讲演。唯来此听讲者多数为研究教育之同学，定县之工作又偏重于教育。阳初为责任心所驱使，实不能不来向诸君说话。今日所讲者多为阳初十余年来之心得，诸君既多为研究教育者，或亦可供诸君之参考。

所谓教育，并非指一般的及普通的教育，普通教育并不难，欲其切合实际方为难事。最切合于实际之教育为农民教育。一般人以为教育之目的，乃在产生伟大光明灿烂之中国。吾人之希望又何尝不是如此，唯此种希望，实太迂远，今日中国，危亡已迫于眉睫，今日所应施之教育为最低限度最基本必不可少者之救亡图存之教育。中国此时可为一非常之时代，而各处所实之教育，似为一种普通之教育，“一切正常”，国家岂能维持！如现在乡间一般儿童所读之课本，仍与十年前大同小异，即可证明。须知吾人今日之唯一目标，为救亡图存，我辈虽无希望，然为我辈之子孙着想，岂能仍令其与吾辈受同样之处境。

予以为当此非常时代，必须有一种计划教育，教育之内容与方式以及 切的一切，均须有计划。按敝人十年来于困苦艰难中所得之经验，欲达到救亡图存之目的，最急需最迫切者有三：

---

① 本文是晏阳初在北京大学第二院的演讲。

第一，培养知识力，最低限度须培养其知民族意识与国家观念，能够自觉自强。吾人站在教育者的地位，一切一切都在启发他们。

第二，培养科学的生产力，更换那些老农、老圃的旧习惯旧技术，使其了然于人力可以胜天，一切自己均可创造，即养成其自给自养之能力。

第三，培养组织能力，养成纪律生活，方能自卫自保。

集中以上三种能力，始足以言救亡。同时实施此种教育，尤须注意目标、计划与策略三方面。如农村中有成人、青年与儿童，对于成人，因彼等在乡间极有力量，欲其为我等之助力，对之须用开导方法。对于儿童因其为国家之基础，故须用培养方式。至吾人所视为最重要者为青年，为十八九岁至二十五六岁之青年。因彼等年富力强，可以继往开来。姑就定县而论，全县四十万人中，就有八万青年农民，以全国四亿人计算，中国农民青年至少有八千万，除去一千万已受教育者外，尚余七千万人。欲救亡图存，必须抓住此七千万青年。将他们组织训练起来，给他们以文字智识，与其他公民训练，及保健卫生的智识与训练。养成此数千万充实与健全之青年以后，有什么计划有什么目标必能成功，讲到总动员，才真正有员可动。

中国自鸦片之战以后，经过甲午之战，到日本提出二十一条时，经过一次刺激，一班有志之士即想出一个救亡的方法。忽而学东洋，忽而学西洋，今日忙这样，明日忙那样，但都没有把根本拟清，所以仍然是束手无策。今后我们必须拿定主意，下大决心，钻进农村，深入民间，造就这八千万的农民青年，叫他们来担负这民族再造的使命。我等在定县所研究实验者，并非为定县。定县乃系一个实验室，我们要研究出一套内容与结果，故必须切合以下四条件者：一、是否经济；二、是否简易；三、是否切合实际；四、是否有基础。能合此四条件，方易普遍推行，才能对于广大之民众有益。

总之，定县之工作，系为研究实验，重质而不重量，一切系由下而上。十余年来，集中各方人才，根据民情，应用科学，所获得之结果，均系如此。至于农村建设，即欲以政治的立场加以推动，一方面是政治组织问题，一方面是行政人才问题。所谓县政改革乃为建设而改革，乃欲将以前专司收税审问官司之衙门，变为实施救亡教育建设各种基本工作之机关，服务人民，建设地方，以求政治之根本改革，此乃系由上而下，若与上面所说者相辅而行，我们一定有光明灿烂之前程。

总之，当此山穷水尽之时，只有农村有光明的希望，深望一班青年发挥宏愿，施展宏才，好静者做研究工作，好动者做推广工作。深信学术可以解决问题，有伟大之精神，必能成伟大之事业。前途荆棘最多，然只要大家能够任劳任怨，下大决心，为农民，为中国，甘愿受罪，不但青年自己有了出路，即整个中国亦有了出路。

农民运动与民族自救[①]

1935 年 10 月

诸位，今天兄弟来参加第三届乡村工作讨论会，使我不能不回想到去年在定县开会的情形，那时大家都感觉到，国家这样的危急，我们能够安然讨论民族自救和乡村改造的问题，这是很侥幸的。现在，国势更坏，国家破碎不堪，有血性的人，都非常心痛。

我们从事乡村工作者，爱国不敢后人，尤其是当此国家大难临头的今日，而我们不能对国家有所贡献，真是愧死痛死！此次参加会员来自十九省市，大家愿抛弃自己的工作，不远千里而来此，互相切磋，彼此砥砺，并将过去之酸甜苦辣，种种困难烦闷，借此机会互相诉述。这是本会精神所在，与普通会议性质迥然不同的地方。

从事乡村工作，原有鉴于国难严重，而希望对国家有所贡献，不过我们要问国家何以弄到如此境地？我们能不能有贡献？我们根据过去的经验和将来局面的推想，都指示我们确有贡献于国家的途径。现在国家所以弄到如此地步，主要的原因就是“忘本”，整个的国家，人口有四万万之众，可是一点力量没有，任何人可以侵入中国如入无人之境，妥协屈服，不知伊于胡底，我们要救亡图存，必先认清症结所在。“民为邦本”，而这虽是一句老生常谈，可是我们不能因时间的变迁而抹杀其含有的真理。过去的政治经济文化之所以落后，就是因为设施没有着眼于民众；民众伟大的力量，非但从来没有运用过，而且根本没有发现

① 本文是晏阳初在无锡举行的第三次乡村工作讨论会上的演讲。

过。现在我们就要抓着这伟大的潜势力，教育他们，训练他们，组织他们，发挥其应有的力量。乡村建设之使命，亦即在此。如果不从此下手，所谓民族自救、民族改造，恐怕皆是缘木求鱼。所以乡村建设运动的目标，在发现组织和训练民众伟大的力量。

不过任何一种运动，仅有伟大目标和不凡的抱负，还是不够的，我们要深入乡间从事实际工作。有人说，在这个时代应干工商业等工作，如何反向农村？殊不知我国所以弄到如此地步，就是没有抓着广大的民众。老实说，如果大多数民众在城市里，我们当然要到城市里去，所以我们从事乡村工作，并不是为乡村而到乡村的，为的是大多数民众是在乡村。也有人说，今日已是工业发达时代，单单提倡农业是不行的，其实我们从事乡村工作，并不是在专门提倡农业，而为的是大多数民众在农村，因为农村是伟大力量之所在地。我们绝不是说工业不重要，不过我们认为在这样一个时期，这样一个环境中，要有民本政治，非注重农村不可，尤其是在此破产中之农村，农民无接收力购买力，哪里谈得上工商？所以我们深信着这是最重要、最基本、最迫切的问题。

现在乡村建设运动，要以农民为对象，要发现这伟大力量，仅仅有这种抱负和目标是不够的，我们更要研究如何运用方法来培养民力。

个人眼看着国家每一次遭遇耻辱之后，有志之士必发起一种运动，但不久又消沉下去。这就是空有抱负、热血，而没有方法技术的缘故。现在大家很热烈地从事农村运动，如果知其然而不知其所以然，三五年至多十年以后，结果必定销声匿迹，和过去各种运动遭同样的命运。乡村建设，除运动之外，还要建设，所以目前乡村运动需要费许多时间、金钱、精力来研究实验。现在各地乡村工作为培养民力起见，有从合作入手的，有从政治教育着手的，因地制宜，因人而施。但至某阶段，往往感觉到单办一种事业的不足，而牵涉到他种事业，这是必然趋势。各种事业如果无相当研究，没有技术没有方法，也许初起入手时，兴趣特别浓厚，不过到某种阶段时，就感觉空虚。因为农民整个生活，是连带而有互相牵制的复杂关系，绝不是零碎的改善所能有济的。其次，觉得自己的才力不够兼办其他事业，乃是真正困难，并不是认不清问题，而是没有办法。

至于方法技术之研究实验，绝非性急之事，非有真正的专家，且备有充分时间和相当经费不可。譬如现在提倡普及教育非常热烈，究竟普及什么教育？教育内容是什么？此项研究则非十年八年不为功，即是所谓教材教具的研究实验。又如现在义务教育激进声中，有一年短期小学的设立，在一年内究竟教些什么？救济失学儿童，也许可由小学而中学而大学，可是教育民众，决不能这样做，对这班又穷又忙的青年民众如何教法，教些什么，还有待研究实验。

总之，乡村建设不仅仅是一种运动，更要讲求内容、方法、技术，才可以达到培养民力民族自救之目的。大家不从科学立场来讲求教育、自治、卫生等，结果还是没有办法，因为这是空虚的东西，不能持久的。

参加此次乡村工作讨论会的诸君，我想都具有丰富的经验，互相截长补短，这是很好的，进一步说，处此民族存亡危急之秋，已不是承平之世，悠然自得，各做各的时候，事实上需要通盘筹划，实行分工。譬如中央重视科学研究，中央农业实验所用大量经费，聘请中外专家，解决一部分的农业问题；同时要把科学研究的结果带到民间去，与农民发生关系，养成农民运用科学的习惯，使农民生活科学化，实属迫切之图。如果把这班又勤又俭的农民科学化了，我想一切事情可以胜过天力。

现在，最可怜的就是大多数的民众还是迷信的头脑，怕神怕鬼的。在这种情形之下，如何可以克胜环境呢？所以现在要设法使农民的头脑科学化。不过单靠口头演讲还是不成的，务须以科学方法来改进农民生活。合作社绝不是仅仅为借钱而已，而是养成农民合作的观念、习惯和技能。如果中国四万万人都有科学头脑，都能运用农业上技术及合作精神，我敢说，就能百战百胜，要世界和平，世界绝不得不和平。

我们研究实验必先估量某种地方适合某种研究，我们应全力帮助，促其成功，在通盘筹划下，分工合作，农业从哪几方面做，政治从哪几方面做，大家亦应全力帮助，彼此不分你我。我们要认清在此非常时期，有一天的自由一定要干，所谓做一天和尚撞一天钟，只要有钟可撞，如何研究实验，如何推广，如何训练人才，都需要整个计划的厘定，分工合作，使人力上物力上都经济无浪费，我们乡村工作就应在此下手。

总之，乡村运动是民本的，建设是包括科学的技术和内容，其次，要大规模地推广。已往以至今日下的乡村建设运动，还是在研究实验的阶段，如何将研究实验的东西推广出去，绝不是私人团体所能为力。现在是需要这一套乡村建设的办法，装入制度里去，大规模地推广出去，这就是从亲民政治的地方自治入手。县政权是真正老百姓的政治，现在就该从县政着眼，如何运用县单位制度的机构来运用乡村建设的方案。不过照现行县政组织仅仅是一躯壳，没有生命的，把乡村建设的方案加上去根本便不可能。所以在机构上非加改造不可，使变成一个推动乡村建设的机构。现在国内有实验县之试验，事实上自然已然有这种倾向，也可说是一种基本政治，现在要改造这机构的先决问题，要重新培养推动这新机构的人才，另一方面还要培养运用这新机构的行政人才。还有一点，是至关重要的，在上面有许多命令要推行，下面更要有足有手来帮助，所以要组织有训练的民众。因为由上而下的组织是不能推行的，由下而上的基本组织，即在有组织有训练的民众，这是宝塔式的建设，而不是头重足轻的建设。依着这种组织，政府方面要整个计划地推行，雷厉风行，必收事半功倍之效。我们乡村工作同人，一面大家要研究推广，一面更要有总的集合与合作。外人讥笑我们："一个中国人是天下最聪明的人，两个中国人在一起，就是天下最愚笨的人。"我们乡村工作同志，首先对此引以为戒。推诚合作，政府要做我们的后盾，予以种种便利，在死里才可以求生，无法才可以有法。

中山先生遗嘱上说"唤起民众"，确是一句至理名言，尤其是在救亡图存的今日，的确要"唤起民众"。这句话好像说惯了觉得很平淡，本来有意义的而变成无意义了。但唤起民众，如何唤法？唤起之后又怎样办法？孙先生接着讲："必须联合世界上以平等待我之民族，共同奋斗。"孙先生所谓"唤起民众"，他是有步骤的，绝不是摇旗呐喊而要有方法与技术的。我们要救亡图存，第一步即在唤起民众，除此以外别无他法。其次联合全世界上以平等待我之民族，这也就是根本的外交政策。因为我们自己和美国联合和国联联合都不配，还不够资格，根本便没有什么友邦。举一实例讲吧，不久以前的苏俄，世界各国都鄙视它，排斥它诟詈它，骂它是叛逆，视为不成东西的民族。曾几何时，把苏俄拉入国联，认为是最漂亮的一件事，这是为的什么？没有别的，苏俄五年计划的告成，各国敢不刮目相视。他们的计划就是受罪，有计划的受罪。而我们现在的受罪是无计划的，我们现在正需要有计划的受罪，有组织的吃苦，否则是无价值的，等于自杀。

“唤起民众”的工作非由乡村建设不能做到。现在我们正热烈地提倡，要朝于斯，夕于斯，十年二十年亦于斯。因为只有这个工作是值得我们干的。在此民族危急存亡之秋，如果我们不能参加一种有信仰的工作，还是自杀的好，因这种侵略耻辱委实忍受不住。诸位，时至今日，自杀易，自强难；求死易，谋生难。这几天我们相互讨论乡村工作，彼此推诚相与，互相砥砺，应处处以国家危亡为前提，分工合作，把握着现在努力的途径，不说空话，只有硬干，我相信中华民族一定可以自救。

“误教”与“无教”[①]

1936 年

我国人民占世界五分之一，有几千年悠久的历史，数千万方里的土地，现在受人侵略，无法抵抗，人家的飞机大炮，如入无人之境，这是怎么一回事呢！华北紧急，全国动摇了。你们是有血气有思想的青年，试想一想，中国为什么到如此田地？我以为根本的原因是“误教”与“无教”。何谓“误教”与“无教”呢？中国现在受教育的人很少，而所受的教育，又多是不切实用的。所以有“教育误人”“教育杀人”的这种说法，这就是“误教”的意思。四万万人口中有百分之八十没有受过教育，这就叫作“无教”。中国数千年来的旧教育，现在已经整个地推翻了，可是新教育尚未产生。现在所谓“新教育”，并不是新的产物，实在是从东西洋抄袭来的东西。日本留学生回来办日本的教育，英美留学生回来办英美的教育，试问中国人在中国办外国教育，还有什么意义？各国教育，有各国制度和精神，各有它的空间性与时间性，万不能乱七八糟地拿来借用。现在的学生是在学日、学美、学英，弄得一塌糊涂。学非所用，用非所学，所以许多大学生都在失业，而国家却闹人才缺乏的恐慌。人找不着事，事找不着人，这是充分去模仿外国的结果，整个教育因此破产。

中国人办教育不知道中国的情形，随便把外洋的东西搬进来，好像一个人害病，不问他的病源，任意给他吃药，一定要弄坏的，所以教育

① 本文是晏阳初在湖南衡山乡村师范学校的演讲。

办了几十年，对于中国本身没有发生什么好的影响。你若去问一个统计学家，中国现在有多少人口，他一定回答说大约是四万万吧！有的说三万万五千万，有的又说四万万五千万，其间差了这样大的一个数目，全没有确实的调查。譬如人家问你家里有几口人，你都不能回答，这岂不是一件最耻辱的事？中国人不知道日本的事，不知道苏俄的事，情有可原；中国人而不知道中国的事，这真是罪无可恕了。中国现在金矿有多少，煤矿铁矿有多少，耕地有多少，森林有多少，有人知道吗？但是日本人会知道，美国人也会知道，说起来是如何的痛心啊！为教育而教育，为学校而学校，学生毕了业，就不管他失业不失业了。甲校如是，乙校亦如是。大家不知道为什么去办学校，不明了社会上的问题，去根据问题而定方针，只晓得照样画葫芦，人家怎样做，我们就怎样做，甚至有人为饭碗而办学校，这更是不堪闻问了。

中国人的大毛病，是说而不干。你看有好多人只管在那里说，“教育误人”“教育杀人”，闹得声彻云霄，而无人实地去改造，更有谁能认真吃苦，到乡村去！大家具有一种得过且过的心理，以为别人不去，我何必去呢？得过且过，已经过了四千多年。须知时至今日，已不是“得过且过”的时期，乃是求得过亦不能得过的时候了。我们敌人的枪口，一天一天向我们迫近，我们怎样还不觉悟，还是偷闲躲懒，不肯去干。我们常见有人写文章，骂教育，结果还是空论一场。我们怎样说就要怎样做。要怎样做，就要先认识中国情形，认识社会情形，亲身到社会里去体验。

中国教育堕落到这种地步，如何得了？所幸误教尚少，假若误教普及了的话，那只有坐以待毙。现在还有百分之八十的“无教”者，正待我们去普教，故中国前途尚有可为。我们不应当再拿外国教育去教他们，要创造一种中国教育。要用中国药来医治中国病，且要看清病源，然后再去下药。

今后新教育的途径是：不要再模仿别人，要自尊自信，自己创造。外国的科学我们要学，外国的教育，自有它们的背景，我们如何能够毫无目的盲目抄袭呢？

个人的行动，也是随时代而变迁的，现在你若仍不出户门，坐在家里读书，那是不成功的。中国人最低限度要明了中国的情形。想明了中国的情形，不是要去调查南京、上海、天津、北平的大都市，是要深入农村。因为中国四万万人不是完全住在都市，有百分八十以上的人口，住在农村。从前说“秀才不出门，能知天下事”，读书人自作聪明，所以而成了现在的状况。“闭门造车”“纸上谈兵”的空计划，绝对不可靠。明了事实，才能发现问题，发现了问题的因果，才能计划改造的方案。

要想知道民间实况和疾苦，没有数字做根据，便不知从何处下手，所以要有调查统计的工作。现在说到诸位同学来到这里预备将来去做建设农村，复兴民族的工作：各位要知道教育的基本不在大学和专门学校，是在小学。比如建筑房屋，没有坚固的基础，就不能筑成一座高楼高阁。没有好的小学，又从哪里去得到好的大学生和专门学生？小学的目的是为教育这广大的民众的，所以很重要。留学生从外国回来，他们心目中成了一个做大事、做大官的观念，谁还顾及得到小学教育。所以有人说中国人忘本，本就是基础。我们把基础教育称作小学教育，所以人人以为它小，便不愿去干。孙中山先生曾经说，中国人与西洋人不同的地方从很小的事情上，就可以看得出来。譬如建筑房子，外国人行奠基礼的时候，非常隆重；中国人却要到上梁的时候，才大行庆贺。从这一点就可以看出中国人只重外表，不重基础。

“师范教育”这个名词倒是很好的。师范二字的意义，是说既可为师，又能做范。有许多做先生的不见得就能做人的模范，能够做人模范的，却都可以做人的先生，希望你们能够做人的先生又能做人的模范，真正负起乡村师范教育的使命来，去教育那广大的平民与农村中的大多数的儿童，这种责任是何等的重大！

我们能够去教育那么大的民众，“无教”也就要变成“有教”了，但是我们怎样去教他们，这却是一个重大问题。中国社会需要什么，我们就应当去教他们什么。要明白现在已经是20世纪了，不是“日出而作，日入而息”的时代了，现在是飞机、大炮、毒瓦斯的时代！我们要做一个“现代人”，一方面要不忘本，换句话说，就是不要忘记我们是中国人，一方面要应用欧美的科学，要有驾驭自然的本领，一扫从前那种靠天吃饭、信赖命运的行为，换上一副创造新天地的气魄，这才能有办法。不然，你就不配在这20世纪生存。

但是怎样才能使你做一个现代的人呢？唯一的办法，就是“吃苦”两个字。你能吃苦，一切都能如你的愿。我国有句俗语：“吃得苦中苦，方为人上人。”这句话的确含有真理。美国有句话说：“总统出自茅庐。”我希望你们努力吃苦，在教师指导之下下力去苦干，去造就自己，把自己造就成一个民族的仆人、大众的仆人！

苏俄在十几年前，世界上没有一个国家理它，不许它加入国联，可是现在还不到二十年，各国都把它当作嘉宾，先后同它复交，国联也很恭敬地请它加入，给它一个常任理事席，使濒将破产的国联，因它得以支持，这是何等的荣耀？可是苏联在这十几年内的苦也真吃够了，全国人民节衣缩食，为的是国家的建设，因此才有今日。所以，我们要下决心，洗尽从前那种“万般皆下品，唯有读书高”的心理。这种念头在前一二百年或者还可以，到了20世纪的今日，是不可能的。要知道，在你我的生命范围内，都没有幸福的希望！

在我国今日这种民穷财尽、天灾人祸交逼的时候，人民真是不能说不算吃苦，但是这种吃苦能算是有目的、有意义的吃苦吗？我们要效法苏联那种有计划、有目的、有意义的吃苦。

衡山省立乡村师范在湖南是很重要的一个乡村师范学校，今后基础教育的奠定，全在各位的身上，所以希望你们能够去吃苦。

德国之所以能有今日，虽在它精强的兵力，但是，根本的原因，是在师范教育办得好。就是我国现在各处实验县的中心工作，也是在普及平民教育，造就干部人才，而干部人才，又多半是出在乡村师范的。因为乡村师范的学生都是有志改进乡村的。村政弄好了，县政当然也要随之而好，省政，国政，自然整个地就会上了轨道。这样方能安内攘外，这样我们方能生存于20世纪！

最后我希望各位的有两点：一、对于学问的追求。学问的重要，是人人都知道的，无论做什么事，都非有学问不可。别的且莫讲，就以你们本身而言，就得认识社会的整个面目，至少也要知道湖南衡山这一个小圈子，一方面还得明白些做人的道理，多有些常识才行。二、对于人格的修养。中国能通中西古今有学问的也不少。可是他们的学问尽管好，若是没有人格，恐怕他们的学问越好，他越能够卖国。有许多什么日本通、美国通、苏俄通……根本就通错了，这是什么缘故呢？缘故是没有人格的修养。所以我觉得学问还在其次，人格却最要紧，我们要有“富贵不能淫，贫贱不能移，威武不能屈”的操守！

各位同学，国难已到这样不可收拾的地步，我们若再不努力，就只有灭亡一途。国家亡了，就是要爱国也无国可爱，到那时可就悔之晚了。希望各位同学永远不要忘记我今天所讲的话。

邵元冲
(1890—1936)

生平简介

邵元冲（1890—1936），字翼如，绍兴人。《中华民国国歌》的作词者之一。1906年加入同盟会。1911年东渡日本留学。辛亥革命爆发后回国，任上海《民国新闻》总编辑。“二次革命”失败后流亡日本，加入中华革命党，任《国民》杂志编辑、中华革命军绍兴司令官。回国在浙江、上海、山东几次举事均失败。后任广州军政府大元帅府机要秘书，并代行秘书长职务。1919年赴美国留学，先后就读于威斯康星大学和哥伦比亚大学。1923年在莫斯科结识正访苏的蒋介石。回国后被选为中央候补执行委员，旋成为正式委员。历任中央常务委员会委员、政治委员会委员、粤军总司令秘书长、黄埔军校政治教官（代理政治部主任）、法制委员会委员。1924年底随孙中山北上，在孙氏去世时见证了遗嘱。1927年任浙江省政治分会委员兼杭州市市长。1929年3月在国民党“三大”上当选为中央执行委员、中央政治会议委员。1931年以后历任国民政府委员、立法院副院长、代理院长及国民党中央宣传委员会主任委员。1935年春，因对日外交问题与汪精卫发生矛盾，辞去宣传委员会主任委员职务。1936年12月初，应蒋介石电召去西安。是年12月12日，张学良、杨虎城发动西安事变时，从西京招待所跳窗逃遁，被士兵开枪击伤，两天后在医院去世。著有《各国革命史略》《西北揽胜》《邵元冲日记》等。

提倡国货与民族独立之关系[①]

这一次首都举行提倡国货运动宣传周，意义非常重大。我们觉得国货问题是一个关系于民族生存的问题，也就是一个关系于民族独立的问题。凡是国家民族的一分子，对于国货运动，应该是竭力来提倡，尤其是要各个人自己以身作则来实行。虽中国自海禁开放以来，外国商品输入国内，一年比一年增加，而中国自己的生产品，却一天比一天减少，一年比一年衰颓。这种情况，对于民族前途，对于民族生存的前途，实在很可忧虑而值得注意的。所以提倡国货的意义，不仅是表现各个人自己的爱国心，表现个人的爱国精神，从国家的立场来看，正是判别整个民族存亡与衰的标的。这些年中间，舶来品天天流行，本国商业的销路就天天减少，本国商品的销路减少，就是本国商业衰颓，本国商业衰颓影响所及，就是本国的工业也无从发展。因为工业的制造品，一定要视市场的需要，而供给市场的需要愈多，工业才愈发展，一般人也愈有精神与兴趣，去从事于工业。如果市场上对于本国的生产品并不需要，新的大规模的工业组织，固然无人肯投资经营，原有的工业也就无法维持，都要倒闭与停歇。同时工商业衰颓的结果，农业也一定受到很重大的影响。我们知道工业的原料取给于农林的生产，而农林事业的发展，就要靠工业上需求的增加。如果工业不发达，原料品无法脱旧，农林事业自然受到很大的打击，这样一个国家的农业工业商业，都不能发展不能进步。国家经济基础，完全停顿，国民生计的基础自然不能维持了。

---

① 本文是邵元冲在中央广播电台的讲话，具体时间不详，据内容推断可能发表于 1932 年。

同时本国货品销路的停滞，就是外国货品的畅销。

但是讲买外国的货品，总逃不了两种方式：一种是拿现金去购买，一种是用自己的生产品或工业品去交换。我们自己的农工商业不能发达，金融周转不灵，现金已很缺乏，如把这些有限的现金，还要去买无量数的外国货品，就一定要使本国现金，逼到完全流尽的一天。可见只拿现金去购买外国货品，是一件最危险的事。要免除这种危险，就是要拿本国的生产品，去交换外国的货品。但是看到中国这几年农工商业不振的情况，又有多少可使外国人需要的中国生产品去交换呢？而且我们知道中国人还喜欢购买外国货品，试问这种中国人自己都不要中国的货品，又有什么方法，可以卖给外国人呢？本国的货品，不能去交换外国的货品，而中国人又一定要去买外国货品，就只有拿现金去送给外国人。也许有人以此自诩，以为中国是世界上最有特殊命运的民族，可以坐享不劳而获的福气，我们中国人不必劳动，世界各国自会制造精良优美的物品，来供给中国人的需用，使中国人过世界上最舒服最理想的生活。但是看到过去和现在的情况，顾虑到将来的结果，只是令人不寒而栗。照现在这样国际贸易的入超一年年地增加，本国仅有的现金一年年地流出，民穷财尽，罗掘皆空，国民生计，总要到无法维持的一天。所以我们对于国货问题，如果再没有深刻的觉悟，再不去积极提倡，全国经济破产，绝不是很远的时期。到那个时候，既没有本国的生产品去交换，又没有现金去购买，外国货品买不到，再要想用本国货品也就失之太晚，农工商业早已毁灭殆尽了。

而且中国在过去和现在时期，中间所以能买外国货，还是因为国际间交通的便利，海上运输的便捷，能够尽量把外国货品，供给中国人的需用。但是试看在欧洲大战的时候，战事发生以后，欧亚交通，因地中海中德国潜航艇的阻断，欧洲商品不能到中国来，已使中国那些用惯外国货品的人，受了很大的痛苦，出了很高的价钱，尚且买不到要用的东西。试问不久的将来，远东国际间是不是一定没有变化，国际永远和平？中国的海上交通是不是永不发生障碍？过去因国内交通的不发达，本国的粮食问题，往往发生很矛盾的现象，一年之中，有许多省份得到很好的收成，有许多省份闹了很大的饥荒，因为交通的障碍，却不能把很丰富的农产品，移到闹饥荒的地方去救济。于是粮食盈余的地方，价格低落，无人购买，甚至当作燃料去烧掉，粮食不足的地方，如沿海长江一带的人民，就要向南洋暹罗安南等处去买外国的粮食。这种粮食的进口一年年地增加，到现在就占了进口货中很大的数量。试问人民的粮食，都要仰给于国外，一旦海上的交通发生障碍，或是某一国把中国的沿海封锁起来，不提别的外国物品不能买到，粮食供给的断绝，在很短时期中，就可使中国发生很严重的粮食恐慌。所以我们对于提倡国货、购买国货，应有全国一致的觉悟，全国一致的努力，改革鄙弃国货的心理，打破购买洋货的恶习，尽量把各自生活所需采用本国的货品，再不能信仰外国货，购买外国货。就是本国的工业品不精良不适用，也应该忍痛于一时，使我们的国货，至少仍能推销于国内。

我们知道现在国货，因资本的短少、技术的幼稚，出产品总难免简陋草率，但如全国大多数人民，能有这种认识，大家去采用，本国商品的销路扩大，工厂得以维持而有盈余，一定会把制造品精益求精，去适合顾客的需用。这样商业兴盛，工业发展，为工业原料供给的农业林业与矿业，以及与工商业联络的运输交通事业，也一定随着发展与进步。可见国民心理，只需稍有改变，能够信用国货，购买国货，本国的农工商业、林矿交通事业，都可受到莫大的利益，而本国的经济，也可达到自给自足的地步。这样国家的经济能够独立，在国内的工人农人商人，都可以尽量地发展，农工商业并得各自的职业，去自食其力，而国际上虽有重大变故，海上交通发生障碍，本国人民的生活，也不致受到影响，不致有粮食恐慌的忧虑。而且本国的国民经济，能够自给自足，要去购买外国商品，也可以物易物，不致如现在的大量入超。

以过去几十年给我们的教训，也可以明白过去几十年中国国家所以不能得到独立基础的原因。由于经济不能独立，国家的地位，始终不能独立，国际方面不必用政治军事的力量来侵略，就是经济的力量，也可致我们的死命。而这种现象，数十年来一天逼近一天，到现在已到了最危险的时期，如果大家再不觉悟，再不努力，前途就没有办法。而大家要努力，就只需在很小的地方做去，就是要提倡国货，售用国货，购买国货，可以使国货改良，购买国货，可以振兴本国的农工商业。也只有购买国货，才可以确立国家经济与民族独立的基础。这个问题很简单而很重要，很普遍而很基本，希望全国国民，大家能觉悟从提倡国货购买国货方面去努力，在现在国家很危难的环境中间，来求得民族生存的途径，建立国家独立的基础。

王世杰
(1891—1981)

生平简介

王世杰（1891—1981），字雪艇，湖北省咸宁市崇阳县人。政治家、教育家。早年就读于湖北优级师范理化专科学校，1911 年为参加武昌起义，毅然在天津北洋大学采矿冶金科肄业，后留学英法，1917 年获英国伦敦大学政治经济学士，1920 年获法国巴黎大学法学研究所法学博士。是年冬受北大校长、著名教育家蔡元培之聘回国，任北大法学教授，后任法律系主任。1924 年 12 月与胡适等创办著名的《现代评论》周刊。1927 年国民政府奠都南京后，被任命为首任立法委员，任期中主持制定多部法律。历任国立中央大学比较宪法学教授，国立武汉大学首任校长，国民党政府法制局局长、教育部长，国民党中央宣传部长（两度）、外交部长，中央研究院院士。1946 年以中国代表团团长的身份赴巴黎和会参会议事。1949 年赴台。曾被蒋介石委托统筹推广简体字方案。著有《比较宪法》（与钱端升合撰）、《宪法原理》等书。1981 年 4 月 21 日病逝于台湾荣民医院。王世杰对武汉大学倾注了深厚的感情，他本人认为，武汉大学是他一生的得意之笔，以至在台湾去世前，他对子女说：“以后为我立碑时，去掉所有头衔，只须刻上‘前国立武汉大学校长王雪艇先生之墓’。”临终立下遗嘱，将其一生收藏的七十余幅珍贵字画赠予武汉大学。

在巴黎和会上的演讲

1946年7月

中国代表团参加和会热诚地希望它能够成功。中国作战最久，她是第一个持枪抵抗轴心侵略，也是最后一个放下武器。我们虽然没有直接参加欧洲战事，但在全世界战争中占着重要的地位。中国抗战八年，丧失数百万生命，自不是一个小的牺牲。中国相信，和平与战争一样，是不能分开的，因此不能不关切联合国在世界任何一部分所缔造的和平。

赢得和平并不比战胜容易。对战败国加上各项条款是一件事，而将这些条款包括在一个终可实行的条约内，使和平能持久不替，则又是另一件事。中国代表团坚信，不论任何一国代表团的建议，如果大家都肯加以谛听考虑，实在极有益于和平的缔造。

关于和约条款，我愿意强调两点：一、战胜国必须严守其誓言及在战时所宣布的原则，譬如说：在处理领土争执时，我们不应该忘记大西洋宪章的字句或限制其应用。二、战胜国不应该制定任何条款，给战败国内反动分子复活的机会，而剥夺民主力量生存巩固的希望。关于四强交给和会讨论的各项和草，我愿意诸位注意三点：

一、关于军事条款，我相信和约草案的规定应适当地保护联合国，同时不应该被战败国认为太严厉，我们对于意大利在战争末期的贡献应予以相当的承认。

二、关于领土、政治、经济的条款，值得充分地讨论，因为这些问题对于欧洲未来的稳定关系重大。读了这些和草的内容，我们不能否认，许多协议是由于折中而获得的。如果我们不为任何有关方面的狭窄利益，而为正义与永久和平着想，来改善这些折中方案，我们自将获得更多的成就。

三、关于意大利殖民地问题，我们必须承认它还没有解决。本代表团的意见，以为和会应该接受若干基本原则，以领导我们获得最后的解决。一个主要的原则是这样的：有些殖民地应立即许其独立，如果不可能的话，也应该把它们置于联合国托管制下，但须规定一个期限，使其自治与独立的准备能够完成。这种政治的影响将不仅及到直接有关领土的人民，并且能在世界各处等待他们的合法欲望早日全部实现的亿万人民的心中燃起了希望与信任。

诸位，在这个屋子里，我们的意见也许分歧迥异，但是我们所代表的全世界各国的人民必定只有一个愿望，就是这个会议要能够给他们真实持久的和平。最后我希望和会的工作能满足人民的一般愿望，消除他们的畏惧心理，使我们缔造的和平是人民的和平，而不像过去许多和平，只算是政府代表们的和平。

刘半农

(1891—1934)

生平简介

刘半农（1891—1934），原名刘寿彭，后改名复，初字半侬，后改字半农，号曲庵，笔名有寒星、范奴冬等，江苏江阴人。新文化运动先驱，诗人、文学家、语言学家和教育家，博学多才，在敦煌学、太平天国史、考古、民俗学、书法、摄影等方面也有建树，著作《半农谈影》是中国第一部系统的摄影美学专著。早年参加《新青年》编辑工作。1920 年到英国伦敦大学的大学院学习实验语音学。1921 年夏转入法国巴黎大学学习。1925 年获得法国国家文学博士学位，所著《汉语字声实验录》荣获法国“康士坦丁语言学专奖”，是我国第一个获此大奖的语言学家。是年 8 月在回国的海轮上，写下脍炙人口的著名诗作《教我如何不想她》，首创了“她”字，并第一次将“她”字入诗。同年秋任北京大学国文系教授，兼任北大研究所国学门导师，建立了语音乐律实验室，成为我国实验语音学奠基人。他先后创制了刘氏音鼓甲乙两种、声调推断尺、最简音高推断尺、四声模拟器等语音实验仪器。他先后记录了全国七十多处方言，还借助研究语音的仪器测试古代乐律。1934 年 6 月冒着酷暑沿平绥铁路深入绥远、内蒙一带考察方言方音，不幸染上“回归热”病，7 月 14 日在北平去世，年仅四十三岁。主要著作有诗集《扬鞭集》《瓦釜集》，杂文集《半农杂文》《半农杂文二集》，语言学专著《中国文法通论》《四声实验录》等，另有译著《法国短篇小说集》《茶花女》等。

留别北大学生的演讲

1920 年

今天是北京大学二十二周年的纪念日。承校长蔡先生的好意，因为我不日就要往欧洲去了，招我来演说，使我能与诸位同学，有个谈话的机会，我很感谢。

我到本校担任教科，已有三年了。因为我自己，限于境遇，没有能受到正确的、完备的教育，稍微有一点知识，也是不成篇段，没有系统的，所以自从到校以来，时时惭愧，时时自问有许多辜负诸位同学的地方。所以我第一句话，就是要请诸位同学，承受我这很诚恳的道歉。

就我三年来的观察，知道诸位同学，大都是觉醒的青年；若依着这三年来的进行率进行，我敢说，将来东亚大陆的文化的发展，完全寄附在诸位身上。所以我对于诸位，不必更说什么，只希望诸位根本着自己已有觉悟，向前猛进。

如今略说我此番出去留学的趣旨，以供诸位的参考。

我们都知道人类的工作的交易，是造成世界的元素；所以我们生长于世界之中，各个人都应当做一份的工。这做工，就是人类的天赋的责任。

神圣的工作，是生产工作。我们因为自己的意志的选择，或别种原因，不能做生产的工作，而做这非生产的工作，在良心上已有一分的抱歉，在社会中已可算得一个“寄生虫”。所以我们于这有缺憾之中，要做到无缺憾的地步，其先决问题，就是要做“益虫”，不要做“害虫”。那就是说，应当做有益于生产的工作者的工，做一般生产的工作者所需要而不能兼顾的工。

而且非但要做，还要尽力去做，要把我们一生的精力完全放进去做。不然，我们若然自问——

我们有什么特权可以不耕而食?

我们有什么特权可以不织而衣?岂不要受良心的裁判么?

这便叫作“职任”。

因其是职任，所以我们一切个人的野心或希冀，都应该消灭。那吴稚晖先生所说“面筋学生”一类的野心，我们诚然可以自分没有;便是希望做“学者”做“著作家”的高等野心，也尽可以不必预先存着。因为这只可以从反面说过来。若然我们的工做得好，社会就给我这一点特别酬劳;不能说，我们因为要这个特别酬劳才去做工。(我们应得的酬劳，就是我们天天享用的，已很丰厚。)若然如此，我们一旦不要了，就可以不做，那还叫得什么责任?

如此说，可见我此番出去留学，不过是为希望能尽职起见，为希望我的工作做得圆满起见，所取的一种相当的手续，并不是把留学当作充满个人欲望的一种工具。

我愿意常常想到我自己的这一番话，所以我把它贡献于诸位。

还有一层，我也引为附带的责任的，就是我觉得本校的图书馆太不完备，打算到了欧洲，把有关文化的书籍，尽力代为采购;还有许多有关东亚古代文明的书或史料，流传到欧洲去的，也打算设法抄录或照相，随时寄回，以供诸位同学的研究。图书馆是大学的命脉;图书馆里多有一万本好书，效用亦许可以抵上三五个好教授。所以这件事，虽然不容易办，但我尽力去办。

结尾的话是我是中国人，自然要希望中国发达，要希望我回来时，中国已不是今天这样的中国。但是我对于中国的希望，不是一般的去国者，对于“祖国”的希望，以为应当如何练兵，如何造舰。我是——

希望中国的民族，不要落到人类的水平线下去;

希望世界的文化史上，不要把中国除名。

怎么样才可以做到这一步。——还要归结到我们的职任。

陶行知

(1891—1946)

生平简介

陶行知（1891—1946），本名陶文濬，安徽歙县人。教育家、思想家，民主主义战士，爱国者，中国人民救国会和中国民主同盟的主要领导人之一。1908 年起先后就读于杭州广济医学堂、金陵大学文学系。1914 年赴美国伊利诺大学主修市政学，次年转入美国哥伦比亚大学攻读教育学。1917 年秋回国，是年底与蔡元培等发起成立中华教育改进社，主张反对帝国主义文化侵略，收教育权利，推动教育改进。1918 年 3 月任南京高等师范学校教务长。1919 年 2 月发表《教学合一》，同年在南京高师将“教授法”改为“教学法”，不久为全国教育界所采用。1922 年 2 月任中华教育改进社主任干事。翌年与晏阳初等人发起成立中华平民教育促进会总会，后赴各地开办平民识字读书处和平民学校，推动平民教育运动。1927 年在南京北郊晓庄创办晓庄师范。1931 年春在上海先后创办“山海工学团”“报童工学团”“晨更工学团”“流浪儿工学团”等。1939 年在陪都重庆创办育才学校。1946 年 1 月创办重庆社会大学。是年 7 月 25 日在上海病逝，葬于南京晓庄。著有《中国教育改造》《古庙敲钟录》《斋夫自由谈》《行知书信》《行知诗歌集》等。

活的教育

1922 年 1 月 19 日

教育可分为三部：

A．死的教育；

B．不死不活的教育；

C．活的教育。

死的教育，我们就索性把它埋下去，没有指望了！不死不活的教育，我们希望它渐渐地趋于活。活的教育，我们希望它更活！

我今天且讲这活的教育。什么叫作活的教育？活的教育是什么？这个问题本来是很大的，我不容易下定义，我也不能定概观。不过我总觉得活的一字，比一切什么字都要好。活的教育，更是教育中最不可少的现象。比譬：鱼在岸上，你若把它陡然放下水去，它的尾和鳍，都能得其所在，行动不已。鸟关在笼里，你若把它放到树林里去，它一定会尽其所能，前进不已。活的教育，正像鱼到水里鸟到树林里一样。再比譬：花草到了春天受了春光、太阳光的同化和雨露的滋养，于是生长日速。活的教育，好像在春光之下，受了滋养料似的，也就能一天进步似一天。换言之，就是一天新似一天。

我现在把这活的教育，再分作三段讲：

我们教育儿童，第一步就要承认儿童是活的，要按照儿童的心理进行。比方：儿童性爱合群，有时他一个人住在那地方，觉得有点寂寞的样子，在那儿发闷！我们就要找个别的小孩子同他在一块儿玩玩。普通儿童之特性，大多都富于好奇心。当他还不知道说话和走路的时候，他时常手舞足蹈的，跃跃欲有所试的样儿，忙个不歇。这可就是他的好奇心了。假若我们要弄些什么东西给他玩，他一定玩那好看的，不玩坏的。他起初间或也还可以拉杂地玩一路，后来知道好，他就只专玩好的了。在这里拿一点，在那里拿一点，只要与他合意，他一定非要不可。有时我们要是给他一个表，他必定将它翻来覆去地仔细观看，他并且还要探知里面的秘密，就打破砂锅问到底。我们同小孩子玩的时候，假以木筷搭个架子，小孩子看着，必定以为很好玩。后来我们忽然把它推倒，那小孩子就更以为好玩了，欢喜了。假若我们再进一步，以这架子，不由我们推倒，让小孩子自己去推，那么，这时小孩子的欢喜，我敢断定更比从前要欢喜得多了。诸如此例，我不能细举。还有一件最紧要的，就是：我们如果承认教育是活的，我们教育儿童，就要根据儿童的需要的力量为转移。有的儿童天资很高，他的需要力就大些；有的儿童天资很钝，他的需要力就小些。我们教育儿童，就要按他们的需要的力量若何，不能拉得一样。比方吃饭，有的人饭量大些，他要吃五碗或六碗；有的饭量小些，他只能吃一两碗。我们对于他，就只能听其所需，不能定下死规。要是我们规定了，比如吃两碗的定要逼他吃五碗才及格，那么，这一定就要使人生病了！学校里教育儿童，也像这样，不能下死规强迫一律，不但学校是要如此，就是社会上的工作亦莫不要像这样。我们人的需要力，有大有小，我们只求其能够满足他的需要就是了。所以教育儿童和承认儿童是活的，首先就要能揣摹儿童的心理。

儿童不但有需要，并且还有能力。他对于种种事体的需力有大小，他的能力亦有各种不同。男女遗传下来的生理不能一样，他们的能力亦不能一样。我并不是说女子比男子差些，我是说男女各有各的优点。就是男子与男子两相比较，亦有许多相异的能力，有因年龄不同的，有因环境不同的，有因天性不同的。由这许多的不同，所以其结果的能力，就大有差别。我们教育儿童，就要顺导其能力去做去。比如赛跑，这就是一件凭能力的事。我们认定几个人同时同地立在一块，听指挥者发号令，就一齐出发，让他们各凭充分的能力自由前进，不加限制，然后谁远谁近，自可显见。而他们的能力的大小，也就由此可以证明了。设使我们要是下个定规，规定三人赛跑，跑一百二十码或二百四十码，快慢都要一样，不许谁先谁后，那么，哪个能力充足能跑二百四十码，他自然是很舒畅，不甚为难；而那只能跑得六十码或一百二十码的，他一定是很苦的了，甚至还要受伤呢！这是从运动方面着想的。至于教授方面，亦多类此。设有许多儿童，同在一堂，当教授的人，就要按照各个儿童的能力去教授。要是规定了今天讲一课，明天讲一课，每课虽是都一字一句地分析解释，在那天资聪颖的小孩子咧，他固然能够领受到他的脑袋里去，并且还有闲空；若在那秉性鲁笨的小孩子，那就等于对牛弹琴了，一些儿也不懂得。这种教育，正像规定三人赛跑一般，还能算得是活的教育吗？我们现在既是想讲活的教育，就要知道儿童的能力是不相同的，我们要设法去辅助他，使他能力发展。有如我们看见某处一个学校园，那里内的花卉长得非常整齐好看，我们心下羡慕他，我们也就可以仿照他，将我们自家的学校园也培植得像那一样。这是培植花园的方法，办教育也是如此。我们大家设若不相信，恐怕做不到，我们可再看。譬如有一块草地，那地上所生长的草，都是参差不齐的，我们若任它自然去生长，那就越长越不齐了，假若我们要用机器把它逐次地推铲，那么，这一定要不了多少工夫，就会使它平坦了。我们办教育，也就像推草一样，也要用方法去使之平，这是对于草是这样——对于普通的儿童是这样，若对于树木——对于天资特敏的小孩子，那就不行了。树木的生长力强些，它的性子也猛些，我们对于它，也要按其能力去支配它，使其生长适度。若任其自然生殖，则其枝干必日渐伸张，后来越长越高，甚至把屋棚都要捣破了！学校里起风潮，就像大树捣毁屋棚，是一样的，都是由于办教育的人，平日对于这教育的趋向没有注意，对于那天资高尚的儿童，没有按得其能力去教育。这就是我们没有承认儿童有活的能力。

活的小孩子与死的小孩子有不同的特点。小孩子他所吃下去的滋养料不同，他们所受的利益也就不能一致。活的小孩子，他秉性活泼些，他对于一切的事实上，也就进步得快些。死的小孩子，他的脑筋滞钝些。并不是说小孩子的确是死的，是言其能力不能有多大的发展，虽活也等于死的一般。我们办教育的人，总要把小孩子当作活的，莫要当作死的。地球看起来，好像是个不动的东西，其实它每天每时都在旋转不已。小孩子也同这样。表面上看起来，也好像是很平常的，没有什么进益，其实他的能力知识，没有一天不在进行中求活。我们就要顺着他这种天然的特性，加以极相当的辅助和引导，使他一天进步似一天，万不能从中有所阻碍或滞停，不使前进，把他束缚了起来。束了若干时，然后又陡然把他解放掉，这一定要受危险的。这好像人家有个小孩子，他把他在今年做了一件衣服，等到五年后，他还拿给这小孩子穿，那小孩子体干长大了，衣服小了，以这小的衣服去给大的孩子穿，那衣是一定要破裂的。纵或可以勉强穿得上，而小孩子的身体，也就束缚得急急的了，血脉也就不能调和，就要生病了！由此可知小孩子的衣服，是年年要换的；小孩子的知识学问，也是年年天天要换的。现在设有一个人，忽然妙想天开，他说："我有个小孩子，我不要他年年换衣，当他还只有五岁的时候，我就把他做件十六岁时候的衣服，周身都把他绉起来，年年穿，年年放，一直放到十六岁的时候，都还可以穿。"这个法子，勉强一看，觉得也还不大坏，并且又很经济的。但是仔细看来，那就觉得不像了，就是精神上也有点不好看。古时的衣服，不能适合于现在；现在的衣服，未必又能适合于将来！时势的变迁，是有进无已的。办教育的，就要按着时势而进行，依合着儿童的本能去支配。有许多教科书，在从前要算是很新很适用的，在现在却变成了腐败不堪了。我们讲活的教育，就要本着这世界潮流的趋向，朝着最新最活的方面做去。中国教育最大的毛病，就是不能普及。从前俄国的西伯利亚也是这样，但比较中国要好些。中国社会上失学的人，也不知有多少，就以普通人民计算，总有三分之一不识字的。我们现在要想将这些人重新给以教育，那除非要从国民一年级教起。但是他们都是壮年的居多，要是都放在国民一年级教，那又好像十六岁的孩子穿五岁时候的衣服了。这种教育，可算得是死的教育。活的教育就不能这样了。活的小孩子，他生长快，他的进步也快。他一时有一时的需要，一时有一时的能力。当教育家的，就要设法子去满足他的需要，就要搜罗相当的材料去培植他。这就是我们所讲的活的教育第二件。

我现在再讲活的教育要些什么材料。这材料也可以分作三段说：

一、要用活的人去教活的人。我们要想草木长得茂盛，就要我们天天去培植他、灌溉他；我们要想交结个很活泼的朋友，就要我们自己也是活泼的。我的影响，要使能感到他的身上，他的影响，也要在我身上，这才可以的。比如：我俩人起先是不相识的，后来遇到了好几回，在一块儿谈了一次，于是两下的脑筋里都受了很深的影响，两下的交情，也就日渐浓厚了。当教员的对于学生也要这样，也要两下都是活的，总要两下都能发生的密切的关系。教员的一切，要影响到学生身上去；学生的一切，要影响到教员身上去。一个会场有的人好谈话，有的人好笑，我们看了心下一定也会生了一种影响。比如：我一人在台上讲演，大家都坐在下面听，我的脑筋中已经印象了许多听讲演的人；想大家的脑袋中，也会印象到了我讲演的人，这也就是一种活的表现。活的教员与活的学生，好像汽车一样，学生比譬是车，教员比譬是车上司机器的。机器不开，车自然不动。教员对学生，若不以活的教材去教他，他自然也就不能进步。现在的教员，不像从前了。他像把汽车上机子开了，车子在跑了。但是还有些教员，他的性子未免太急，他把车上的机器开猛了一点，车子行得太快，刚刚要想收机，忽然前面碰到了石头或其他的人，这时就要发生很大的危险了。活的教员，正同司汽车的一般，要把眼睛向前看准了。若闭着眼睛乱开机，那就要危险极了！学生向前进，教员也要向前进，都要一同并进。若徒以学生前进，而教员不动，或者学生要进而教员反加以阻碍，这可谓之死的人教活的人，不能谓之活的人教活的人！

二、拿活的东西去教活的学生。我们就比如拿一件花草来教授儿童，将这花草把他解剖开，研究其中的奥妙，看他是如何构造的。小孩子对于这事，觉得是很有趣味的。我们能以这种种东西去教他，不但能引起他活泼的精神，并且还可以引起他的快乐。我们还可以拿活的环境去教他，比方沙漠本是干燥的，我们可以设法使它出水；大海有时候变成陆地；太平洋里航船到美洲，本不大便利，于是就有人开了巴拿马运河；火车行山路不便，就会把山打个洞。这就是拿活的环境去做教育上材料的。文化进步，是没有止境的；世界环境和物质的变化，也是没有一定的。活的教育，就是要与时俱进。我们讲活的教育，就要随时随地拿些活的东西去教那活的学生，养成活的人才。

三、要拿活的书籍，去教小孩子。书籍也有死的有活的。怎样是活的书籍？我觉得书籍所记载的，无非是人的思想和经验，那个人的思想、经验要是很高尚的，与人生很有关系的，那就可算是活的书籍。若是那著书的人思想、经验都没有什么价值，与人生没有关系，那就是死的书籍。我们教授小孩子，对于书籍的死活，就不能不慎重。所教授的书籍，要有统系的，前后都能连贯得起来，不是杂乱无章的，这才是活的教育。若只知道闭着眼睛教死书，也不顾那书适用不适用，这样我敢说就是死的教育。我们教授儿童的书籍，好像人家传财产样，普通有两个常法子。（甲）是传财的法子。比譬一家，他的家主不愿管事（或临死时）了，要把家事完全推及小家主，将所有存蓄的银钱，都要对小家主说个明白，叫他慎重。（乙）是传产的法子。就是有本账簿子，说我所有的产业，都登在这账上面。那天那家主把他的后人带到各田庄上去看，说是某田是租给某人的，某庄子是某人承租的，那块山场是由某人保承的，某处房屋是谁租着做什么事的。这样一件一件地指示给他看了，又与他那账簿子再对照一下，那么，这个财产的根本，他那小家主已经明白了。这笔家私，就没有人能够会糊倒他占得去了。我们办教育的传文化的人，也是这样，也要把书籍像传财产一样，要把所教授的东西，都能使他领会得到，能连贯得起来，使小孩子的脑筋有个统系，不致混乱，这种教育才配说是活的。从前有许多讲教育的，没有统系。所以使一般学生听了，只是囫囵吞枣，一点不能受益，这也就是死的教育，不是活的。活的教育要拿活的书籍去教。现在还有许多教员先生们，他对书籍还不十分注意。当他初当教员的时候，也还肯买一两本书看看，到了后来，他不但不买，连从前所有的几本书，都借给人去了。这样教员，教育界中也不知道有多少。他既不能多买书看，对于一切新知识，他自然是不知道的。他既不能有新的知识，那一定没有新的教材能供给学生，只是年年爬起来卖旧货！这种教育中的败类，真不知害了多少青年。我们现要希望教育成活的，当教员的就要多看书——多看些活的书——好去供给学生的需要，养成新而且活的学生。——这就是我讲的 Education of life。

现在要讲到活的教育的方法，我可提出两个最时髦的法子就是：

1. 设计教授法。活的教育，最好而且最时髦、最紧要的，就是总要有个目的。这我在上面也曾说到了一点。我们教授儿童，先要设定一个计划，然后一步一步地向着所计划的路上去做。若是没有个计划，那就等于一只船放到了江中没有舵，进退左右，都没有把握！倘不幸遇了一阵大风，那一定逃不了危险的！办教育的人，要能会设计，预知学生将有风潮，就先要设一方法，使那风潮却从无形中消灭，不致使他发泄。知道学生程度不齐，就要设一种计策，使之能齐，总期各方面都无损，且能获益。这种设计，各学校的情形，各有各的不同，各地方亦有各地方不同，这可听大家因时制宜，我不能断定。

2. 依计划去找实现法。这个方法大致是根据上面来的。我们订了一个计划，不能就算了事的，必定还要依照这计划去实行去。我现在可拿个浅近的事做个比譬：就如农人种豆子，他先也要订个计划，以几亩田能要几多种子，要多少肥料，又要多少人工去做，要经多少时期才能完工；什么地方种绿豆适宜些，什么地方种黄豆适宜些，还有甚地不适于种豆子，适于种山芋。这样计划了一番，然后兴工动作，按这所计划的进行，这必定是有条有理，不致乱忙；而所收的结果，也一定是很丰厚了。由此类推，办教育亦莫不是这样。一个学校，也先要订个计划，然后去依计划实行。例如某级学生，今年应当注意什么功课，某级学生今年应当添什么功课和减什么功课，某教授教授法不好应当怎样。能这么一样一样地计划好了，然后又按照这个进行，那个学校没有办不好的道理。推之修桥修路和其他种种建设，都能依着这样进行，求到所希望的目的，那么，天下事绝没有不可能的。现在我看有许多地方，他一开个什么会，他预先没有计划。到了临时开会了，不是招待员左右乱跑，就是会场上布置得不周全，往往令来宾乘兴而来，败兴而归，这都是由于预先没有一定的计划。俗语所谓："平时不烧香，急时抱佛脚。"这事绝不会办得好的。我们谈教育的，就是在这上面注意注意。无论是办大学也好，中学也好，国民小学也好，总要预先有个计划，然后依着计划去找实现。有时计划订得不好应随时变更。比如我们讲化学，今天就要计划明天化学堂上要些什么东西试验。我们预先就要预备好着，省得临时仓皇失措。诸如此类我也不必多举，我总觉得设计教授法是活的教育上最不可少的，依计划去找实现法，那更是一件要紧的事了。——这就是我所讲的 Education by life。

我现在又要讲我们为什么要讲活的教育。因为活的教育，能使我们有种种活的能力。我们人生有高尚的，有低微的；有暂时的，有永久的；有完全的，有片面的。我们要使暂时的生活，能够叫它永久；片面的生活，要使它能完全；低微的要使它高尚。怎样叫作完全？我们在国家是公民，在社会上有朋友亲戚，在家庭里有父母兄弟姊妹，在学校里有同学，有师长。我们一身，对于自己，对于各方面都要顾到。如果一方面不能顾到，这还是片面的。怎么叫作高尚的？我觉得人们的身体和精神是两样的，各有各的生活。身体上的生活，固然要紧，精神上的生活也是要紧的。设使两者要去其一，那就是我们最不幸的一件。我们总要使得我们的身体、精神，都是很健全的、愉快的。这可就算是高尚的生活，反之就是低微的生活，都是有关系于教育上的。再，怎样谓之永久和暂时的生活？我们人的寿命有长短不一，有二三十岁就死的，有七八十岁才死的，有十几岁就死的，也有八九十岁才死的。说者多谓生死有定，但这可不能为凭。我想人的生命的长短，大致是关系于人的操作和卫生上的。从来人的死，多是由病的。考病之由来，不外两种：（一）是由人的操动过度致伤身体而殒命。（二）是由人的卫生上没有讲求，以致生出了许多毛病，终至因而送命。绝没有无病无灾而好好就会死的。纵有，也是很少很少的，但亦必定有其他原因。要说人的生死有定，何以人不好好的就死，而偏要生病才死咧？这种无稽之谈，我是不盲目崇拜的。我觉得人的生活，所以有暂时和永久的，都是根据于卫生和操作的关系。我们现在讲活的教育，就要明白这种关系，然后好去预防它，保护它，谋永久的生活。我在上海、南通参观各工厂，有许多六七岁的小孩子，都跟在他的母亲父亲身边下做工。我看他们那些小孩子，都是很瘦的，精神也很衰败的。这都是那些贫民没有钱给儿童受教育，国家亦没有钱能办这种义务教育。有些资本家倒是很有钱的，但他只知道营业获利，不肯拿钱来办这可怜的教育，所以那些小孩子就没有机会受教育，只得附随其阿父阿母做工以度日。五六岁的小孩子，尚有许多生理器官还没有长完全，现在竟居然要他工作，这种不适宜的使用，一定会使那小孩子身体不得强健，甚至还要早死的。譬如树上的果子，还没有成熟，你就把他摘下去吃，那是一定吃不得的。小孩子还没有成人，就要使用他，他的前途一定是很有限的，将来一定要发生危险的。像这样只顾眼前不顾后来，就可谓之暂时生活，不是永久的生活。现在讲活的教育，就不能不注意这一层。

活的教育，有属于抽象的，叫作精神上活的教育。比方一个人死了，他的机能死了，他的躯干倒了，他的精神是没有死，还存在空中，能使我们还受到他的影响。这也似乎是种渺茫之谈，我本不敢怎么样的贡献于大家，因为各个人的观念不同。但是，有时我觉得大家也可以公认这话有点的确。例如：孔子是死了，他的精神还没有死，其影响存在我们大家身上。我们大家的脑袋中都还印象了有个孔子。历来许多大英雄、大豪杰，他的身子虽已腐化了，但他的勇气、毅气，还是贯传着，在我们大家的脑海中，这也就是精神上还没有死。他的精神可以一代一代地向下传，可以传许多人，不只传一人。一个活泼学生的精神，可以传应到许多学生。比如：我的精神传应着在大家身上，也可以传应到社会上去。这种传应，并是很快的。我们讲活的教育，对于这精神上的传应，也要注意，也要求活的精神。精神也有死有活的，活的精神，就是能使人感受了他，可以得到许多的教训。社会一日不死，各方面的精神传应，也是不死的。我觉得社会上受了这种精神的教育，也不知道有多少。这精神上的教育，最易感动人的，能联络一切。我从前有许多朋友住在一块，后来别了好多年，没有见过面，形式上要算疏忽了，但是精神上还是没有分离。这就是一种活的精神的表现。我希望讲活的教育，也要把这活的精神当作活的教育里一件材料。——这就是我讲的 Education for life。

平民教育运动与国运

1923 年

平民教育的运动，自“五四”以后，已成为公同心理。同时，青年会方面，遂有发起开办平民学校。当欧战期中，有许多华工在法国，多半都是目不识丁者，生活上当然感受种种困苦。幸当时留美学生，曾注意及此，特推晏阳初先生等赴法，专为华工办平民夜校，以补救之。唯当时事属创举，诸感困难。所用教材，系由晏阳初自编的一千字汇，再三考虑，力求切要；教法亦诸费苦衷。所以为时虽短，成效尚佳。至他们回国以后，又继续试验，将他所编的一千字汇和陈鹤琴先生在国中所编的两相比较，中有八百字相同。后又经修改一次，就用此一千字编为九十六课，分成四本，预算四个期间，恰好可以教授完毕。准备既竟，即着手试验。

一、平民教育之试验时期

第一次在长沙试验，预备五年内，要把长沙全城不识字的人，使他们个个识字。所用的方法，第一是先把本地方各界领袖人物请来，开一大会，请以本地人才、本地经济来办理，然后分股办事。由每机关选出几位代表，筹备三个月，组织三种委员会：一为聘请教员的；二为招收学生的；三为寻觅校舍的。全城分为七十五区，每区都有一队委员来从事。费了三天工夫，得到男女学生二千三百人。由四月至七月，常来上课的有一千二百人。每天上课时间有一二小时，经此三个月后，结果有九百人，都能考得及格。

第二次是在烟台试验，规模较大，组织与在长沙差不多。

第三次是在嘉兴试验，组织上与上两次无异，功课亦相似，唯方法则加以改良，用幻灯来做教授的工具。灯中影片分三种：（一）图画；（二）功课本身；（三）生字。幻灯把字画放大，映于室壁，同时室中熄灯，使全体学生注意集中在影上；然后使大家对壁，看画述故事，见字读字音，目认形，耳听音，耳入而口出，使他口、耳、眼三部都有练习，所以就能写、能认、能读，并且很能引起他们的兴趣。看他们学生的反应，很有精神。当二个月以前，一字认不得的，到此都能写能认，比在长沙、烟台时，纯用教科书，已快得多。倘若教员方法好，口音大，同时能教一百五十人。当我去参观的那夜，适遇大风雨，到者一总也有六十七人，其中有木匠，有商店徒弟等等。他们都肯冒此大风雨而来，实为难得。此点也可以证明其成绩。每一教员担任二个月，两位轮流。此外，还有以学生当助教。他的任务，在登记学生的缺席及催促迟到或缺席者到校，并于学生中，选较聪明的，来助低能的学习，也很可以帮助教员的忙。照他们的办法看来，组织方面很可以取法。我相信在城市中，无论何处，都可以照办得到。但是若在乡村，则较为困难，因为在乡村中，要一二个教员来教数百学生，恐怕就发生问题了。

二、平民教育之创始时期

全国平民教育筹备会之沿起，自参观嘉兴第三次试验后，旋到上海，适熊秉三夫人来沪，遂与谈及平民教育几次试验的成绩与结果。熊夫人对于全国平民教育运动，夙具热诚，近年对于平民教育已有莫大之功绩。所以一谈之后，熊夫人遂愿以全副精神来提倡全国平民教育。此时遂介绍提倡并亲身试验平民教育之晏阳初先生与熊夫人相见，均认此事应有一种组织之必要。遂邀集黄任之、胡适之、袁观澜[①]、沈信卿等开了几次会议，结果遂组织一平民教育筹备会，并推选干事，分组办

---

① 袁观澜，即袁希涛（1866—1930），字观澜，江苏宝山县人。曾任北洋政府普通教育司司长、江苏省教育会会长、中华教育改进社董事等职。

事，如发表宣言、起草计划等。

三、全国平民教育之计划

（一）目标　在厘定目标之前，首先须研究我国不识字者究竟有好多，吾人想达到的范围怎样。外国谓我国人百分之九十不识字，此固不确。现在中国学生共有六百九十几万，从有教育统计以至现在，大概共有学生十五兆至二十兆。而且中国人之识字，大都由于私塾。比如南京一城，即有五百多个私塾，学生有一万二千余人。广州一城有一千余私塾，学生有二万余人。愈进内地，则私塾愈多。据此敢言，我国私塾学生数不少于学校学生。假定私塾三年一换学生，则每过三十年，应有七十兆私塾学生。即以二十兆学校学生数相加，共得九十兆学生。在中国四万万人中有三万万一千万人不识字，虽不至百分之九十不识字，但不可谓少呵！再据上面几次的试验，知道来受平民教育者大概在十二岁以上、二十岁以下。此等岁数之学生，比较容易入学；并且教育的势力也容易达到；他们求学的热诚也要大一些。十二岁以上的儿童，正过国民教育时期，离做国民时候很近。所以此时期之教育非常重要，我们应当赶上去补一点教育，使他们发生积极的影响与国有益。这些人现在有一万万在社会上没有效力。若教育以后，可以增加一万万人的效力，可谓大矣！中国人最需要的有两种：1. 个人当有担负共和国民责任之能力。2. 用文字来做个人生活的介绍。所以应当要培养他们公民生活的能力，并给予增进个人生活的工具。

所以我们具体的目标，是要希望十年或五年以内，能使那十二岁以上、二十五岁以下一万万不识字的人，受一千字所代表之共和国民的基础教育，还希望学生年年增加。

（1）十年计划

一年一百万学生。二年三百万。三年五百万。四年七百万。五年九百万。六年一千一百万。七年一千三百万。八年一千五百万。九年一千七百万。十年一千九百万。

（2）五年计划

一年一百万。二年五百万。三年二千一百万。四年三千二百万。五年四千二百万。

（二）进行之历程

1. 城市与乡间的分配问题推行比例不同。第一年定 90% 在城市，10% 在乡间。二年定 18% 在乡下，82% 在城市。三年定 50% 在城市，50% 在乡间。四年定 30% 在城市，70% 在乡间。五年定 100% 在乡间。

2. 教员问题

A. 教师来源　根据几次试验，大概教师的来源是：（1）小学以上的教职员；（2）中学以上的学生；（3）十六岁以上的高等小学生；（4）四十岁以上受过小学教育者；（5）私塾教员有教学能力者；（6）平民教育第一期毕业生之成绩优良者；（7）其他愿尽义务者。

B. 教师数目　照一人教一百个学生算，第一年要教员一万，第二年要五万，第三年要二十一万，以此逐年增加。然由平民教育卒业生二十至三十之中，选出一人为教师，则教师尚可勉强敷用。

C. 教师的训练　短期训练，农村采用巡回法；市区采用集中训练法。

3. 经费　照一百万学生计算。第一次算来，须有五千八百万元。第二次算，要一万万元。但照各地试验情形看来，教员仅需支付车马费，则有八千万元。我想已足敷用，即每生应费八角钱。而且经费之来源，照长沙、烟台等地的试验，皆由地方筹出。故以本地的钱办本地的事，教育本地的人，应有一可用之原则。但偏僻之乡村与蒙古、西藏等处，应另筹专款补助。

4. 教具　共需要三种：教科书，影片，挂图。对于教具，我们此刻最望：（1）有不愿赚钱而承印者；（2）印得快；（3）并且印得好。现以此三条件与商务书馆磋商，已承彼满意之答复。且谓不唯不赚钱，而且愿折本云。

5. 研究　教学法与教具组织应如何改良，校舍应如何利用等。

6. 试验学校　城市的、乡村的、妇女的、西藏的、蒙古的、华侨的试验学校。

7. 编辑

A. 应注意之点：

（1）基础单字一千（以陈鹤琴先生的为善）；

（2）复字配合；

（3）中国国语文法之重要变化都要包含在内；

（4）要注意平民文学，不可过于简陋；

（5）能帮助学生后来学习的字先教；

（6）注意省写字而酌量采用之；

（7）要定具体的目标；

（8）注意复习的原则；

（9）图画要与课本相符。

B. 应及早编辑之书：

（1）平民教科书；

（2）平民杂志报章；

（3）教师指南；

（4）第二期的平民教育课本。

8. 推广方法

（1）组织平民教育促进会，对于各省担任设立城市、乡村的平民试验学校，以做模范。将来希望各省、各县设立分会分担责任，专谋一省、一县平民教育之推广。

（2）当国内法团或教育团体开会时，派人去演讲鼓吹平民教育的重要。

（3）报纸上的通讯。

（4）与艺人中心人物谈话。

（5）联络社会团体一致努力。

（6）发行种种印刷品。

9. 毕业后之准备

（1）第二期平民教育——职业教育。

（2）平民教科书与杂志周报。

（3）平民日报与各种日报之平民副刊。

（4）设法补助优秀子弟升学。

我们的信条[①]

1926 年 11 月 21 日

《我们的信条》虽是我用笔写的，但不是我创的。我参观诸位先生在学校里实际的工作，心里不由得起了好多印象，积起来共有十八项，我就依着次序编成这套信条。所以这是诸位先生自己原来的信条，早已接受实行，今日只是大家共同温习一遍，并下定决心，终身奉行，始终如一。

我们从事乡村教育的同志，要把我们整个的心献给我们三万万四千万的农民。我们要向着农民“烧心香”。我们心里要充满那农民的甘苦。我们要常常念着农民的痛苦，常常念着他们所想得的幸福，我们必须有一个“农民甘苦化的心”才配为农民服务，才配担负改造乡村生活的新使命。倘使个个乡村教师的心都经过了“农民甘苦化”，我深信他们必定能够叫中国个个乡村变作天堂，变作乐园，变作中华民国的健全的自治单位。这是我们绝大的机会，也就是我们绝大的责任。

一、我们深信教育是国家万年根本大计。

二、我们深信生活是教育的中心。

三、我们深信健康是生活的出发点，也就是教育的出发点。

四、我们深信教育应当培植生活力，使学生向上长。

五、我们深信教育应当把环境的阻力化为助力。

六、我们深信教法学法做法合一。

---

① 本文是陶行知在中华教育改进社特约乡村教师研究会上发表的演讲。

七、我们深信师生共生活、共甘苦，为最好的教育。

八、我们深信教师应当以身作则。

九、我们深信教师必须学而不厌，才能诲人不倦。

十、我们深信教师应当运用困难，以发展思想及奋斗精神。

十一、我们深信教师应当做人民的朋友。

十二、我们深信乡村学校应当做改造乡村生活的中心。

十三、我们深信乡村教师应当做改造乡村生活的灵魂。

十四、我们深信乡村教师必须有农夫的身手、科学的头脑、改造社会的精神。

十五、我们深信乡村教师应当用科学的方法去征服自然，用美术的观念去改造社会。

十六、我们深信乡村教师要用最少的经费办理最好的教育。

十七、我们深信最高尚的精神是人生无价之宝，非金钱所能买得来，就不必靠金钱而后振作，尤不可因钱少而推诿。

十八、我们深信如果全国教师对于儿童教育都有“鞠躬尽瘁死而后已”的决心，必能为我们民族创造一个伟大的新生命。

生活即教育

1929 年

今天我要讲的是“生活即教育”。中国从前有一个很流行的名词，我们也用得很多而且很熟的，就是“教育即生活”（Education of life）。教育即生活这句话，是从杜威（John Dewey）先生那里来的，我们在过去是常常用它，但是从来没有问过这里边有什么用意。现在，我把它翻了半个筋斗，改为“生活即教育”。在这里，我们就要问：“什么是生活?”有生命的东西，在一个环境里生生不已的就是生活。譬如一粒种子一样，它能在不见不闻的地方而发芽开花。从动的方面看起来，好像晓庄剧社在舞台演戏一样。“生活即教育”这个演讲，从前我已经讲了两套，现在重提我们的老套。

第一套就是：

是生活就是教育，不是生活的就不是教育；

是好生活就是好教育，是坏生活就是坏教育；

是认真的生活就是认真的教育，是马虎的生活就是马虎的教育；

是合理的生活就是合理的教育，是不合理的生活就是不合理的教育；

不是生活，就不是教育；

所谓之生活未必是生活，就未必是教育。

第二套是第二次讲的时候包括进去的，是按着我们此地的五个目标加进去的，就是：

是康健的生活，就是康健的教育；是不康健的生活，就是不康健的教育。

是劳动的生活，就是劳动的教育；是不劳动的生活，就是不劳动的教育。

是科学的生活，就是科学的教育；是不科学的生活，就是不科学的教育。

是艺术的生活，就是艺术的教育；是不艺术的生活，就是不艺术的教育。

是改造社会的生活，就是改造社会的教育；是不改造社会的生活，就是不改造社会的教育。

近来，我们有一个主张，是每一个机关，每一个人在十九年里都要有一个计划。这样，在十九年里我们所过的生活，就是有计划的生活，也就是有计划的教育。于是，又加了这么一套：

是有计划的生活就是有计划的教育；是没有计划的生活，就是没有计划的教育。

我今天要说的就是：我们此地的教育，是生活的教育，是供给人生需要的教育，不是作假的教育。人生需要什么，我们就教什么。人生需要面包，我们就得受面包教育；人生需要恋爱，我们就得过恋爱生活，也就是受恋爱教育。准此类推，照加上去：是那样的生活，就是那样的教育。

与“教育即生活”有连带关系的就是“学校即社会”。“学校即社会”也就是跟着“教育即生活”而来的，现在我也把它翻了半个筋头，变成“社会即学校”。整个的社会活动，就是我们的教育范围，不消谈什么联络，而它的血脉是自然流通的。不要说“学校社会化”。譬如现在说要某人革命化，就是某人本来不革命，假使某人本来是革命的，还要他“化”什么呢？讲“学校社会化”，也是犯同样的毛病。“社会即学校”，我们的学校就是社会，还要什么“化”呢？现在我还有一个比方：学校即社会，就好像把一只活泼泼的小鸟从天空里捉来关在笼里一样。它要以一个小的学校去把社会上所有的一切东西都吸收进来，所以容易弄假。社会即学校则不然，它是要把笼中的小鸟放到天空中去，使它能任意翱翔，是要把学校的一切伸张到大自然界里去。要先能做到

“社会即学校”，然后才能讲“学校即社会”，要先能做到“生活即教育”，然后才能讲到“教育即生活”。要这样的学校才是学校，这样的教育才是教育。

杜威先生在美国为什么要主张教育即生活呢？我最近见着他的著作，他从俄国回来，他的主张又变了，已经不是教育即生活了。美国是一个资本主义的国家，他们是零零碎碎的实验，有好多教育家想达到的目的不能达到，想实现的不能实现。然而在俄国已经有人达到了，实现了。假使杜威先生是在晓庄，我想他也必主张“生活即教育”的。

杜威先生是没有到过晓庄来的。克伯屈先生则是到过晓庄来的。克伯屈先生离了俄国而来中国，他说：“在离莫斯科不远的地方，有一个人名夏弗斯基的，他在那里办了一所学校，主张有许多与晓庄相同的地方。”我见了杜威先生的书，他说现在俄国的教育，很受这个地方的影响，很注重这个地方。他们也主张生活即教育，社会即学校。克伯屈先生问我们在文字上通过消息没有，我说没有。我又问他：“夏弗斯基这个人是不是共产党?”他说不是。我又问他：“他不是共产党，又怎么能在共产党政府之下办教育呢?”他说：“因为他是要实现一种教育的理想，要想用教育的力量来解决民生问题，所以俄政府许可他试验，他在俄政府之下也能生存。”我又对他说：“这一点倒又和我相合，我在国民党政府之下办教育，而我也不是一个国民党党员。”这是克伯屈先生参观晓庄后与我所谈的话。

现在我们这里的主张，已经终于到了实现的时期了，问题是在怎样实现。这一点，可以分作三个时期：

第一个时期，是生活是生活，教育是教育，两者是分离而没有关系的。

第二个时期，是教育即生活，两者沟通了，而学校社会化的议论也产生了。

第三个时期，是生活即教育，就是社会即学校了。这一期也可以说得是开倒车，而且一直开到最古时代去。因为太古的时代，社会就是学校，是无所谓社会自社会学校自学校的。这一期也就是教育进步到最高度的时期。

其次，要讲生活即教育与社会即学校，有几方面是要开仗的，而且，是不痛快，是很烦恼，而与我们有极大的冲突的。

第一，在这个时期，是各种思潮在中国谋实现的时期，中国几千年来的传统教育所支配的许多传统思想都要在此时期谋取得他的地位。第二，是外来的各种文化，如德国以前是以文化为中心的。这种文化，胡适之先生曾说是一种 Jantademin 的文化，是充满着绅士气的。第二是英国的。

现在先说中国遗留下来的旧文化与我们的生活即教育是有冲突的。中国从前的旧文化，是上了脚镣手铐的。分析起来，就是天理与人欲，以天理压迫人欲，做的事无论怎样，总要以天理为第一要件。

它是以天理为一件事，人欲为一件事。人欲是不对的，是没有地位的。在生活即教育的原则之下，人欲是有地位的，我们不主张以天理来压迫人欲的。这里，我们还得与戴东原先生的哲学打通一打通：他说，理不是欲外之理，不是高高地挂在天空的；欲并不是很坏的东西，而是要有条有理的。我们这里主张生活即教育，就是要用教育的力量，来达民之情，顺民之意，把天理与人欲打成一片，并且要和戴东原先生的哲学联合起来。

与此有连带关系的就是“礼教”。现在有许多人唱“礼教吃人”的论调。的确，礼教吃的人，骨可以堆成一个泰山，血可以合成一个鄱阳湖。我们晓得，礼是什么？以前有人说，礼是养生的，那是与生活即教育相通的。这种礼，我们不唯不打倒，并且表示欢迎。假若是害生之礼，那就是要把人加上脚镣手铐，那是与我们有冲突的，我们非打倒不可。因为生活即教育是要解放人类的。

再次，中国从前有一个很不好的观念，就是看不起小孩子。把小孩子看成小大人，以为大人能做的事小孩也能做，所以五六岁的小孩，就要他读《大学》《中庸》。换句话说，就是小孩子没有地位。我们主张生活即教育，要是儿童的生活才是儿童的教育，要从成人的残酷里把儿童解放出来。

还有一点要补充进去的，就是书本教育。从前的书本教育，就是以书本为教育，学生只是读书，教师只是教书。在生活即教育的原则之下，书是有地位的，过什么生活就用什么书，书不过是一种工具罢了。书是不可以死读的，但是不能不用。从前有许多像这样的东西，是非推翻不可的，否则不能实现“生活即教育”。

现在外面传进来的思潮，也有许多与我们是冲突的。以文化做一个例吧！以文化做中心的教育，它的结果是造成洋八股。文化是人类创造出来的，固然是非常的宝贵，但它也不过是一种工具而已，不能拿做我们教育的中心。人为什么要用文化？是要满足我们人生的欲望，满足我们生活的需要。电灯是文化，我们用了它，可以把一切东西看得更明白。无线电是文化，我们用了它，可以更便利。千里镜是文化，我们用了它，可以钻进土星、木星里去。……所以文化是生活的工具，它是有它的地位的。我们不唯不反对，并且表示欢迎。欢迎它来做什么呢？就是满足我们生活的需要。有些人把它弄错了，认它作一种送人的礼物，这是不对的。文化要以参加做基础，有了这参加的最低限度的基础，才能了解，才能加上去。生活即教育与以文化为中心的教育的不同，就是如此。

还有训育与生活即教育的理论怎么样？生活即教育与训育把训与教分家的关系怎样？生活即教育与社会即学校如何实现？小学里如何把它实现出来？假使诸位以为是行得通的，最好是每一个人拟一个方案来交给我，哪一部分可以实现，我们就拿那个地方当一个社会实现出来。

现在我举一个例说：去年因为天干，和平学园因为急于要水吃，就开了一个井。井是学校开的，但是献给全村公用，不久就发现了两个大问题：

（一）每天出水二百担，不敷全村之用。于是大家都起早取水，后到的取不到水。明天又比别人早，甚至于一夜到天亮，都有取夜水的。到天亮时，井里的水已将干了。群聚在井边候水，一勺一勺地取，费尽了气力，才打出一桶水。

（二）大家围着取水，争先恐后，有时甚至用武力解决。

这种现象，假使是学校即社会，就可以用学校的权力来解决，由学校出个命令，叫大家照着执行。社会即学校的办法就不然，它觉得这是与全校人的生活有关系的，要全村的人来设法解决，于是就开了一个村民大会，一共到了六七十个人，共同来做一个吃水问题的教学做。到会的人，有老太婆，也有十二三岁的小孩子，公推了一位十几岁的小学生做主席。我和许多师范生，就组织了一个“诸葛亮团”，插在群众当中，保护这位“阿斗皇帝”。老太婆说的话顶多，但同时有许多人说话，大家听不清楚，而“阿斗皇帝”又对付不下来。这回，“诸葛亮”用得着了，他就起来指导。结果，共同议决了几件事：

1. 水井每天休息十小时，自下午七时至上午五时不许取水。违者罚洋一元，充修井之用。

2. 每天取水，先到先取，后到后取。违者罚小洋六角，充修井之用。

3. 公推刘君世厚为监察员，负执行处分之责。

4. 公推雷老先生为开井委员长，筹款加开一井，茶馆、豆腐店应多出款，富户劝其多出，于最短期内，由村民团结的力量，将井开成。

这几个议案是由“阿斗”会议所通过的。这就是社会即学校的办法。由此，我有几个感触：

（一）民众运动。要以对于民众有切身的问题为中心，否则，不能召集。

（二）社会运动。非以社会即学校则不能彻底实行。而社会即学校，是有实现的可能的。

（三）不要以为老太婆、小孩不可训练，只要有法子，只要能从他们切迫的问题着手。

（四）公众的力量比学校发生的大，假使由学校发命令解决，则社会上了解的人少，而且感情将由此分离。

（五）阿斗离了诸葛亮是不行的。和平门吃水问题，倘无相当指导，可能再过四五千年也不会解决。

（六）做民众运动是要陪着民众干，不要替民众干。训政工作要想训练中华国民，非此不可。

这就是以小学所在地做学校的一个例，其余的例很多，不必多举。社会即学校要如何的实现，请大家一样一样地做个方案，二次开会的时候再谈。

这是证明“生活即教育”与“社会即学校”是相联的，是一个学理。

关于“生活即教育”，我现在再来补充一套。我们是现代的人，要过现代的生活，就是要受现代的教育。不要过从前的生活，也不要过未来的生活。若是过从前的生活，就是落伍；若要过未来的生活，就要与人群隔离。以前有一部书叫作《明日之学校》，大家以为很时髦的，讲得很熟的。我希望乡村教师，要办今日之学校，不要办明日之学校。办今日之学校，使小学生过今日之生活，受今日之教育。

国际形势与中国抗战[1]

1938 年 9 月

各位同胞，幸喜回到香港来，兄弟觉得非常高兴。四万万五千万人站起来抵抗日本帝国主义了。二年前，此地唱歌也受到压迫，现在则可以听到救亡歌声了。

兄弟所讲的是“国际形势与中国抗战”。对于国际形势有两种看法。第一派以为中国跟日本打，那么第三国也会跟日本打，中国就得救了，这一派人可说是抱了买发财票的一种心理的。第二派则以为国际形势，如看天气，照客观形势推测一下，那就跟买发财票那种心理不同了，天气这个东西，风向哪里吹，雨从哪里来，都有一定的道理。各国的形势不能详说，先把几个重要的足以影响世界潮流的说一说。

现在先讲美国。美国对欧洲的事情向来不大理，但在世界大战时威尔逊总统说是为民主而奋斗而参加进去了，不过还受了些损失，好比小孩子玩火弄痛了手指头，好啦，顶好不要打，要打就你们打好了。一年前，我们感觉到美国所抱的是“孤立政策”。美国在美国大战时，为口号标语所麻醉，说是什么为民主，为世界正义而战，美国人在战后知道上了军火商人的当。于是乎美国人对远东情形也就很冷淡。可是，自从我国抗战以来就把它转变了，这是因为：一、日本的侵略绝没有停止；二、日本的行为是惨无人道的，如巴纳号的被炸沉、南京的大屠杀等等，把美国的孤立政策渐渐转变了。广州的空袭一天几次，是美国舆论

---

① 本文是陶行知在香港发表的抗战演讲，略有删节。

变化的最大原因。最明显的例子就是罗斯福的演说《侵略国如同虎烈拉》，必须隔离开来。这个演说引起了许多反对的反响。不过那是跟日本有来往的商人干的。可是，日本的残暴行为一天天增加，美国在远东的利益的损失日益巨大，便慢慢地觉醒了。……在轰炸广州的时候，国务卿赫尔发一通知书说："不能卖军械给侵略人家的国家"。后来罗斯福及赫尔在加拿大的演讲，更加具体地说明"孤立政策"定要放弃，必须建立集体安全制度。美国便由"孤立政策"而变到"集体安全政策"了。这是放火的人联合起来，教会了救火的人也应联合起来啊。不仅演说言论是在变化，其行动也在变了。

现在我们看看英国的政策吧，它的政策是很聪明很巧妙的。东三省给日本人拿掉，国际联盟没什么反响，便是守旧派在那里玩的把戏，原来英日有盟约的关系，其条约虽失效，但守旧派在精神上还觉得恋恋不舍。但日本的侵略由华北而华南……毫无止境。这给予英国的利益的危害实在太大了。当它的利益受到危害时，便的确对中国有点帮忙了。去年看英国《泰晤士报》实在太不行，现在则对中国积极了一点，今年登载关于中国的新闻则更多了。中山先生的政策是"联合以平等待我之民族共同奋斗"。希望英国也会走上集体安全这条路。

说到法国呢，有许多人说法国是跟英国走，好像英国握了法国的辫子，英国要它怎么样就怎么样。而且英法两国爱情本来就很好，如情女情郎。对西班牙问题，法国跟着英国跑。但对捷克问题，则英国跟着法国走，好比妻与丈夫，见翁姑，则妻跟夫行，归宁，则丈夫依从妻子。对于远东问题，英法的态度则差不多。

苏联的态度对世界政局有举足轻重之影响。又是世界和平的巨大柱石。是反对侵略政策的首倡者及集体安全制度的发起人。张鼓峰事件，苏联把日本一师团军队完全毁灭了，有一派人很快活，好似中了发财票。但张鼓峰是苏联的领土，日本的军队侵占进来，当然要把它打退，打退了日本军队当然也就不打了，但它不能代中国打，这是对苏联及中国都有害的。要是爱好和平的国家联合起来制裁侵略者，苏联当然会加入。国联的会员国应尽量援助中国的议决案，苏联是遵守的。

国际形势对中国抗战很有影响。

英、美、法、苏，都向集体安全的路上走，虽然尚未达到其成熟的程度，这好比几个强盗联合起来，则不愿做奴隶的人们也应联合起来打击强盗。这是一定不移的道理。国际形势由“各人自扫门前雪”而走到集体安全的道路。真能达到集体安全，则于我国极为有利，我们应促成之。这是我所说的第一点。

第二点为由看不起中国至看得起中国，由各个帮助中国而互相帮助中国。我们更应促其具体地有效地帮助中国。从前各国人民的舆论，多半轻视中国人。但自从“八一二”事变以来，我们有被几千日军包围而孤军奋斗的“八百壮士”，有台儿庄的大胜，现在世界上没有一个人不敬佩这个光荣的中国了。第八路军由锄头镰刀拜日人之赐，而变成机械化军队，这消息外国人知道，大为震惊。在国外，中国人演讲上台下台，外国人都站起来致敬。这是对中国的恭敬。各国人民（跟日本人做买卖的除外）可说是都同情我国。

第三点是日本的战争材料从哪里来？他自己是一个穷光蛋，哪里来这么许多飞机大炮？此问题不能不追究。英美人士也常常问我们：“我们愿意帮助你们，应如何帮助你们呢?”则可答复：“日本所买的军火当中，美国运往日本的，一百块钱占了五十四块半钱，要是我们死掉一百万人，有五十四万五千给美国人的军火杀掉了。”一位美国国会议员在洛杉矶听了我这么说，便站起来对听众说道：“应如何处置?”群众大呼：“切不可再卖军火给日本!”其次，我们要是死掉一百万人，有十七万五千为英国的军火所杀掉。我们要使他们不要帮助侵略者。

第四点，日本打中国的钱从哪里来？一天要用一千多万，从哪里来？很简单，卖日本货赚了钱，那就买军火杀中国人。如各国不买日本货，则日本不能买军火，也就不能打仗，便要回家去了。可是日本货卖到哪里去？一、中国；二、美国；三、印度。如果三个地方都抵制日货，日本便要回老家去了。……美国的学生很多把日本货领带扯下，小姐把日本丝袜脱下来，都让火烧掉了。美国的杯葛日货运动很有效。印度相信在不久的将来会有效力。

第五点说到“中日的宣传战”。日本的宣传好比一个很丑怪的女人，但涂脂抹粉，打扮得漂漂亮亮，穿了很好看的衣裳，但骨子里是很坏很坏的。印的宣传品也很漂亮。可是，中国的宣传，好比穿了粗布衣服的西施，不打扮，但人人欢迎。中国对于国外的天主教、基督教、工人团体、女人团体、书呆子——大学教授的地方，都有人去宣传了。但日本也去。结果呢？“宣传战”中国是打了胜仗的。这是因为中国说老实话，“理直气壮”的缘故。

……

还有一位自称日本工人代表去见美国码头工人会的总书记：“请你们不要抵抗日货，给日本工人一碗饭吧！”

“阁下代表日本工人还是代表日本政府？”

“代表工人，但政府也知道的。”

“日本侵略中国，阁下同意吗？”

“却不能反对。”

“你们反对政府的侵略政策，反对军阀买军火，你们便有饭吃了。”

这位日本人给美国人开会开不成功，便召集日本人来开会了，说他无脸回国，要求切腹自杀了。而且他不是工人，是工贼。日本工人是不赞成他来的。中国的宣传费很少，而且都是尽义务的。可是却没有中国人替日本宣传，但有替中国宣传的日本人。美国有一个很出名的日本女子说：“我爱日本，所以我不喜欢日本侵略中国，中国没有出路，日本便没有出路，日本之侵华为日本之自杀，我始终反对日本侵略中国。”大为美国人士所赞同，这是因为我们为真理而战。

可是不能等待国际的转变，决定最后胜利的因素是我们团结到底，奋斗到底，抗战到底！日本人的政策是分开进攻，我们的政策是联合抵抗！日本还是在挑拨、离间，中国的唯一方法就是：中国人民联合起来打倒日本帝国主义！

夏天很热，夏思春，春天更好。春风袅娜，鸟儿唱歌，花在跳舞，各人喜欢春天，我也愿意每天过春天。“春”字可知中国的命运。春字从三人日，三人者，上中下，左中右，老中少，苟联合起来，必能打倒日本帝国主义！

我们想实现自由平等的中华民国，唯一的方法便是三种人联合起来抗战！

每天四问[1]

1942 年

今天是本校三周年纪念，我有一些意见提出来和大家谈谈，作为先生、同学和工友们的参考。

本校从去年的二周年纪念到今年的三周年纪念，能在这样艰难困苦中支持了一年，几乎是一个奇迹。这一个奇迹，不是一个人的力量所能够做得出来的，而是全体先生、同学、工友共同坚持，共同进步，共同创造，以及社会关心我们人士的尽力赞助所得来的。

本校在这一年中，好像是我们先生、同学、工友二百人坐在一只船上，放在嘉陵江中漂流，大的漏洞危险虽然没有，但是小的漏洞是出了一些，这些小漏洞也可以变成大漏洞，使我们的船沉没下去的。然而我们的船没有因为这些小漏洞沉没，竟因为我们这些同船的人，一见有小漏洞，即想尽方法用力去堵塞，有时用手去堵，有时用脚去堵，甚至有时用头用全身的力量去堵，终于把这只船上这些小漏洞堵塞住，而平稳地度过这一年，而达到了目的地。这是一个奇迹，一个共同努力，共同创造的奇迹。

“一切为纪念”，刚才主席说的这一个口号，当然提出的意义是有它的作用的，大家用力对着这一个目的来创造，是很好的。但是我对于这一个口号有点害怕，害怕费钱太多，害怕费力太多，以至筋疲力尽，恐怕得不偿失，所以我主张明年四周年纪念，要改变方针，我们的成

① 本文是陶行知在育才学校三周年纪念晚会上发表的演讲。

绩，要从明天起，即开始筹备，日积月累，“水到渠成”的成绩。不要再在短期内来多费钱和多费力量，只要到了明年7月1日，开始把平日的成绩装潢一下，便有很丰富的成绩，再不像今年和去年这样忙了。大家也可以很从容很清闲而有余裕地过着四周年纪念。

现在我提出四个问题，叫作“每天四问”：

第一问：我的身体有没有进步？

第二问：我的学问有没有进步？

第三问：我的工作有没有进步？

第四问：我的道德有没有进步？

第一问：我的身体有没有进步？

首先，我们每天应该要问的，是“自己的身体有没有进步？有，进步了多少？”为什么要这样问？因为“健康第一”。没有了身体，一切都完了！不禁使我想到了去年二周年纪念前九日邹秉权同学之死！与今年三周年纪念前九日魏国光同学之死！两人之死的日子是恰恰一周年，不过时间上相差八九个钟点罢了。因为这两位同学的死，使我联想到，我们必须继续建立“健康堡垒”。要建立健康堡垒，必须注意几点：一、科学的观察与诊断；二、饮食的调节与改进；三、预防疲劳的休息；四、用卫生教育代替医生。……我们要以决心推进卫生教育的效力来代替医生，以保证健康的胜利。以卫生教育代替医生，在两月前，我已有信来学校，提出十几条具体事实来，希望照行，现在想来，还是不够，需要补充。待补充之后提交校务会议商决进行。但是今天在此先提出来告诉大家，希望大家多多准备意见，贡献意见。在建立“科学的健康堡垒”上多尽一份力量，便是在卫生教育施行上多一份力量、卫生教育胜利上多一份保证。大家都成为建立“科学的健康堡垒”的主要的成员之一、健将之一，共同来保证“健康第一”的胜利。

第二问：“我的学问有没有进步？”

其次，我们每天应该问的，是“自己的学问有没有进步？有，进步了多少？”为什么要这样问？因为“学问是一切前进的活力的源泉”。学问怎样能够进步？重要在有方法研究。现在我想到有五个字，可以帮助我们学问易于进步。哪五个字呢？

第一个，是“一”字。一是“专一”的一。荀子说：“好一则博。”

这句话是很有精义的。因为有了一个专一的问题做中心，从事研究，便可旁征博引，自然而然地广博起来了。我看世界名人学者对于治学的解释，尚少如此精辟的，治学必须“专一”，这是天经地义的了。“专一”在英文为Concentration，我们对于一件事物能够专心一意地研究下去，必然能够有一旦豁然贯通之时。所以我希望有能力研究的先生和同学，必须择定一个题目从事研究，即使是一个很小的问题，也可以研究出很深刻很渊博的大道理来。于人于己都可得到切实的益处，而且可能有大的贡献。

第二个，是“集”字。集是“搜集”的集。集照篆体的写法，好像许多钩钩一样。我们研究学问有了中心题目，便要多多搜集材料，我们便像“集”的篆写一样，用许多钩钩到处去钩，上下古今，左右中外地钩，前前后后，四面八方地钩，钩集到一起来，好细细研究。集字在英文为Collection，我们有了丰富的材料，便可以原原本本地彻头彻尾地来研究它一个明明白白，才能够真正理解这个问题的症结所在；才能够“迎刃而解”，才能够收得“水到渠成”的效力。所以我希望大家对于每一个问题，都必须多多搜集材料，以便精深地精益求精地研究。在研究上发生力量，在研究上加强创造力量，集体创造，共同创造，在创造上建立起我们事业的新生命，树立起我们事业的新生机，稳定我们事业的新基础。

第三个，是“钻”字。钻是钻进去的钻，就是深入的意思，钻是要费很大的力量，才能够钻得进去，深入到里面去，看得清清楚楚，取得了最宝贵的宝贝。做学问虽不能像钻东西那么钻，但是能够用最好的方法，也可以很快钻进去。我在外国，参观一个金矿，他们开采的机器，是运用大气的压力来发生动力的。我见到他们开采的速度，是比现代所称的“电化”的电力，还不知要增加若干倍咧。我们做学问也是一样，如果我们能够在学术气氛中的大气压力下，发生动力去钻，一定能够深入到里面去，探获学问的根源奥妙与诀窍，而必有很好的收获。“钻”字在英文为Penetration，所以我希望大家对于一个问题拿定了，便要尽力向里面钻研，钻出一大套道理来，使我们学术气氛有着飞跃的进步。

第四个，是“剖”字。剖是“解剖”的剖，就是“分析”的意思。

有些材料钻进去还不够，必须解剖出来看它的真伪，是有用的还是有毒素的，以便取舍，清化运用。“剖”字在英文为 Analyzation，所以我希望大家对于每一个问题搜集得来的材料，除了钻进深入之外，必须更加着意做一番解剖的工夫，分析入微，如同在解剖刀下，在显微镜下，看得明明白白，分析得清清楚楚，真的有用的没有毒素的就拿来运用；如果是假的有毒素的就舍去抛掉不用。如此，鉴别材料，慎选材料，自然适宜了。

第五个，是“韧”字。韧是坚韧，即是鲁迅先生所主张的“韧性战斗”的韧。做学问是一种长期的战斗工作，所以必须有韧性战斗的精神，才能够在长期战斗中，战胜许许多多困难，清除种种障碍，开辟出一条新的道路，走入新的境界。“韧”字在英文中尚难找得一个适当的字来翻译，勉强可以译为 Toughness，所以我希望大家在做学问上，要用韧性战斗的精神，历久不衰地、始终不懈地坚持下去，终可达到“柳暗花明又一村”的境界。

我想我们每一个人，能把“一”“集”“钻”“剖”“韧”五个字做到了，在做学问上一定有豁然贯通之日，于己于人于社会都有贡献。

第三问：“我的工作有没有进步?”

再次，我们每天要问，是“自己担任的工作有没有进步？有，进步了多少?”为什么要这样问？因为工作的好坏影响我们的生活学习都是很大的。我对于工作也提出几点意见。以供大家参考。

第一点最要紧的，是要“站岗位”。各人所负的责任不同，各人有各人的岗位，各人应该站在各人自己的岗位上，守牢自己的岗位，在本岗位上努力，把本岗位的职务做得好，这是尽责任的第一步。我最近在想，人人应该有“站岗位”的教育。站牢在自己的工作岗位上，教育自己知责任，明责任，负责任——教育着自己进步。

第二点最要紧的，是要“敏捷正确”。人常说，做事要“敏捷”，这是对的。但我觉得做事只是做到敏捷还不够，敏捷是敏捷了，因敏捷而做错了怎么办？所以敏捷之下必须加上“正确”二字，工作敏捷而正确才有效力。一件工作在别人做起来需要四小时，你只要二小时或三小时就做好了，而且做得很正确，这才算是工作的效力。工作怎样能够做得敏捷正确呢？这就要靠熟练与精细。粗心大意，是最易弄错弄坏事情的。做事要像做算术的演算题一样，要演算得快演算得正确。

第三点最要紧的，是要“做好为止”。有些人做事，有起头无煞尾，做东丢西，做西丢东，忙得不得了，不是一事无成，就是半途而废。我们做事要按照计划，依限完成，就必须毅力坚持，一直到做好为止。

第四问：“我的道德有没有进步?”

最后，我们每天要问的，是“自己的道德有没有进步？有，进步了多少?”为什么要这样问？因为道德是做人的根本。根本一坏，纵然是你有一些学问和本领，也无甚用处。否则，没有道德的人，学问和本领愈大，就能为非作恶愈大，所以我在不久以前，就提出“人格防”来，要我们大家“建筑人格长城”。建筑人格长城的基础，就是道德。现在分“公德”和“私德”两方面来说。

先说“公德”。一个集体能不能稳固，是否可以兴盛起来，就要看每一个集体的组成分子，能不能顾到公德，卫护公德，来衡量它。如果一个集体的组成分子，人人以公德为前提，注意着每一个行动，则这一个集体，必然是日益稳固、日益兴盛起来。否则，多数人只顾个人私利，不顾集体利益，则这个集体的基础必然动摇，并且一定是要衰败下去！要不然，就只有把这些不顾公德的分子清除出这个集体，这个集体才有转向新生机的希望。所以我们在每一个行动上，都要问一问是否妨碍了公德，是否有助于公德。妨碍公德的，没有做的即打定决心不做，已经开始做的，立刻停止不做。若是有助于公德的，大家齐心全力来助他成功。

再说“私德”。私德不讲究的人，每每就是成为妨碍公德的人，所以一个人私德更是要紧，私德更是公德的根本，私德最重要的是“廉洁”。一切坏心术坏行为，都由不廉洁而起。所以我在讲“建筑人格长城”的时候，提到了杨震的“四知”，甘地的漏夜“还金”，华盛顿的勇敢承认错误和冯焕章先生所讲的平老静“还金镯”的故事，这些，都是我们大家私德上的好榜样。我们每个人都可以效法这些榜样，把自己的私德建立起来，建筑起“人格长城”来。由私德的健全，而扩大公德的效用，来为集体谋利益，则我们的学校必然的到了四周年，是有一种高贵的品德成绩表现出来。

我今天所讲的“每天四问”，提供大家作为进德修业的参考。如果灵活运用地说到做到，明年今日四周年纪念的时候，必然可以见出每个人身体健康上有着大的进步，学问进修上有着大的进步，工作效能上有着大的进步，道德品格上有着大的进步，显出“水到渠成”的进步，而有着大大的进步。

胡　适

(1891—1962)

生平简介

胡适（1891—1962），原名嗣穈，学名洪骍，后改名适，字希疆、适之，出生于江苏省松江府川沙县（今上海市浦东新区），祖籍安徽省徽州绩溪县上庄村。早年就读于上海中国公学。1910 年官费赴美国留学，入康奈尔大学，选读农科。1915 年入哥伦比亚大学，师从杜威，获哲学博士学位。1917 年回国后任北京大学教授，次年参加编辑《新青年》，提倡新文学、白话文，成为新文化运动的代表人物之一。1919 年主编《每周评论》，宣扬改良主义和实用主义。1922 年与丁文江等创办《努力周报》，鼓吹“联省自治”和“好人政府”。次年与徐志摩等组织新月社，提倡纯粹的艺术，反对现实主义，主编《国学季刊》，提倡“整理国故”。1924 年又与陈西滢、王世杰等创办《现代评论》，次年参加北京善后会议。1927 年任光华大学教授、国民政府大学院大学委员会委员，次年任中国公学校长兼文理学院院长，与梁实秋等出版《新月》月刊。1932 年任北京大学文学院院长兼中国文学系主任。其学术主张对后来的学界有很大影响，曾先后接受欧美各大学的数十个名誉学位。1938 年任驻美全权大使。1942 年辞去驻美大使一职，旅居纽约，从事学术研究。1945 年在旧金山出席联合国制宪会议，在伦敦出席联合国教科文组织会议，制订该组织的宪章。1946 年 7 月回到北平，任北京大学校长。1949 年去美国。1962 年 2 月 24 日在台北病故。著有《中国哲学史大纲》等。

少年中国之精神[①]

1919 年 7 月

上回太炎先生谈话里面说现在青年的四种弱点，都是很可使我们反省的。他的意思是要我们少年人：一、不要把事情看得太容易了；二、不要妄想凭借已成的势力；三、不要虚慕文明；四、不要好高骛远。这四条都是消极的忠告。我现在且从积极一方面提出几个观念，和各位同志商酌商酌。

一、少年中国的逻辑

逻辑即是思想、辩论、办事的方法。一般中国人现在最缺乏的就是一种正当的方法。因为方法缺乏，所以有下列的几种现象：（一）灵异鬼怪的迷信，如上海的盛德坛及各地的各种迷信；（二）谩骂无理的议论；（三）用“诗云子曰”做根据的议论；（四）把西洋古人当作无上真理的议论。还有一种平常人不很注意的怪状，我且称它为“目的热”。“目的热”就是迷信一些空虚的大话，认为高尚的目的，全不问这种观念的意义究竟如何。今天有人说“我主张统一和平”，大家齐声喝彩，就请他做内阁总理；明天又有人说“我主张和平统一”，大家又齐声叫好，就举他做大总统；此外还有什么“爱国”哪，“护法”哪，“孔教”哪，“卫道”哪……许多空虚的名词；意义不曾确定，也都有

① 本文是胡适在少年中国学会筹备会发表的演讲。

许多人随声附和，认为天经地义，这便是我所说的“目的热”。以上所说各种现象都是缺乏方法的表示。我们既然自认为“少年中国”，不可不有一种新方法，这种新方法，应该是科学的方法。科学方法，不是我在这短促时间里所能详细讨论的，我且略说科学方法的要点：

第一，注重事实。科学方法是用事实做起点的，不要问孔子怎么说，柏拉图怎么说，康德怎么说；我们须要先从研究事实下手，凡游历、调查、统计等事都属于此项。

第二，注重假设。单研究事实，算不得科学方法。王阳明对着庭前的竹子做了七天的“格物”功夫，格不出什么道理来，反病倒了，这是笨伯的“格物”方法。科学家最重“假设”（Hypothesis）。观察事物之后，自然有几个假定的意思，我们应该把每一个假设所涵的意义彻底想出，看那些意义是否可以解释所观察的事实？是否可以解决所遇的疑难？所以要博学，正是因为博学方才可以有许多假设，学问只是供给我们种种假设的来源。

第三，注重证实。许多假设之中，我们挑出一个，认为最合用的假设，但是这个假设是否真正合用，必须实地证明。有时候，证实是很容易的；有时候，必须用“试验”方才可以证实。证实了的假设，方可说是“真”的，方才可用。一切古人今人的主张、东哲西哲的学说，若不曾经过这一层证实的功夫，只可作为待证的假设，不配认作真理。

少年的中国，中国的少年，不可不时时刻刻保存这种科学的方法、实验的态度。

二、少年中国的人生观

现在中国有几种人生观是“少年中国”的仇敌：第一种是醉生梦死的无意识生活，固然不消说了；第二种是退缩的人生观，如静坐会的人，如坐禅学佛的人，都只是消极的缩头主义，这些人没有生活的胆子，不敢冒险，只求平安，所以变成一班退缩懦大；第三种是野心的投机主义，这种人虽不退缩，但为完全自己的私利起见，所以他们不惜利用他人，做他们自己的器具，不惜牺牲别人的人格和自己的人格，来满足自己的野心，到了紧要关头，不惜作伪，不惜作恶，不顾社会的公共幸福，以求达他们自己的目的。这三种人生观都是我们该反对的。

少年中国的人生观，依我个人看来，该有下列的几种要素：

第一，须有批评的精神。一切习惯、风俗、制度的改良，都起于一点批评的眼光。个人的行为和社会的习俗，都最容易陷入机械的习惯，到了“机械的习惯”的时代，样样事都不知不觉地做去，全不理会何以要这样做，只晓得人家都这样做故我也这样做。这样的个人便成了无意识的两脚机器，这样的社会便成了无生气的守旧社会。我们如果发愿要造成少年的中国，第一步便须有一种批评的精神；批评的精神不是别的，就是随时随地都要问我为什么要这样做？为什么不那样做？

第二，须有冒险进取的精神。我们须要认定这个世界是很多危险的，是不太平的，是需要冒险的。世界的缺点很多，是要我们来补救的；世界的痛苦很多，是要我们来减少的；世界的危险很多，是要我们来冒险进取的。俗语说得好：“成人不自在，自在不成人。”我们要做一个人，岂可贪图自在；我们要想造一个“少年的中国”，岂可不冒险。这个世界是给我们活动的大舞台，我们既上了台，便应该老着面皮，拼着头发，大着胆子，干将起来；那些缩进后台去静坐的人都是懦夫，那些袖着双手只会看戏的人，也都是懦夫。这个世界岂是给我们静坐旁观的吗？那些厌恶这个世界，梦想超生别的世界的人，更是懦夫，不用说了。

第三，须要有社会协进的观念。上条所说的冒险进取，并不是野心的、自私自利的。我们既认定这个世界是给我们活动的，又须认定人类的生活全是社会的生活，社会是有机的组织，全体影响个人，个人影响全体。社会的活动全是互助的，你靠他帮忙，他靠你帮忙，我又靠你同他帮忙，你同他又靠我帮忙；你少说了一句话，我或者不是我现在的样子，我多尽了一分力，你或者也不是你现在的这个样子，我和你多尽了一分力，或少做了一点事，社会的全体也许不是现在这个样子，这便是社会协进的观念。有这个观念，我们自然把人人都看作通力合作的伴侣，自然会尊重人人的人格了。有这个观念，我们自然觉得我们的一举一动都和社会有关，自然不肯为社会造恶因，自然要努力为社会种善果，自然不致变成自私自利的野心投机家了。

少年的中国，中国的少年，不可不时时刻刻保存这种批评的、冒险进取的、社会的人生观。

三、少年中国的精神

少年中国的精神并不是别的，就是上文所说的逻辑和人生观。我且说一件故事做我这番谈话的结论：诸君读过英国史的，一定知道英国前世纪有一种宗教革新的运动，历史上称为“牛津运动”（The Oxford Movement），这种运动的几个领袖如客白尔（Keble）、纽曼（Newman）、福鲁德（Froude）诸人，痛恨英国国教的腐败，想大大地改革一番。这个运动未起事之先，这几位领袖作了一些宗教性的诗歌，写在一个册子上，纽曼摘了一句荷马的诗题在册子上，那句诗是“You shall see the difference now that we are back again!”翻译出来即是“如今我们回来了，你们看便不同了！”

少年的中国，中国的少年，我们也该时时刻刻记着这句话：“如今我们回来了，你们看便不同了！”

这便是少年中国的精神。

女子问题[1]

1921年8月4日

我本没有预备讲这个题目，到安庆后，有一部分人要求讲这个，这问题也是很重要的，所以就临时加入了。

人类有一种“半身不遂”的病，在中风之后，有一部分麻木不仁；这种人一半失了作用，是很可怜的。诸位！我们社会上也害了这“半身不遂”的病几千年了，我们是否应当加以研究？

世界人类分男女两部，习惯上对于男子很发展，对于女子却剥夺她的自由，不准她发展，这就是社会的“半身不遂”的病。社会有了“半身不遂”的病，当然不是健全的社会了。女子问题发生，给我们一种觉悟，不再牺牲一半人生的天才自由，让女子本来有的天才，享受应有的权利，和男子共同担任社会的担子；使男子成一个健全的人，女子也成一个健全的人！于是社会便成了一个健全的社会！

我们以前从不将女子当作人：我们都以为她是父亲的女儿，以为她是丈夫的老婆，以为她是儿子的母亲；所以有“在家从父，出嫁从夫，夫死从子”的话，从来总不认她是一个人！在历史上，只有孝女、贤女、烈女、贞女、节妇、慈母，却没有一个“女人”！诸位！在历史上也曾见过传记称女子是人的么？

研究女子教育是研究什么？——昔日提倡女子教育的，是提倡良妻

① 本文是胡适在安庆青年会发表的演讲。

贤母；须知道良妻贤母是“人”，无所谓“女子”的。女子愿做良妻贤母，便去做她的良妻贤母，假使女子不愿意做良妻贤母，依旧可以做她的人的。先定了这个目标，然后再说旁的。

女子问题可以分两部分讲：

一、女子解放。

二、女子改造。

解放一部分是消极的。解放中包含有与束缚对峙的意思，所以是消极的。改造却是积极的。改造是研究如何使女子成为人，用何种方法使女子自由发展。

一、女子解放。解放必定先有束缚。这有两种讲法：一是形体的，一是精神的。

先讲形体的解放。在从前男子拿玩物看待女子，女子便也以玩物自居；许多不自由的刑具，女子都取而加在自己身上，现在算是比较的少了。如缠足、穿耳朵、束胸等等都是，可以算得形体上已解放了。这种不过谈女子解放中的初级。试问除了少数受过教育的女子而外，中国有多少女子不缠足？如果我们不能实行天足运动，我们就不配谈女子解放！——我来安庆的时候，所见的女子，大半是缠足；这可以用干涉、讲演种种方法禁止她们，我希望下次再来安庆的时候，见不着一个缠足女子！——再谈束胸，起初因为美观起见，并不问合卫生与否。我的一个朋友曾经对我说，假使个个女子都束胸，以后都不可以做人的母亲了！

次讲精神的解放。在解放上面，以精神解放最为重要。精神解放怎样讲？——就是几千年来，社会上男子用了许多方法压制女子，引诱女子，便是女子精神上的手镣脚铐。择几桩大的说：

第一，未讲之先，提出一个标准来，——标准就是“为什么？”——“女子不为后嗣”。中国古时候最重的是“有后”——女子不算——家中有财产，女儿不能承受；没有儿子的，一定去在弟兄的儿子中间找一个来承继受领。女子的不能为后嗣，大半为着经济缘故，所以应当从经济方面提倡独立。有一个人临死，分财产作三股，两个女儿得两股，一个侄子得一股，但是他的本家，还要打官司。这个观念如若不打破，对于经济，对于道德，都有极大的关系。还有“娶妾”。一个人年长了，没有儿子，大家便劝他娶妾，——就是他的夫人，也要劝他，不如此，人家便要说她不贤惠——请问这一种恶劣的行为，是从什么地方产生的？再进一步说，既然同认女子是个人，又何以不能承受财产，不能为后？——这是应当打破的邪说之一！

第二，“女子贞操问题”。何谓贞操？——贞操是因男女间感情浓厚，不愿意再及于第三者身上。依新道德讲，男女都应当守贞操，历史上沿习却不然，男子可以嫖，可以纳妾；女子既不可以和人家通奸，反要受种种的限制，大概拿牌坊引诱，使女子守一个无爱情没有见过面的人，一部分女子，因而被他们引诱了。如此的社会，实在是杀人不抵命的东西！贞操实是双方男女共有的。我从前说：“男子嫖婊子，与女子和人通奸，是有同等的罪！”所以，“男子叫女子守节，女子也可以叫男子守节！男子如果可以讨姨太太，女子也就可以娶姨老爷！”谢太傅——谢安——晚年想纳妾，但他却怕老婆。他的朋友劝他，说公例可以纳妾；他的夫人在里面应道：“婆例不可！”——历来都用惯了“公例”，未尝实行“婆例”。这种虚伪的贞操，委实可以打破。再简单说：“贞操是根据爱情的，是双方的！男子可以不守节，女子也可以不守节！”

第三，“女子责在阃内说”。女子的职务，在家庭以内，这种学说也是捆女子的一根铁索，如果不打断，就难说到解放。有许多女子，足能够做学问，可以学美术、文学……可以当教员……有许多男子，只配抱孩子、煮饭的。有许多事，男子不能做而女子能做。如果不打破这种学说，只是养成良妻贤母，实在不行。我们要使女子发展天才，决不能叫她永远须在家里头。女子会抱孩子、煮饭，也只是女子中的一部分，女子绝不全是会抱孩子、煮饭的；有天才的女子，却往往因为这个缘故，不得尽量的发展。就说女子不能做他种事业，但她们做教师便比男子好得多了。总结一句：我们不应当拿家里洗衣、煮饭、抱孩子许多事体来难女子。我们吃饭，可以吃一品香、海洞春厨子做的，衣服可以拿到洗衣厂里去洗！

第四，“防闲的道德论”。由古代相传，男子对女子总有怀疑的态度，总有防闲的道德。现在人对女子，依旧有这一种态度。我所说安庆讲演会里职员，有许多女子加入，便引起了社会上的非难。我将告诉他们："防闲绝不是道德!"如把鸟雀关在笼中，一放它便飞了；不然，一年两年的工夫，也就闷死了。当我在西洋的时候，见中国许多留学生，常常闹笑话，在交际场中，遇了女子和他接洽，他便以为有意。由此，我连带想起一件故事。某人的笔记上说："有一个老和尚，养了一个小孩子，作为小和尚；老和尚对他防闲得厉害，使他不知世故。某年，老和尚带这小和尚下山，小和尚一件东西也不认识，逢到东西，老和尚不等他问，便一一地告诉他。恰巧有个女子经过，老和尚恐怕他沾染红尘，便不和他说。小和尚就问，老和尚便扯道：这是吃人的老鬼。等到回山的时候，老和尚便问他下山一日，有所爱否？小和尚说，所爱的只是吃人的老鬼!"防闲的道德，就是最不道德！我国学生，何以多说是不道德？实是因为防闲太厉害了，一遇到恶人，便要堕落！我希望以后要打破防闲的道德论！平心而论，完全自由，也有流弊，不过总不可因噎废食的。不要以一二人的堕落而及于全部。而且自由的流弊，绝不是防闲所可免，若求自由无流弊，必定要再加些自由于上面；自由又自由，丝毫流弊都没有了！因为怕流弊而禁止自由，流弊必定更多，且更不自由了！社会上应存"容人的态度"，须知社会上绝没有无流弊的。张小姐闹事，只是张小姐；李小姐闹事，只是李小姐；绝不能因为一两人而及于全体的！愿再加解放许多自由，叫她们晓得所以，自然没有流弊了！

二、女子改造。改造方面，比较简单些。解放是对外的要求；改造却是对内的要求，但也不完全靠自己的！

先说内部。女子本身的改造，无论女子本身或提倡女子问题的，都要认明白目标：第一，"自立的能力"。女子问题第一个要点，就在这问题。女子嫁人，总要攀高些，却不问自立。我觉女子要做人，须注意"自立"，假如女子不能自立，绝不能够解放去奋斗的。第二，"独立的精神"。这个名词，是老生常谈，不过我说的是精神上，不怕社会压制；社会反对，也是要干的！像现在这种时代是很不容易谈解放的。不顾社会非难，可以独行其是。第三，"先驱者的责任"。做先锋的责任，在谈女子问题中是很重要的。我们一举一动，在社会上极受影响。先驱者的责任，只要知道公德，不要过问私德；一人如此，可以波及全体的。不要使我个人行为，在女子运动上加了一个污点！我最不相信道德，但为了这个起见，也不得不相信了！我常常说：“当学生的，如其提倡废考，不如提倡严格考试；社交解放的先驱者，如提倡自由恋爱，不如提倡独身主义！”这是诸位要注意的！

哲学与人生[①]

1923 年 11 月

前次承贵会邀我演讲关于佛学的问题，我因为对于佛学没有充分的研究，拿浅薄的学识来演讲这一类的问题，未免不配；所以现在讲“哲学与人生”，希望对于佛学也许可以贡献点参考。不过我所讲的有许多地方和佛家意见不合，佛学会的诸君态度很公开，大约能够容纳我的意见的。

讲到“哲学与人生”，我们必先研究它的定义：什么叫哲学？什么叫人生？然后才知道它们的关系。

我们先说人生。这六月来，国内思想界，不是有玄学与科学的笔战么？国内思想界的老将吴稚晖先生，就在《太平洋》杂志上发表一篇《一个新信仰的宇宙观及人生观》。其中下了一个人生的定义。他说：“人是哺乳动物中的有二手二足用脑的动物。”人生即是这种动物所演的戏剧，这种动物在演时，就有人生；停演时就没人生。所谓人生观，就是演时对于所演之态度，譬如：有的喜唱花面，有的喜唱老生，有的喜唱小生，有的喜摇旗呐喊；凡此种种两脚两手在演戏的态度，就是人生观。不过单是登台演剧，红进绿出，有何意义？想到这层，就发生哲学问题。哲学的定义，我们常在各种哲学书籍上见到；不过我们尚有再找一个定义的必要。我在《中国哲学史大纲》（上卷）上所下的哲学的定义说：“哲学是研究人生切要的问题，从根本上着想，去找根本的解

① 本文是胡适在上海商科大学佛学研究会发表的演讲。

决。”但是根本两字意义欠明，现在略加修改，重新下了一个定义说：“哲学是研究人生切要的问题，从意义上着想，去找一个比较可普遍适用的意义。”现在举两个例来说明它：要晓得哲学的起点是由于人生切要的问题，哲学的结果，是对于人生的适用。人生离了哲学，是无意义的人生；哲学离了人生，是想入非非的哲学。现在哲学家多凭空臆说，离得人生问题太远，真是上穷碧落，愈闹愈糟！

现在且说第一个例：二千五百年前在喜马拉雅山南部有一个小国——迦叶——里，街上倒卧着一个病势垂危的老丐，当时有一个王太子经过，在别人看到，将这老丐赶开，或是毫不经意地走过去了；但是那王太子是赋有哲学的天才的人，他就想人为什么逃不出老、病、死，这三个大关头，因此他就弃了他的太子爵位、妻孥、便嬖、王宫、财货，遁迹入山，去静想人生的意义。后来忽然在树下想到一个解决：就是将人生一切问题拿主观去看，假定一切多是空的，那么，老、病、死，就不成问题了。这种哲学的合理与否，姑不具论，但是那太子的确是研究人生切要的问题，从意义上着想去找他以为比较普遍适用的意义。

我们再举一个例，譬如我们睡到夜半醒来，听见贼来偷东西，那我就将他捉住，送县究办。假如我们没有哲性，就这么了事，再想不到“人为什么要做贼”等等的问题；或者那贼竟苦苦哀求起来，说他所以做贼的缘故，因为母老，妻病，子女待哺，无处谋生，迫于不得已而为之，假如没哲性的人，对于这种吁求，也不见有甚良心上的反应。至于富于哲性的人就要问了，为什么不得已而为之？天下不得已而为之的事有多少？为什么社会没得给他做工？为什么子女这样多？为什么老病死？这种偷窃的行为，是由于社会的驱策，还是由于个人的堕落？为什么不给穷人偷？为什么他没有我有？他没有我有是否应该？拿这种问题，逐一推思下去，就成为哲学。由此看来，哲学是由小事放大，从意义着想而得来的，并非空说高谈能够了解的。推论到宗教哲学、政治哲学、社会哲学等，也无非多从活的人生问题推衍阐明出来的。

我们既晓得什么叫人生，什么叫哲学，而且略会看到两者的关系，现在再去看意义在人生上占的什么地位。现在一般的人饱食终日，无所用心。思想差不多是社会的奢侈品。他们看人生种种事实，和乡下人到城里未看见五光十色的电灯一样，只看到事实的表面，而不了解事实的意义。因为不能了解意义的缘故，所以连事实也不能了解了。这样说来，人生对于意义极有需要，不知道意义，人生是不能了解的。宋朝朱子这班人，终日对物格物，终于找不到着落，就是不从意义上着想的缘故。又如平常人看见病人种种病象，他单看见那些事实而不知道那些事实的意义，所以莫名其妙。至于这些病象一到医生眼里，就能对症下药；因为医生不单看病象，还要晓得病象的意义的缘故。因此，了解人生不单靠事实，还要知道意义！

那么，意义又从何来呢？有人说，意义有两种来源：一种是从积累得来，是愚人取得意义的方法；一种是由直觉得来，是大智取得意义的方法。积累的方法，是走笨路；用直觉的方法是走捷径。据我看来，欲求意义唯一的方法，只有走笨路，就是日积月累地去做刻苦的功夫，直觉不过是熟能生巧的结果，所以直觉是积累最后的境界，而不是豁然贯通的。大发明家爱迪生有一次演说，他说，天才百分之九十九是汗，百分之一是神，可见得天才是下了番苦功才能得来，不出汗绝不会出神的。所以有人应付环境觉得难，有人觉得易，就是日积月累的意义多寡而已。哲学家并不是什么，只是对于人生所得的意义多点罢了。

欲得人生的意义，自然要研究哲学史，去参考已往的死的哲理。不过还有比较更重要的，是注意现在的活的人生问题，这就是做人应有的态度。现在我举两个可模范的大哲学家来做我的结论，这两大哲学家一个是古代的苏格拉底，一个是现代的笛卡尔。

苏格拉底是希腊的穷人，他觉得人生醉生梦死，毫无意义，因此到公共市场，见人就盘问，想借此得到人生的解决。有一次，他碰到一个人去打官司，他就问他："为什么要打官司？"那人答道："为公理。"他复问道："什么叫公理？"那人便瞠目结舌不能作答。苏氏笑道："我知道我不知你，却不知道你不知呵！"后来又有一个人告他的父亲不信国教，他又去盘问，那人又被问住了。因此，希腊人多恨他，告他两大罪，说他不信国教，带坏少年，政府就判他的死刑。他走出来的时候，对告他的人说："未经考察过的生活，是不值得活的。你们走你们的路，我走我的路吧！"后来他就从容就刑，为找寻人生的意义而牺牲他的生命！

笛卡尔旅行的结果，觉得在此国以为神圣的事，在他国却视为下贱；在此国以为大逆不道的事，在别国却奉为天经地义；因此他觉悟到贵贱善恶是因时因地而不同的。他以为从前积下来的许多观念知识是不可靠的，因为他们多是乘他思想幼稚的时候侵入来的。如若欲过理性生活，必得将从前积得的知识，一件一件用怀疑的态度去评估他们的价值，重新建设一个理性的是非。这怀疑的态度，就是他对于人生与哲学的贡献。

现在诸君研究佛学，也应当用怀疑的态度去找出它的意义，是否真正比较得普遍适用？诸君不要怕，真有价值的东西，绝不为怀疑所毁；而能被怀疑所毁的东西，绝不会真有价值。我希望诸君实行笛卡尔的怀疑态度，牢记苏格拉底所说的“未经考察过的生活，是不值得活的”这句话。那么，诸君对于明阐哲学，了解人生，不觉其难了。

新文学运动之意义[①]

1925 年 9 月 29 日

鄙人今天到这里来演讲，是很荣幸的一件事；但是我来武汉，这是第一次，武汉之有公开的学术演讲，这回是第一次，所以我今天到这里来演讲，自己心里又喜又怕。喜的是这第一次公开的学术演讲，今天居然开了台；怕的是这第一次演讲，我怕弄不好，以致拆了台。

现在中国外交这种紧迫之时，还能够发起这种学术演讲，所以我在北京南下的时候，一班朋友们都很赞成我南下，我个人自己也是很愿意。

今天的讲题是“新文学运动之意义”。这个题目，我从来没有讲过，大家在这个时候，以为这个题目，可以说是过去了的。不过现在就不是这样了，在这新文学运动的时期之中，我何以从没有讲过，今天反要向诸位讲的是什么道理呢？因为今年有一班思想很顽固的人，得了很大的势力，他们居然利用他们的势力，起来反抗这种时代之要求、时代之潮流，并摧残这种潮流要求，摧残新文学。到了现在，有几行省公然禁令白话文，学校也不取作白话文的学生。因为这个缘故，我们从前提倡白话文学的人，现在实有重提之必要。

所谓新文学的运动，简单地讲起来，是活的文学之运动，以前的那些旧文学，是死的、笨的、无生气的，至于新文学可以代表活社会、活国家、活团体。

① 本文为胡适在武昌大学发表的演讲。

实在讲起来，文学本没有什么新的旧的分别，不过因为作的人，表现文学，为时代所束缚，依此沿革下来，这种样子的作品就死了，无以名之，名之为旧文学。

我们看文学，要看它的内容，有一种作品，它的形式上改换了，内容还是没有改，这种文学，还是算不得新文学。所以看文学，不能够仅仅从它的形式上、外表上看。这么一说，文学要怎样才能新呢？必定先要解放工具。文学之工具，是语言文字。工具不变，不得谓之新。工具解放了，然后文学的内容，才容易活动起来。

今天这种讲演并不是对那班顽固的人而发，我们也不必同他谈。此外那班对于新文学信仰的人们以及不信仰反对者，持这种态度的人，我们要将此意，对着他们明白地讲出来，务使他们明了新文学之真意义及它的真价值，那么对于自己的作品以及工作才看得起有价值；对外哩，向着他持反对论调者，也可以与之争辩讨论。这就是我今天讲新文学运动之意义的原因。

有一班人以为白话文学是为普及教育的。那班失学的人们以及儿童，看那些文言文不懂，所以要提倡白话，使他们借此可以得着知识，因为如此，所以才用白话文。但是这不过是白话文学最低限度的用途。大家以为我们为普及教育，为读书有兴趣，为容易看懂而提倡白话文学，那就错了，未免太小视白话文学了，这种种并不是新文学运动之真意义。

一般的人，把社会分成两个阶级，一种是愚妇顽童稚子，其他一种是知识阶级，如文人学士、绅士官吏。作白话文是为他们——愚夫愚妇，顽童稚子——可以看而作，至于智识阶级者，仍旧去作古文。这种看法，根本地错误了，并不是共和国家应有的现象。这样一来，那班文人学士是吃肉，愚夫愚妇是吃骨头，他们一定不得甘心的，一定要骂文人学士摆臭架子的。由此看来那班为平民而办的白话报，为平民而办注音字母，这种见解，是把社会分成二段阶级，在事实上、原则上都说不过去。我们要这样想，那班平民以及小孩子，读了几年的白话文，念过了几本平民千字课，而社会上的各种著作，完全是用文言文著述的，他们还不是一样地看不懂吗？社会上既然没有白话文学的环境、白话文学的空气，学白话文学的人们，将来在社会上没有一处可以应用，如果是这种样子，倒不如一直仍旧去念那子曰诗云吧，何必自讨没趣呢？照这样看来，虽然是为平民教育而提倡白话文学，但是学的人到社会里面去，所学无所用，那么，当初又何必要学呢？所以顶要紧的，就是要造一种白话文学的环境、白话文学的空气，这样学的人才有兴趣。

新文学之运动，并不是一人所提倡的，也不是最近八年来提倡的，新文学之运动是历史的。我们少数人，不过是承认此种趋势，替它帮忙使得一般人了解罢了。不明白新文学运动是历史的，以为少数借着新文学出风头的人们，现在听了我这话，也可了解了，新文学运动，绝不是凭空而来的，绝不是少数人造得起的。

明白了我以上所讲的话，现在就继续讲新文学运动历史上的意义。

古文文言，不是我们近年以来说它是死的，它的本身，在二千年以前，早已就死了的。当二千年，汉武帝时候，宰相公孙弘上书给汉武帝，大意是说他那时候上谕法律等文章，作得美固然是美，内含的意思虽然是雄厚，但是一般小吏却看不懂，做小官的人们，尚且看不懂，况小百姓呢？想挽救这种流弊，所以才劝武帝办科举，开科取士，凡能够看得懂古文者，上头就把官给他做，借以维持死的文学。公孙弘想出这种科举方法来，开一条利禄的路，引诱小百姓去走，这种维持死的文学之方法，可以说是尽美尽善矣。这样一来，所以全国小百姓们的家庭里，如果有个把略为聪明的儿童，至少要抄几部书，给他们的小孩子读去，请一个教书的先生，替他们的小孩子讲解，教给他们的小孩子要怎样去读。如此做下去，国家也不用花掉好多钱去办什么学校，没有学校，就没有学生闹风潮，也没有教员向着政府索薪了，国内也不知省了多少事，简了多少钱；而他一方面，死的文学，可以维持，所以死的文学，能够苟延残喘到二千多年的，就是因为如此。在这二千年之中，上等的人，有知识的人，既不反对，下等的人，一般民众，也只得由他们干去，由此下等人学上等人，小人物学大人物，要官做，要利禄，也不得不如此。方法未尝不美，至于谈到了文学那一层，那就不够谈了。文学是人的情感，用文字表达出来。现在有一个人，他有一种情感，要用文字表现出来，而为时代所束缚，换言之作不了古文，这个人想发表他的情感，非用一二十年的苦工，去念那死板板的文字不可。照时间上说起来，未免太长了，要学也恐怕来不及了。因为如此，那班匹夫匹妇、痴男怨女，也顾不得这许多了，他们想歌，就用他们自己的语言歌出来，想唱就用他们自己的语言唱出来。那班民歌、童谣、儿歌、恋歌之类，就是由此产生出来。在这二千年之中，他们——匹夫匹妇、痴男怨女——因为要表现他们的文学情感，唱了许多很好的很有价值的白话文学来。歌唱之不足，他们又要听故事，演故事，所以小说、戏剧之文学，亦由此而生。不仅痴男怨女、匹夫匹妇如此，那班和尚们翻译佛教的经典，如果作得太古了，这班民众不说是听不懂，就是看也看不懂，因为如此，所以就用经典上意义，编出一种弹词歌谣来，使他们容易去懂。在敦煌那块，发现出来用弹词歌体所翻出之佛经不少，如是佛曲就变成了白话之文学了。至于和尚们讲学，如果用着古文去讲，大家就不能了解，所以唐朝的禅宗，用白话去讲经，学生们也用白话去记录，写成散文，开了后代一种语录的风气。在这二千年当中，所有一班大文学家，没有一个不受了白话文学之影响，乐府是其一例。今日看一看乐府，尽都是用白话体裁写出，那班创造文学的大文学家，却没有一个不在模仿乐府。唐朝的诗集子，头一部就是乐府。乐府是白话，学乐府就是学白话，其结果所以都近乎白话。唐朝的诗，宋朝的词，所以好懂，所以就很通行。唐诗三百首，其中所载，大半是白话或近乎白话。后有以为作诗有一定格律，字句之长短、平仄声均有一定公式，嫌太拘束，故改之为句之长短不定的词。词之作法，也有一定，又生出一种曲来。这种曲子，是教给教坊歌妓们唱的，因为要她们了解，所以用白话。当时的一班文人学士，一方面作古文求功名骗政府，一方面巴结那班好看的女人，结歌妓们欢心，所以又要白话文学。元明清五百年中，产出不少的长篇小说来，这时白话文学，真是多极了。上海一处的书店，每年销售的《水浒》《三国演义》《西游记》这三种小说，年在一百万部以上。我们由此一看，五百年来，不是孔孟程朱四书五经的势力，乃是《水浒》《三国演义》《西游记》的势力。

照上面讲的看来，这二千年之中，乐府、诗歌、词曲等的白话文学，占了很不少的势力，并且有很大的部分是有价值的，可以和世界上各种著名的文学作品相抗衡而无愧色。他一方面讲来，古文文学，在二千年中早已死过去了。此种很好的很有价值的文学之产生，是因为有一班文人学士，不受政府的利禄之引诱，要歌就放情地歌，要唱就放情地唱，所以他们就有伟大的成功，有很大的贡献。如果没有这伟大的成功，这很大的贡献，我们无论如何，是提倡不起来的。

有一班人以为古文是雅的，白话文学是民间的、粗俗的、退化的，这一层我们现在也不得不说明一下子。

我们要晓得在二千年之中，那时候的小百姓，我们的老祖宗，就已经把我们的语言改良了不少。我们的语言，照今日的文法理论上讲起来，最简单最精明，无一点不合文法，无一处不合论理，这是世界上学者所公认的，不是我一个人恭维我们自己。中国的语言，今日在世界上，为进化之最高者，因为在二千年里头，那班文人学士，不去干涉匹夫匹妇的说话，语言改革，与小百姓有最大的关系，那班文人硕士，反是语言改革上最大的障碍物。

古文变化，甚觉讨厌，如“我敬他”为“吾敬之”，“我爱他”为“吾爱之”，至于说没有看见他，又变作“未之见也”。小学生读书作文时，如果写一句“未见之也”，先生一定要勾上来作“未之见也”。问他是什么原因，他也讲不出来，只说古人是这样作的。这班老先生们，不晓得文法，只晓得模仿；那班小百姓，他们只讲实在，求方便，直名之曰“我打他”“他打我”都可以，至于在文言上“吾打之”则可，如用“之打吾”那就不通了。小百姓把代名词变化取消，主格与目的格废掉，因此方便得许许多多了。

在这二千年中，上等的人以及文人学士，去埋头他们的古文，小百姓就改造他们的语言。语言中有太繁了的，就省简一些，有太简了的就增加一点。在汉以前，“我”“你”“他”没有多数，汉以后才有“我曹”“我等”“我辈”，“尔曹”“尔等”“尔辈”，却没“彼曹”“彼辈”“彼等”。后来小百姓们，造出一个“们”字来，“我们”可以用，“你们”可以用，“他们”也可以用，此为代名词之多数。不但代名词如此，名词亦有多数，如“先生们”“学生们”“朋友们”之类是也。由此看来，老百姓实在是语言学家、文法学家，当补的他们就补上去，当删的就删去了，把中国语言变成世界进化最高之语言，首功要算小百姓，这是因为那班文人学士没有管的原因。英国文字之不如中国，因为在三百年前，遇着文人学士规定了，中国的小百姓，有二千年自由修改权，把中国的语言，改之为最精明最简单的。照此看来，白话并不是文言的退化，是文言的进化了。

此就语言方面是如此，至于文学，在二千年中的各种乐府、诗词、歌曲，积下来很多了，我们现在运动，就可拿来做我们的资本。

白话文学的趋势由来很久，何以须要我们运动呢？其原因如下。

科举是维持死文学之唯一方法，以前是拘于科举，后来科举废了，何以没有新文学产生呢？因为自然的变迁是慢的，缓缓地衍化，现在自然变迁不够了，故要人力改造，就是革命。文学方面如仅随着自然而变化是不足的，故必须人力。照此一讲，我们应该作有意义的主张，白话是好文学，有成绩在可以证明。现在我们头一句就要说古文死了二千年了，要哭的哭，要笑的笑。

我们当记着下面那三种意义：

一、白话文学是起来替古文发丧的，下讣文的。

二、二千年中之白话文学有许多有价值的作品，什么人也不能否认。

三、中国将来之一切著作，切应当用白话去作。白话是活的，用白话去作，成绩一定好。死文学不能产生活文学，要创造活文学，所以就要用白话。

由上看来，新文学之运动，并不是由外国来的，也不是几个人几年来提倡出来的。白话文学之趋势，在二千年来是在继续不断的，我们运动的人，不过是把二千年之趋势，把由自然变化之路，加上了人工，使得快点而已。

这样说来，新文学运动是中国民族的运动，我们对之，应当表示相当的敬爱。

再者那班老百姓们，以方便为标准，去修改语言。语言较之宗教，尤其守旧，所以革新语言，非一朝一夕所能，政府下命令也是无效的，要他们那种清醒的头脑，继续不断地改革。我们对于这种人们，也应该表示相当的敬意。

那班不受利禄束缚的人们，不受死文学引诱的作白话乐府、诗词、歌曲、小说的先生们，我们对于他们，也应当表示相当的敬意。

照此看来，无论军阀的权威如何，教育总长的势力如何，这两三个人决定不能摧残者，也可以抱相当的乐观。

我们总要努力做去，自然可以达到胜利之地位，哪怕顽固者没有服从之一日呢？但是我们却不要轻视了老祖宗的成绩，负创造新文学者，应当表示自己相当负责。

我们更要记着文学之形式解放，要预备得更丰富。文言与白话，并不是难易上的问题，文学要有情感，要修养。所谓文学家者，绝不能说是看了几本《蕙的风》《草儿》《胡适文存》之类的书籍就算可以了。所以如果尊重新文学，要努力，修养，要有深刻的观察、深刻的经验、高尚的见解，具此种种去创造新文学，才不致玷辱新文学。

科学的人生观[①]

1928 年 5 月

今天讲的题目，就是“科学的人生观”。研究人是什么东西？在宇宙中占据什么地位？人生究竟有何意味？因为少年人近来觉得很烦闷，自杀、颓废的都有，我比较至少多吃了几斤盐、几担米，所以来计划计划，研究自身人的问题。至于人生观，各人不同，都随环境而必变，不可以一个人的人生观去统领一切；因为公有公理，婆有婆理，我们至少要以科学的立场，去研究它，解决它。

“科学的人生观”有两个意思：第一拿科学做人生观的基础；第二拿科学的态度、精神、方法，做我们生活的态度、生活的方法。

现在先讲第一点，就是人生是什么，人生是啥物事。拿科学的研究结果来讲，我在民国十二年发表了十条，这十条就是武昌有一个主教，称为新的十诫，说我是中华基督教的危险物的。十条内容如下：

一、要知道空间的大　拿天文、物理考察，得着宇宙之大；从前孙行者翻筋斗，一翻翻到南天门，一翻翻到下界，天的观念，何等的小？现在从地球到银河中间的最近的一个星，中间距离，照孙行者一秒钟翻十万八千里的速率计算，恐怕翻一万万年也翻不到，宇宙是何等的大？地球是宇宙间的沧海之一粟，九牛之一毛；我们人类，更是小，真是不成东西的东西！以前看得人的地位太重了，以为是万物之灵，同大地并行，凡是政治不良，就有彗星、地震的征象，这是错的。从前王充很能

① 本文是胡适在苏州青年会发表的演讲。

见得到，说：“一个虱子不能改变那裤子里的空气，和那人类不能改变皇天一样。”所以我们眼光要大。

二、时间是无穷的长　从地质学、生物学的研究，晓得时间是无穷的长，以前开口五千年，闭口五千年，以为目空一切；不料世界太阳系的存在，有几万万年的历史，地球也有几万万年，生物至少有几千万年，人类也有二三百万年，所以五千年占很小的地位。明白了时间之长，就可以看见各种进步的演变，不是上帝一刻可以造成的。

三、宇宙间自然的行动　根据一切科学，知道宇宙、万物都有一定不变的自然行动。“自然自己，也是如此”，就是自己自然如此，各物自己如此的行动，并没有一种背后的指示，或是一个主宰去规范他们。明白了这点，对于月食是月亮被天狗所吞的种种迷信，可以打破了。

四、物竞天择的原理　从生物学的知识，可以看到物竞天择的原理。鲫鱼下卵有几百万个，但是变鱼的只有几个；否则就要变成“鱼世界”了！大的吃小的，小的又吃更小的，人类都是如此。从此晓得人生不受安排，是自己如此地行动；否则要安排起来，为什么不安排一个完善的世界呢？

五、人是什么东西　从社会学、生理学、心理学方面去看，人是什么东西？吴稚晖先生说：“人是两手一个大脑的动物，与其他的不同，只在程度上的区别罢了。”人类的手，与鸡、鸭的掌差不多，实是他们的弟兄辈。

六、人类是演进的　根据了人种学来看，人类是演进的；因为要应付环境，所以要慢慢地变；不变不能生存，要灭亡了。所以从下等的动物，慢慢演进到高等的动物，现在还是演进。

七、心理受因果律的支配　根据了心理学、生物学来讲，心理现状是有因果律的。思想、做梦，都受因果律的支配，是心理、生理的现象，和头痛一般；所以人的心理说是超过一切，是不对的。

八、道德、礼教的变迁　照生理学、社会学来讲，人类道德、礼教也变迁的。以前以为脚小是美观，但是现在脚小要装大了。所以道德、礼教的观念，正在改进。以二十年、二百年或二千年以前的标准，来判断二十年、二百年、二千年后的状况，是格格不相入的。

九、各物都有反应　物理、化学来讲，物质是活的，原子分为电子，是动的。石头倘然加了化学品，就有反应，像人打了一记，就有反应一样。不同的，只在程度不同罢了。

十、人的不朽　根据一切科学知识，人是要死的，物质上的腐败，和猫死狗死一般。但是个人不朽的工作，是功德：在立德，立功，立言。善恶都是不朽。一块痰中，有微生物，这菌能散布到空间，使空气都恶化了；人的言语，也是一样。凡是功业、思想，都能传之无穷；匹夫匹妇，都有其不朽的存在。

我们要看破人世间、时间之伟大，历史的无穷，人是最小的动物，处处都在演进，要去掉那小我的主张，但是那小小的人类，居然现在对于制度、政治各种都有进步。

以前都是拿科学去答复一切，现在要用什么方法去解决人生，就是哪种生活，各人有各人的方法，但是，至少要有那科学的方法、精神、态度去做。分四点来讲：

一、怀疑　第一点是怀疑。三个弗相信的态度，人生问题就很多。有了怀疑的态度，就不会上当。以前我们幼时的知识，都从阿金、阿狗、阿毛等黄包车夫、娘姨处学来；但是现在自己要反省，问问以前的知识是否靠得住。

二、事实　我们要实事求是，现在像贴贴标语，什么打倒田中义一等，都仅务虚名，像豆腐店里生意不好，看看“对我生财”泄闷一样。又像是以前的画符，一画符病就好的思想。贴了打倒帝国主义，帝国主义就真个打倒了么？这不对，我们应做切实的工作，奋力地做去。

三、证据　怀疑以后，相信总要相信，但是相信的条件，就是拿凭据来。有了这一句，论理学诸书，都可以不读。赫胥黎的儿子死了以后，宗教家去劝他信教，但是他很坚决地说，“拿有上帝的证据来！”有了这种态度，就不会上当。

四、真理　朝夕地去求真理，不一定要成功，因为真理无穷，宇宙无穷；我们去寻求，是尽一点责任，希望在总分上，加上万万分之一，胜固是可喜，败也不足忧。明知赛跑，只有个人第一，我们还要跑去，不是为我为私，是为大家。发明不是为发财，是为人类。英国有一个医生，发明了一种治肺的药。但是因为自秘，就被医学会开除了。

所以科学家是为求真理。庄子虽有“吾生也有涯，而知也无涯，以有涯逐无涯，殆已”的话头，但是我们还要向上做去，得一分就是一分，一寸就是一寸，可以有亚基米德氏发现浮力时叫“Eureka”的快活。有了这种精神，做人就不会失望。所以人生的意味，全靠你自己的工作；你要它圆就圆，方就方，是有意味；因为真理无穷，趣味无穷，进步快活也无穷尽。

为什么读书[1]

1930年11月下旬

青年会叫我在未离南方赴北方之前在这里谈谈，我很高兴，题目是“为什么读书”。现在读书运动大会开始，青年会拣定了三个演讲题目。我看第二题目“怎样读书”很有兴味，第三题目“读什么书”更有兴味，第一题目无法讲，为什么读书，连小孩子都知道，讲起来很难为情，而且也讲不好。所以我今天讲这个题目，不免要侵犯其余两个题目的范围，不过我仍旧要为其余两位演讲的人留一些余地。现在我就把这个题目来试一下看。我从前也有过一次关于读书的演讲，后来我把那篇演讲录略事修改，编入三集文存里面，那篇文章题目叫作“读书”，其内容性质较近于第二题目，诸位可以拿来参考。今天我就来试试“为什么读书”这个题目。

从前有一位大哲学家做了一篇《读书乐》，说到读书的好处，他说：“书中自有千钟粟，书中自有黄金屋，书中自有颜如玉。”这意思就是说，读了书可以做大官，获厚禄，可以不至于住茅草房子，可以娶得年轻的漂亮太太。（台下哄笑）诸位听了笑起来，足见诸位对于这位哲学家所说的话不十分满意。现在我就讲所以要读书的别的原因。

为什么要读书？有三点可以讲：第一，因为书是过去已经知道的智识学问和经验的一种记录，我们读书便是要接受这人类的遗产；第二，为要读书而读书，读了书便可以多读书；第三，读书可以帮助我们解决

① 本文是胡适在上海青年会发表的演讲。

困难，应付环境，并可获得思想材料的来源。我一踏进青年会的大门，就看见许多关于读书的标语。为什么读书？大概诸位看了这些标语就都已知道了，现在我就把以上三点更详细地说一说。

第一，因为书是代表人类老祖宗传给我们的智识的遗产，我们接受了这遗产，以此为基础，可以继续发扬光大，更在这基础之上，建立更高深更伟大的智识。人类之所以与别的动物不同，就是因为人有语言文字，可以把智识传给别人，又传至后人，再加以印刷术的发明，许多书报便印了出来。人的脑很大，与猴不同，人能造出语言，后来更进一步而有文字，又能刻木刻字；所以人最大的贡献就是留下过去的智识和经验，使后人可以节省许多脑力。非洲野蛮人在山野中遇见鹿，他们就画了一个人和一只鹿以代信，给后面的人叫他们勿追。但是把智识和经验遗给儿孙有什么用处呢？这是有用处的，因为这是前人很好的教训。现在学校里各种教科书，如物理、化学、历史等等，都是根据几千年来进步的智识编纂成书的。一年、两年，或者三年，教完一科。自小学、中学，而至大学毕业，这十六年中所受的教育，都是代表我们老祖宗几千年来得来的智识学问和经验。所谓进化，就是叫人节省劳力，蜜蜂虽能筑巢，能发明，但传下来就只有这一点智识，没有继续去改革改良，以应付环境，没有做格外进一步的工作。人呢，达不到目的，就再去求进步，而以前人的智识学问和经验做参考。如果每样东西，要个个人从头学起，而不去利用过去的智识，那不是太麻烦吗？所以人有了这智识的遗产，就可以自己去成家立业，就可以缩短工作，使有余力做别的事。

第二点稍复杂，就是为读书而读书。读书不是那么容易的一件事情，不读书不能读书，要能读书才能多读书。好比戴了眼镜，小的可以放大，糊涂的可以看得清楚，远的可以变为近。读书也要戴眼镜。眼镜越好，读书的了解力也越大。王安石对曾子固说："读经而已，则不足以知经。"所以他对于《本草》、《内经》、小说，无所不读，这样对于经才可以明白一些。王安石说："致其知而后读。"

请你们注意，他不说读书以致知，却说，先致知而后读书。读书固然可以扩充知识，但知识越扩充了，读书的能力也越大。这便是"为读书而读书"的意义。

试举《诗经》做一个例子。从前的学者把《诗经》看作"美"

“刺”的圣书，越讲越不通。现在的人应该多预备几副好眼镜，人类学的眼镜、考古学的眼镜、文法学的眼镜、文学的眼镜。眼镜越多越好，越精越好。例如“野有死麇，白茅包之。有女怀春，吉士诱之”；我们若知道比较民俗学，便可以知道打了野兽送到女子家去求婚，是平常的事。又如“钟鼓乐之，琴瑟友之”，也不必说什么文王太姒，只可看作少年男子在女子的门口或窗下奏乐唱和，这也是很平常的事。再从文法方面来观察，像《诗经》里“之子于归”“黄鸟于飞”“凤凰于飞”的“于”字；此外，《诗经》里又有几百个的“维”字，还有许多“助词”“语词”，这些都是有作用而无意义的虚字，但以前的人却从未注意及此。这些字若不明白，《诗经》便不能懂。再说在《墨子》一书里，有点光学、力学，又有点经济学。但你要懂得光学，才能懂得墨子所说的光；你要懂得各种智识，才能懂得《墨子》里一些最难懂的文句。总之，读书是为了要读书，多读书更可以读书。最大的毛病就在怕读书，怕读难书。越难读的书我们越要征服它们，把它们作为我们的奴隶或向导，我们才能够打倒难书，这才是我们的“读书乐”。若是我们有了基本的科学知识，那么，我们在读书时便能左右逢源。我再说一遍，读书的目的在于读书，要读书越多才可以读书越多。

第三点，读书可以帮助解决困难，应付环境，供给思想材料。知识是思想材料的来源。思想可分作五步。思想的起源是大的疑问。吃饭拉屎不用想，但逢着三岔路口、十字街头那样的环境，就发生困难了。走东或走西，这样做或是那样做，有了困难，才有思想。第二步要把问题弄清，究竟困难在哪一点上。第三步才想到如何解决，这一步，俗话叫作出主意。但主意太多，都采用也不行，必须要挑选。但主意太少，或者竟全无主意，那就更没有办法了。第四步就是要选择一个假定的解决方法。要想到这一个方法能不能解决。若不能，那么，就换一个；若能，就行了。这好比开锁，这一个钥匙开不开，就换一个；假定是可以开的，那么，问题就解决了。第五步就是证实。凡是有条理的思想都要经过这步，或是逃不了这五个阶段。科学家要解决问题，侦探要侦探案件，多经过这五步。

这五步之中，第三步是最重要的关键。问题当前，全靠有主意（ideas）。主意从哪儿来呢？从学问经验中来。没有智识的人，见了问题，两眼白瞪瞪，抓耳挠腮，一个主意都不来。学问丰富的人，见着困难问题，东一个主意，西一个主意，挤上来，涌上来，请求你录用。读书是过去智识学问经验的记录，而智识学问经验就是要用在这时候，所谓养军千日，用在一朝。否则，学问一些儿都没有，遇到困难就要糊涂起来。例如达尔文把生物变迁现象研究了几十年，却想不出一个原则去整统他的材料。后来无意中看到马尔萨斯的《人口论》，说人口是按照几何学级数一倍一倍地增加，粮食是按照数学级数增加，达尔文研究了这原则，忽然触机，就把这原则应用到生物学上去，创了物竞天择的学说。读了经济学的书，可以得着一个解决生物学上的困难问题，这便是读书的功用。古人说“开卷有益”，正是此意。读书不是单为文凭功名，只因为书中可以供给学问知识，可以帮助我们解决困难，可以帮助我们思想。又譬如从前的人以为地球是世界的中心，后来天文学家哥白尼却主张太阳是世界的中心，绕着地球而行。据罗素说，哥白尼所以这样地解说，是因为希腊人已经讲过这句话；假使希腊没有这句话，恐怕更不容易有人敢说这句话吧。这也是读书的好处。

有一家书店印了一部旧小说叫作《醒世姻缘》，要我作序。这部书是西周生所著的，印好后在我家藏了六年，我还不曾考出西周生是谁。这部小说讲到婚姻问题，其内容是这样：有个好老婆，不知何故，后来忽然变坏，作者没有提及解决方法，也没有想到可以离婚，只说是前世作孽，因为在前世男虐待女，女就投生换样子，压迫者变为被压迫者。这种前世作孽，起先相爱，后来忽变的故事，我仿佛什么地方看见过。后来忽然想起《聊斋》一书中有一篇和这相类似的笔记，也是说到一个女子，起先怎样爱着她的丈夫，后来怎样变为凶太太，便想到这部小说大约是蒲留仙或是蒲留仙的朋友作的。去年我看到一本杂记，也说是蒲留仙做的，不过没有多大证据。今年我在北京，才找到了证据。这一件事可以解释刚才我所说的第二点，就是读书可以帮助读书，同时也可以解释第三点，就是读书可以供给出主意的来源。当初若是没有主意，到了逢着困难时便要手足无措，所以读书可以解决问题，就是军事、政治、财政、思想等问题，也都可以解决，这就是读书的用处。

我有一位朋友，有一次傍着灯看小说，洋灯装有油，但是不亮，因为灯芯短了。于是他想到《伊索寓言》里有一篇故事，说是一只老鸦要喝瓶中的水，因为瓶太小，得不到水，它就衔石投瓶中，水乃上来。这位朋友是懂得化学的，于是加水于灯中，油乃碰到灯芯。这是看《伊索寓言》给他看小说的帮助。读书好像用兵，养兵求其能用，否则即使坐拥十万二十万的大兵也没有用处，难道只好等他们“兵变”吗?

至于“读什么书”，下次陈钟凡先生要讲演，今天我也附带地讲一讲。我从五岁起到了四十岁，读了三十五年书。我可以很诚恳地说，中国旧籍是经不起读的。中国有五千年文化，“四部”的书已是汗牛充栋。究竟有几部书应该读，我也曾经想过。其中有条理有系统的精心结构之作，二千五百年以来恐怕只有半打。“集”是杂货店，“史”和“子”还是杂货店。至于“经”，也只是杂货店，讲到内容，可以说没有一些东西可以给我们改进道德增进智识的帮助的。中国书不够读，我们要另开生路，辟“殖民地”，这条生路，就是每一个少年人必须至少要精通一种外国文字。读外国语要读到有乐而无苦，能做到这地步，书中便有无穷乐趣。希望大家不要怕读书，起初的确要查阅字典，但假使能下一年苦功，继续不断做去，那么，在一二年中定可开辟一个乐园，还只怕求知的欲望太大，来不及读呢。我总算是老大哥，今天我就根据我过去三十五年读书的经验，给你们这一个临别的忠告。

日本在中国之侵略战[①]

1938 年 12 月 4 日

假若有人要我用一句话，概括地说明中国的种种现状，我可以毫不迟疑地答复：中国正流着血死里求生地在抗战。

我们苦战已经十六个多月了。我们所抵抗的侵略者，是世界三大海军国的一个，也是全世界四五个大陆军国之一，我们遭受了一百万的死伤，我们有若干广大的区域被侵略者的军队占领了，沿海沿江的重要城市：北平、天津、青岛、济南、上海、杭州、南京、芜湖、九江、厦门、广州和武汉，都相继沦陷了。实际上凡外人所认为工商的、教育文化的、交通运输的中心要地，不是被侵略者占领，就是被他们摧残无余，一百一十一所大学，被敌人破毁霸占或损坏的，在三分之二以上。在内地勉强授课的极少数学府，既没有设备，而且时时受到空袭的危险。除作战军队的惨重死伤外，因受战事的影响，以致家破人亡、无衣无食、转辗流徙、贫病交加的平民，现在有六千万之多。各地不设防城市的无辜民众，被日本“皇军”的轰炸机所残杀的每天也都是成千累百。

但最严重的，是从 10 月中广州沦陷以后，所有的海口通通落到敌人的手里了。换句话说，国外军火的接济全被敌遮断。此后国外军火供给的来源，全靠腹地的三条后方路线维持：就是西北通苏联的陆路，以

① 本文为胡适在纽约发表的演讲，中译稿载 1939 年 2 月 10 日、11 日重庆《大公报》。

及通法属安南和英属缅甸的路线。但是这三条路线，都是困难重重，而且不是常常可靠。据说在法属安南方面，因为受了敌人的一再的威胁，曾经不许我们用滇越铁路运输军火。通苏联的陆路汽车线虽是畅通，但由苏联边境到重庆，有三千英里，比较三藩市到纽约还长。路这样远，油站这样少，重兵器的输送，几乎不可能。通缅甸的公路，还没有达到可以使用的时期。由此看来，我们通海口与接济的路线，全被阻断，就是在利用出口贸易以换取外汇方面也发生了绝大的困难。

这是中国的现状。方才我说中国正流着血死里求生地在抗战是不是言过其实呢?

从汉口、广州陷落以后，社会上和政府中一部分人不免有短时期的怀疑、犹豫甚至失望；这是很自然的。我曾屡次向美国人士说明，拿人身的血肉和金属制成的优越机械相战，其人力自有一个限度。到了力量罄竭的时候，常不免有弛颓下来的危机。所以我国人民在此时期的怀疑和犹豫，实在是很自然的现象，也无怪在这个时期内，美国各报纸纷传和平谈判的信息，说是中国有放弃抗战的考虑。事实上我们的敌人，同时也曾明白表示渴望和平。

但是这个犹疑的时期，也就是伟大决策的时期，很快地，我们的当局，就得到了结论：认为在目前情况下，中国绝不能企望和平。理由很简单，就是还没有丝毫的迹象，可以产生使中国人民相当接受的和平。他们慎重地考虑过各种困难和民族潜伏力之后，肯定地决定继续抗战的国策，与侵略者周旋到底。

当蒋委员长详细告诉全中国全世界这个新决心的时候，特别注重下列几点：

> 中国决定继续其持久全面抗战的方针。因为抗战已经真正变成“全面的”了，敌人已经被我们诱入内地了，在地理上和时间上，我们都站在有利的地位。十六个月的抗战，已经达到我们延迟敌人西进的目的。因此我们能够发展广大后方的交通和运输。若干的工业，也能安然地迁到内地。
>
> 必须经过绝大的艰难和牺牲，我们才能希望获得最后的胜利。

我们必须认清这次的抗战，是个革命的战争，正像美国的独立战争、法俄的革命战争、土耳其的解放战争一样。在这种革命战争的过程中，民族精神必定获得最后的胜利。

这是中国新决心的郑重宣言。

对于我国人民，冒了无上险阻艰难，决定继续抗战，世界的舆论如何感想？会不会认为这种决定，是绝对愚昧，仅凭幻想的逻辑做根据呢？

无论世界对我们做什么感想，我可以肯定地向诸位保证，一个已经牺牲一百万人民的国家，为了保持他们的生存独立，决定准备更大的牺牲而抵抗侵略，那就不能妄责他，说他的希望与企愿，是仅凭幻想做根据。我们根据十六个月所得的非常艰苦而富有启发作用的作战经验，才慎重地决定了这个国策。从这艰苦的时期中，我们领悟了，我国的将士，能英勇地抗战，能壮烈地牺牲；我们的人民，忍受了一切的损害和摧残，对政府从没有半句怨言，全国——敌军占领区也在内——民族统一团结的意识，已经毫无疑义地形成了。同时我们知道敌人对于长期战争的负担，确已感觉到不能胜任；敌人的财政逐渐趋于崩溃；对于一个被他认为不堪一击的国家，敌人正在殚精竭虑地集中一切兵力来苦战。更使敌人彷徨不安的，是军实的消耗。这项军实，是他们历年积储起来预备应付更强大敌人的。所以我们只要延长抗战到一个时期，并非不能使敌人疲于奔命，以至于失败的。

从我个人用非历史专家的眼光来看，把我们这次的抗战，认为是一种革命战争，必须用美法俄土革命战争的历史去衬托它才能得到最确切的了解——这句话含有很大的真理。美国的听众对于这个历史的比喻当然最能了解；不久以前，有一位美国朋友写信给我说：“目前中国困在福奇山谷中，但我希望不久当可达到约克城。”写这几句话的时候，我还没有读过前面所讲的宣言呢。我现在把这个比喻，再详细说明。

美国第一流科学的历史家约翰·费斯克说：“华盛顿军队在福奇山谷中所受的痛苦，曾引起历史家无限的同情和赞颂。当1777年12月17日的那天，那些可怜的军队向冬季营房前进的时候，因为士兵们都赤着足，一路上，鲜红的血迹，印在洁白的积雪上面，走过的路线非常清楚。23日，华盛顿向议会报告，他营里有两千八百九十八人，都是不堪作战，因为他们是赤足和没有服装的兵士。又因饥寒交迫，病者日多。挤满了伤病兵的医院里，有些竟因没有稻草铺在冰冻的地上睡眠，硬被冻死的。在这样艰苦状况之下，有时敌人进攻，简直调不出两千士兵来迎战。”这是1777年冬天福奇山谷的情况。

不久，乔治第三及诺斯爵士领导下的英国政府，提出和议，愿意无条件地废止引起美洲殖民地反抗的一切法律，同时又宣言，英国国会将永久放弃在美洲征税的权利。并且派了若干代表，备具议和的全权，到美洲来和议会谈判。

这确是一个荣誉和平的提议啊。彼时美国的开国者若使接受了这个提议，那么以后四年间的血战和牺牲，尽可避免的。但是这样一来，就没有美洲独立的成功和北美合众国的出现了。

那时美国的开国诸公，毅然拒绝1778年的和平条件，继续地再奋斗了四年，终于1781年10月在约克城得到最后的胜利。

我们一定要记得，以后那四年血战的危险和艰难，就几乎没有一时一刻不是和福奇山谷中的情形一样的。军事的挫折，领土的丧失，内部的困难，甚至通敌卖国的事是层出不穷的。那时全美政府还没有组成，联邦宪章，虽经过了二年的讨论，还没有采用。全美议会的名望日减，权力日弱，议会既没有向各邦征税的权力，只有不断加印纸币的一法，以维持抗战。此种纸币的价值因而愈跌愈低。华盛顿说：“买一车子的粮食，需要一车的纸币。”“1780年的初期，一元纸币的价值，跌到二分。同年年底，十元纸币，仅值一分。不久纸币就停止流通了，债款也无法催收。信用荡然无存，费城一家理发店，把账单裱糊四壁。”“在这样情况之下，军队必需的衣食，几乎无法维持。士兵四个月的饷还不够他家族买一斗麦，有时这点饷还领不到。终日光了赤脚，吃也吃不饱。”

这是1780年的情形，但是华盛顿和他的同事们，并没有放弃抵抗。一年以后，在约克城终于获得了最后胜利，结束了美国革命的军事阶段。

我详细描述美国革命在1776年至1781年内的种种困苦，不仅是要说明华盛顿统率的美军，其处境并不比今日抗战的中国军队好多少，并且要证明蒋委员长所以把抗日战争称为革命战争，而这种革命战争中民族精神必定获得最后胜利的意义。凡是革命战争，都是武器不全而为理想所激发的民众，和操有装备优越的正规军的压迫者或侵略者作战。结果最后的胜利总是归于笃信主义勇敢牺牲而能征服一切困难的一方面。若果说这是一个幻想，那么也是一种使人非常兴奋使人非常感动的幻想，所以我国成千累万的人民决定拿血和生命来考验一下啊！

在结束我的讲演以前，我还有一个观察，也是根据历史的比喻的。我要问一句话，就是美国的开国者怎样能够逃出福奇山谷走上约克城胜利的路。历史家都同意，不外有两种因素。第一，革命军能不顾极大的艰苦，奋斗到底。但是还有一个同样重要的因素，就是那时国际情形是帮助了美国革命的。乔治第三的英国为欧洲各大国所厌恶，他们自然同情于美洲的殖民地。全美议会曾派外交团赴欧，主要目的在联络路易十六的法国朝廷。团员之中，有那位日后出任第一任驻法公使的富兰克林，他和法国订了商约和军事同盟，非但借到了四千五百万镑的巨款，而且得到法国的重要军事协助——得到那人数众多器械精良的法国远征队，就是主张美洲孤立主义最力的贝密史教授，也不得不承认“法国在美洲的陆军和舰队，与华盛顿军队的协同作战，获得约克城最后的胜利。法国同盟实在是美国独立成功的主要元素。每一个美国人民应该永矢弗忘的”。

但是法国的直接援助，并非美国革命成功的唯一原因。那时整个的国际形势，都是直接或间接对于美国有利的。远在 1778 年的时候，英法两国早已进入不宣而战的状态中。西班牙在 1779 年向英国宣战。1780 年，俄国加塞林女皇宣布了海上自由和中立国权利的原则，立刻就被英国的敌国们接受了。1780 年荷兰也向英国宣战。所以当英军在约克城投降的前一年，英国几乎和全欧各国处于敌对地位，他全世界的殖民地，也饱受法国和西班牙两国的威胁。在这样不利的国际环境之下，英政府当然无法增援他在美作战的部队，而予实力比较微弱的华盛顿军队以致命的打击。

这种历史比喻的教训，是非常明显的。中国抵抗侵略战的最后成功，也得靠二种事：第一，中国必须继续抗战。事实上中国除抗战外，也没有别的选择；第二，在中国持久战争中，也许有一天国际情形转变到对中国有利而对日本不利。中国并不希冀同情或友好的友邦，实地拿起枪来，帮同我们对日作战。但是中国确实希望，而并有这权利希望，各民主的及爱好和平国家的男女人士，受了公正观念和人道正义的驱使，阻止武器和重要军需原料这样不人道地继续输入一个国家。要知道这个国家，已经被五十多国一致谴责，为违犯神圣条约，破坏世界和平的国家。我毫不迟疑地再加一句，这一个国家也就是今日国际团体中第一个公敌。

考试与教育[①]

1947 年 10 月 21 日

我在民国二十三年，曾在考试院住过几天，也在此会场讲过话，所以这次重来，非常愉快。尤其看到考试院的建筑没有被破坏，并知道今年参加高考的人数超过以前任何时期，现在交通如此不方便，而全国各大城市参加高考的人数，竟达万人以上（就在我们北大的课室中，也有不少的人在应试）。我感觉到，自民国二十年举行第一次考试以来，这十六年间，考试制度的基础已相当巩固。我是拥护考试制度的一个人，目睹考试制度的巩固，与应考人数的增多，至为高兴。

今天考试院的几位朋友，要我来谈谈考试与教育的问题。当然考试与教育、与学校，都有很深的关系。中国的考试制度，可算有二千多年历史。在汉朝初开国的几十年，本来没有书生担负政治上的重要责任，后来汉武帝的宰相公孙弘，向武帝建议两件大事，其一是“予博士以弟子”。因过去只有博士，而没有学生，公孙弘主张给博士收学生，每个博士给予学生十人，后来学生数目逐渐增加，至王莽时代，增至一万人，迨东汉中期，更增至三万人。其二就是考试制度。公孙弘见国家的法令与皇帝的诏书，不但百姓不能了解，甚至政府的官吏亦多不懂，故献议武帝，采用考试的办法，即指定若干经典为范围，凡能背诵一部的，便予以官吏职位。这是最早的考试制度，约在纪元前 124 年开始实行，到现在已经二千一百年。有了这种考试制度，便可以吸收学校训练

① 本文是胡适在考试院发表的演讲。

出来的人才。风气一开，就另外产生一种私人创办的学校。在后汉时，此种学校达一百余所，各校学生有五六百人的，也有一二千人的。但因私人住宅无法容纳，所以在学校附近，就有许多做小买卖的商店应运而生，以供应学生的衣着和食宿。

其后学校的开办，主要的便是为适应此种考试制度而设，学校学生根据政府订定的标准，大家去努力竞争。最初应考的人，还有阶级的限制，就是只有士大夫阶级才能应试。后来这种阶级观念也打破了，只问是否及格，而不问来历。考试制度其后也逐渐改进，在唐朝时，还有人到处送自己的卷子，此种办法易影响主考人的观念，所以大家觉得不妥当，而加以禁止。到宋朝真宗时代，更采用密封糊名的办法，完全凭客观的成绩来录取人才。

由于考试制度的渐趋严密和阶级制度的逐渐打破，所以无论出身如何寒微的人，都有应考的机会和出任官吏的可能。

以前我在外国，有人要我讲中国的考试制度，我便引用一个戏台上的故事，就是《鸿鸾禧》所描写的“金玉奴棒打薄情郎”。这个戏也许大家都看过，是叙述一个乞丐头儿金松的女儿金玉奴，在一个寒冷的冬天打开大门看见有人僵倒在地上，便和她父亲把这个人救活了。那个人是一位来京应试的穷书生，因为没有钱，又饥又饿，所以冻僵在门前。后来金玉奴请她的父亲把他收留了，这个书生不久便做了金松的女婿，并且考中了进士，还不能做知县，只在县中做县尉县丞之类的小官。但是他做了官之后，总觉得当一个乞丐头儿的女婿没有面子，所以在上任的路上，便要设法解决他的太太。在一个月明星稀的晚上，他叫她走出船头，硬把她推下水去，但想不到金玉奴却被后面一只船的人救起来。这个船上的主人，便是那书生的上司，他询明情由，就收金玉奴为养女，等到那书生到差之后，仍将她嫁回给他。于是在洞房之夜，金玉奴便演出了棒打薄情郎这幕喜剧。

这个故事是说明那个时候的人，谁都可以参加考试和有膺选的机会，完全没有阶级的限制。这种以客观的标准和公开竞争的考试制度，打破了社会阶级的存在，同时也是保持中国二千多年来的统一安定的力量。

我认为中国到现在还是没有阶级存在的，穷富并不是阶级，因为有钱的人，可能因一次战争或投机失败而破产，贫穷的人，亦可以积累奋斗而致富，不像印度那样，有许多明显的阶级存在。我国的阶级观念，已为考试制度所打破。

再说考试制度对于国家的统一，也有很大的关系。从前的交通非常不便，不像现在到甘肃、到四川，坐飞机只花几个小时就可以到，并且还有火车、汽车和轮船等交通工具。在古时那种阻塞的情形下，中央可以不用武力而委派各地以至边疆的官吏，来维持国家的统一达两千多年，这实在是有其内在的原因，就是由于考试制度的公开和公平。当时中央派至各地的官吏（现在称之为封建制度，我却认为并不怎样封建，因为不是带了许多兵马去的）皆由政府公开，考选而来。政府考选人才，固然注意客观的标准，同时也顾及各地的文化水准，因此录取的人员，并不偏于一方或一省，而普及全国。在文化水准低的地方，也可以发现天才，有天才的人，便可以考中状元，所以当选的机会各地是平等的。

同时还有一种回避的制度，就是本省的人不能任本省的官吏，而必须派往其他省份服务，有时候江南的人，派到西北去，有时候西北的人派到东南来。这种公道的办法，大家没有理由可以反对抵制。所以政府不用靠兵力和其他工具来统治地方，这是考试制度影响的结果。

今天我到考试院来，班门弄斧地说了一套关于考试制度的话，一定很多人不愿意听，所以我要向大家告罪。

再说到本题来，即从汉朝以后，考试和教育的关系。那时候的学校，差不多都是为文官考试制度而设，迄至隋唐，流于以文取士的制度。本来考试内容，包含多种，除进士外，有天文、医学、法律、武艺等等，不过进士却成为特别注重的一科。进士是考诗经、词赋的，即是以创作文学为标准，社会的眼光，也特别重视这一科。有女儿的人家，要选进士为女婿，女子的理想丈夫，就是状元进士。这种社会风气，改变了考试的内容。本来古代考试，不单纯是作诗词或八股文章，不过因为后来大家看不起学法律和医药的人，觉得这种学问，并不是伟人的创作，而进士却能在严格的范围内来创作文学，当然应看作是天才了。社会这种要求，并不是没有道理，不过因为太看重进士，所以便偏于以进士科为考试制度的标准。

王安石时，他想变更这种风气而提倡法治，研究法律。但是他失败以后，便依然回复到做八股文章，走上错误的道路，但这种错误是基于当时的社会背景的。

因为考试内容的改变，便影响到学校的教育。考试要用诗赋，学堂的教育便要讲诗赋，考试要做八股文章，学堂教育便要讲八股文章。社会的要求和小姐们的心理，影响了考试制度，考试制度也影响了学校教育的内容。

由进士科考取的人才，多数是天才，天才除了作诗赋和八股之外，当然还可以发挥其天才做其他的事业，所以这并不是完全失败的制度。此处并非说我同情进士制（我是最反对作律诗和八股文的），不过我们要知道这是有历史背景的。

我近年来，在国外感觉到，中国文化对世界有一很大的贡献，就是这种文官考试制度。没有其他的民族和国家，其考试制度会有二千多年历史的。我们即以隋朝到现在来说，已有一千四百年，唐朝迄今，有一千三百年，宋朝迄今，也有九百多年。没有别的国家，能有这样早的考试制度。我国以一个在山东牧豕出身的公孙弘先生，能于二千年前有这种见地，实在是件了不起的事。

再从世界的眼光来看，中国考试制度，也影响了别的国家。哈佛大学的《亚洲研究杂志》，前年刊登一篇北京大学教授丁士仪先生写的文章，题为《中国文官考试制度影响英国文官考试制度的研究》。丁先生特别搜寻英国国会一百多年来赞成和反对采用中国文官制度的历次讨论记录，用作引证。并说明18世纪（其实早在17世纪）便有耶稣会的传教士介绍中国的历史文化和政治制度到欧洲，其中便曾有人提到中国的考试制度。首先在法国革命时（1791年），法国革命政府宣布要用考试制度，这思想是受了中国影响的，不过后来革命政府失败，所以没有实现这个制度。其后这种思想，由欧洲大陆传入英国，英国当时有所谓“公理学派”，主张改革政治、改革社会以谋取最大多数人类的最大幸福为目标（这个学派也可称为幸福主义学派），他们同样看中了中国的文官考试制度，主张英国也应加以采用。

后来英国议会讨论这个问题时，有赞成和反对的两派意见。赞成派的理由，是中国能维持几千年的统一局面，主要的是因为政府采用这种公开的客观的考试制度；反对派则认为中国自鸦片战争以来，历次对外打败仗，所以不应仿效中国的制度。由此可知无论赞成的和反对的，都承认这是中国发明的制度。

后来英国先在印度和缅甸试行这种制度，到19世纪以后，再在国内施行。

其后德国也采用考试制度，不久复传到美国。这都是直接或间接受到中国影响的。

在太平天国时代（19世纪中叶），英国出版一本书叫作《中国人与中国革命》，这本书前面，有个附录，是一个英国官员向英政府及人民写的条陈，要求英国采用中国的文官考试制度。

由这些事例，可以看出中国文官考试制度影响之大，及其价值之被人重视，这也是我们中国对世界文化贡献的一件可以自夸的事。

现在我们的考试，已经不采用诗词了（考试院的各位先生平常作诗作词，不过是一种余兴），考试的内容已和世界各国相差无多。比之古代，虽然进步了很多，但是我们回过头看，现在却缺少了上面所讲的社会上的心理期望。

现在人家择女婿，不以高考及格为条件的，小姐们的理想丈夫，也不是高考第一名的先生！现在大家所仰慕的，高考还不够，要留学生，顶好是个博士，而且是研究工程的，这是一个显明的事实。

尽管现在社会对考试制度已较民国二十年时，认识得清楚，参加考试的人数也已增多，但是小姐们并不很看重高考及格的人员。我们不可忽视，小姐是有影响考试制度的相当权力的。

怎样才能使社会人士和小姐们养成对考试制度的重视呢？我还没有方案来答复大家这个问题。

我曾和戴院长谈过北京大学一个学生的故事。这个学生，今年毕业，是学法律的，中英文都很好，他的毕业论文，全篇用英文写成，故被视为该系成绩最优的一个。学校要留他当助教，他说“谢谢，我不干”。北平地方法院的首席检察官在学校兼课，也邀他到法院去帮忙，他也说“谢谢，我不干”。后来一查，他的毕业论文虽作了，却没有参加毕业考试，原来他到一个私立银行当研究生去了，他的薪津比敝校的校长还要多，他用不着参加考试，因为这个私立银行是不用铨叙的。

我有三十二张博士文凭（有一张是自己用功得来，另三十一张是名誉博士），又当了大学校长，但是我所拿的薪津，和一个银行练习生相差不多。我并不是拿钱做标准来较量，但是在这种状态之下，如何能使社会上的人士对考试及格的人起一种信仰呢？

我希望各位在研究国内外各种高深学问之余，再抽时间看明朝以来三百年间流行的才子佳人小说，研究一下怎样才可以恢复过去社会上对考试制度敬重的心理，就算我出这个题目来考考大家。

吴醒亚

(1891—1936)

生平简介

吴醒亚（1891—1936），字炳国，湖北省黄梅人。幼读私塾，聪颖敏悟。十五岁加入同盟会。参加了武昌起义，任职于鄂军政府军务部，又自办《党声周刊》，大力鼓吹革命。1912年8月转为国民党党员。1921年离汉赴粤，就任孙中山大元帅府及总统府书记官，经常向海内外报刊投稿，一时文声斐然。1925年任国民党中央军事委会秘书厅秘书，次年随蒋介石挥师北伐，任总司令部机要秘书兼特别党部常务委员。1927年任北伐军总指挥部政治部主任兼第三十七军政治部少将主任。1928年因策动旧军阀陈调元归顺国民政府有功，升任安徽省党务整理委员常务委员兼组织部长、省政府委员兼民政厅长。不久，接替陈调元代理安徽省政府主席。1929年调任湖北省党务整理委员会常务委员兼组织部长、省民政厅长。1932年调任上海特别市党部执委会常务委员、上海市社会局局长。1935年当选为国民党第五届中央执行委员。1936年在江西庐山病逝，蒋介石亲至灵前祭奠，灵柩葬于上海万国公墓。

集中力量来救国家的危亡[①]

1933 年

各界同胞：

现在的中国，正是遭受着空前未有的灾难！暴日不独强占了东三省，成立了一个傀儡的“国家”，并且侵入我长城以内，企图攫取我热河，占领我平津。我们民族的生存，已经是达到紧急的关头和最危险的地步。我们知道，向国联呼吁来解决东三省问题，事实上早经证明我们所能得到的，只是一个“失望”。尽管各小国主张正义，同情我们，但是无论他们怎样提议引用盟约，制裁暴日，总敌不过西门外相一篇演说词。因为大国袒日的论调日益显著，所以暴日在华北的横行更为变本加厉。国联既然不可靠，那么，要挽救中国，须赖我们自己的势力。只有以我们的血，来洗清中国的耻辱，以我们的肉，来保护中国的领土之完整。最不幸的是我们国内的各种变乱至今未能泯灭，……[②]局部战争，一触即发。加之残余军阀、失意政客时复兴风作浪，危害国家，使国家危机益加深刻与扩大。在这样严重局面之下，整个民族应该本着大无畏精神，披荆斩棘，杀出一条生路。这一条生路，绝不是无计划、无组织，各自为战，甚至自相责难所能得到的。它的先决条件，第一句话，就是要集中力量；第二句话，也是集中力量；再说一句，还是要集中力量。不做到这一步，中国是永没有希望了。谈到集中力量一步，绝不只

① 本文是吴醒亚在上海广播电台发表的讲话。

② 此处略有删节。

指是全国武力而言，而是包括全国生产事业、才智与精神各方面而言。全国生产事业，应该是为救亡而发展，不独军专工业为然，即其他各生产部门亦皆有连带关系。我们只要看欧战时，各参战国全国总动员时，全国各产业部门几无一不为战争服务。至于金融界的关系更为密切。如果市面稍有风潮，金融界不能设法制止，势必金融混乱于先，国家财政破产于后，国民生计更是不堪闻问了。再就全国智力而言，也应该多多运用在救亡工作上，各种专家应当竭其智力为国家努力，为急难时服务。至于全国精神一点尤属重要。全国上下应该一心一德，与敌偕亡。既不宜过分兴奋，为无识的行动，更不宜过分失望，转为颓废，尤不宜隔岸观火，抛弃责任，徒唱高调，误人误己。我们不管在怎样混乱局面中，只要自己心不乱，行动不乱，是有方法可以应付的。在民众方面，固然要督促政府加紧救亡工作，但是决不可借此降低对政府的信心。如果政府对外没有通盘的打算，自然免不了群众的责难。但是政府已经根据当前的环境，定下了整个的计划，决定了应付的方策，民众自当服从中央统一的指挥，改变过去责难的方式，为拥护强有力的中央，援助御侮的忠勇将士，而出以完整的步调与统一的意旨。唯有如此，才能争取民族的胜利。只有如此，才能捍御国家的生存。我们知道集中力量是救国危亡的唯一要件，因此，我们要求全国努力同心，不为派别利益争斗，不为个人利益争夺，而要在中央领导之下，运用其财力与智能，为国家前途而奋斗，为民族生存而牺牲！

陈鹤琴

(1892—1982)

生平简介

陈鹤琴（1892—1982），浙江上虞人。教育家、儿童心理学家和儿童教育专家，中国现代幼儿教育的奠基人。1914 年毕业于清华学堂，同年留学美国，先后获约翰斯·霍普金斯大学学士和哥伦比亚大学师范学院硕士学位。1919 年回国后，在南京高等师范学校和东南大学任教。他提出了“活教育”理论，主张中国儿童教育的发展要适合国情，符合儿童身心发展规律；呼吁建立儿童教育师资培训体系。编写幼稚园、小学课本及儿童课外读物数十种，设计与推广玩具、教具和幼稚园设备。从 1920 年开始，以自己的孩子为对象，进行了连续的追踪观察，是我国以科学实验的方法研究儿童心理发展的最早的学者之一。1923 年创办我国第一个幼教实验中心——南京鼓楼幼稚园。1940 年创建我国第一所公立幼师——江西幼师和幼专。他在儿童心理、家庭教育、小学教育、师范教育和新文字运动等方面，都进行了大量理论和实践的创造性工作，发起和组织教育研究团体，致力于学术传播与教育普及。南京解放后，历任中央大学师范学院院长、中国教育学会名誉会长、全国幼儿教育研究会名誉理事长。1982 年 12 月 30 日于南京去世，享年九十一岁。著有《儿童心理之研究》《家庭教育》等。

小学教育问题

1930 年

今天我不和诸位讨论深奥的学理，只就我几年来办理小学的经验和感想，归纳成几个问题，和诸位研究研究。

一、事务问题

事务是学校行政的一部分，所以事务问题是一个很重要的问题。我国的一般大学的教育学院或师范学校，并没有学校事务这门功课，以训练事务人才；所以这种人才，现在很少。一个学校办得好不好，与事务员（有的学校称庶务）的得力与否，有很大的关系。学校里一切的设备，应如何布置与管理，以至一草一木，应如何种植，才能算适当、整齐、清洁，而使一个学校的环境很优美。儿童们作息其中，好像在一个乐园里。否则，布置失当，形成了一个很不良的环境，对于儿童，就有很不好的影响。关于这种布置与管理，都是事务员的任务。有一次，我参观一个小学校，看见他们的操场上，有一个秋千。我们知道，秋千上面连系绳的两个铁圈，应当这样装置；但他们的两个铁圈，却这样装置了。这样装置，最易扭断，而使儿童的生命发生危险。这种极细小而极重要的事情，事务员更应当处处留心，时时注意。普通学校里，因为事务员和教员，平时不注意把门窗扣搭好，风起时吹动了门窗。门窗上的玻璃便往往要震碎，所以每年都要添配许多门窗上的玻璃；这事不但不经济，且会影响儿童养成不良的习惯。这种门窗的启闭和扣搭等事，事务员也应当特别注意。其余如教室内椅桌的安置，也应随时注意其整洁。又有一次，我参观南京某学校，看见一个教室内有好几个已破坏的桌子，还放在那里；这便是因为事务员与教员都不过问这些东西，所以任它破坏，也不叫人加以修理。教室里的字纸篓和痰盂虽然是更加小的东西，但也应当安置适当，如放在门背后或墙角里等地方最好；倘若放在教台的旁边或黑板的前面，那就太不像样了！当然，这种种零碎事务，有许多是校工做的；但绝不可听凭校工随便去做，即使有具体的规定，如甲做何事，乙做何事；甲事应何时做，乙事应何时做；但还是不够的，还要事务员随时去训练他们，督促他们。并须制成各种详细的具体表格，以便视察时记录，而做统计与考查之用。

二、校长问题

做校长是很难的。做校长的人虽不能说是要万能，但能力一定要强，才能胜任愉快。校长对于行政方面的事务，如经济的支配、设备的管理等等，都应当精明强干。且对于各种功课，也应该相当熟练。就是唱歌这门功课，虽然是比较专门一点，没经过相当的训练是不会教的；但普通的音乐常识和教学音乐的方法，也不能不略窥门径；若完全是外行，则教员在教什么、教学法如何，全不了解，那么对于这个教员的好坏，又从何去批评呢？美国学校的校长，40%的办公时间是去指导教员的教学。但我有一次遇见一位英国的教育家，他不赞成上课时可以让人去参观，即使本校的校长也不必去视察教员上课，我问他有什么理由，他说："上课时有人去参观，便会妨碍儿童的注意。至于校长既已把学生交给了教员，便应当信赖他。倘若教员不好，也只好等学期终了时请他走。倘然有时校长要去教学生，也应请教员离开教室。"此种论调，我从未听到过，或许是英国的特异吧？美国学校的校长便不然，认为指导教员是他应负的责任之一。如遇到一位新的教员有什么不好的地方，校长都应予以指导。校长视察教员的教学或纠正教员的错误或缺点，万不可使教员误会他是恶意地监督或吹求，而应使教员了解他是善意地扶助与协作。这是讲校长对于教员的责任。校长对于人事亦很难应付，偶一失当，便要坏事。往往一个学校里的教员，发生派别，因此相互间的感情不能融洽，这都是因为校长平时未能注意在事先消除。所以要做校长，一定先要做过几年教员，才能明白教员的一切苦乐，而不至于与教员格格不入了！

三、教员问题

中国的一般师资训练机关，如师范学校或大学教育学院训练出来的师资，大概不甚高明。现在我们可以先讲教学游水这一回事，教学游水一定要有四个条件：（一）要有相当的动机。若在寒冬的时候，看见了冰冷的水就会发抖，那就不会有游水的兴趣。（二）要有相当的环境。教学游水一定要在水里去教学，若在空中，那无论教学得怎样周到标准，也绝不会有效果。（三）要学的人自己学。若只有教的人教或示范，而学的人只是听或看，也绝不会有所成就。（四）要教的人随时指导。否则，学游水的人也许会溺死在水中呢。好了，我们不多讲教学游水吧，我们再回头把一般训练师资的机关如何训练研究研究。普通不是教员照着教科书讲给学生听听，就是照着教科书做给他们看看而已。这不好像在空中教学游水，不让学的人自己学而只有教的人的教或示范么？这种样子训练出来的师资，怎能胜任教学工作呢？所以我国的一般训练师资机关，应当大大改革一下才好。

我们做教师的，对于简单的事情，尤其应当注意。在上课时应特别注意两件事：（一）应注意物质的环境。如：课桌椅安置得适当否？桌椅有太高的或太低的否？窗开了没有？门关上没有？教室的门在上课时应当关上，因为门不关上，有人走过门口时，便会扰乱儿童的注意；同时又容易使本室内的声音传到别个教室里去。（二）应注意儿童的活动。如：儿童坐的样子好不好？帽子除去了没有？在普通教室内，帽子应除去，因为戴了帽子，要阻碍坐在后面的人的视线。儿童写字时笔执得对不对？一个教员对于各种教学上的问题，应当时时刻刻研究，否则即使做了十年二十年甚至一辈子的教员，也不会成为 个好的教员；因为虽然有经验，若不加以研究，还是没有用的，我们应当注意这一点！

教员的生涯，实在是很苦的！一天忙到晚，还要预备下一天的功课，否则，即使有很好的学问，还是没有把握的。我听见从日本回来的人谈起：日本幼稚园的教师，上半天教育儿童，下半天预备下一天的功课，这也是一种办法。中国的学校内教师间往往生出许多派别，这是很不好的现象；非打倒不可！同校的教员应常在一处，尤其旧的教员应当常与新的教员在一处，万不可旧的教员只和旧的教员在一处，于是新的教员也便只和新的教员在一处，这样，一定会因隔膜而发生派别，而误会，而倾轧！

四、各种问题

先讲算术。这是小学校里的一个大问题。小学儿童多半讨厌算术，因为算术太难，儿童往往做不出，愈做不出，愈不发生兴味，愈没有兴味当然愈学不会了。我新近产生一个问题，就是：小学一二年级是否要学算术？这个问题我已在幼稚园与小学里试验过，我愈觉得一二年级可以不必要学算术。我的理由是：（一）算术太难，儿童非到可以学算术的相当时候，勉强他学也不能学会。（二）即使能够学算术，但没有学别的功课重要，同时成就比较学算术大。（三）儿童不能懂得算术题中的文字，因此算术也做不出。根据这三个理由，所以我以为一二年级的儿童不如不学算术，而把这学习算术的时间，让出来多学国语。学国语当然不好仅限于一册教科书，应多用各种补充材料。我小时候没有进过小学校，但到了中学校却没有费多少时间，就把算术学会了。所以我以为一二年级的儿童暂时不学算术，等到三四年级的时候再学。这样学起来，或者费不了三四个月的工夫就可学会。假使能做到如此地步，那不是很经济的么？但这个到底还是一个问题，希望大家对这个问题来讨论、实验与研究！至于教学算术最应注意的一件事，便是每个儿童的个别困难。美国有一个教育杂志报告过某学校有一个儿童，国语课已在六年级，但算术课还是在四年级。这个儿童对于算术为什么学不好？后来应用了心理学加以精密诊断，才知道这个儿童做算术的时候，一定先要把数字变成某种什物的数目，然后才能做。譬如八加四这个加法，他做起来，一定要先把八字变成八个苹果，再把四字也变成四个苹果，然后把八个苹果加上四个苹果的得数求出，这样子自然慢了。我也知道中国的儿童，有的算乘法时，譬如算八除七十六，我们算起来一定就会看出

“九”可以做的，因为七十六的“七”是与除数相近了。但他们却要从一八得八说起，直说到八九七十二，才能知道“九”是可以用的。这也是错误的习惯。所以教员在平时觉得某个儿童的算术没有进步，一定要仔细去诊断他的毛病所在，然后加以纠正与指导。但这工作，教员普遍都不注意。

其次，我们再谈谈图画的教学法，在最近的《进步教育》（*Progressive Education*）和《儿童教育》杂志上，很有几篇讨论的文章。奥国有一位齐泽克（Cizek）先生，主张艺术要有创造的精神，儿童要有创造的机会，所以他不赞成叫儿童模仿名作，甚至参观古人的名画，而一任儿童的自由去绘画。他根据这种见解去教儿童图画，结果果然获得意外的成绩。有几个十三岁的儿童画的画，或许是一般中学的图画教师也画不出呢！有许多画已由美国巡回图书馆分送到各处小学，以鼓励彼国之儿童。但同时又有一个西特（Thetter）先生，对于图画教学的主张，恰巧与齐泽克相反。他主张要儿童画猫或画兔，一定先要有一头真实的猫或兔，供给儿童仔细观察其形态、性质以及它们的生活状况。并须叫儿童参考关于猫或兔的名画，再加以讨论和研究，然后让儿童各人自由去发挥。他是这样教学儿童图画的，结果也获得了很好的成绩。但据我个人的见解，以为西特的教学法比较合理；因为一种东西，倘然没有直接看见过或间接经验过，如何能画得出呢？至于我们现在一般图画教师的教学法，真是妙不可言了！好的教师只是拿了一二件东西放在台上，叫儿童写生。差一点的教师，则往往自己先画了一尾鱼或一只鸡，贴在黑板上，叫儿童模仿；好像习字时临帖一栏，这种方法实在太落后了，太拘束了！哪里能启发儿童的创造力呢？

下面我们再谈谈国语。现在的一般小学校，大都已废止文言文，而采用语体文了。语体文要不要儿童朗读？要不要儿童背熟？要不要儿童默写？这种种问题，我们都应当加以研究。照我个人的见解，语体文不妨朗读；但不可打起了从前读文言文那种滥调乱哼，应该用读语体文的调子朗读才对。好的散文或韵文，也不妨把它熟读或默写。外国的小学校对于这种文章或诗歌，也常常教儿童背熟。但中国的韵文如诗歌等，很少适合儿童阅读的；因为中国的文学家、诗人作的韵文，十之八九是为成人作的，不是颂赞恋爱的甜蜜，便是诅咒人生的苦闷，这种诗歌当然不是儿童所能了解的，所以也不宜给儿童阅读。中国的儿童诗歌这一园地，实在还是一个处女地，正待大家去努力开垦呢！关于小学一二年级的儿童记生字与默写生字的问题，也值得我们来研究。我对于这个问题，以为小学一二年级的儿童只要养成他们看书的兴趣，若要他们呆板地死记无意识的生字，甚至还要他们默写生字，他们一定不会发生兴趣。所以我认为一课课文中若有五个生字，儿童倘然能认识二三字就好了，只要教他多读几本书，生字的认识与熟读，在这样一遍一遍的重复中，当然会训练起来。因为儿童好动，所以教学儿童们读书也应当打破呆板机械的方法，而采用生动的游戏的方法，如教生字用闪烁片，教读书用“活动影戏”“认字圆盘”等。

最后，我们再谈谈自然。普通的小学校对于自然课最感到的困难，是没有设备与缺乏材料。实则，这倒不成问题的。因为自然的设备与材料到处都有，只要我们会利用罢了。有一次，去参观一个小学校，看见学校的前面有一个小菜场。所以我便找了这个学校里的一位自然教员问他说：“你在此处教自然有什么困难?”他回答说：“这里自然课的设备太简陋，没有钱添置，这是一个顶大的难题。”所以我就对他说：“贵校自然科的设备，实在最好没有了！”他说：“何以见得?”我说：“贵校前面的小菜场，不就是贵校的自然课的设备么？一年四季，都有各种不同的自然材料供给你们去研究，你们为什么不利用它呢?”又有一次，我参观别一个学校，看见他们的校园里有一株盛开的樱桃花，灿烂夺目！所以我同他们的三位女先生谈话时，不期问起她们有否教过这樱桃花。一位女先生说：“什么?！这是桃花吧?”一位女先生说：“我一向当它是碧桃呢!”还有一位说：“我是还没有教过。”这三位女先生自己对这株樱桃花还不认识，当然也不会利用它指导儿童去研究它了；实则这也是自然课的最好的材料呀！总之，小学校里并不必要有什么很完备的自然设备，自然课的材料也并不少，只要会因地制宜，随时利用就好了。

话讲得太多了！只再说一个小意见，就结束我的这个讲演。我以为普通的儿童都是好的，儿童所以会不大好，大半是教员教得不好，不是儿童学得不好。但普通的教员往往迷信儿童所以不好，是因为儿童的根性不好，把自己肩头上的一切责任都一起堆在儿童的肩头上！这样的教员，对于自己的教材、自己的教学法，当然都不会研究到底好不好，而求改进；则儿童们又安得而不糟糕呢？这个迷信，与普通父母迷信自己孩子的不好是孩子自己不好，而与做父母的无关一样。实则有的孩子所以要说谎活，都是因为父母有时要说谎话的缘故。总之，我们将来做了教员，关于这种迷信，一定不可让它再闯进我们的脑海中！

欧洲各国小学教育新趋势①

1935 年 4 月、11 月

诸位先生：

兄弟这次出国，游历的国家有十一国之多，而时间只有七个月，并且在英国住了将近三个月，所以其余的各国有的住一个星期，有的住三四天，可以说是走马看花，不容易观察到详细的情形。不过在未到各国之前，由英国新教育学会与各国教育行政机关接洽妥当，到了目的地立即可以参观，不致浪费时间，各国的情况多少还能看到一点。这次的路程，先到英国，再到法国、比利时、荷兰、德国、丹麦，再回到德国，到苏联的莫斯科，再到波兰、奥国、意大利，回到瑞士。今天把七个月观察所得的感想，概括地报告一下。

第一点：欧洲各国的学校很注意健康教育，也可以说对体育很重视。先说英国，素来注重体育，学校的操场、球场无不广宽，设备齐全。他们认为教育是在操场上进行的，在体育、游戏中可以培养人格，养成合作、牺牲、公正等好的品德。比如打球有相当的礼节，仿佛中国人打拳一般，开始时先拱拱手，比赛后也很有礼节，打败的一方向胜者道贺，承认胜者打得好，从小就培养这种精神将来到社会上服务，有问题尽管辩论，败了没有什么关系。不过他们国内有些人认为体育、游戏的时间太长。在 1928 年前，英国体育注重徒手体操，他们觉得太呆板

① 本文是陈鹤琴 1935 年 4 月和 11 月在上海市教育局学术演讲会和宝山县教育局小学教师演讲会所做的两次演讲的综合。

乏味，自1928年教育部规定新课程标准后，把游戏与徒手操合并，做一二节徒手操之后就做游戏，这样使儿童很快乐，很高兴。再说德国与意大利，他们对于健康也是特别注意，不过方法不同，其目的在施行军国民教育。从小学生开始，注重军事体操。在意大利看不见徒手操，所看到的都是军事体操。学生一律穿制服。在德国除了军事教育，体操也很注重。他们有五个学校是中学程度，除了打靶及健身房各种运动之外，还有骑马。在英国实验新教育的学校虽也有骑马一课，不过当作一种运动，德国则不然，它作为一种操练，由教官专门教授。此外，德国有一种规定是很好的，就是星期六全天不上课，由教师带领学生到郊外去游玩或到工厂里去参观，改变儿童的环境，免得天天上课，与社会没有接触，不发生关系。在汉堡有一艘五千吨的大船，这艘船专门供本市及外埠学生来玩住的。本市的学生可住一天，外埠的学生可住两天，可以享受船上的生活。德国还有一种户外学校，设在海边或山上，到了暑假或寒假，学生一批一批地到那里去住，一面研究功课，一面玩各种游戏。我参观过一个男子学校、两个女子学校，学生们除了研究功课之外，或者溜冰，或者玩雪，很注重学生健康。这种户外学校有专人主持，可以指导儿童游戏，确实不错。波兰虽然独立不久，也设立了二十几所这种学校。苏联也办了不少这种学校。由于重视了健康教育，所以他们的儿童一般都是很强壮的。我们的民族要复兴，国家要富强，第一唯有先把国民的身体强壮起来，身体是重要的基础，身体如不好，知识道德都不容易建筑，这点我们应该特别注意。

第二点：各国的教育注重“做”字，注意培养儿童动手的能力和创造的精神。各国对于劳作一课比我国重视得多，不但注重而且实地地去做。英国儿童七岁至十一岁入前期小学，前期小学毕业后分四条路：第一条路是成绩最好的考进中学，其中有20%可以免费；成绩次一等的进工艺学校；再次的进中心学校；最次的进后期小学，到十四岁为止。工艺学校与中心学校特别注重劳作，后期小学略微差一点。劳作课男子学木工、金工，女子学烹饪、缝纫、洗衣，另外还有共同的美术、装订书等等课目。学校都设有木工厂、金工厂等工厂，设备很好，我去参观时，女生穿白衣白帽，男生穿套衣在工作，他们的劳作功课都是半天。

苏联更有一种特别的组织，为任何国家所不及。他们有两大机关，一个是儿童科学研究所，一个是儿童美术研究所。儿童科学研究所全国有七百多所，我曾经参观过三个所，所内分十一部：有电话、无线电、汽车、飞机、应用化学、摄影、机械等。每部都有实验室。汽车部已做成了两辆汽车，一辆只能坐一个人，另一辆稍微大一点。据他们告诉我，一个月前这两辆汽车在莫斯科大街上做六十公里比赛，观众人山人海。这两辆汽车都是十一岁至十七岁的儿童造的。无线电部有两个实验室，每个儿童有一张桌子有短波无线电，可以向外打。凡是对电学有相当知识技能的儿童都可以享用这张桌子。苏联所以设立儿童科学研究所是要鼓励儿童发明创造。苏联教育鼓励儿童研究，鼓励儿童创造，实在令人佩服。在莫斯科街上有一盏红绿灯，构造虽然简单，而是儿童所发明的。莫斯科现在已开始建筑地道电车，还没有落成，可是儿童科学研究所里，地道电车模型已经造好了。研究所内一切研究的材料从哪里来的呢？都是各工厂剩下的材料送给研究所，鼓励儿童从事研究，搞发明创造。研究所内还有一位美国电气技师，帮助指导儿童。中心研究所有一位主任，管理其他一切。这位主任说八年前研究所初创时只有几个卢布的经费，可是他相信这项工作十分重要，他虽不是工程师，却很热心和儿童一起研究，结果引起政府重视，每年拨给他五十万卢布经费，由他主持研究所工作。儿童美术研究所也有许多部分。如图画、雕刻、舞蹈、音乐等等。不但奏乐，而且制造乐器，我看到儿童自己做了几个小提琴。他们的教师资格很好，有一位教师从事制造提琴已有二十八年，现在专门教儿童做提琴。美术研究所里面还有儿童戏院。苏联的戏院有六十五家，专门为儿童设的儿童戏院的演员由专门学校培养。苏联提倡对各种事物都要研究，研究所的儿童戏院一面鼓励儿童演戏，一面教儿童研究戏剧，假定这一出戏分成五十段，每段表演时要收集儿童的反应，或者拍掌，或者笑，或者不笑不响，都详细记载下来。不但记载儿童的反应，而且要儿童做正面的批评，另外，还要面询。倘若某段不好，就重新修改；再叫儿童批评，然后才到外面去表演。关于舞蹈，有一位女教师领导，她精力充沛，时间抓得紧，儿童也很活泼。

第三点：各国的教育都很普及。整个儿童由国家教育培养。所谓整个儿童不仅是有钱或天才的儿童，无论贫苦的、聋的、哑的、残疾的儿童都由国家培养。聋哑的有聋哑学校，残疾的有残疾学校，低能的有低能儿学校，另外还有普通的学校。这样一来整个儿童能分别享受教育。

苏联天时、地利、人和远不及中国。天时，有六个月以上在冰天雪地之中；地利，矿产虽有，但不及中国之富有；人和，苏联有一百五十个民族，其中只有三十个民族有文字，其他的民族都没有文字，俄文不统一，除了俄罗斯本部之外，别的民族学俄文等于学外国语。苏联革命后第一件事就是扫除文盲。当时教育部设有一科专管扫盲。经过十三年全国上下动员一致努力，教育已经普及了。他们实行强迫教育，每个人都要读书。我曾去鞑靼共和国参观。原来他们用的是鞑靼文字，现在改用拉丁文拼音，四个月可以认识文字。受教育的年限：第一期，城市七年，乡村四年，第二期，城市十年，乡村七年。学校不够则采用波兰的办法，搞半日制、二部制、双轨制并举。苏联有六十二个民族用拉丁文拼音。吾国普及教育正是当今急务，这些很可供我国参考。当然中国并不是没有文字的，汉字已有数千年的历史，取消汉字确是一个大问题。我们并不要取消汉字，只要求汉字简单化。英国儿童读英文，读到十岁可以看书看报纸，十岁以后是文学上的研究；中国儿童读书读到十岁恐怕还不能看报，至少要到十二岁。总之，汉字比英文、法文都要难，汉字固然要保存，不过文字是一种工具，要使普通儿童和人民普遍受到教育，不要为文字所障碍，要想达到这一目的，第一，要简化，采用手头字、简体字；第二，名词简单化，如“明白”“明了”“了解”三个词词义相近，只要选择一个容易明白的就够了。我们要想普及教育非把文字简化不可。

波兰在一百五十年前被德、俄、奥瓜分之后，有一部分地方因为不准读波兰文，说波兰话，到 1918 年和约订立后，对于普及教育就很困难，他们用两种方法实行强迫教育。一种方法是把小的学校合并起来，把全国各地方划成学校网，没有学校的地方添设规模大的学校；一种方法是实行半日制，上午八时至十二时教一班学生，下午一时至五时再教另一班学生，这样，学生数日就可以加倍。这种办法很值得我国参考。

第四点：教师的教法好，有专业研究的精神。如英国的师资，选择慎重，如欲当小学教师则先须在中学毕业，然后再受二年师范的专业训练，实习一年，成绩好才得正式毕业；还要视学批评好，校长报告好，方可充正式教员。中学教师先须在大学毕业得到学位，再受一年专业训练方可任教师。教师的教法好，师生感情亦好，真是亲爱精诚。参观时看到他们教学生唱歌，跳土风舞，很有意思，甚至有的学校在学习我国的漆器、陶器、窑器，这种好学精神值得我们学习。陶行知先生的话很对，我们的教育亦要用手把中国固有的好的文化、好的艺术保存之，发扬光大之，这才是我们的责任。中国原来的陶、漆、窑器等工业很好，我们都应当学，我们要建设中国自己的文化。

这次考察欧洲十一国教育，最重要的感想有四：（一）各国注意健康教育，注重体育；（二）各国教育注重“做”字，注意培养动手能力和创造精神；（三）各国的教育普及；（四）教师教法好，有专业研究精神。诸位都是教育界同人，大家快团结合作，一致努力新教育运动，使上海的教育兴盛起来，全中国教育普及起来。

什么叫作“活的教育”

1940 年

今天，我同诸位所要讨论的问题是：“活的教育”。这是活教育运动的先声。

活的教育

我是最喜欢儿童的，同时我还可以说，今天在座的诸位，也都是喜欢儿童的。儿童总是可爱的，即使最低能的儿童。今天我武断地说一句，儿童的命运，将来的前途，很大程度上操在教他们的成人的手中，这是多么的重要呵！

今天我们实在太惭愧（当然连我也在内），我们不会教小孩，不知贻误了多少聪明的儿童，埋没了多少天才的儿童。没有合理的教育去教过我们的小孩，没有把我们小孩的聪明与天才发展出来，这真是太可惜了！

记得有一次，我试验我的小孩，看看“打”究竟有没有效果。那时我的小孩只有两岁。有一天他的妈妈给他洗澡，不料不留心，把水弄得太热了。他的妈妈把他放下水里，他就大哭；他的妈妈连忙把他抱起来，从此以后他总不肯洗澡了。可是又不得不洗，即使你把他的衣服脱下来了，火炉也生好了，他还是不肯洗，乱跑，你看万一不当心，碰着火炉也是危险的；第二天仍是如此无效，打他仍不肯洗。如此惊吓，彼此痛苦了半年，实在无法，后来乃慢慢地改用鸭子洗澡给他看，试验了多次，玩了多次，才达到目的。从此我得到了一个宝贵的教训，打骂实在无效，绝对不应该，到今天谈起来，我还是非常的惭愧和难过。

我自己还有这样一次经验：有一次，南京幼稚师范的学生要看看我的小孩。我带他一进门来，全体同学就鼓掌欢迎。但是我的小孩一听见这样大的鼓掌声就吓得哭了。

以后到了两岁多，我又带他到东南大学去看表演，演到精彩的地方，我看观众要鼓掌，我就先教我的小孩鼓掌，后来观众果然鼓起掌来，我的小孩也不怕了，不哭了。

所以我可这样地肯定说，要了解儿童心理，认识儿童，才能谈到教育儿童，这就是我们今天所讲的“活的教育”，而不是死的教育。

活的榜样

中国的教育，仍然像今天这样子，我和诸位都要负其责任，一切的一切都是非常的落后。凡是世界上任何一个独立的国家都不像中国。我们大家都知道以前世界上有两个病夫，一个是远东的病夫，就是我们中国；另外一个是近东的病夫，即是土耳其。可是土耳其革命以后，第一件工作就是扫除文盲，普及教育，使人人读书，个个识字，到了今日，土耳其在近东的势力是多么的大，确是依靠教育的力量来形成的。

再看看苏联，在革命以前有 80% 以上的人民无法受教育；1917 年革命以后，新政府发动了全国的知识分子展开扫除文盲，普及教育运动。二十年工夫，使 80% 以上的不识字的儿童和成人都受了教育，到现在，他们国内已有 90% 以上的人民是有知识的，你看今天苏联的力量是多么的强大，不但可以虎视远东，即使在欧洲也是举足轻重了。

就被德、奥、俄几度瓜分过的波兰而言，他们做奴隶一百五十年，结果仍能复兴，这里面大部分的力量是什么？就是教师。他们有四万个教师组织的联合会，有一所宽敞而设备完全的办公处，举凡宿舍、印刷厂、娱乐场都应有尽有。在欧战前，他们组织了一个健全而又秘密的会，从事革命运动；他们还有良好的母亲，母亲们也组织了一个缝纫会，借这个会的活动机会来教他们儿女波兰文和波兰语（因为在德国统治下是不允许学波兰文字和波兰语的）。波兰的文字和语言，得以未被绝灭，就是这些母亲的功劳！

普及教育实在是很重要。就拿印度和爪哇来说（三年前我到爪哇去开过会），爪哇的地方比荷兰大四倍，有六千万人，而荷兰人在爪哇的仅有二十万，这二十万人居然能够驾驭这六千万人。印度亦有三亿人，而英国人在印度的也没有多少。为什么会这样，当然有多方面原因，但是教育不发达，文化程度低，也使他们不能起来打倒外国统治。说印度人吧，每十个人之中只有一人受过教育，这数目真是少得可怜！由此看来，不读书、不识字的国民，真是谈不到什么国家民族观念，人口再多也没有什么用处。

活的教育

什么是“活的教育”？简单地说一句，就是“不是死的教育”。书本主义的教育就是死的教育。

记得在美国时参观过一个黑人学校，有位先生对我说，他们学校过去所用的许多颜料，都是从德国买来的，现在他们正在准备从各种花草中提取，不再买德国货，并且拿出了已经做好了的几瓶给我看，那真是太可爱了！他们（黑人）有这种研究精神，难道我们就没有吗？我们究竟研究过了没有？我们只晓得高唱抵制外货，可是却很少有人研究用什么来代替外货。

如果要依我们的理想，现在学校的一切课程与教法，都得来一个总检讨，予以根本推翻。我们要教儿童所需要和应当知道的东西，我们不能一再贻误我们可爱的儿童。

英人瓦特见水壶里面的水沸了，把壶盖冲起来，于是便开始研究这个道理，发明了蒸汽机，成为现在一切机器的动力，造福人类无穷。我们是否曾如此教导我们的小孩子去注意去发现？鼓励过小孩去发问，去研究，去创造？现在一般学校都是拼命扩张它的死的教育、书本主义的教育。教师只管站在讲台上讲，不管儿童懂不懂，好似皮球打气，只管拼命打，塞鸭子似的拼命塞。儿童不是皮球，更不是鸭子，而是一个有生命力和生长力的好动的小孩。我们所需要的教育，不是打气或者塞鸭子，我们是要小孩动，时刻地自动，上国语课固然要动，上算术也要动。

谈到中国的教育，真是可怜！我们办学校快四十年，到了今天，一切的一切仍是停滞在几十年以前的状态中，少改进少创造。我们看了世界各国的新教育的发展和进步的迅速，真是令人敬佩！

比利时的大教育家德可乐利，想是大家都知道的。这位老先生所从事的工作，我曾参观过的，他已经七十多岁了，从事他的事业四十余年如一日。他的学生从小学到初中都是分组教学，四五个人一组共同研究，共同工作，先生只在旁边指导和找参考资料，他们一天到晚是多么的忙。记得我去参观时，他们正在研究蜜蜂，大家真是聚精会神地在那里研究，讨论哪些是雌蜂，哪些是雄蜂，雌蜂和雄蜂的形状有什么不同。研究别种动物也是如此的努力，他们的教育才真是活的教育。

教科书我们并不反对用，不过我们要用活的教科书。比利时也有他们的教科书，可都是活的。他们的教科书是由儿童每次研究的东西记录下来的活的写实，教师选择其中最好的一篇翻印出来给大家用。我们所需要的教科书也应当是活的，而不是在夏天来谈雪，在冬天来谈蚊子和苍蝇。不知道用又新鲜又方便的实物，而出钱去买挂图（可是还有连挂图都不知道用，只是靠口述的），我们是主张到田间去，到动物园去，到大自然界，一切的一切都是活的，都是与儿童有密切的关系，有重大价值的。

我们再看看苏联的儿童，他们是多么的幸福，多么的满意！莫斯科的儿童科学馆和美术馆真是儿童精神食粮的发售处，启发儿童智力、陶冶儿童伟大的人格和创造力的地方。他们相信儿童是有创造能力的，所以不惜大量金钱来建筑这些科学馆、美术馆，为儿童和国家谋福利！不论什么时候，只要你到这些科学馆和美术馆门口去站站，你就能看见无数儿童在这儿进进出出，煞是忙碌！

记得我去参观儿童科学馆时，当时外面还没有地道电车，而这个科学馆内已经有两个电车的模型陈列在那里，这是他们的儿童制造的。在莫斯科的十字路口，有一盏指挥交通的红绿灯，它是不用电力而用最简单的发条来改换红绿颜色的，这也是他们的儿童发明的。

比利时和苏联都鼓励儿童用脑，英、美更是如此，他们的孩子是多么的活泼，多么的天真，多么的可爱！

我们也要活的教育，教材是活的，方法是活的，课本也是活的。我们大家一齐振作起来，研究儿童的切身问题，为儿童谋福利。尽量地利用儿童的手、脑、口、耳、眼睛，打破只用耳朵听、眼睛看，而不用口说话、用脑子想事的教育。我们不能再把儿童的聪明、儿童的可塑性、儿童的创造能力埋没了，我们要效法狂风暴雨的精神，对教育也要用同样的手段纠正过去，开发未来。

活的教法

现在我要将“活的教育”中的活的教法做一个扼要的述说，希望正在做教师和准备去做教师的诸位能借以举一反三。

一、国语教法

1. 读法：国语科重要的目的是统一读音和言文一致，普通读文都是用文言的读法，这样不好，因为小孩子还没有这种欣赏力。凡读国语，不必有调子，只须用口语如普通讲话一样地照着文字读出来就好了。但是声音也不可过高，过高会影响左右隔壁教室。

2. 作文：作文要根据儿童的经验，训练他们的思想，培养他们的情感和启发他们的想象。比如养了小鸡和小鸭的，就可将他养小鸡和小鸭的方法和喂食的方法以及小鸡、小鸭生长的程序详细地写出来；做了豆腐的，可将买豆、浸豆、磨豆、煮豆浆、下石膏等的过程及其中的得失，详细地写出来。最要禁止的，是凭空出题目去苦恼儿童。各从各人自己的生活中去找资料，年级低的可写日记，年级高的不妨发挥一点意见。

批改作文最优良的办法，是将原文抄在黑板上，大家共同来改正，这个句子为什么不好，那个字为什么不妥当，这样才进步快。如果每次不能将每一个儿童的作文照样修改，最少要择两三篇，如此实行。

3. 写字：关于国语科的书法，也要根据儿童的兴趣和社会需要。初学写字要采用社会实用的字，就是不古怪生僻的字；同时采用儿童易误的字，就是儿童容易写错的字。我们还要把这些材料组织一下，编成有意义的句子给儿童书写，才能减少练习时的厌倦哩！

二、算术科教法

最近美国实验算术教学结果提出，算术不宜从一年级教起，只宜从三四年级教起，因为儿童太小，数的观念尚未发端，不明了为什么要如此做，加以怕羞的心理所控制更做不好。应当根据年级的高低，从游戏或者从其本身实际生活入手，不拘形式地去教，批改的方法也可以和作文批改的办法一样，共同订正为好。

三、自然科教法

我听说，有个小学教师教萝卜，当时正是萝卜生长的季节，而这个教师舍掉这实物不用，而用挂图，这是最笨劣而又无意义的教学法。自然科的教学法，最好用大自然间活的东西来做教材，实在没有办法找到活的教材才去用书本。

四、美术科教法

美术的教法最重要的是发挥儿童自己的天才，让儿童自己去体验，表现他自己的意思。我在奥地利时见到一位曾经教了四十年画的老画家，他指着他的学生所绘的一幅马图给我看。他说，当这个小孩画马足时，不知道怎样画，去问他，他不直接教他而要学生自己去留心观察。有一天，他的学生在路上看见几匹战马走过就很留心观察，马一走过连忙跑到美术室把马足画起来。我们教小孩画画，如果孩子养了小鸡和小鸭的，可以教他细心观察，将小鸡和小鸭的形状画出来，做了豆腐的，可以叫他将磨豆子的姿势画出来，这样才切合实际，不呆板。

总之，要想教好儿童，要使我们的教育是活的，不是死的，必定要懂得儿童心理。我们应该用研究的精神去改造现在所用的各种教学法。末了，我引证中国大教育家陶行知先生描写中国现在教育情形的两句警语：

教死书，死教书，教书死；

读死书，死读书，读书死。

我们必定要把它改换成：

教活书，活教书，教书活；
读活书，活读书，读书活。

欧美教育的新趋势[①]

1949 年 2 月

诸位先生：

今天中华儿童教育社上海分社，召开复员后第一次会员大会，要我报告考察欧美教育的经过。我这一次在国外逗留了五个月。从上海启程，经过巴黎到捷克，再去伦敦，绕荷兰、纽芬兰、加拿大，最后到美国，做了一次十万里路的长途旅行。现在将我所见所闻，做一个简单概要的报告。

一、捷克：是一个优秀的民族，人民刻苦耐劳，酷爱自由，而且教育很普及，他们要求最低限度要小学毕业，所以人民知识水平很高。你跟一个普通的农民谈谈，就可以知道他们对于国家大事、世界动态都很了解。对于中国，他们好像比较陌生，不过唐朝李白、杜甫的诗以及林语堂的著作，不知已由谁翻译成捷克文，因此，也有一部分人知道关于中国的一些事情。

革命以后，捷克最大的一个教育机构，是中央教育研究所，经常有一二百人工作。对于各阶层的教育，都有详尽的统计和研究。他们的新教育计划，很着重基层教育的发展。然而反顾我国的教育，时至今天，还没有建立一所完全的教育机关，也没有切切实实地推行基层教育。以捷克国家战后经济还比较困难，土地、人口稀少能做到这地步，这足可以做我们的借鉴。

---

① 本文是陈鹤琴在中华儿童教育社上海分社会员大会上的讲话。

再说社会经济方面，捷克虽然经济比较困难，但是他们采取公平而合理的配给制，日常生活所需的食品、衣着，都由政府统筹配给，每人每年发给衣服一套、鞋子一双。每周肉四两、鸡蛋一只。不仅消费由政府统筹配给，而生产也由政府统一计划、管理，因此人人可以得到同样的享受，社会没有贫富不均的现象，也没有流离失所的人民，不像中国，饥民载道，冻尸遍野，就目前社会经济而言，中华民族是世界上顶穷的民族。

这次我在捷克逗留了八个星期，每逢星期六、星期天，便到乡间去游览。在莫拉维亚（Mouravia），整整地游览了三天，有两件事值得提出来讲的：

一是我到了生物学家孟德尔（Mendel）的故乡游览，看到孟氏当年研究豌豆生长的方土，还仅仅是一块六丈长、两丈宽的地方，他花了三十年的时光，实验，研究，创立了孟德尔定律（Mendel Law）而为生物学开辟了一个新纪元。那儿有一个博物馆和一个图书馆，收藏着世界各国的遗传学著作，有一位先生指着一本书对我说："这是中国书。"我近前一看，原来不是中国书，而是日本人的著作，心里非常难过。

二是到了以提倡普及教育闻名的教育家夸美纽斯（Camenius）的故乡。夸氏在捷克，就如孔子在中国一样受人崇拜，在他的故乡，也有一个图书馆，收藏着夸氏生平的用物和著作。我们知道，教科书内用插图，夸氏是第一人。我游览了夸、孟二氏的故乡之后，深深地感到捷克民族的确是优秀的民族，以一个六七千居民的小地方，能够建立博物馆和图书馆，这是很难得的。反观我们中国，除掉几个通都大邑有这种设备外，其他几十万人的都市，有图书馆或博物馆的，可以说寥寥无几，说起来真够惭愧。

二、英国：英国的新教育政策，提高了国民受教育的年限，英国社会很安定，教育已经走上轨道，他们正可以努力于提高人民知识水准，而求社会的进步。此外，有两点值得提出来的：

1. 实行社会保险：这也是社会主义的国家所实行的一种政策。大凡人民发生疾病，可以免费到任何医院诊疗，如果一旦失业，也可以领到生活费用。在捷克也实行这种制度。

2. 优待儿童。在英国及欧美各国儿童是被优待的，不仅是儿童教育被重视，就是儿童的日常生活也特别的优越，牛奶、鸡蛋是首先配给到的。如捷克，成人每周只能配给到一只鸡蛋，而小孩可配到三只，甚至一天一只。这是欧美各国最合理的一种设施。

三、美国：我在美国为时两月，大部分的时间是参观学校和教育研究机构。现在我将美国教育界的情况，大致地报告一下：

1. 美国教育学会（National Education Association）。我们从该会的报告中，可以知道他们的工作情形。这一次，我们去参观该会的会所，会中经常有三百人工作，拥有四十五万会员，内设有二十一个单独的学术研究会社，所以他们的力量很大，工作的成绩也是非常可观。最近，他们送了几名留美进修名额给我国，这是非常难得的，我们也有十五个教育学术团体，也应该联合起来，以推动各项教育活动，发挥教育的效能。

2. 家长教师会。这个组织是最近三十年内建立起来，靠着这种组织，学校和教师都能得到家长的协助，不仅是私立学校，公立学校也一样，除物质上的援助之外，对于儿童的学习、行为，都展开讨论，而收教育的功效。

3. 教师联合会。这种组织，也是最近二十五年之内建立起来的，它是美国工会团体之一，拥有七百五十万会员，是一个福利机构，而不是学术研究团体，他们的组织严密，所发挥的力量很大，所以，无论做什么事情，都可以完成。

4. 关于美国的教育现况。这是大家所关心的，这一次我遇见卢克（H. Rugg）①，他非常感慨地说："美国的教育，已经成了停顿的状态，而当年所谓的新教育，到现在没有丝毫改进，就目前的教育情况而言，可以说没有什么新的设施。"不过，据我参观的结果，一般的学校都废除了班级制，而采取分组学习，且设备都很完善，所以，就一般学校说来，不能说没有进步。

这里我还报告一个有关人类成长的新发现，那就是对内分泌腺（endocrine gland）的研究。我们知道，内分泌对于人的生理和心理都有

---

① 卢克（Rugg Harold，1886—1960），1920—1951 年任哥伦比亚大学教育学教授，1951 年起为该校名誉教授，1921—1922 年任全美教育研究协会会长。

很大的影响。我们有一位学者，现在正在美国研究内分泌腺。根据他的实验，说注射内分泌物（hormone）可以改变人的高矮；又根据美国一位学者的研究，他说："个人心理或生理的不正常，不一定是由于神经的不健全或环境的恶劣，还有一个原因，就是人的大脑下有一部分叫脑下垂体（pituitary body），直接影响人的成长。"他用老鼠做实验，将这一部分割去，老鼠的生长便停止了，之后，再注射这种分泌物进去，又可以成长发育。这是最近在生物学上的一个大发现，听了真令人赞叹不已。

其次要说到的，就是特殊儿童教育的发达。民主国家的教育原则，就是人人要受教育，人人要尽量发展其天赋，在这个原则之下的聋哑残疾，也由国家给予特殊教育。这一次，我见到一个既聋且瞎的人，他因为在一个聋哑学校受教育，居然可以和我对谈，怎么样的一个方法呢？很奇怪，他用手摸着我的嘴巴，便知道我问什么，他再用手在我手上回答，他告诉我，一年之后，他要毕业了，还准备上大学深造。这真是教育上的一大奇迹，而普通的一般学校还设有特殊班，在纽约一共有一千七百三十班，有七百位老师，用特殊的测验器，测验近视眼、重听，以及智力薄弱的儿童，然后再分班教授，有特殊的设备，譬如，专门教授特殊儿童的课堂，他们用的是白板、颜色粉笔、大字体的课本，以及光线测量的器具，一切设备都是科学化。所以科学发展到今天，在人类的历史上，不知创立了多少新奇的事物，我们如果要借教育的力量来改造人类，征服自然，一定要求科学的发展，用科学的方法来实施教育。

综合上述，我们可以知道欧美教育的新趋势，一方面是着重教育的发展，另一方面是教育工作人员的专门化。最后，我以"教不厌，学不厌""活到老，学到老"这两句话来结束讲话，并勉励教育界同人。

图书在版编目(CIP)数据

为什么读书 / 胡适等著. — 北京 : 中国文史出版社, 2019.12

(民国演讲 ; 第七编)

ISBN 978 - 7 - 5205 - 1340 - 1

Ⅰ. ①为… Ⅱ. ①胡… Ⅲ. ①演讲 - 中国 - 民国 - 选集 Ⅳ. ①I266

中国版本图书馆 CIP 数据核字(2019)第 209988 号

责任编辑：薛媛媛

出版发行：**中国文史出版社**
社　　址：北京市海淀区西八里庄 69 号院　邮编：100142
电　　话：010 - 81136606　81136602　81136603（发行部）
传　　真：010 - 81136655
印　　装：北京新华印刷有限公司
经　　销：全国新华书店
开　　本：720 × 1020　1/16
印　　张：23.5　　　字数：338 千字
版　　次：2019 年 12 月第 1 版
印　　次：2019 年 12 月第 1 次印刷
定　　价：69.80 元